도학시대의 사상과 문학

이동환 지음

지식산업사

이동환 李東歡

1939년 경북 경주 안강에서 태어났으며, 고려대학교 문과대학을 졸업하고, 같은 학교 대학원을 마쳤다. 성균관대학교 조교수, 고려대학교 부교수·교수를 지냈고, 한국한문학회 회장, 한국실학학회 회장, 연세대학교 용재석좌교수, 퇴계학연구원 부원장, 문화재청 문화재위원회 위원, 한국고전번역원 원장 등을 역임했다. 현재는 고려대학교 명예교수.

저서로는 《고전시대의 사상과 문학》, 《도학시대의 사상과 문학》(근간), 《실학시대의 사상과 문학》, 《이동환 國學 에세이》(근간) 등이 있다.

도학시대의 사상과 문학

제1판 1쇄 인쇄 2023. 8. 30.
제1판 1쇄 발행 2023. 9. 7.

지은이   이동환
펴낸이   김경희
펴낸곳   (주)지식산업사
         본사 • 10881, 경기도 파주시 광인사길 53
         전화 (031)955-4226~7 팩스 (031)955-4228
         서울사무소 • 03044, 서울특별시 종로구 자하문로6길 18-7
         전화 (02)734-1978 팩스 (02)720-7900
         한글문패   지식산업사
         영문문패   www.jisik.co.kr
         전자우편   jsp@jisik.co.kr
         등록번호   1-363
         등록날짜   1969. 5. 8.

책값은 뒤표지에 있습니다.

ISBN 89-423-9122-6 93810

이 책을 읽고 저자에게 문의하고자 하는 이는 지식산업사 전자우편으로 연락 바랍니다.

책머리에

나는 2006년《실학시대의 사상과 문학》이라는 책을 냈다. 이번에 이《도학시대의 사상과 문학》이라는 책과《고전시대의 사상과 문학》이라는 책을 냄으로써 나의 50여 년 학문 생애를 마감하려 한다. 세 책을 '고전'―'도학'―'실학'의 순서로 연결하면 우리나라의 사상과 문학의 일부 국소局所들이 통시적으로 엉성하게나마 사적史的으로 골격을 이루게 되는 셈이다. 어느 한 문제나 한 시대에 집중하여 일생을 매달리지 못하고, 결과적으로 전시대全時代에 걸치게 된 것은 근대적인 학문 연구의 관점에서 나에게 불명예를 안겨 줄지언정 결코 명예로운 것은 되지 못한다. 그러나 내가 학문을 본격적으로 시작할 때의 학계의 형세와 나의 지적 호기심의 끝없는 작동을 생각하면 나로선 불가피했다.

나는 한국의 사상 및 한문학의 근대적 연구의 상대적으로 조금 이른 세대에 속하는 편이었는데, 처음 학문을 시작할 때는 관련 학계의 많지 않은 선배들의 업적이 띄엄띄엄 놓여 있었을 뿐, 나의 시계視界에 보이는 학문 영토는 대부분 처녀지였다. 게다가 앞선 책의 서문에서 말했듯 사상과 문학이라는 역사의 내면 생명의 통시적 얼크러짐은 나로 하여금 인위적으로 재단하여 하나의 문제, 한 시대의 문제에 매어달릴 심산이 서게 하지 않았다. 그래서 문제의식이 작동하는 대로 주제를 세우고 가급적 전시대에 걸치는 사전事

前 탐사를 하고서야 집필에 들어갔다.

도학은 주자학의 실천의 측면에 역점이 두어진 개념이다. 주자학은 주지하듯이 13세기 말 14세기 초로부터 전래되기 시작하여 한말에 이르기까지 장장 6백 5·6십 년 좌우나 지속되었다. 16세기 중기부터 양명학이 수용되고, 17세기 중기부터 실학이 생성되었으나 하나의 자그마한 흐름에 그쳐, 앞뒤 주자학의 착근과정과 쇠말기를 제하고서도 주자학은 대체로 5백 년 좌우 우리나라 사상을 지배해왔다. 그 가운데 주자학이 도학으로서 가장 정채精采를 발하고 역사에 적극적인 기능을 한 시기를 16세기와 17세기 중반 사이의 시기라고 나는 생각한다. 이 책에서 16세기의 사상과 문학 문제에 대한 관심이 상대적으로 많이 표현된 것은 나의 이러한 도학의 흐름을 보는 시각의 반영이다.

16세기는 주지하듯이 화담花潭·회재晦齋·퇴계退溪·남명南冥·소재穌齋·율곡栗谷 등 사상의 거인들이 활약하던 시기다. 이들의 이기론理氣論을 중심한 철학 문제는 철학 연구자들에 의해 구명이 진행되거니와, 나는 방향을 달리하여 회재와 남명, 퇴계와 남명, 퇴계와 소재 사이의 사상의 대립의 국면에 착목하여 각 사상가의 사상의 일단을 드러내었다. 회재와 남명 사이의 출처관의 대립, 퇴계와 남명 사이의 사상적 암투, 퇴계의 주자학 제일주의와 소재의 양명학 지향 사이의 대립은 16세기 우리나라 사상사의 한 장관이다. 도학은 우리 민족의 대표적인 실천윤리 '선비 정신'을 응성凝成시켰다. 그 개념과 역사적 전개 양상을 상세히 고구했다.

도학 문학은 그 존재 양상이 문학 양식에 따라 다르겠거니와, 주로 시詩·부賦·잠箴·명銘으로 존재하고 드물게 산문이 가담된다. 우리나라 도학 문학은 안축安軸·이곡李穀 등에서 발원하여 간헐적으로 보이다가 목은牧隱에 이르러 여러 양식에 걸쳐 본격적으로 창작되기 시작했다. 목은은 원元에의 유학을 통해 주자학에 흠뻑 젖어 돌아와서는 그 역량으로 시詩·부賦·기記·설說 등의 양식으로 많은 작품을 산작産作했으나, 주자학의 관념·지식을 피력하기에 급급하여 작품적 완성도는 떨어진다. 그러나 양적으로는 단연 압도적이다. 목은 이후 도학 문학은 한동안 부진을 면치 못하다가 도학의 완실完實한 착근을 기다려서야, 즉 회재·퇴계에 이르러서, 특히 시에서 크게 발흥했다. 도학적 세계관에 입각해, 회재는 '내적內的 초월'과 '우주적 유열愉悅', 퇴계는 '내적 초월'와 '화해'를 주로 읊어 우리나라 도학 문학에 백미白眉라 이를 만하다. 여기에 이현일李玄逸의 모부인 안동 장씨의 심학心學(도학) 시와, '자유'·'저항'의 시인 의식으로 한 시대를 덮었던 석주石洲의 작품을 꼭 다루었어야 했다. 다만 아쉬운 것은 화담과 율곡의 도학시와 농암農巖의 사상 문제를 늘 관심해 오면서 끝내 논구에 이르지 못했다는 것이다. 그리고 일견 효용도가 높은 문헌일 것 같은 거질巨帙의 《동문선》의 실상을 밝혔으며, 우리나라에서 통행한 문학 이론의 이념 4가지 범주를 정리·구명하였다.

책이 나오기까지 격려를 아끼지 않았던 김경희 사장님에게 감사드린다. 색인 작업과 교정의 노고를 아끼지 않았던 노요한 군, 그리고 편집을 맡아 수고한 권민서 님에게 깊은 사의를 전한다.

2023년 2월
서울 종암동 장대산방長對山房에서
저자 씀

6

목 차

목은牧隱에게서의 도학사상의 문학적 천발闡發

― 부賦와 문文에서의 경우 ―

1

송대 도학道學이 한국에 본격적으로 수용되기 시작한 것은 고려조의 지식인들이 원元의 국도國都에 왕래 또는 교우僑寓하는 경우가 많아지기 시작하던 13세기말 14세기 초에 이르러서였다. 사상의 이동은 주로 서적의 이동을 통해 이루어진다. 13세기말 안향安珦(1243~1306)이 원나라에 사신 가서 주자서朱子書를 베껴온 이래, 원나라 수도에 체류경력을 가진 백이정白頤正(1247~1323)·권부權溥(1262~1346) 등에 의해 '정주성리지서程朱性理之書'가 고려로 재래齎來되고, 특히 주희의 《사서집주四書集註》가 간행·보급됨으로써 고려 지식인 사회에 비로소 도학이 전파되기 시작했다.[1] 그 결과 우리 문화에 도학사상적 요소가 영향하고, 뚜렷하게는 불교사상적 요소가 퇴조하기 시작하는 변화가 왔다. 그러나 이 변화는 목은牧隱 이색李穡(1328~1396)이 출현하기까지는 아직 그렇게 뚜렷한 것은 아니었다. 수용에서 목은까지 반세기 동안에는 오늘날 전하는 시문詩文을 통하는 한 도학사상 자체의 단순 재생산도 실은 미미했다.

---

[1] 李齊賢, 《櫟翁稗說》前集2, "其後白彝齋頤正, 從德陵留都下十年, 多求程朱性理之書以歸; 我外舅政丞菊齋權公, 得四書集註, 鏤板以廣其傳, 學者又知有道學矣."

중국의 도학이 고려의 지식인층에 내재화되어 일정 정도 창신적創新的인 면모로 재산출되기 시작한 것은 안축安軸으로부터 보이나, 본격적인 산출은 목은으로부터다. 목은의 도학적 역량은 실은 당시로서는 하나의 돌출적 현상이라 할 만하다. 도학적 역량이 이렇게 목은에게서 돌출적으로 표출된 것은 목은이 원나라의 국자감國子監의 생원生員으로서 당시 원나라 학계의 논의를 현지에서 적극 섭취한 때문일 것이다. 그 뒤 그는 성균관成均館에서 적극적인 교육활동을 통해 도학의 전파에 힘쓰는 한편 많은 시문 저작을 통해 도학사상을 자기화시켜 출력出力해 나갔다. 순전히 목은의 이러한 노력이 주효한 때문이라고만은 할 수 없으나, 어쨌든 도학은 목은 이후 크게 확산되어 당시 사대부 일반의 인생이념人生理念으로 확실하게 자리잡게 되었다. 그래서 목은이 하세下世하기 4년 전 조선왕조가 성립되자 마침내 그 통치이념으로 정립되기에 이르렀다. 그 이래로 19세기말, 즉 조선왕조 말엽에 이르기까지 우리나라의 5백 년간 사상계를 지배하게 되었던 것이다.

그러나 우리 민족이 수용하고 실현하고 새로이 산출해온 도학은 우리 민족의 역사조건과 문화심리에 의해 제약되지 않을 수 없었다. 그 제약 속에 형성된, 한국 도학의 역사적 전개양태의 개략을 들어 보이면 다음과 같다. 즉, 정주도학에 일관되게 편중되어 왔다는 점, 이론의 추구보다 심성수양과 일상적 실행에 대한 관심이 우세하였다는 점, 이론적 창출이 본체론·우주론보다 심성론에 치중되어 있었다는 점, 정주도학에의 편향에 자연히 부수되는 것이지만 주리론主理論이 우세했다는 점, 도학의 본체·우주·심성수양 등에 관한 사유와 직관을 문예양식을 통해 표출하기를 기호했다는 점, 그리고 절의節義의 가치를 특히 중시했다는 점 등이 그것이다.

목은은 바로 자신의 도학적 사유·직관을 전적으로 문예양식으로 담아냄으로써 우리나라에서의 도학의 전개양태의 한 주요국면을 극명하게 드러내어 보여주는 대표적인 존재라고 할 만하다. 단순히 문예양식으로 도학사상을 담아내었다는 사실 자체가 중요한 것이 아니라, 문예양식을 사용함으로써 순전한 논리양식으로는 도달하기 어려운 사상적 초논리超論理의 논리나 경계境界를 제시하였다는 점에 나는 주목한다.

2

목은은 도학에 관한 온축과 사색을 시詩·부賦·기記·증서贈序·설說·명銘 등 문학의 여러 양식을 가지고 광범하게 표출해 놓았다. 이 가운데 도학 사상이 표출된 시에 관해서는 기존 연구가 더러 있으므로2) 나는 여기서 부賦와 문文 두서너 편을 분석, 목은에게서 도학 사상이 문예양식적으로 어떻게 표현되었는가, 그 결과 도학적 개념이나 논리에 어떤 변개가 일어났는가를 검증해 볼까 한다. 다만, 특히 문文의 경우 다른 작가에게도 흔히 있는 일이지만, 목은에게 있어서도 주로 그 저작의 동기가 타인의 청탁에 의존하고, 글의 제재 또한 청탁자로부터 주어진 것을 다루었다는 사실은 한 번 짚고 넘어갈 문제일 것 같다. 저작의 동기도 제재도 작가 스스로에게서 나오지 않은 글에 설령 사상적으로 일정하게 새로운 경지가 보인다 하더라도 그것에 대한 작가의 주체적 진실성이 과연 보장될까 회의될 수 있기 때문이다. 목은의 경우 이 문제에 대한 해답은 다음의 그의 자술에 분명하게 제시되어 있다.

내 나이 열일곱 살 때 동당東堂에 부시赴試하여 〈화씨벽부和氏璧賦〉를 지었고, 스물한 살 때 연경燕京의 국학國學에 들어가 월과月課로 부賦를 지었는데, 오백상吳伯尙선생이 나의 부를 보고는 매양 "가르칠 만하다" 하셨다. 본국으로 돌아와서 계사년 동당에 부시하여서는 〈황하부

---

2) 李炳赫의 《高麗末 性理學 受容期의 漢詩 研究》(1989, 太學社)를 위시해서 呂運弼의 《李穡의 詩文學 研究》(1996, 太學社), 鄭載喆의 《牧隱 李穡 詩의 研究》(1996, 高麗大 博士學位論文), 柳浩珍의 《李穡 詩 研究》(1999, 高麗大 博士學位論文) 등이 그것이다.

黃河賦〉를 지었고, 향시에서는 〈완규부琓圭賦〉를 지었고, 회시에서는
〈구장부九章賦〉를 지었으나 지금 모두 수록하지 않은 것은 그것이 고문
이 아니고 나의 뜻이 아니기 때문이다. 나의 뜻이 아님에도 이를 통해
출신出身하였으니, 이것이 아니면 환로宦路에 올라 부모를 봉양할 길이
없기 때문이다. 아아, 슬프도다!3)

　연도燕都의 국학에서 '오백상吳伯尙 선생'4)으로부터 칭허稱許를 받을 만큼
우수한 능력으로 지은 부賦이지만 그것이 나의 뜻이 아닌, 즉 과거에 합격하
기 위한 수단일 뿐으로서 자신의 주체적 진실성이 결여된 과부科賦이기 때문
에 문집에 편입시키지 않는다는 내용이다. 이것은 그가 작품에 표명되는 사
상에 대하여 스스로 엄중하게 책임의식을 가지고 있었음을 뜻한다. 실은 저
작의 동기와 제재가 타인으로부터 주어졌다는 사실과 저작된 작품의 사상내
용의 주체적 진실성의 문제와는 엄격히 말하면 별개의 사안이다. 다만 이
두 가지가 서로 연계될 개연성이 많은 관계에 있으므로 거론하게 된 것일
뿐이다. 그의 글이 조야粗野할 정도로 진솔한 면이 있는 것도 자신의 사상을
꾸밈없이 정직하게 표출하고자 한 데에서 온 것이라고 보아야 할 것이다.
　그의 작품에도 주어진 제재에 대응하느라 내용 및 주제와 관련한 발상에
있어 다소 즉흥적으로 보이는 국면들이 있다. 그러나 이것이 역량의 빈곤에
서 오는 강작强作된 즉흥이 아니라, 도학에 대한 그의 내면의 충일充溢하는
열정이 외적 계기를 만나 새로운 발상으로 비약한 결과라고 생각한다.

　이제 목은이 문예양식을 통해 도학의 개념이나 논리들을 어떻게 변용하여

---

3)　李穡, 〈觀魚臺小賦後識〉《牧隱詩藁》권1), "予年十七歲, 赴東堂賦和氏璧. 二十一歲,
　　入燕都國學月課, 吳伯尙先生賞予賦, 每曰: '可敎.' 卽歸, 赴癸巳東堂賦黃河, 鄕試賦琓
　　圭, 會試賦九章. 今皆不錄, 非古文也; 非吾志也, 非吾志而出身于此, 非此無階於榮養耳.
　　塢呼悲哉."
4)　吳伯尙의 '伯尙'은 字, 본명은 吳當이다. 吳澄의 손자로 經史百家에 통했다 한다.

천발闡發하고 있는가를 구체적으로 살펴본다. 먼저〈관어대소부觀魚臺小賦〉다.

　　단양丹陽의 동쪽 해안이요 일본의 서쪽 해변이라, 큰 파도가 끝없이
펼쳐져 있을 뿐 그 밖의 것은 알 수가 없다. 파도가 움직일 때는 마치
산이 무너지는 것과 같고, 고요할 때는 마치 거울을 닦아놓은 것과 같
구나. 풍백風伯이 마구 풀무질을 해대고 해신海神이 집을 짓고 들어앉
은 곳이라, 큰 고래가 떼지어 장난질함에 그 기세가 큰 창공을 흔들겠
고, 수리가 외로이 날매 그 그림자가 떨어지는 안개와 잇닿는다.

　　대臺가 있어 그곳에 올라 굽어보면 시야에 다른 것은 없고, 위에는
온통 하늘이 있고 아래에는 온통 물이 있을 뿐, 그 사이가 아득하여
천리요 만리이다. 그런데 오직 이 대臺의 아래만은 파도가 일어나지
않고, 잠잠하여 고기 떼들을 굽어보면 서로 같은 놈, 서로 다른 놈들이
어릿어릿, 또는 의기양양 저마다 제 뜻대로 헤엄쳐 노닌다. 임공자任公
子의 미끼는 크니 내가 감히 엄두도 못 내겠고, 태공太公의 낚시는 곧으
니 내가 감히 바랄 바 아니로세.

　　아! 우리네 사람은 만물의 영장이니 나의 형해形骸를 잊음으로써 물
고기들의 즐거움을 즐거워하고, 그 즐거움을 즐거워함으로써 죽어서
는 내 편안하리로다. 물아物我가 한 마음됨은 고금古今이 한 이치이니,
뉘라서 구복口腹을 채우느라 급급하여 군자에게 버림받는 것을 달게
여기리요. 문왕文王이 이미 돌아가셨음을 슬퍼하노니, "아, 못 그득히
물고기들 불어났구나!"를 생각하나 미치기 어려우리로다. 만약 공자
께서 (도가 행해지지 않아) 뗏목을 타고 오셨더라면 또한 필시 여기에
즐거움이 있으셨을 것. "물고기는 못에서 뛰어오른다"라는 구절이
바로《중용》의 대지大旨이니, 여기에 침잠하여 종신終身하면 행여 자사
자子思子의 문하에 들어가리라.[5]

---

5)　이색, 위의 책, 같은 곳. "丹陽東岸, 日本西涯, 洪濤淼淼, 莫知其他. 其動也如山之頹,

청탁에 의하지 않은, 자발적으로 창작된 작품으로 보인다. 글의 첫째 장章에서는 바다의 광경이 묘사되고, 둘째 장에서는 관어대觀魚臺 아래의 고기들에 관련하여 묘사된다. 그리고 마지막 장에 가서 사상적으로 유의미한 관어觀魚의 세 가지 유형과 그 통합적인 의미를 천발한다.

작자의 이 글의 창작 의도는 물론 마지막 장에 있다. "나의 형해形骸를 잊음으로써 물고기들의 즐거움을 즐거워하고, 그 즐거움을 즐거워함으로써 죽어서는 내 편안하리로다.(忘吾形以樂其樂, 樂其樂以歿吾寧.)"는 장자莊子의 호상관어濠上觀魚,[6] 정호程顥의 분어관찰盆魚觀察,[7] 그리고 장재張載의 〈서명西銘〉의[8] 취지를 한 문맥으로 결합시킨, '물아일심物我一心'의 유열경愉悅境에의 도달을 그 함의로 가진 관어의 유형이다. "아, 못 그득히 물고기들 불어났구나!(於牣)"는 문왕文王의 영소靈沼에서의 여민동락與民同樂의 태평세계 구현을 그 함의로 가진 관어의 유형이다.[9] 끝으로 "물고기는 못에서 뛰어오른다(魚躍)"는《중용》에서의 '상하上下에 드러난(上下察), 만물을 낳고 기름으로써 활발발活潑潑하게 유행하는 천리를 깊이 사유함'을 그 함의로 가진 관어

其靜也如鏡之磨. 風伯之所稟鑰, 海若之所室家. 長鯨群戱而勢搖大空, 鷺鳥孤飛而影接落霞. 有臺俯焉, 目中無地, 上有一天, 下有一水, 茫茫其間, 千里萬里. 惟臺之下, 波伏不起, 俯見群魚, 有同有異, 圉圉洋洋, 各得其志. 任公之餌夸矣, 非吾之所敢擬; 太公之釣直矣, 非吾之所敢冀. 嗟夫! 我人萬物之靈, 忘吾形以樂其樂, 樂其樂以歿吾寧. 物我一心, 古今一理, 孰口腹之營營, 而甘君子之所棄! 慨文王之旣歿, 想於牣而難跂. 使夫子而乘桴, 亦必有樂于此. 惟魚躍之斷章, 迺中庸之大旨. 庶沉潛以終身, 幸摳衣於子思子."

6) 《莊子》〈秋水〉, "莊子與惠子遊於濠梁之上. 莊子曰: '儵魚出遊從容, 是魚之樂也.' 惠子曰: '子非魚, 安知魚之樂?' 莊子曰: '子非我, 安知我不知魚之樂?' 惠子曰: '我非子, 固不知子矣; 子固非魚也, 子之不知魚之樂, 全矣.' 莊子曰: '請循其本. 子曰: 汝安知魚樂云者, 旣已知吾知之而問我, 我知之濠上也.'"

7) 〈二程子〉《性理大全》〈諸儒〉 권39), "范陽張氏曰: 明道 (중략) 又置盆池, 畜小魚數尾, 時時觀之. 或問其故. 曰: '欲觀萬物自得意.'"

8) 張載, 〈西銘〉(《正蒙》), "存吾順事, 沒吾寧也."

9) 《孟子》〈梁惠王章句上〉, "《詩》云: '王在靈沼, 於牣魚躍.' 文王以民力爲沼, 而民歡樂之, 謂其沼曰靈沼, 樂其有魚鼈. 古之人, 與民偕樂, 故能樂也." 한편 '於牣魚躍'은 그 자체로서 文王의 치세가 太平聖代임을 의미한다. 즉 태평성대는 仁의 정신이 普徧한 시대로 萬物이 繁盛하는 시대이고, 따라서 '못에 그득히 물고기들이 불어나기(於牣)' 때문이다.

의 유형이다.10) 그런데 관어觀魚에 관한 이 세 가지 유형의 서술내용은 일견 유기적인 연계 관계 없이 각기 고립적으로 열거되어 있는 것 같다.

> 우리네 사람은 만물의 영장이니 나의 형해를 잊음으로써 물고기들의 즐거움을 즐거워하고, 그 즐거움을 즐거워함으로써 죽어서는 내 편안하리로다. 물아物我가 한 마음됨은 고금이 한 이치이니 뉘라서 구복을 채우느라 급급하여 군자에게 버림받는 것을 달게 여기리요.(我人~所棄)

> 문왕이 이미 돌아가셨음을 슬퍼하노니, "아, 못 그득히 물고기들 불어났구나!"를 생각하나 미치기 어려우리로다. 만약 공자께서 (도가 행해지지 않아) 뗏목을 타고 오셨더라면 또한 필시 여기에 즐거움이 있으셨을 것이다.(慨文王~樂于此)

> "물고기는 못에서 뛰어오른다"라는 구절이 바로 《중용》의 대지이니, 여기에 침잠하여 종신하면 행여 자사자의 문하에 들어가리라.(惟魚躍~子思子)

즉 이 3개 절의 내용은 하나의 장의 의미맥락으로 통합될 수 없을 것처럼 보인다. 만약 이런 관점으로 보면 이 작품은 온전한 한 편의 작품으로 성립될 수 없다. 왜냐하면 앞의 대臺에서의 바다 조망을 묘사한 두 장에서 장내의 각 절 사이의 관계는 유기적인 연계로 각기 한 장으로 의미맥락을 형성시켜놓고, 정작 중요한 마지막 장에서는 의미단위를 고립적으로 분산시키는 그런 문장법은 애초에 없기 때문이다. 문사文思의 비약과 잠행潛行, 단절과 건너뛴 접합, 이것이 바로 문예 특유의 표현방식이 아닌가. 실은 목은이 바로

---

10) 《中庸章句》제12장, "詩云: '鳶飛戾天, 魚躍于淵.' 言其上下察也." 註, "子思, 引此詩, 以明化育流行, 上下昭著, 莫非此理之用. (중략) 故程子曰: '此一節, 子思, 喫緊爲人處, 活潑潑地, 讀者其致思焉.'"

이런 표현방식을 즐겨 사용했던 것이다.

나는 표면적으로 단절, 또는 단절에 준하는 관계에 있는 이 관어에 관한 3개 절의 문맥을 내재관계에서 보고자 한다. 절과 절 사이뿐만 아니라, 구와 구 사이도 일견 비약으로 보이는 부분이 있다. 가령 '물고기들의 즐거움을 즐거워하다.(樂其樂)'와 '(즐거워함)으로써 죽어서는 내 편안하리로다.(以殁 吾寧)'의 관계가 그것이다. 이처럼 단절을 넘어선 비약적인 내적 접합은 평상의 논리를 가로지름으로써 새로운 의미를 창생시킨다. 목은의 이 글이 그것을 실현했다.

이제 마지막 장의 각 절 내지 구 사이의 내재 연계를 살펴보자. 우선 각 절 사이의 관계를 밝히면 이렇다.

1절과 2절의 관계는 덜 단절적이다. '물고기들의 즐거움을 즐거워하는' 물아일심적 유열愉悅의 경지를 1절에서 전제하고, 2절에서 문왕의 영소靈沼에서의 관어의 함의인 태평성대구현은 공자도 실패했으므로 자기로서는 '미치기 어려움(難跂)'일 수밖에 없어 앞 절의 물아일심적 유열의 경지를 지향해 마지않는데, 공자도 중원中原에 도道가 행해지지 않아 '뗏목을 타고(乘 桴)'11) 동방으로 오셨더라면12) '또한 필시 여기에 즐거움이 있으셨을 것 (亦必有樂于此)'이라고 하여 이 영해寧海의 관어대에서의 관어의 즐거움이 최상임을 말한 것으로 읽힌다. 2절은 그러니까 1절에 부수되는, 다분히 수식적인 절인 셈이다.

다음 1절과 3절이 조응하여 빚어내는 내재 논리를 보자. '나의 형해形骸를 잊음으로써 물고기들의 즐거움을 즐거워하고, 그 즐거움을 즐거워함으로써 죽어서는 내 편안하리로다'는 물아일심적인 유열의 극치의 상황— 개아個我

---

11)《論語》〈公冶長〉, "子曰: '道不行, 乘桴, 浮于海, 從我者其由與!'"
12)《논어》〈子罕〉, "子欲居九夷." 朱熹의 註에 "東方의 夷族에 九種이 있다. '가서 살고 싶다는 것(欲居之者)'은 (〈公冶長〉의) '뗏목을 타고 바다에 떠간다(乘桴, 浮海)'의 뜻이다"라고 하여, 공자가 中原에 道가 행해지지 않아 '九夷', 즉 東夷에 移住하고 싶은 심정을 말한 것이라 하였다.

를 넘어선, 만물 보편계의 존재상황인 열락의 경지에로의 진입을 의미하는 것이다. 그런데 이 경지에의 진입이 우연히, 하루아침에 이루어지는 것이 아니다. '물고기는 못에서 뛰어 오르다'의 관어의 유형이 상징하는 명제에 즉卽해 깊고도 오랜 체인과정體認過程이 요구된다. 즉 상하上下에 드러나는, 만물을 낳고 기름으로써 유행하는 천리, 바꾸어 말하면 우주 생명원리生命原理의 자기실현으로서의 질서의 화해로운 작동에 대한 체인體認이 요구된다. 상하에 활발발하게 드러나는 천리─생명원리를 실체적으로 인증하는 경지에 가야 물고기들, 곧 만물의 생의生意의 즐거움을 즐거워함으로써 '죽어서는 내 편안하리로다'의 경지에 이를 수 있다는 논리다. 유한한 개아個我로서 보편계의 존재상황에 합류, 드디어 도덕적으로나 종교적으로 구원이 이루어진다. 실체적 인증의 과정은 돌이켜 말하면 다름 아닌 주체의, 만물과의 관련망 내에서의 확대·고양 과정에 다름 아니다. 그러기에 '여기에 침잠하여 종신하면'이라는 실로 깊고 오랜 체인 과정을 예상하는 표현을 쓴 것이다. 말하자면 도덕적, 종교적으로 심성의 끊임없는 자기극복의 역사役事다. 즉 '물고기들의 즐거움을 즐거워하기(樂其樂)'위해 '물고기는 못에서 뛰어오른다(魚躍)'의 함의인 '활발발活潑潑'한, '만물을 낳고 기름으로써 유행하는 천리天理(化育流行之理)'를 '깊이 사유함(致思焉)'으로써의 체인이 요구된다는 내재 논리다.

다음 구와 구, 즉 명제와 명제 사이의 단절을 뛰어넘는 비약적인 결합을 보자. 마지막 주제 장의 핵심 내용, 따라서 이 글의 핵심 내용은 '물고기들의 즐거움을 즐거워하다(樂其樂)'와 '(즐거워함)으로써 죽어서는 내 편안하리로다(以歿吾寧)'의 두 구의 비약적인 결합에 의해 빚어진 새로운 의미경계意味境界에 있다. '물고기들의 즐거움을 즐거워하다(樂其樂)'는 장자의 호상관어濠上觀魚와 정호의 분어盆魚의 취지를 결합시킨 것이거니와, '죽어서는 내 편안하리로다(歿吾寧)'는 장재張載의 〈서명西銘〉의 종극적인 국면이다. 〈서명〉의 그 대목, 즉 "살아서는 내 순히 섬기고, 죽어서는 내 편안하리라(存吾順事,

沒吾寧也.)"에 대한 주희의 해석은 이러하다.

　　어진 이는 몸이 살아서는 하늘을 섬기는 태도에 이치를 거역하지
아니할 뿐이고, 죽어서는 편안하여 하늘에 부끄러움이 없으니, 이른바
《논어》〈이인里仁〉의) "아침에 도를 들으면 저녁에 죽어도 좋다", (《예
기》〈단궁상檀弓上〉의) "내가 바름을 얻고서 죽으면 그만이다"라는 것
이다.13)

　목은도 이 주희의 해석을 필연코 접했을 것이다. 그런데 '살아서는 내 순
히 섬기고(存吾順事)' 대신에 '물고기들의 즐거움을 즐거워하다(樂其樂)'를
놓아 하나의 문맥으로 결합시키는 데에서 새로이 형성되는 의미 경계를 생
각해 보라. 장자의 호상관어와 정호의 분어 관찰은 만물의 자득의自得意(樂)
를 관찰하며 공감할 뿐이었는데 여기서는 물고기들의 즐거움을 즐거워하는,
일종의 몰입적 경지로 전이되어 있다. 따라서 '죽어서는 내 편안하리로다(沒
吾寧)'의 의미경계는 주희의 해석에 의한 것과는 아주 달라지게 된다.
　도덕적으로 고양된 엄숙한 종교정신에서 일거에 춘풍春風이 이탕怡蕩하는
일종의 심미경계審美境界로 전이된 셈이다. 그렇다고 해서 도덕적 의취意趣를
저버린 것은 결코 아니다. 생명체의 즐거움을 즐거워하는 것은 고차원의 도
덕적 정감이기 때문이다. 죽음이라는 인간의 숙명적 조건에 관련된 명제이
니 만큼 목은의 '죽어서는 내 편안하리로다(沒吾寧)'에도 당연히 종교적 함
의가 있다. 즉 물아일심의 열락경悅樂境이라는 일종의 보편계의 존재상황으
로의 진입이 유한한 인간으로서의 구원에의 도달 그것에 다름 아닌 것이다.
종교성이라는 같은 관점에서 놓고 보더라도 주희의 의미경계와 현격히 다르
기는 마찬가지다. 주희의 경우가 도덕적, 엄숙주의적임(〈서명〉본문의 문맥상

---

13) 주희, 〈西銘解〉(《性理大全》 권4), "仁人之身, 存, 則其事天者, 不逆其理而已; 沒, 則安
　　而無所愧於天也. 蓋所謂朝聞道夕死; 吾得正而斃焉者."

이것은 너무도 당연하지만)에 대하여 목은의 경우는 다분히 심미적이라 할 수 있다. 목은은 '죽어서는 내 편안하리로다(沒吾寧)'라는 도학의 중요 명제에 다 '물고기들의 즐거움을 즐거워하다(樂其樂)'의 의미를 관주貫注시킴으로써 이렇게 종래의 해석에 의한 것과는 전혀 다른, 새로운 사상적, 문학적 경지를 열어 놓았다. 물론 목은의 신경지는 '죽어서는 내 편안하리로다(沒吾寧)'를 〈서명〉 전편全篇의 맥락으로부터 단장斷章하여 고립적으로 '물고기들의 즐거움을 즐거워하다(樂其樂)'와 연계시키는 데에서 성립이 가능하였다. 이러한 방식 또한 문예양식을 사용함으로써나 가능했다.

이처럼 둘 이상의, 아무런 상관성이 없거나 상관성이 희박한 명제나 전고(특히 시의 경우)의 비약적인 결합에 의해 제3의 다른 의미, 새로운 의미를 창출하는 데에 목은문학의 장기가 있다. 이것은 결국 광범하고 포괄적인 지식을 가지고, 어떤 도그마에 보다 덜 얽매이는, 목은의 상대적으로 자유로운 상상력의 소산이다. 목은의 도학사상의 문학적 천발의 진면목은 바로 이런 국면에 있다.

이상으로써 〈관어대소부〉에서의 도학사상의 천발의 양상을 토구했거니와, 그 천발의 성과와는 상관없이 이 작품의 내용 구성이 실은 매우 비합리적이다. 무엇보다 고전에 나오는 세 유형의 관어觀魚의 무대는 각각 호濠·분지盆池·소沼·연淵이다. 그런데 이 작품에서는 '큰 파도가 끝없이 펼쳐져 있고(洪濤淼淼)', '파도가 움직일 때는 마치 산이 무너지는 것 같다(其動也如山之頹)'는 바다(海)가 등장하고 있다. 고전에 나오는 관어의 그 무대와 작품 속에서 작중화자(작자)가 경험하고 있는 관어의 무대 사이에는 그 장경場景에 있어서 너무나 심한 불일치가 생겨나 있다. 그러니까 이 작품에서는 전범적인 세 '관어'의 유형이 가진 의취를 엮어, 작자가 생각하는 도학적 관어의 의미를 천발하는 것이 오직 중요할 뿐, 작품 자체의 미학적 완결성의 추구에는 그다지 큰 관심을 두지 않았던 셈이다. 이 점이 이 작품의 의미가 위에서 개진한 바 논지와 같이 다분히 개념적으로, 관념적으로 제시되었을 뿐, 절실한 체험의 표출로서의 자가自家의 형이상학적 경계의 제시에는 이르지 못한 원인이기도 하다. 그의 여타 작품의 경우도 대개 이러하다. 수용 초기의 도학이 전체계적으로 작자의 내면에서 무르녹고 세련되지 못한 채 작자의 열정적인 상상력에만 힘입어 문학적으로 표출되어 나온 결과다. 그래서 그의 글은 많은 부분 조야한 편이다. 조야하면서 그러나 그의 글은 어떤 웅심雄深하고도 신선한 힘을 느끼게 한다. 다시 말하면 독특한 정신미精神美를 가지고 있다.

3

앞 장에서 〈관어대소부〉의 분석을 통해 목은이 도학사상을 문학적으로 천발하는 방식과 그 사상적 신경지新境地가 이루어지는 정형을 살펴 보았다. 도학사상의 천발을 의도한 그의 여타작품의 해명에도 다 앞에서와 꼭 같은 분석·설명의 절차가 요구되는 것은 아니다. 그러나 그 방법적 원칙에 있어서는 앞서의 범위를 벗어나지 않는다. 이 점에 유의하면서 그의 도학사상의 문학적 천발이 이룩한 새로운 국면 두어 가지를 더 살펴 본다.

　근近의 말이, "근近이 선생의 문하에서 나이는 가장 어리고 학문도 가장 낮습니다. 그러나 동경하여 미치려 함은 가까운 데서부터 먼 데까지 가는 것입니다. 그래서 자字를 '가원可遠'이라 했습니다. 천하에 가깝고도 먼 것은 그것을 안으로 구하면 '성誠'이요, 밖으로 구하면 '양陽'이라 합니다. '성誠'은 오직 군자이어야만 실천하는 것이요, 저 '양陽'으로 말하자면 어리석은 사내와 아낙들도 다 아는 것입니다. 봄에는 따스하고 여름에는 무서울 정도로 뜨겁고 가을에는 따갑다가 겨울에는 다시 따스함으로 돌아와, 한 해 농사를 이로써 이룰 수 있고 백성들

생활이 이로써 펴일 수 있습니다. 저 나름대로 생각해 보기를 성인聖人이 인재人材를 교화함도 또한 이와 같다고 여깁니다.

　시서예악詩書禮樂의 가르침은 모두 천시天時에 순응한 것입니다마는, 중니仲尼께서는 일찍이 '내가 무엇을 숨긴다고 생각하는가? 나는 너희에게 숨김이 없다' 하셨습니다. 중니는 천지와 같고 일월과 같은지라, 넓고도 커서 감싸안지 않는 것이 없고 번갈아 밝아서 비추지 않는 것이 없습니다. 그래서 그 사이에 있는 사물들이 형형색색 남김없이 제 모습을 다 드러내는 것입니다. 그러므로 '솔개는 날아 하늘에 이르는데 물고기는 못에서 뛰논다' 하였으니, 리理가 상하로 밝게 드러남을 말한 것이라고 하였던 것입니다. 그런데 무슨 숨길 것이 있으리요. 아무리 음험 사특한 자일지라도 모두 그 실정을 감출 수 없음인즉 중니의 알지 못하는 바가 없고 교화시키지 못하는 바가 없어, 환하게 밝고 드넓게 큽니다. 기수沂水에 목욕하고 무우舞雩에 바람을 쐬고 읊조리며 돌아오던 무리도 오히려 그 화기和氣의 유행이 당우唐虞의 기상과 다름이 없음을 알았으니, 그 시우時雨에 감화된 이들이 쭉쭉 뻗어 무럭무럭 자란 것이야 다시 말해 무엇하겠습니까!"

　(내가 이르기를) "아아, 중니께서 그 문하에 종유從遊하던 삼천 제자와 뛰어났던 칠십 제자 사이에서 천지가 되고 일월이 되신 것은 모두 '양陽'의 도가 발현하여 환히 드러난 것이었으나, 이를 보고 아는 이는 매우 드물었다. 증자曾子와 자사子思가 다행히 책을 저술하여 오늘에 이르고 있고, 염락濂洛의 학설이 세상에 행해진 뒤에야 학자들이 그 책을 읽으매 마치 중니의 천지에 노닐고, 중니의 일월을 보는 것과 같게 되었다. 진한秦漢 이래 어둡고 비색否塞하며 혼침昏沈하기 그지없어, 거의 귀역鬼蜮에 가깝던 것들이 마치 맑은 바람이 일어나 쓸어버리듯 자취도 없이 사라졌으니, 어쩌면 그리 통쾌한가! (중략) 아, 선비가 이 세상에 나서 만나지 못했으면 그만이지만, 만났으면 천자를 도와 일통一統을

크게 하여 사해에 양춘陽春을 펴게 할 뿐이다. (중략) 힘쓰는 데는 마땅
히 어떻게 할 것인가? 반드시 '성誠'으로부터 시작할 것이다."14)

　이 글은 목은이 그의 문생 권근權近의 호 '양촌陽村'의 '양陽'의 의미에 관
해 쓴 글이다. 그는 '양촌'의 '양陽'의 의미를 아주 당연하다는 듯이 도학의
사유에 입각하여 해석하였다. 그는 지인들의 청탁으로 자字·호號에 대한 설說
또는 기記를 많이 지었는데, 그 자·호의 의미 해명을 대개는 이처럼 도학적
방향에서 했다. 그들의 글 청탁을 그는 도학에 대한 자신의 사색, 또는 증득
證得의 진경進境의 기회로 활용한 셈이다. 아울러 또한 도학의 전파의 기회로
도 십분 활용했던 것이다. 도학에 대한 그의 열정을 엿볼 수 있는 좋은 한
사례다.
　위에 인용한 글은 이 작품의 주제에 상대적으로 덜 긴절한 앞뒤 약간 부분
을 제외한 대부분의 것이다. 글은 크게 두 부분으로 나뉜다. '다시 말해 무엇
하겠습니까(復何言哉)'구 이전은 권근의 생각이요, 그 뒤는 목은의 생각이다.
그러나 권근의 생각이란 글의 억양을 위해 목은이 형식적으로 그렇게 의설擬
設했을 뿐 실은 이 글에 나타난 생각은 모두 목은의 몫임은 말할 것도 없다.
　글은 권근의 본명 '근近'과 자 '가원可遠'에서 '성誠'과 '양陽'이라는 도학

---

14) 이색, 〈陽村記〉(《牧隱文藁》권3), "近之言曰：'近也在先生之門, 年最少, 學最下; 然所
　　慕而趑之者, 近而之遠也. 故字曰可遠. 天下之近而又遠者, 求之內曰誠; 求之外曰陽. 誠
　　惟君子, 然後踐之. 若夫陽也, 愚夫愚婦之所共知也. 春而溫, 夏而可畏, 秋而燥, 冬而復乎
　　溫, 歲功得以成, 民生得以遂. 近竊自謂聖人之化成人材也亦如此. 詩書禮樂之敎, 皆所以
　　順乎天時矣, 而仲尼則嘗曰: 以我爲隱乎? 吾無隱乎爾. 盖仲尼, 猶天地也, 猶日月也; 廣
　　大而無所不包, 代明而無所不照. 物乎其間者, 形形色色, 呈露靡遺. 故曰: 鳶飛戾天, 魚
　　躍于淵. 言其上下察也. 尙何幽隱之有哉. 雖其陰險邪類, 亦皆無所逃其情, 則夫子之無所
　　不知, 無所不化, 昭昭乎其明也, 浩浩乎其大也. 浴沂風詠之流, 猶足以知和氣流行, 與唐
　　虞氣象無異, 則其時雨化之者, 發榮滋長, 復何言哉!' 嗟夫, 仲尼爲天地爲日月於從游三
　　千速肖七十之間者, 皆陽道之發見昭著者也, 而見而知之者甚寡. 曾子子思幸而著書, 至
　　於今日; 濂洛之說行, 然後學者讀其書, 如游仲尼之天地, 如見仲尼之日月. 秦漢以來, 陰
　　翳否塞, 泯泯昏昏, 幾於鬼蜮者, 如淸風之興而掃之無跡, 何其快哉! (중략) 塢呼, 士生斯
　　世, 不遇則已, 遇則佐天子大一統, 布四海陽春焉而已耳. (중략) 勉之當如何? 必自誠
　　始."

적 개념을 도출해내고, 글의 주부분主部分으로서 공자의 교화의 세계를 만물에 대한 '양陽'(양기陽氣와는 일정하게 변별됨)의 작용에 비의比擬, 또는 '양陽' 자체의 발현으로 보아 형상성을 곁들여 서술한 뒤, 작중인물 권근에게 '사해四海에 양춘陽春을 펴게 할 뿐'이라고 하고, 그러기 위해서는 반드시 '성誠'에서 힘쓰기 시작하라는 도학적 권면의 말로 끝맺고 있다. 이 같은 글의 개략에 어느 정도 드러나 있는 바와 같이 이 글에는 도학의 종국적인 구도, 즉 천지天地의 규모와 내용에 대응되는 성인聖人의 세계, 그리고 이를 본받아야하는 인간의 당위가 서술되어 있다. 이 개략에 드러난 바대로라면 도학의 기본 명제를 서술한 데에 불과할 뿐이다. 그러나 목은의 문학적 상상력은 이 진부한 명제에 대해 신선한 활력을 행사함으로써 사상적으로 참신한 논리와 체취를 갖게 했다.

우선 권근의 본명 '근近'과 자 '가원可遠'의 '원遠'을 연결하여 (천하에서) '가깝고도 먼 것'('(天下之)近而又遠者')이라 의미 설정을 하고, 이미 전제되어 있는 '양촌'의 '양陽'에다가 느닷없이 '성誠'을 제기하여 내외로 정립함으로써 글의 결말을 준비해 두는 데에 그의 거침없는 상상력의 발휘를 볼 수 있다. '성誠(內)'과 '양陽(外)'의 개념간의 연계는 기존 도학에서는 일찍이 없었던 일이기 때문이다. 그러고 나서 '양陽'에 대해 서술한다. 우선 봄·여름·가을·겨울의 '양陽'의 변환에 의해 '한해 농사가 이로써 이루어지고 백성들의 생활이 이로써 펴일 수 있음'으로써 성인의 '시서예악詩書禮樂의 가르침'에 인재들이 성수成遂되는 것을 비의比擬한다. 이것은 일반적인 서술이다. 그리고 '성인'도 공자孔子만이 아닌, 공자도 포함되는 그 이전의 시서예악詩書禮樂의 성립에 참여한 성인들의 범칭이다. 그러나 일반적인 서술임에도 '시서예악의 가르침'이 사시四時 변환하는 '양陽'에 비의됨으로써 '시서예악의 가르침'은 마침내 '양陽'의 순환, 즉 천도天道의 순환에 동반되어 천도와 함께 항존恒存하는 보편·불변의 가르침이란 함의에 도달한다. 그래서 도학 수용에 대한 초기적 열정이 일어나고 있던 당시로서는 유교 경전에 대한 마땅한 인식을 갖도록 함에 매우 효과적인 서술이 된다.

그러나 목은의 상상력은 여기에서 아주 멀리로 뛴다. 목은은 (권근의 입을 빌려) 공자가 일찍이 제자들에게 한 말, "내가 무엇을 숨긴다고 생각하는가? 나는 너희에게 숨김이 없다"는 말을15) 인용해온다. '숨김이 없음'은 '양陽'의 한 특성에 해당하는 사실이기 때문이다.《논어》의 이 대목에 대한 주희의 해설에는 "여러 제자들이 공자의 도道가 높고 깊어 거의 미칠 수 없기 때문에 무슨 숨기는 것이 있다고 의심하고 (겉으로 드러나는) 성인의 동작함과 그침, 말씀함과 잠자코 있음 모두가 가르침이 아님이 없다는 것을 모른다. 그래서 공자가 이 말로써 깨우치시었다"라고16) 되어 있다. 그런데 목은의 상상력은 (권근의 입으로) 이 말에 근거하여 단번에 공자를 천지天地와 일월日月로의 동일화로 비약했다. 즉 목은의 상상력은 주희의 해설 가운데 '성인의 동작함과 그침, 말씀함과 잠잠코 있음'이라는, 숨김없이 겉으로 드러나는 공자의 신상의 사위事爲에 착안하여 일월의 비춤 앞에 역시 숨김없이 자기 정체를 드러내는 천지간의 모든 존재들, 이 존재들을 포용하고 비추는 천지와 일월로 공자의 인격을 변모시켰다. "넓고도 커서 감싸지 않는 것이 없고, 번갈아 밝아서 비추지 않는 것이 없다. 그래서 그 사이에 있는 사물들이 형형색색 남김없이 제 모습을 다 드러내는 것이다"라고 그 모습을 묘사하고 있다. 세계 안의 공자의 존재를 세계 그 자체화한 것이다.

물론 성인의 존재를 세계 자체화한 것은 목은으로부터는 아니다. 중국의 전통에 그런 사유양태가 있어 왔다. 가령《중용》에 성인의 덕을 찬탄하여 "후덕한 그 인仁, 깊디깊은 그 못, 넓디넓은 그 하늘이로다.(肫肫其仁, 淵淵其淵, 浩浩其天.)"라고 했는데, 여기서 '못'과 '하늘'은 바로 아래위에서 호응함으로써의 세계 그 자체의 표상이다. 그러므로 목은이 공자의 인격을 세계로

---

15)《論語》〈述而〉, "子曰: '二三子! 以我爲隱乎? 吾無隱乎爾. 吾無行而不與二三子者, 是丘也.'"
16) 앞의 책, 같은 곳, "諸弟子以夫子之道高深, 不可幾及, 故疑其有隱, 而不知聖人作止語默, 無非教也. 故夫子以此言曉之."

본 그 자체는 새로울 것이 없다. 주희가 '숨김이 없음'을 공자의 신상의 사위事爲에 즉해 말했을 뿐인데, 여기에 의거하여 '공자의 인격 = 숨김이 없음 = 광명한 천지'를 발상해온 그 점에 목은의 상상력의 거침없음 또는 기발함이 있다. 그 결과 《논어》의 '무은無隱' 장에 대해 주희와는 아주 다른 새로운 해석에 우리는 접하게 된다. 즉 공자의 인격이 천지 또는 자연 자체로 성현聖顯되면서 성현 현상에 일반적으로 있는 신비적인 면모, 어둡고 비밀스러운 면모가 제거된, 오히려 '숨김이 없는'양명陽明함, 이 자체의 가치를 극대적極大的으로 현현顯現하는 성현이라는 새 관념을 탄생시키는 것 등이다. 그리고 개략적이지만 세계, 즉 광명한 천지에 대한 형상적인 묘사는 관념성으로 흐를 가능성이 농후한 유학의 한 새 관념에 대해 현실감각을 갖게 해 준다.

(권근의 입으로) 목은은 이어 양명한 세계, 세계의 양명함에 대해 "솔개는 날아 하늘에 이르는데, 물고기는 못에서 뛰논다"는 도학의 유명한 명제를 상징하는 시구를 가져와서 입증한다. 도학에서 이 시구는 주지하는 바와 같이 '화육유행지리化育流行之理'가 천지간에 밝게 드러남을 상징하기 때문이다.[17] 그런데 우리는 여기서 공자의 인격이 어느새 '화육유행지리' 자체로 대체되었음을 발견한다. 양명한 공자의 세계는 곧 화육化育함으로써 유행流行하는 리理의 세계다. 리理의 세계는 생기生機의 세계다. 목은은 '양陽의 세계 = 공자의 세계 = 리理의 세계'를 결국 도학의 일반적인 관념대로 양명성陽明性과 생기성生機性 두 가지로 파악한다. 송대 이래의 중국의 사상계에는 일반화된 관념이라 하더라도 당시 고려의 도학 수준에서는 신선할 터였다.

이렇게 세계 자체, 자연 자체로 성현聖顯되었던 공자의 인격은 다소 하강하여 좀더 인격 그 자체로 회귀하는 면모를 띤다. 그래서 증점曾點 등 "기수沂水에 목욕하고 무우舞雩에 바람을 쐬고 읊조리며 돌아오던 무리도[18] 오히려

---

17) 주14) 참조.
18) 《論語》〈先進〉, "(子曰:)'點! 爾何如?' 鼓瑟希, 鏗爾舍瑟而作, 對曰:'異乎三子者之撰.' 子曰:'何傷乎. 亦各言其志也.' 曰:'莫春者, 春服旣成, 冠者五六人, 童子六七人, 浴乎沂, 風乎舞雩, 詠而歸.' 夫子喟然歎曰:'吾與點也!'"를 참고할 것.

그 화기和氣의 유행이 당우唐虞의 기상과 다름이 없음을 알았다"고 했다. 증
점이 희망한 일을 목은은 (권근의 입으로) 실제로 일어난 일로 서술하고 있는
것이다. 즉 공자에게 직접 훈도 받지 않는 증점 등도 공자 인격의 화기가
"당우의 기상과 다름이 없음을 알았다"고 하는데, 공자에게 직접 훈도 받는
제자들의, "시우時雨에 감화되어 쭉쭉 뻗어 무럭무럭 자라는 것이야 다시 말
해 무엇하리오!"라고 했다.

　글은 억양법으로 전개된다. 공자가 "그 문하에 종유從遊하던 삼천 제자와
뛰어났던 칠십 제자 사이에서 천지가 되고 일월이 되신 것은 모두 양陽의
도가 발현하여 환히 드러난 것이다"고 하여, 앞에서 서술했던 '공자의 세계
= 양명한 천지일월의 세계'의 취지를 다시 확인한다. 그러나 직접 훈도 받은
제자라고 해서 그 공자의 세계를 다 아는 것은 아니라고 앞글의 끝 부분
내용을 부정한다. 즉 제자 중에 "보고 아는 이는 매우 드물었다"고 한 것이
그것이다. 이러한 서술은 사상사적으로 진한秦漢 이래 위진魏晉·육조六朝·수당
隋唐을 거쳐오는 동안 공자의 유학이 도道·불佛의 그늘에 덮여 오다가, 송대宋
代에 이르러 도학이 흥기하면서 비로소 공자의 도道가 다시 밝아졌다는, 도
학의 의의를 극대화하려는 논리를 마련하기 위한 전제다. 도학이 일어난 뒤
에야 학자들에게 있어 "마치 공자의 천지에 노닐고 공자의 일월을 보는 것과
같게 되었다"고 했다. 그리고 "어쩌면 그리 통쾌한가!"라고 찬탄했다.

　글의 결미에 해당하는, "아, 선비가 이 세상에 나서 만나지 못했으면 그만
이지만, 만났으면 천자를 도와 일통一統을 크게 하여 사해四海에 양춘陽春을
펴게 할 뿐이다"라는 권근에게의 권면의 말이 있기까지에는 글의 논리가
좀 어지럽다. 그러나 대지大旨로 보아 도학이 일어남으로써 공자의 도가 양
명하게 밝아진 오늘날 거기에 잘 교화 받아서 사해에 그러한 교화를 펴도록
하라는 내용이다. 그러면 그 교화를 어떻게 해야 잘 받는가? 글의 머리 부분
에서 제기해둔 내면의 성誠에 연계시킨다. 즉 주체의 외부에 있는 양명성과
생기성으로 가득한 '양陽'의 세계 = 공자의 존재의 세계에의 도달을 위해서

는 주체의 내면에 있는 '성誠'의 당위부터 힘쓰라는 것이다. 이로써 글을 결속하고 있다.

4

다음은 도학의 한 개념을 새로운 각도에서 파악함으로써, 여타 도학의 개념이나 명제에 대해 새로운 음미가 요구되는 경우를 살펴 본다.

> 원공元公은 일찍이 나옹懶翁을 스승으로 섬겼는데, 나옹이 그 암자를 '적寂'이라 명명한 지가 오래이다. 이제 맹운孟雲 한선생韓先生의 대자를 얻어 편액을 걸고 나에게 기문을 요청하고, 또 말하기를 "이각二覺이 적寂으로 귀결함은 교教의 극치이고, 삼관三觀이 적寂에서 종결됨은 선禪의 극치이다. 공행功行이 이미 끊어졌고 지견知見이 서지 못하는 자리이니, 영가永嘉의 시비를 모두 잊고 달마達磨의 공덕을 곧바로 투득透得하는 것이 나의 뜻이다 (중략)"라 하였다.
>
> 내가 말하기를 "우리 유자儒者가 포희씨庖羲氏 이래 지켜와 서로 전하는 것 역시 '적寂'일 따름이라 이것이 불초한 나에까지 이르렀으니, 대개 감히 이를 실추할 수 없었던 것이다. '태극'은 '적'의 근본이다. 이것이 한 번 동動하고 한 번 정靜함에 만물이 화생化生하게 된다. 인심人心은 '적'의 차등次等이다. 이것이 한 번 감感하고 한 번 응應함에 만선萬善이 유행하게 된다. 이런 까닭에 《대학》의 강령이 정정定靜에 있으니, 이것이 '적'을 이른 것이 아니겠는가. 《중용》의 핵심은 계신戒愼·공구恐懼에 있으니, 이것이 '적'을 이른 것이 아니겠는가. 계신戒愼·공구恐懼는 '경敬'이고, 정정定靜 또한 '경'이다. '경'이란 주일무적主一無適일 따름이니, 주일主一은 지키는 바가 있는 것이고 무적無適은 옮겨가

는 바가 없는 것이다. 지키는 바가 있으면서 옮겨가는 바가 없다면 이를 '적'이라 하지 않아서는 아니 될 것이다.

　나라를 다스리고 천하를 화평하게 함은 정사政事의 밝은 공효功效이고, 천지가 제자리하게 되고 만물이 길러짐은 도덕道德의 큰 징험이니, 스님의 '적' 역시 뭇 중생들을 두루 이익케 하는 본원일 것이다. 만약 그 몸을 고목처럼, 그 마음을 찬 재처럼 만들어 '적'에 정체된다면 우리 유자 중 은둔하여 조수鳥獸와 한 무리가 되어 사는 자들과 무엇이 다르리요. (그런 '적'을 추구하는 자는) 우리 유자로서 사람을 끊어 멀리하는 자요, 석씨釋氏로서도 죄인일 것이다. 나와 적암寂菴은 마땅히 스스로 잘 도모하여 한 쪽에 치우치는 것에 흘러 들어가지 않는 것이 좋겠습니다."[19)

　이 글은 적암寂菴이라는 한 승려를 상대로 한 논의로서, 도학의 입장에서는 실로 모험적인 글이다. 도학의 이론을 가지고 불교의 '적寂'을 구한다는 의도로 해서 불교의 '적'을 염두에 두고 도학의 체계, 특히 수양론修養論의 체계를 '적' 중심으로 파악함으로써 '적'의 개념에 파천황적인 변화가 일어남과 동시에 주로 수양론의 주요개념이나 명제에 대해 기성 도학과는 일정하게 다른 새로운 이해 또는 음미가 요구된다는 점에서 모험적이다.

　도학의 입장에서 보는 불교의 궁극적인 사상은 열반, 즉 적멸寂滅이다. 적

---

19) 이색, 〈寂菴記〉(《牧隱文藁》 권6), "元公嘗師事懶翁, 翁名之曰寂, 久矣. 今得孟雲韓先生大字以扁, 徵予文爲記. 且曰: '二覺歸於寂, 敎之極也; 三觀終於寂, 禪之極也. 功行已斷, 知見不立, 俱忘永嘉是非, 直透達磨功德, 是吾志也. (중략)' 予曰: '吾儒者自庖羲氏以來所守而相傳者, 亦曰寂而已矣. 至于吾不肖, 蓋不敢墜失也. 太極寂之本也, 一動一靜而萬物化醇焉; 人心寂之次也, 一感一應而萬善流行焉. 是以, 大學綱領, 在於靜定, 非寂之謂乎! 中庸樞紐, 在於戒懼, 非寂之謂乎! 戒懼敬也, 靜定亦敬也. 敬者, 主一無適而已矣. 主一, 有所守也; 無適, 無所移也. 有所守而無所移, 不曰寂, 不可也. 治平, 政事之明效; 位育, 道德之大驗; 師之寂也, 其亦普利含識之源本歟! 如或槁木其形, 寒灰其心, 而滯於寂, 則與吾儒之群鳥獸者何異? 吾儒之絶物也, 釋氏之罪人也. 吾與寂菴, 當善自圖, 不流入於一偏, 可也.'"

28

멸은 주체의 존재의 뿌리를 향해 침잠해 들어가 존재의 뿌리가 궁진窮盡하는 지점에서 마침내 존재 자체를 부정하는 경계로 넘어간 상태라고 할 수 있다. 따라서 다른 한편으로 그것은 불교의 궁극적인 본체 개념이라고 할 수 있다. 그러니까 이 쪽의 현실 세계를 등지고 저쪽의 적멸 경계를 들어가는 것으로서 목표를 삼고 있다. 적어도 도학의 입장에서 보는 불교는 원론적으로는 그러하다.

이러한 불교의 '적寂'에 대응하여 유학 즉 도학에서의 '적'을 거론한다. 도학에서 사상적으로 의미 있는 '적'은 "(역易은) 적연寂然히 움직이지 않다가 감感해서 드디어 천하의 일에 통한다"는 것이다.20) 그런데 《역전易傳》의 이 '적'은 본체론적인 개념인 '역易'의 어떤 상태를 나타내는 상태어로서, 본체론적 개념을 수식한다는 점에서 가위 중심적 위치에 있으나, 도학에서의 중요도 또는 효용도에 있어서는 상대적으로 하등급에 속한다고 할 수 있다.21) 말하자면 도학의 입장에는 하나의 주변부 개념이라고 할 수 있다. 이러한 '적'을 목은은 '우리 유자儒者가 포희씨庖羲氏 이래 지켜와 서로 전하는 것 역시 적寂일 따름'이라 하고, '태극은 적의 근본이다(太極, 寂之本也)'라고 하여 도학의 본체 개념 '태극太極'에다 귀속시켰다. '태극'으로 '역易'의 자리를 대체시킨 셈이다.

그런데 도학에서는 "역易에 태극이 있다"라는 명제가 있다.22) 이 명제에 충실하자면 '태극'으로 '역易'의 자리를 대체시킬 수 없다. 주희의 해석에 의하면 '역易'은 '음양陰陽의 변화' 자체를 가리키고, '태극'은 '그 변화 중의 리理'라고 했다.23) 이 경우 '역易'과 '태극'의 개념의 관계는 '역易'에 '태극'이 포섭되는 관계이기보다는 내용상 하나의 주연周延되는 관계에 있다고 할 수가 있다. 즉 '역易'과 '태극'은 동일 실체의 양면이라고 할 수 있다.

20) 《주역》〈繫辭 上〉, "(易), 寂然不動, 感而遂通天下之故."
21) '寂'은 陳淳의 《北溪字義》에도 등재되지 않았다.
22) 《주역》〈繫辭 上〉, "易有太極."
23) 주희, 《周易本義》〈繫辭 上〉, "易者, 陰陽之變化; 太極者, 其理也."

그렇다면 목은은 '역易'과 '태극'을 동일시했는가. 만약 그렇지 않다면 '역易→태극太極→적寂'으로 개념 발생 순서가 이해되고, 그렇게 되면 문제가 간단치 않다.

"태극은 적의 근본이다. 이것이 한 번 동動하고 한 번 정靜함에 만물이 화생化生하게 된다"라는 문맥에서 '태극은 적의 근본이다'라는 명제를 다시 한 번 음미해 보자. 이 문맥은 주돈이의 〈태극도설太極圖說〉을 축약한 데에다 '적'을 개입시킨 것이다. 문제는 '적'의 개념 성격과, '태극'과 '만물 화생' 사이에 놓이는 위치가 어디냐에 있다. '태극은 적의 근본이다'라는 명제에서 '적'이 무슨 실체 개념인양 이해되는 데서 문제가 발생한다. 문맥대로라면 '적이 한 번 동動하고 한 번 정靜함에 만물이 화생하게 된다'라고 읽힌다. 도학의 테두리에서 아무리 사상의 변개를 꾀하더라도 '적'이 이와 같이 실체 개념일 수는 없다. 만약 실체 개념으로 성립하면 그것은 이미 도학의 테두리 밖이다. '적'은 여기서 '태극'의 상태나 속성을 나타내는 개념이다. 요컨대 '태극은 적의 근본이다(太極, 寂之本也)'라는 명제는《역전易傳》의 '역은 적연히 움직이지 않다가((易), 寂然不動)'와, 〈태극도설〉의 '무극이면서 태극(無極而太極)'이나 '태극은 본래 무극이다(太極本無極也)'를 결합하여 패러디한 것이다. 불교의 궁극적 본체 개념 '적'에 대응하기 위해《역전易傳》의 '적'을 가져다 도학의 본체론 〈태극도설〉의 '태극'과 '만물 화생' 사이에 삽입하여 만물 화생의 주체인양 의설擬設한 것으로, 목은의 진정한 관점은 역시 만물 화생의 주체인 '태극'의 상태나 속성으로 '태극'에 부속되는, 곧 '무극無極'과 동일한 개념으로 본다. '적'과 '무극無極'을 동일한 개념으로 볼 수 있는 근거는 주희의 〈태극도설해太極圖說解〉에 "하늘의 일은 소리도 없고 냄새도 없지만 실은 조화造化의 핵심이요, 만물의 근저다. 그러므로 '무극이면서 태극'이라 한 것이다"라고24) 한 논리다. 여기서 '소리도 없고 냄

---

24) 주희, 〈太極圖解〉《性理大全》권1), "上天之載, 無聲無臭, 而實造化之樞紐, 品彙之根柢也. 故曰無極而太極."

새도 없음(無聲無臭)'이 곧 '적'에 해당하기 때문이다. 이 입장에서의 논리대로라면 '적은 태극의 근본이다(寂, 太極之本也)'라고 해야 할 것이다. 목은의 진정한 관점 또한 그러하다. 그러나 그렇게 할 경우 도학 본체론의 실태實態를 잃어버리게 된다.

도학의 입장에서 사람의 마음은 우주의 본체 태극을 닮은 또 하나의 실체다. 이런 관점에서 '태극은 적의 근본이다(太極, 寂之本也)'의 논리에 따라 '인심人心은 적의 차등이다(人心, 寂之次也)'라는 명제가 나왔다. 그런데 인심의 차원에서 도학의 '경敬'을 '적'으로 보는 논리가 흥미롭다.

먼저 《대학》의 '정靜·정定'25), 《중용》의 '계신戒愼·공구恐懼'26)를 '적'으로 규정했다. 불교의 '적멸寂滅'의 '적寂'으로 뿐만 아니라, 도학의 '소리도 없고 냄새도 없음'의 '적'의 개념으로서도 감당할 수 없는 새로운 개념소槪念素를 표유包有하는 '적'으로 변개시켰다. 요컨대 불교의 '적'은 '정靜·정定', '계신·공구'의 '적'이라야 한다는 것이 목은의 생각이다. 다른 한편으로 '계신·공구'와 '정靜·정定'을 '경敬'으로 규정했다. 그리고 '경敬'을 정이程頤의 정의대로 '주일무적主一無適'이라 하고, 그리고 '주일主一'은 지키는 바가 있는 것이고 무적無適은 옮겨가는 바가 없는 것이다'라고 해석했다. '계신·공구'와 '정靜·정定'을 기존 도학의 논리에서는 '경'과 일정하게 변별하고 있음은 물론이다. 그런데 목은은 이들을 모두 '경'의 개념 범위 안에 넣었다. 정이의 '경'에 대한 정의는 정확하게는 '주일主一'이고, '무적無適'은 '일一'에 대한 정의다.27) 즉 '하나에 주主함'이 '경'이고, '옮겨감이 없음'이 '하나'이다. '경'이 '계신·공구'와 '정靜·정定'의 개념소를 일정하게 공유하는 것은 사실이지만 그러나 '경'은 이들에 비해 한 차원 높은 개념임을 알 수 있다. '하나에 주함'이 좀 더 의식이 긴장·고양되어 있고 따라서 형이상학적이

---

25) 《大學》〈首章〉, "知止而後有定; 定而後能靜; 靜而後能安; 安而後能慮; 慮而後能得."
26) 《중용》 제1장, "道也者, 不可須臾離也; 可離非道也. 是故, 君子戒愼乎其所不睹, 恐懼乎其所不聞."
27) 程敏政, 《心經附註》 권1, "程子曰: '主一之謂敬, 無適之謂一.'"

다. 이에 비해 '계신·공구', '정靜·정定'은 다분히 현실 지평으로 하향적이다. 이처럼 목은은 '경'을 정이에 대해, 또는 송대 제가諸家에 비해28) 훨씬 현실적인 수양 방법이 되게끔 그 개념을 변개시켰던 것이다.

그러나 이렇게 그 개념을 변개시킨 것은 이러한 현실적인 '경'의 개념 내포들을 문제의 '적'에 관주貫注시키기 위해서였다. '지키는 바가 있으면서 옮겨가는 바가 없다면 이를 '적寂'이라 하지 않아서는 아니 될 것이다'라고 하여 마침내 도학의 '경'을 '적'으로 규정하기에 이르렀다. 이 '경'의 개념 내포로 '계신·공구', '정靜·정定' 등이 포괄되어 있고, 이것들이 다시 '적'으로 관주됨은 물론이다. 적어도 내재 논리로는 그러하다.

그리고 이 '경' 곧 '적'의 수행 효과의 종국에는 '나라를 다스리고 천하를 화평하게 함'과29) '천지가 제자리하게 되고 만물이 길러짐'에30) 이르게 된다고 하였다. 유가 이상에의 도달이다. 아울러 '스님의 적 역시 뭇 중생을 두루 이익케 하는 본원일 것이다'라고 했다. 대승불교적으로 윤색된 '적'이다. 불교의 '뭇 중생을 두루 이익케 함'이 곧 유가의 '나라를 다스리고 천하를 화평하게 함'과 '천지가 제자리하게 되고 만물이 길러짐'이다. 이리하여 유가와 불교가 '적' 수행을 통해 만나질 수 있다는 것이다.

이 글은 한 마디로 '적'을 매개로 하여 유불상동론儒佛相同論을 폈다. 그러기 위해서 목은은 기성 도학 체계를 일정하게 패러디했다. 그 결과 도학의 일부 개념과 명제에 적잖은 변개가 왔다. 특히 인심人心의 '적'의 내원을 태극의 '적'에다 두고 그것을 '무극'에서 찾는 논리는, 불교에서 '적'이 궁극적인 본체 개념이므로 거기에 대응하기 위해서라고는 하나 사상적으로 깊이 음미해 볼 만하다. 목은은 후세에 '영불佞佛', 즉 '부처에 아첨한다'라고 비

---

28) 앞의 책 같은 곳, "上蔡謝氏曰: '敬是常惺惺法'; 和靖尹氏曰: '敬者, 其心收斂, 不容一物之謂.'"

29) 《대학》〈首章〉, "古之欲明明德於天下者, 先治其國. (중략) 國治而后, 天下平."

30) 《중용》 제1장, "喜怒哀樂之未發, 謂之中; 發而皆中節, 謂之和. 中也者, 天下之大本也; 和也者, 天下之達道也. 致中和, 天地位焉; 萬物育焉."

판받을 만큼 불교의 교리에도 일정하게 통했을 뿐 아니라, 신앙적으로도 불교에 다소 기울어져 있었다. 특히 정치적으로 불우했던 우왕禑王 전기 이후 그러했다. 이 글은 제작 연대가 밝혀져 있지 않지만 내용으로 보아서 나옹懶翁 사후일 것이 분명한즉 우왕 원년 이후일 것으로 짐작된다. 곧 정치적으로 불우하고 불교에의 친화로 기울어진 때다.

5

이상으로써 고려 말의 도학자이자 문학가인 목은이 중국으로부터 도학을 수용해와 자신의 사상으로 삼고, 그 사상적 진경進境을 도모하고자 기성 도학의 개념·명제들을 문예양식을 가지고 어떻게 천발闡發했으며, 그 결과 어떤 성과를 얻었는가를 구체적으로 작품의 분석·검증을 통해 알아보았다. 앞에서 다룬 3편 이외에 이 논문에서 취하고 있는 시각에서 분석·검증이 요구되는 산문 작품이 아직 많다. 이를테면 〈서경풍월루기西京風月樓記〉·〈징천헌기澄泉軒記〉·〈가명설可明說〉·〈지현설之顯說〉 같은 작품들을 우선 꼽을 수 있다.

목은은 원나라 국자감에 유학하여 도학에 관한 지식을 본격적으로 대량 섭취하였다. 그러므로 당시 한국의 도학사적道學史的인 국면에서 보았을 때 그의 도학적 역량은 단연 돌출적 존재다. 그러한 도학적 지식을 그는 주로 문예 양식을 통해서 발휘했다. 사상적 지식이 문학적 상상력과 결합하여 그의 독특한 문학 세계이자 사상 세계를 열어 보였다. 그 결과 위의 검증을 통해 보았다시피 기성 도학의 논리·개념·명제에 걸쳐 과감한 변개가 일어났다. 물론 위에서 말한 수용 초기적인 거칠음이 있지만 목은의 이 변개야말로 한국적 도학의 전개를 가능케 할 시험장이라고 할 만하다. 그런데 목은의 시도는 그의 사후 사뭇 경시되어 온 것 같다. 그것은 수용 초기적인 거칠음이 있었는 데다, 또 철학적 문제 의식을 문예 양식으로 표현한 때문이 아닌

가 여겨진다. 그래서 후세의 정통주의 도학자들에 의해 제대로 도학자 대접
을 못 받았던 것이다.

(《한국문학연구》 3호, 고려대 민족문화연구원 한국문학연구소, 2002)

《동문선東文選》의 선문방향選文方向과 그 의미

1. 머리말

결론부터 말한다면 《동문선東文選》은 이 책의 편찬 주체인 15세기 후반 조선왕조의 문학·문화의 주도층이자, 정치의 주도층이기도 한 당시 훈구관료세력勳舊官僚勢力의 가치관을 위시한 일련의 사고양태의 일면을 잘 집약해 보여준 책이라고 하겠다. 《동문선》은 물론 그 자체로서는 이들의 창작적 저작은 아니다. 그것은 기존의 시문들을 선취選取해 엮은 하나의 선집選集에 불과하다. 그러나 기존 시문 자료의 단순한 물리적 집적 그 자체는 아닌 만큼, 책의 편찬 의도에서부터 시문의 질적 선택은 물론이려니와, 선택의 양적 안배에 이르기까지에 편찬 주체가 가진 사고의 일정한 제약이 가해졌음은 말할 필요도 없다. 다시 말하면 일정한 정도의 적극성을 띠는 의식의 지향성을 가진 책이다. 바로 여기에서 우리가 이 책을 하나의 정신사적 맥락에서 문제 삼을 수 있는 근거를 가지게 된다.

2. 《동문선》의 편찬 경위 문제

《동문선》을 문제 삼을 때 우리에게 가장 먼저 떠오르는 의문의 하나는, 이 책이 당시 국가적 편찬물의 하나이고, 그 양적 규모의 방대함에 있어서는 그 전후 시기에 나온 일련의 국가적 편찬물 중《고려사》를 제외하고는 으뜸에 놓일 정도임에도 불구하고, 이 책의 편찬 동기나 시말을 밝혀 놓은 기록이 거의 없다는 사실이다. 물론 이 책에 딸린 서문序文과 전문箋文에는 이 책의 편찬 배경과 의도 등이 서술되어 있지만, 내용이 매우 개괄적이기도 하려니와 서문과 전문 정도는 이 책만의 유별난 것도 아니다. 무엇보다 이 책이 편찬된 성종조의《실록》에는 이 책을 위해 쓰여진 기사가 더러 나오리라 기대됨직하나, 세 곳 정도의 관련이 있거나, 또는 관련이 있는 것으로 추측되는 기사의 그 어느 것도 이 책 자체를 위해 바쳐진 것이 아닐 뿐 아니라 내용도 극히 단편적이다. 즉, 그 중의 한곳은 성종 7년 12월 노사신盧思愼·서거정徐居正·이파李坡 등이《삼국사절요》의 편찬을 완료하여 왕에게 진헌進獻하는 자리에서, 왕이 이들에게 "동국 문사들의 시문을 수집하여 양성지梁誠之 소찬《지리지地理志》에다 첨재添載하라"고, 후일《동국여지승람》으로 이루어진 책의 편찬을 명한 것으로서,《동문선》의 편찬과 관련이 있는 것으로 다만 추측만 될 뿐인 내용이고, 관련이 있는 나머지 두 곳은 당시 어떤 인물에 대한 사평과 어제시문御製詩文의 편찬에 대한 양성지의 건의에 부수附隨되어 이 책의 이름만 나오는 정도일 뿐이다. 이 책의 서문과 전문에 의하면 이 책은 성종 9년(1478) 2월 하순에 편찬 완료되었는데, 당연히 있음직한 진헌進獻 기사 한 토막도《실록》에는 실려 있지 않다. 공적인 기록에서만 이러할 뿐 아니라 당시의 사적인 기록에서도 이 책에 관한 기사는 거의 찾기 어렵다. 단지 이 책이 나온 지 10여 년이 지난 뒤 성현成俔이 그의《용재총화慵齋叢話》에서 "《동문선》은 유취類聚이지 선選이 아니다"고 한, 이 책에 대한 비판만이 찾아질 뿐이다.《동문선》에 관한 공사간 기록의 이러한 소략은 그것이 국가적 사업이었고, 규모로도 방대했음에도 불구하고 이 책의 편찬 동기가 소극적이었고, 그 의의가 경미하게 인식되었던 것이 아닌가 의심하게 하기에 족하다.

아닌 게 아니라 위의 성종 7년 12월의《실록》기사를《동문선》의 편찬과 관련이 있는 것으로 볼 수밖에 없다면 -《동문선》이 성종의 명찬命撰이고, 이 책의 편찬을 명한 분명한 기록이 달리 없는 터이므로-《동문선》의 편찬은 당초 그것 독자로서 기획된 것이 아니라 뒷날《동국여지승람》으로 완성된 책의 편찬을 위한 전제로서의 부수적인 사업으로 발단된 것으로 볼 법하다. 더구나 성종 9년 정월에 양성지가《팔도지지八道地誌》를 완성해 바치고, 뒤이어 2월에 서거정 등이《동문선》을 편찬해 바치자 성종이 다시 노사신·서거정 등에게 명하여 시문을《지리지地理誌》에 첨입添入하라 했다는 서거정의〈동국여지승람서東國輿地勝覽序〉의 기록과 연결해 본다면 더욱 그렇게 볼 수 있음직하다.

그러나, 백보를 양보하여《동문선》편찬의 당초 계기가 설령《동국여지승람》의 구상에서 발단했다고 하더라도, 그것은 어디까지나 간접적인 계기일 뿐이지 편찬의 직접적인 동기 자체는 아니다. 그러기 때문에 오늘날 우리가 볼 수 있는 바와 같이《동문선》은 그것 독자적인 의도의 실현과 의의의 추구를 위해 그 내용의 질적, 양적 선택을《승람勝覽》의 시문과는 전혀 방향을 달리 하여 별개로 편찬되고 간행되기에 이르렀던 것이다. 즉, 편찬 당사자들이 쓴 그 서문과 전문의 어느 구석에도《승람》과의 관련 흔적이 나타나 있지 않기도 하지만, 무엇보다《승람》의 시문이 특정 지역이나 누대樓臺·불사佛寺 등에 관련되는 시詩·기記·부賦를 위시하여 20여종의 문체에 한정될 수밖에 없음에 대하여《동문선》의 경우는 그 배수가 넘는 55종의 문체에 이르게 된 것이다. 그리고 가령《동문선》이《승람》의 부수적인 편찬이라면 적어도 후자에 첨입添入될 시문은 일단 빠짐없이 포용됐음직한데, 여러 차례의 수정, 특히 성종 16년 왕명을 받은 김종직金宗直 등에 의한 수정 과정에 '황잡荒

雜한 시문이 삭제'되기 이전의《승람》의 최초본의 면모를 알 수 없는 터이기는 하나, 현존《신증승람新增勝覽》의 신증新增 이전의 시문군詩文群에는 들어 있으되 정작《동문선》에는 들어 있지 않은 시문이 수월찮이 많다는 점도 특히 고려할 만하다.

여기에서 우리는《세조실록》의 기사 한 토막을 떠올릴 필요가 있겠다. 즉, 세조는 그 6년 8월(정미일)에 팔도관찰사 및 개성유수에게 "고금의 동인東人 소제所製 시문을 좋고 나쁨을 따지지 말고, 비록 잔편殘篇·단장短章이라 하더라도 빠짐없이 찾아내되 불가佛家의 저작도 함께 찾아내어 보내라"고 지시한 적이 있었다. 이 지시의 결과가 어떻게 되었는지는 알 수 없으나, 이로 미루어보면《승람》과 같은 책의 구상이 있기 이전에《동문선》과 같은 책의 편찬의 기운이 이미 태동하고 있었던 듯하다. 여기에, 세조 이전 성삼문成三問 등 집현전 학사들에 의해《동인문보東人文寶》라는, 우리나라 역대 산문의 선집 편찬을 진행하다가 미완성으로 끝난 사실이 있음을 가리킨 성현의《용재총화》의 기록과 신종호申從濩의〈동문수발東文粹跋〉을 아울러 고려해 본다면 더욱 그러한 심증이 간다.

아무튼《동문선》을《동국여지승람》의 부수적 산물로는 결코 볼 수 없다. 나아가서 당시 공사간 관계 기록의 소략을 이유로 이 책 편찬의 동기나 의도, 의의를 적어도 그 편찬 주체 스스로가 소극적으로 인식했다고 볼 수도 없을 것이다.《고려사》처럼 왕조 성립의 명분에 관련되면서 그 편찬에 우여곡절이 많은 책이거나,《경국대전》처럼 국가의 기본체제에 관한 책을 제외하고는 관찬서라고 하더라도《실록》과 같은 공적 기록에 그렇게 많은 지면이 할애되어 있지 않은 것이 일반적인 예이기도 하려니와,《성종실록》이 편찬되던 시기의 객관적 여건의 소극적 방향으로의 작용도 있을 수 있기 때문이다. 물론 성현의 경우에게서 보는 바와 같이 그 편찬의 결과나 또는 편찬 그 자체가 당대나 후대의 객관적 입장에 있는 사람들에 의해서는 소극적으로 인식될 수가 얼마든지 있을 수 있다. 그러나 이 경우는 편찬에 임하는 편찬 주체의 주체적 태도 그것과는 별개의 문제다.

요컨대,《동문선》편찬 주체의 자기표현의 한 계기로서의 이 책의 선문 방향, 따라서 우리가 그들의 사고양태의 일면을 파악해 볼 수 있는 근거로서 의 이 책의 선문 방향이 가지는 일종의 신빙성·진지성에 대해 회의할 만한 확실한 객관적 증빙은 없다.

3. 서序 · 전箋의 검토

주지하듯이《동문선》에는, 지난날의 책 일반이 그러하듯이, 가령 선문選文 의 구체적인 지침을 밝혀 놓은 범례 같은 것은 없다. 그러나, 선문 주체가 쓴 이 책의 서序와 전箋 가운데에는 선문의 기본 방향의 일부로 명시된 내용 과 기본 방향의 일부를 암시해 주는 성격을 갖는 이 책 편찬의 의도 또는 목적이 서술되어 있으므로 이들 자료의 검토와 아울러 선문의 실제로서의 이 책이 포용하고 있는 시문의 질적, 양적 양상의 검증을 통해 선문 방향 전반의 대체적인 윤곽에는 접근할 수가 있다.

먼저 서와 전을 살펴본다. 이 두 글은 실은 서거정 동일인이 쓴 것으로서 (《동문선》에는 전의 집필자가 양성지梁誠之인 것처럼 되어 있으나《사가문집보유四 佳文集補遺》에 서거정의 글로 실려 있다), 전은 사륙변려체四六駢儷體를 사용하 여 보다 수사적으로 표현했을 뿐 그 내용에 있어서는 서의 그것과 대동소이 하므로 서를 중심으로 하여 전을 참작하며 살펴본다.

(1) 먼저 주목되는 것은《동문선》의 편찬으로 우리나라 역대 문학 발달의 가장 높은 단계로서의 자기들 왕조의 문운文運을 확인, 이를 선양·과시하고, 아울러 우리나라 역대 문학의 질량質量을 중국 역대의 그것에 나란히 대대對 待시키려 했다는 점이다.

즉, 나말羅末 이전은 문헌의 태무殆無를 개탄하면서 을지문덕이 시로써 수

隋의 대군에 항거한 일, 신라자제의 입당등제入唐登第, 최치원의 〈격황소서檄
黃巢書〉에 의한 중국에서의 명성을 예로 들어, 고려시대는 광종의 과거제 실
시, 예종의 호문好文, 인·명종의 유학 숭상 및 이 문치文治들의 결과로서의
호걸지사豪傑之士의 찬연한 배출, 이들의 문학역량에 의한 중국 쪽과의 외교
적 갈등의 해결, 그리고 고려후기 문사들의 원조元朝 과거에의 합격과, 그쪽
재사才士들과의 경쟁을 예로 들어 우리나라 역대 문학역량을 상승일로上昇一
路의 발전으로 인식하고 나서, 자기들 왕조에 이르러서는 시운時運이 성세盛
勢이고 열왕列王들의 함양涵養으로 왕조 개창 백년에 빼어난 인물들이 나와
그들에 의해 발양된 '동탕발월動盪發越'한 문장 역시 옛것에 양보되지 않는다
하고, 다시 "우리 동방의 문학은 삼국에서 시작하여 고려에 성盛하여 성조聖
朝에서 극에 달했다"고 강조하여, 상승과정의 가장 높은 위치에서 자기들
왕조의 문학역량을 인식했다. 그리고는, 역대 문학역량을 주로 중국과의 접
촉의 측면에서 파악하고 있는 시각에 이미 충분히 암시해 두기도 했거니와,
다음과 같이 당당하게 천명함으로써 우리나라 역대 문학을 중국의 그것에
대대시키려는 의도를 분명히 드러내었다. 즉, "이것은 우리 동방의 문학이
다. 宋宋·원元의 문학도 아니요, 한漢·당唐의 문학이 아니라 바로 우리나라의
문학이다. 마땅히 중국의 역대의 문학과 함께 천지간에 나란히 통행해야 할
것이거늘, 어찌 없어지는 채로 두어 전하지 않을까보냐"라고. 당시 정치적
으로 독실한 사대의식을 지닌 조선왕조 초기 지배층에게서는 의외의 선언이
다. 필경 지배층 자존의식과 사대적인 의식 사이에 정면의 모순 상황에서
전자를 취하면서 후자를 다분히 기만적으로 희생키킨 결과일 것이다. 어쨌
든 이 편찬 의도가 시문의 선취에는 어떤 방향으로 작용했겠느냐는 선문
실제의 검증과 함께 논의되겠거니와 일단은 다음의 문헌충비文獻充備의 의도
와 연결해서 생각할 문제다.

   (2)《동문선》편찬의 다른 한 가지 의도는 전통있는 문화국가로서의 문헌
충비의 의도다.

　서문에서 전래의 선집류인 김태현金台鉉의《동국문감東國文鑑》과 최해崔瀣의《동인지문東人之文》을 비판하되, 선집으로서의 선문기준이라든가 책의 체재 따위를 비판하는 것이 아니라, 작품 선취에 있어 소략하고 산일散逸이 많아 문헌의 일대 개탄할 일이라고 문헌이라는 관점에서 그 자료의 미비성을 비판함으로써 책 편찬의 의도의 하나가 문헌의 충비에 있음을 분명히 했다. 《동문선》편찬이 조선 초기 일련의 문헌구비 사업의 일환임은 새로울 것이 없는 사실이나, 우리가 주목하는 바는 문헌으로서의 제일의적第一義的인 목적 또는 의미 부여를 자국의 문학·문화 전통에 대한 긍지를 배경으로 역대의 문학을 중국의 그것에 대대시키려는 것으로 했다는 바로 이 점에 있다. 즉, 앞에서 살펴본 바대로 "마땅히 중국의 역대의 문학과 함께 천지간에 나란히 통행"하도록 하기 위해서란 점을 명백히 했다. 이 두 번째의 의도는 앞 첫 번째 의도를 구현하는, 목적에 대한 방법의 성격을 가지고 있는 셈이다. 어쨌든 이 문헌 충비의 의도가 선문選文에 있어 자료를 두루 포괄하는 방향을 취하게 하여《동문선》을 양적으로 방대하게 했던 것이다.

　(3) 서序와 전箋에서 명시적으로 밝혀진 두 가지 선문의 기준 가운데의 한 가지는, 서문에서 말한 "사리詞理가 순정醇正해서 치교治敎에 도움이 있을 것들을 취했다"는 것이 그것이다.

　말할 것도 없이 이 기준은 선문의 질적 기본방향을 제시한 것이다. 유교국가의 관찬 선집에 있어, 아니 사찬 선집의 경우라 하더라도 당연히 제시됨직한 작품 평가의 척도로서, 그 자체로서는 특이할 것이 없다. 문제는 선문 실제가 어느 정도로 여기에 부합되느냐에 있다. 그런데, 서와 전은 책의 편찬이 완료된 뒤에 쓰여졌지만, 여기에서 밝힌 편찬의 의도나 선문의 기준 등의 생각들은 책의 편찬에 임할 때에 가졌던 것들이란 전제에서 위의 언표를 일단 선문에 임할 때에 가졌던 기준으로 이해했지만, 실은 편찬이 완료된 뒤에 쓰여진 글의 다음과 같은 그 앞뒤 문맥에서 보면 사전의 준칙이 아니라 사후의 규정인 것이다. 즉,

　　신臣들이 드높은 위임을 받들어 (중략) 그 사리가 수정하고 치교에
　도움이 되는 것을 문門을 나누어 유취하여 130권으로 편성하여 바치옵
　니다.

　　　臣等仰承隆委 (중략) 取其詞理醇正, 有補治敎者, 分門類聚, 釐爲一百三十卷,
　　編成以進.

에서 보면 '사리순정詞理醇正, 유보치교자有補治敎者'를 '취해야 한다'나 '취할
것이다'가 아니라 '취했다'가 되는, 이미 뽑혀진《동문선》소재 시문들의 질
적 성향을 규정한 것이 된다. 그런데 선문의 실제가 여기에 과연 어느 정도
로 부합되느냐가 문제인데 역시 선문의 실제에 비추어 논의될 문제다.
　　한편 위의 언표는 선문 전의 기준, 선문 후의 규정의 성격을 복합하고 있
기도 하지만, 다시 거슬러 이해하면《동문선》의 편찬의도 또는 목적의 하나
이기도 하다. 즉,《동문선》은 왕조의 치교를 돕기 위해 편찬된 것이 된다.
　　(4) 명시적으로 밝혀진 선문 기준의 다른 한 가지는, 전에서 말한 "진실로
체례體例가 법도에 합치되기만 한다면 여간 흠이 있어도 채택에서 빠뜨리지
않았다"는 것이 그것이다.
　　앞 (3)의 경우와 마찬가지로 이 경우도 선문 전의 기준이자 선문 후의
규정이다. (3)에서의 '사리순정詞理醇正'이 주로 글의 문체文體(이른바 '스타
일'로서의 문체)와 내용의 성질에 관련되는 기준이라면, 이 경우는 주로 글
의 형식에 관련되는 기준이다.
　　(5) 끝으로《동문선》편찬의 또 한 가지 의도는, 당연히 예상할 수 있는
바의 것이지만, 후세에의 전범에 이바지하려 했다는 것이다.
　　즉, 전箋에서, 문학과 정교와의 뗄 수 없는 관련성, '문사文詞란 재도지기載
道之器임'을 전제로 하고 "지나간 선철先哲들의 정수를 모아 앞으로 오는 배
우는 이들의 모범에 도움되게 하라"고, 왕의 명령투 형식을 빌어 한 말에
잘 드러나 있다. 편찬 주체가 '내학來學'들이 문학에서 지향하기를 기대하는

전범이란 말할 것도 없이 '재도載道'라는 유가의 문학적 교의에의 충실 그것 외에 달리 없다. 전의 이 부분과 대응되는 서序의 한 부분에는 좀더 구체적으로 길게 서술해 두었는데, 요컨대 "도道에 마음을 두고 문 자체의 조탁彫琢에 매달리지 말아서, 아雅(전아典雅·아정雅正·아순雅順)를 숭상하고 부浮(부화浮華·부허浮虛·부박浮薄)를 몰아내며, 6경經에 근본하고 제자에 구차스럽게 간히지 말아서 고명정대하게" 글을 쓰라는 것이다. 이 전범에의 이바지라는 편찬 의도가 선문 방향에 대해 가지는 관련은 시문 선택을 가급적 기대되는 전범의 내용에 접근되도록 통제하는, 적어도 논리적으로는 그러한 관련일 터이다. 결국 내용으로 보아 위의 (3)의 기준에 연결될 성질의 것이다.

서와 전에 대한 이상의 검토를 마무리하면서 이 두 글이 모두 다분히 격식성을 띠는 글이기 때문에 전반적으로 의례적, 수사적 과장이 있음은 분명한데, 단순히 과장에만 머무느냐, 아니면 위에서 살펴본 바 편찬의 의도와 선문의 기준들에 사실성 자체가 인정될 수 없는 허구도 있을 수 있느냐 하는 문제를, 앞에서도 잠시 유의한 적이 있지만, 다시 제기하지 않을 수 없다. 만일 허구가 있다면 그것은 단순히 행문의 상투로 보아 끝날 문제는 아니다. 이 문제의 논의는 선문의 실제를 떠나서 달리 논의의 근거가 없다.

4. 선문실제選文實際의 검증

선문의 실제, 즉 포용된 시문의 질적 성향과 양적 안배의 양상을 통해 선문 주체의 어떤 생각을 탐색하는 데에는 한계로 작용할 가능성이 예견되는 다음 한두 가지 문제가 있다.

첫째는 객관적 소여所與로 주어진 기존 시문자료의 질적, 양적 형편이 선자選者들이 희구하는 이상적인 선문 모형을 반드시 충족시켜 주었으리라는 보장이 없다는 점이다. 이 점은 비단 《동문선》의 경우에만 한하는 것이 아니

라, 선집이라면 정도의 차이는 있어도 다 부딪히기 마련인데,《동문선》의
경우 적어도 선문 주체의 사고지향思考志向의 일면을 추구하기 위한 선문 방
향의 탐색이란 점에서는 한계의 정도가 그리 클 것으로는 보이지 않는다.
일례로 이규보李奎報의 작품을 대량 선취하면서도〈동명왕편東明王篇〉같은
작품은 제외되었다든가, 불가의 작품을 상당량 수용하면서도 혜심慧諶·경한
景閑 등의 우수한 선시禪詩들은 제외되었다든가 한 것은 어디까지나 선문주
체의 주관적 가치관 때문이지 자료 부재의 객관적 여건 때문은 아니기 때문
이다.

　둘째는 편찬에 참여한 사람이 23인이라는 다수인 점에서 예견되는 선문
방향의 혼선 가능성 문제다. 편찬의 자세한 과정을 알 수 없는 터라 단언하
기는 어렵지만, 사전에 선문방향의 일정한 집약을 보고난 뒤에 작업을 분담
했다고 보는 것이 상식이라면 이 문제도 크게 우려할 것은 아니라 생각된다.
더구나 23인이라고는 하지만 선문 방향 같은 주요 문제는 역시 전箋에 등장
하는 네 사람—노사신盧思愼·강희맹姜希孟·서거정徐居正·양성지梁誠之—정도에
의해 재결裁決되었을 것이요, 특히 핵심이 되어 총괄한 1인(서거정)이 있었
다는 점을 상기한다면 더욱 그러하다.《동문선》찬집관으로 함께 참여한 최
숙정崔淑精이 요사夭死한 자기 막내아우의 글을 선選에 넣어주기를 서거정에
게 청했다가 뜻을 이루지 못했다는《성종실록》의 기사 한 토막은 저간의
소식의 일단을 전해 준다.

　사정이 이렇더라도 한계가 물론 전혀 없을 수는 없다. 선문의 실제에서
보면 더러 그런 실마리가 보이는 것이 사실이다. 그러나 이 논의의 근거 자
체를 흔들 정도는 아니다. 현상적으로 뚜렷하게 드러나는 몇 가지만 검증하
여 문제 삼아 보기로 한다.

　(1) 양적으로 망라적網羅的이고 포괄적包括的이다.
　《동문선》의 인상적인 특징은 그 양적 규모의 방대함이다. 가급적 많은 작

가를 등장시키고, 가급적 많은 종류의 문체를 망라하고, 일정한 한계 안에서 가급적 많은 작품을 수재收載하려 하였다. 산술적으로 제시하면, 《동문선》에는 작가의 수로는 29명의 승려와 약간의 무명씨를 포함하여 500명 가까이가 등장되어 있고, 문체의 종류로는 55종이 망라되어 있으며, 시문의 양으로는 4,240여제 130권으로 수재되어 있다. 그래서 일종의 물량적 위압감을 자아내기조차 할 정도다. 어느 정도로 망라하고 포괄하려고 힘썼는가는, 단 1편의 작품을 가지고 올린 작가가 전체의 절반에 육박하는 220여명에 이르고, 문체에 있어 '표전表箋' 한 항목으로 460여 편을 뽑으면서 단 2편의 작품으로 '대對'를, 단 1편의 작품으로 '노포露布'를 설정하기조차 한 데에 잘 드러나 있다. 그 결과 문체의 종류에 있어서는 중국 《문선文選》의 39종, 40년 뒤 《속동문선續東文選》의 37종에 비해 압도적으로 많은 종류의 문체를 망라하게 되었다.

《동문선》은 확실히 어떤 엄정한 가치기준의 고수보다 너그러운 자세로 양적으로 보다 많이 포괄하려고 한 선집이다. 이 책의 이런 면이 가까운 시대의 성현成俔과 후세의 홍만종洪萬宗으로부터 '선選'이 아니라 '유취類聚'라는 비판을 받았고, 남용익南龍翼의 '박이부정博而不精'이란 비판도 불러 일으켰다. 그리고, 무엇보다 책이 편찬된 지 10년도 넘기 전에 김종직金宗直으로부터 《동문수東文粹》 편찬을 통해 정면의 항변을 받은 이유의 하나가 되기도 했다. 후대의 문학 전범에 이바지하려 했던 《동문선》은 선문 실제에 있어서 양적 포괄의 추구에 따른 전범성의 선명치 못함이 그 이유의 하나가 되어 결국 후대로부터 외면당하게 된 셈이다.

그러나 《동문선》은 비판의 액면 그대로 자료의 단순한 유취는 아니다. 유취적 망라·포괄성은 《동문선》으로서는 그 자체 의도를 가진 분명한 선문 방향의 하나인 것이다. 즉, 문헌 충비의 의도가 그것이다. 최치원·김부식·이인로·이규보·이제현·이곡·이색·이첨·정도전·권근 같이 당시로서 자료 여건이 허락하는 경우 가급적 다량을 선취한 것은 문학 문헌으로서의 질량의 충실화를 위한 것이 분명하거니와, 단 1편의 작품을 가지고도 220여 명―전체의 절반에 육박하도록 올린 이유는 무엇인가? 문적의 민멸泯滅로 비록 그들 작품 전부의 물리적 실체가 전하지는 않는다고 하더라도, 분명히 우리나라 문학사 위에서 활약한, 따라서 우리나라의 문학사적 질량의 밀도를 그만큼 높인 존재들이란 인식에서, 그들을 문학사적 기록(《동문선》)에 분명하게 등록시켜 문헌화하여 역대 문학의 본래 존재했던 그 질량의 밀도를 근거짓자는 의도 외에 다름 아닐 터이다. 그 거질의 선집에서 1, 2편의 작품으로 따로 문체의 항목을 설정하여 한 종류의 문체라도 더 망라하려 한 것도 이에 준해서 이해할 일이다. 어쩌면 《문선》보다 훨씬 후대에 편찬하면서 우선 양적으로 이보다 빈약하게 할 수는 없다는 생각이 깔려 있었거나, 또는 송대宋代의 관찬 선집인 《문원영화文苑英華》가 1천 권이란 사실을 크게 의식했을 법도 하다.

그런데 이러한 문헌의 충비가 일의적一義的으로는 정태적인 참고를 위해서라기보다, 동태적인 선양·과시를 위해서였던 것이다. 앞에서 살펴 본 바 서문에서 확인할 수 있듯이 자국의 역대 문학·문화 전통에 대한 긍지를 자기들 왕조의 문운으로 모아 대내적으로 왕화王化를 선양·과시하고, 대외적으로 중국의 역대에 대대시키자는 의도에서였다. 그러기 위해서는 가급적 많은 작가·문체·작품을 망라·포괄하여 그 규모를 방대하게 하고, 그 질량을 풍후豊厚하게 할 필요가 있었다. 말하자면 물량적 시위로 권위를 보다 당당하게 하자는 계산이 있었던 것이다. 이러한 대내·대외에의 선양·과시의 의도는 《동문선》 편찬 주체, 즉 15세기 후반 훈구관료 세력의 문화적·정치적 자신감의 한 표현에 다름 아니다. 다시 말하면 《동문선》의 망라·포괄적 선문에 의한 규모의 방대화, 질량의 풍후화는 바로 이 편찬 주체의 당당한 자신감의 반영인 것이다. 이 점은 다음의 다른 선문 방향들까지를 고려하면 더욱 분명해진다.

(2) 시詩보다는 문文에, 문은 정교政敎·의례성儀禮性 문장에 압도적 비중이 두어졌다.

전체 4,240여제 가운데 고근체古近體의 시는 1,140여제에 그칠 뿐이고 나머지 거개는 문이다.《속동문선》이 전체 600제 약弱에서 고근체의 시가 386제로서 거의 3분의 2에 육박하고 있는 점과는 아주 대조적이다. 여기에 문의 압도적 비중이, 조칙詔勅·교서敎書·제고制誥·비답批答·주의奏議·차자箚子·첩牒·책제策題 등 정교政敎 관계 문장과, 책冊·표전表箋·장狀·송頌·치어致語·축문祝文·소疏·도량문道場文·재사齋詞·청사靑詞 등 정교성보다 의례성이 강한 문장에 두어져 있는 것이《동문선》의 선문 방향의 두드러진 특징의 하나다. 이들의 합한 수는 1,130제 가량인데, 이 가운데 특히 '표전表箋'이 460여제로 이 책 전체 55종—4,240여제의 10%를 넘어서고 있는 것이 그 중에도 더욱 두드러진 특징이다. 주지하듯이 '표전'은 신이 군에게 올리는 글로서, 그 사용 빈도로 보면 주로 신이 군에 대해 축하나 감사를 드리거나, 사양하거나 진상할 때에 올리는 경우가 많은, 따라서 의례성이 강한 문장이다. 그리고《동문선》에도 '하표賀表'·'사표謝表'류가 절대 다수를 차지하고 있다. 문체의 이런 양적 안배의 수치를 가지고《속동문선》이나, 특히 약간의 운문에 산문을 주로 뽑되 '서序'·'기記'류의 일반 문장에 치중된 김종직의《동문수》에 비추어 보면《동문선》의 성격이 선명하게 드러난다. (《동문선》에도 물론 '기'가 260여 편, '서'가 230여 편으로 '표전'을 제외한 다른 산문에 비하면 많은 편이나, 중요한 것은 '표전'과 같은 성격의 변려문과의 상대적 비례관계다.)

요컨대《동문선》은 지배층의 봉건적 상하관계를 원만하게 유지하고, 사대외교를 순조롭게 수행하며, 통치층의 권위를 장식하는 등의 효용에 주안主眼을 둔, 전형적인 관각적館閣的 문학관의 산물이다. 정교·의례 관계의 글 가운데는《고려사》같은 데에 이미 실려 있는 글도 상당량 포함되어 있는데, 이로 보면 이 방면의 글을 다량 선취한 것이 보사적補史的인 의도에서가 아님을 알 수 있다. 뿐만 아니라 유교국가의 관찬서이면서 소疏·도량문道場文·재사齋詞·청사靑詞 등 도불道佛의 의례문을 195편이나 실어 둔 것은, 유교국가라고는 하지만 이 시기 지배층의 유교적 이념에의 불철저성을 드러내는 의미도 되겠지만,《동문선》에 실린 이런 유의 의식문의 내용이 대부분 국가·군왕·귀족 자신들을 위한 기복적祈福的 송도頌禱의 그것이란 점을 생각하면 그 의도의 소재는 명백해진다. 더구나 이들 정교·의례성 문장의 거개가 번화하고 장식적인 것이 그 수사적 특성인 사륙변려체四六駢儷體임을 고려에 넣는다면 사과반思過半할 것이다.《동문선》이 후대에 외면당하게 된 주원인도 바로 이 관각문학적 특성과 후대의 문학사적, 정신사적 조류의 변화와의 상대관계에서 온 것이다.

특히 〈표전〉이 압도적인 양을 차지하고 있는 점이 흥미로운데, 선문의 이런 방향은 세조世祖이래 성종成宗 연간에 이르는 동안의 강화·안정된 왕권과 여기에 봉사한 훈구관료 세력과의 원만한 관계 유지를 반영한 것으로 이해해도 좋을 듯하다.《동문선》편찬 주역 네 사람이 모두 공신함功臣啣을 가지고 있는 사실과 무관하지 않을 듯하다.

그리고 시보다 문에 편중된 것은 역시 문헌 충비의 의도에서 문이 시보다 상대적으로 문헌성이 높다는 점에 관련되면서, 한편으로 시를 상대적으로 경시하는 관각적 문학관의 작용도 받은 것으로 보인다.

(3) 시문詩文의 형식미形式美에 치중하고 내용의 의리義理에는 관용적이다.
앞에서 지적한, 문의 압도적인 비중을 차지하고 있는 정교·의례성 문장의 거개가 사륙변려체란 점이《동문선》에 있어서의 형식미의 지배도를 약여躍如하게 보여주는 바이거니와, 시에 있어서도 형식미 추구의 선문 지향은 도처에서 볼 수 있다. 단적인 예로 창작이 아니라 타인의 시구詩句를 교묘하게 모으는 기교의 과시에 불과한 집구시集句詩를, 그것도 오율五律에서 11수, 칠률七律에서 26수, 칠언배율七言排律에서 1수, 시체詩體까지를 고려해가며 무려 38수나 뽑아 넣어두고 있는 점을 들 수 있다. 이 한 가지 사례만으로써도

이 문제에 대한 증거는 족하리라.

그런데 이 형식미 추구와 무관하지 않는, 거의 표리관계에 놓이다시피 하는, 내용의 의리 문제에 대한 놀랄 정도의 관용성을 보게 된다. 좀 과장해서 말하면, 적어도 《동문선》에 있어서는 충신도 없고 역적도 없으며, 숭유이념崇儒理念도 없고 배불이념排佛理念도 없으며, 존화尊華도 없고 양이攘夷도 없다고 해도 과언이 아니다. 몇 가지 사례를 보이면 다음과 같다.

《고려사》 열전에서 명백히 역적으로 단죄해 놓은 최충헌崔忠獻 부자를 미화·찬양한 시문이 한두 편에 그치지 않는다. 김구金坵의 칠언율시 〈상진양공上晉陽公〉, 이수李需의 칠언배율 〈교방소아敎坊小娥〉와 동차운同次韻 3편 등의 시와, 〈중서령 진강공도형후 공신재창독교서中書令晉康公圖形後功臣齋唱讀教書〉·〈봉진양후교서封晉陽後教書〉·〈진양후처이씨증변한국대부인교서晉陽侯妻李氏贈卞韓國大夫人教書〉, 그리고 이규보의 〈진강후모정기晉康侯茅亭記〉·〈최승제십자각기崔承制十字閣記〉 등 7~8편의 문이 그것이다. 이런가 하면 초기 무신정권에 강렬한 저항을 보인 임춘林椿의 〈장검행杖劍行〉 같은 작품은 제외되어 있다.

앞에서 이미 29명의 승려 작가와 도불道佛의 의례문의 포함을 지적했거니와, 불교관계 시문은 시나 의례문 외에도 탑명塔銘, 승려의 비명碑銘, 그리고 불교 교리의 본령을 설파한 원효元曉의 일련의 불서佛書의 서문이 정도전鄭道傳의 〈불씨잡변佛氏雜辯〉과 함께 실려 있기까지 하다. 그러나 여기에는 양적인 제한을 가한 흔적을 읽을 수 있으니, 한 예를 들면 승려들의 시를 싣기는 했어도 82편에 그친 것이 그것이다. 그리고 승려의 시라 하더라도 혜심慧諶·일연一然·경한景閑·보우普愚 등 쟁쟁한 선승들의 선禪의 세계를 구현한 작품은 거의 한 편도 싣지 않아 질적인 제한을 가한 흔적도 있다.

다음 한 가지 흥미로운 것은 호원胡元에의 관용이다. '표전'에 들어있는 수많은 사대의례문事大儀禮文은 그렇다 치더라도, 원元의 일본 원정을 노래한 원감圓鑑의 오언배율 〈동정송東征頌〉, 원의 고려 소녀 징발을 긍정적으로 다

론 김찬金贊의 칠언배율 〈동녀시童女詩〉와 동차운同次韻을 실어 두었다. 그런
가 하면 같은 원감의 작품으로 원의 동정에 따른 고려 민중의 참상을 다룬
〈영남간고상嶺南艱苦狀〉 같은 작품은 제외되어 있다.

　이 밖에도 가령 이규보의 일련의 구관시求官詩, 조충趙沖의 〈하금평장득외
손賀琴平章得外孫〉과 동차운同次韻 따위의 아부문자도 상당량 실어둔 것도 짚
고 넘어갈 만한 문제다.

　선문에 있어서 이러한 의리 문제에 대한 관용성은 무엇을 의미하는가?
서序나 전箋의 어디에도 가령 공자 산시刪詩의 정신, 즉 내용이 좋은 시는
선심善心을 감발하게 하기 위해서, 나쁜 시는 일지逸志를 징계하기 위해서라
는 유의 어떤 실마리도 비쳐져 있지 않다. 따라서 그런 의도로 뽑아 넣었다
고 볼 근거는 없다. 그렇다면 일차적으로, 확실하게는 형식미의 추구에 주안
主眼이 있었다고 볼 수밖에 없다. 가령, 최이崔怡의 집 연회석상宴會上에서
춤추는 소녀를 제재로 한 작품으로 보이는, 그래서 귀족적 향락의 짙은 분위
기가 화려하게 묘사된 이수李需의 〈교방소아教坊小娥〉와, 여기에 차운한 이규
보·최자崔滋의 같은 제재, 같은 주제의 작품 3편을 아울러 4편이나 뽑아둔
의도는 형식미에의 관심에 따른 글재주의 비교 말고는 달리 이유를 찾기
어렵다. 이런 예는 가령 이변李弁의 칠언장시七言長詩 〈소양행昭陽行〉과, 같은
운자를 밟은 다른 세 사람의 작품을 모두 뽑아 넣은 것 등 다른 곳에서 더
찾을 수 있다.

　그리고 혜심慧諶 등 선승들의 고격高格의 선시가 거의 한 편도 실려 있지
않은 것도 자료의 부재 때문도 아니요, 숭유의 이데올로기와의 저촉 때문이
아니라 실은 미의식에 관련되어 있다. 이것은 서거정의 한 글 〈계정집서桂庭
集序〉에서 시사 받을 수 있다. 즉, 그는 "대각지시臺閣之詩=기상호부氣象豪富,
초야지시草野之詩=신기청담神氣淸淡,　선도지시禪道之詩=신고기핍神枯氣乏"의
세 부류로 나누고, 선도의 시는 신기神氣가 고핍枯乏해서 초고청수峭古淸瘦한
기는 넘쳐도 우유중화優游中和의 기는 없다고 하여 비하했다.《동문선》에 선

시禪詩가 거의 한편도 들지 않은 것은 바로 이 미美에 대한 선호 때문이다. 서거정의 이 미적 가치관이 전형적인 관료귀족의 미의식, 대각문학적 미의식이다. 그래서 《동문선》은 호부·숭엄·화미·우아·온유의 미에 지배되어 있고, 비장이나 골계의 범주에 드는 미는 극히 드물게 된 것이다.

위에 든 사례의 다른 경우도 대체로 이상의 해명에 준해 이해할 성질의 것이나, 내용의 의리에 대해 이렇게 관용적이면서 형식미를 선호한 이 선문 태도에 성리학의 의리정신·엄숙주의가 아직 뿌리내리기 전인 이 시대의 시대분위기, 그들의 관료귀족적 가치지향이나 의식상태가 잘 반영되어 있다. 왕실과 귀족들의 생활 속의 고려적 불교 침윤浸潤의 온존溫存, 세조의 정변으로 인한 정치의리의 도괴倒壞, 여기에 영합한 세력으로서의 《동문선》 편찬 주체의 정치적 입장 등이 선문의 이러한 방향에 연결되어 있다고 보아야 할 것이다. 그런 점에서 강희맹姜希孟이 〈제임후사홍병풍題任侯士洪屛風〉의 시에서 강태공을 찬미하면서 백이·숙제를 "감히 한 치 혓바닥을 가지고 3강三綱을 다투는구나"라고 기롱조譏弄調로 표현하고, '권경일률權經一律(권도와 상도의 일률)'의 설을 내세운 것은 이 선문 방향과도 관련하여 깊이 음미해 볼 만한 사실이다.

김종직이 《동문수》를 편찬한 것은 《동문선》 선문의 이 방향에 정면 항변으로서의 의미일 터이다. 후대에 《동문선》이 외면당한 주원인도 바로 선문의 이 방향에 있었다.

전문箋文에서 밝힌 기준 또는 선문 후의 규정의 하나, 즉 "체례가 법도에 합치되기만 한다면 여간 흠이 있어도 채택에서 빠뜨리지 않았다"는 것이 선문의 이 방향에 그 전면은 아니더라도 일단 연결된다. 그러나 '사리순정詞理醇正'이라는 기준 또는 규정이나, '아雅'를 숭상하고 '부浮'를 몰아내어 '고명정대高明正大'하게 써야한다는 전범에의 기대는 결국 하나의 허구임이 여기서 드러난 셈이다. 국가의 공적 이념과 당시 왕실이나 관료귀족들의 현실적 입장 및 체질과의 괴리·당착의 일면이 노출된 것에 다름 아니다.

(4) 기층문화·민중사회에 관련되는 시문은 소외되고, 거의 철저하게 상부 지배층 중심의 문헌으로 방향 잡혀 있다.

앞에서 《동문선》의 선문 방향의 하나가 망라적·포괄적 임을 제시했거니와, 그 망라·포괄의 실상이 이제 여기서 밝혀진다. 즉, 어디까지나 상부 지배층 중심으로 시문 자료의 문체와 편수를 양적으로 망라·포괄한 것이지, 그 질적인 성향에 있어서는 오히려 단조로운 편에 속하는 책이다. 앞 항목에서 미적 특질의 편향성이 지적되었거니와, 그 제재나 주제의 측면에 있어서도 그 시문량詩文量의 방대함에 비추어 보아서는 다양한 편이 못된다. 아니, 실은 미적 특질의 편향성이 바로 제재나 주제가 다양하지 못한 데에서 연유된 것이다. 그리고 그것은 기층문화·민중사회를 다룬 시문이 소외된 데에서 크게 연유되고 있다.

기층문화를 제재로 한 한문학 작품이 본래도 그리 많은 편이 못됨은 사실이다. 그러나, 서거정이 《삼국사절요》를 편찬할 때에 자료를 채취했다는 (서씨徐氏의 〈삼국사절요서三國史節要序〉) 《수이전》과 《삼국유사》 같은 책에서의 선문은 작품관의 유교적 교의敎儀 때문에 기대할 수는 없다 치더라도, 가령 이규보의 〈동명왕편〉을 위시한 그의 〈노무편老巫篇〉, 이승휴의 〈제왕운기帝王韻記〉, 이제현의 〈소악부小樂府〉, 이색의 〈관격구觀擊毬〉 등 민족의 기층문화를 다룬 일련의 웅편雄篇·가작佳作들을 외면한 곳에서 《동문선》과 이 책 선문 주체의 한계를 보게 된다. 이 일련의 작품이 제외된 것은 아마도 6경六經에 근본하고, 제자에 구차스럽게 갇히지 말아서 고명정대하게 글을 써야 한다는 그들의 재도적 문학관에 의한 가치재단 때문일 것이다. 유가적 도道의 구현만이 문학의 정통이라는 생각 때문이다. 그렇다면 앞에서 본 바 도불道佛 관계 시문은 이 기준에서 어째서 제외되었는가? 그것은 두 가지 이유 때문이다. 첫째는 그 시문들이 도불 관계라고는 하나 유가적 여러 규준의 원용援用에 의해 운영되고 있는 국가·왕실·귀족의 현실적 존재체제存在體制에 봉사·순응하는 성질의 것이기 때문이다. 이런 점에서 실은 재도적 문학관의 기준 안에 들어온다고 보았기 때문이다. 여기서 우리는 다같이 '재도載道'라는 용어를 사용해도 그 '도'의 실질개념이 6경을 문학의 관점에서 숭상했던 조선초기, 4서四書에 핵심을 두고 사유에 침잠했던 중기, 그리고 6경을 현실에 연결하여 해석했던 후기의 그것들이 서로 달랐음을 알아야 할 필요가 있다. 여기에다 한 가지 이유는 그 형식미가 특히 마음에 들었기 때문일 터이다.

어쨌든 여기서 우리는《동문선》편찬의 제일의적인 의도였던, 우리나라 역대 문학을 중국의 역대 문학에 대대對待시키려 한 것이란 이 명제의 실상도 이해하게 된다. 한 마디로 중국에 대해 자국의 문학 전통의 독자성을 엄연히 인식은 하되, 대대시키려 한 그 독자의 실체는 어디까지나 선진先秦 6경이란 동일근원同一根源에서 흘러나온 것이어야 한다는 것이 그것이다.《동문선》과 그 선문 주체의 한계이기 이전에 바로 역사의 한계인 것이다.

민중사회를 다룬 시문의 경우, 이곡李穀의 〈기행일수증청주참군紀行一首贈淸州參軍〉, 윤여형尹汝衡의 〈상률가橡栗歌〉, 이석형李石亨의 〈호야가呼耶歌〉 등 약간 편의 시가 수록되어 있어 아주 제외된 것은 아니었다. 주지하듯이 이 계열의 시문도 그 시대까지는 본래 그렇게 많이 산출되지는 않았기 때문에 이 정도의 고려라면 어떻게 보면 뽑을 만큼 뽑았다고 볼 수도 있다. 역시 통치 관료로서 민중에 대한 최소한의 관심은 읽을 수 있음이 사실이다. 그러나, 가령 이규보의 〈문국령금농향청주백반聞國令禁農餉淸酒白飯〉 등 일련의 이 방면의 작품, 안축安軸의 〈삼탄蔘歎〉, 원감圓鑑의 〈영남간고상嶺南艱苦狀〉 같은 작품이 제외된 데에서 역시 일정한 한계를 볼 수 있을 것이다.

5. 맺음말

《동문선》은 밖으로는 한족漢族의 통일제국 명明과의 원만한 사대 관계로 동아질서의 안정을 누리고, 안으로는 세조 이래 강화·안정된 왕권 아래 훈구 관료 문화가 극성을 이루었던 15세기 후반 바로 그 관료문화의 결정체다. 우리는 여기에서 주로 비판적인 시각으로 그 선문 방향을 논의하면서 그 선문 주체의 사고양상의 일면을 탐구해 보았거니와 반드시 비판만 받아야 할 책은 물론 아니다.

삼국 이래 선초鮮初까지 우리나라 문학 자료의 나름대로의 집성集成으로서의 의의라는 예거는 그만두고라도, 이 책과 그리고 선문 주체의 사고에는 우리가 상대적으로 긍정으로 보아야 할 측면이 없는 것이 아니다. 모든 사실이 양면성을 갖듯 위의 선문 방향에서 본 사실들도 마찬가지다. 가령 그 실체의 인식에 역사적인 한계는 있지만 자국의 문학 전통을 중국의 그것과 병행적 독자존재로 인식한 것, 그리고 미의식이나 제재·주제에 있어 일정한 편향성을 보였다고는 하나 후대 주자학적朱子學的 문학의 그것들과 상대적으로 보면 오히려 훨씬 다양·다채한, 따라서 의식의 더 넓은 폭도幅度를 보여준 것 같은 것을 들 수 있다. 도불道佛에 대한 일정한 포용성의 문제도 사고나 문화감각의 경직·편협을 부정적으로 본다면 역시 긍정적으로 이해할 여지가 있는 것이다. 그러나 여기에서는 이들 문제에 대해 상론할 겨를을 얻지 못한다.

(《震檀學報》 56, 진단학회, 1983)

회재晦齋의 도학적道學的 시세계

1

회재 이언적李彦迪은 자신의 인생목적을 '양진養眞·경세經世'로 설정했다.[1]
자신에 내재하는 천부의 도덕성을 함양하여 성인의 경역境域으로 나아가며,
여기에 의거하여 자기시대의 군민君民을 요순시대화堯舜時代化하고자 하는 것
을 자신의 인생이상으로 삼았다. 그의 이러한 이상은 21세 때 지은 〈문진부
問津賦〉[2]에서 공자孔子의 제세활동濟世活動에 대한 열정적인 찬미를 통해 간
접적이기는 하나 이미 표방되어 있었다. 즉 "도道는 요순을 이어받고 인仁은
만물을 생육生育하는 천지와 나란해서 생민에 대해 책임감을 무겁게 느끼고
천하에 대해 근심을 크게 하고서는" "우주를 경륜하고 민물民物을 화육化育
하고자" 동분서주하는 "위대한 공자"의 출사出仕의 의도를 일개 소장부적인
은자인 장저長沮·걸닉桀溺 따위가 어떻게 알겠느냐는[3] 논리와 호흡 속에서

---

1) 李彦迪, 〈次一善東軒韻〉(《晦齋集》卷3), "養眞經世兩無成". 또 同, 〈奉次惠韻〉, "養眞
經世兩堪羞", 自註에 "平生有志兩事, 今俱未遂, 豈非可羞耶"라 하였다. 또, 晦齋의 隱
居地였던 慶州郡 安康邑 玉山里에 있는 그의 당시의 거처 獨樂堂에 부속되어 있는 溪亭
에는 '養眞菴'이라 懸額하기도 했다.
2) 《晦齋集》卷5 所載. 이 賦는 추측컨대 과거 답안으로 쓴 것으로 여겨지나 創作的 眞實
性이 매우 높은 작품이다.
3) 앞의 賦, "偉哉仲尼 天縱其德. 道揖堯舜, 仁並覆育. 責旣重於生民, 憂亦大於天下. (중

회재 자신의 인생 이상의 강렬한 투사를 읽을 수 있다.

특히 양진養眞의 이상은 그 뒤로 거듭 직접적으로 표명되었다. 24세 때
문과에 급제하고 첫 출사出仕를 위해 서울에 당도해 지은 〈서정시西征詩〉에서
"평생토록 뜻이 구차하지 않으리니, 희구希求하는 바는 오직 성철聖哲이라
네"[4]라고 한 것을 위시해서 27세 때 쓴 〈원조오잠元朝五箴〉 중의 〈독지잠篤
志箴〉에서 "학문을 하면서 성인을 희구하지 아니하는 것, 이것을 일러 스스
로 한계지음이라 하지"[5]라고 한 것과 30세 때 쓴 〈입잠立箴〉에서 "진眞을
쌓아가고 힘씀을 오래 하면 성인의 경역에 들어가기를 기약할 수 있으리"[6]
라고 한 것 등이 그것이다. 주렴계周濂溪가 "성인은 하늘을 희구하고, 현인은
성인을 희구하고, 사士는 현인을 희구한다"[7]고 했거니와, 성인을 희구함(希
聖)은 도학자道學者 일반이 다 갖는 이상으로서 유독 회재만이 가졌던 것은
아니다. 그러나 그 희구의 독실함과 아울러 은연중의 자신감, 그 신념화의
정도에 있어서 회재는 다소 남달라 보이는 듯하다.[8] 위리안치圍籬安置라는
극한상황 속에서도 "하늘을 섬김에 극진하지 못함이 있는가? 군친君親을 위
함에 성실치 못함이 있는가? 마음가짐에 바르지 못함이 있는가?"라고 일일
삼성一日三省했다는[9] 그의 만년 적소謫所에서의 생활 같은 것도 그 단적인
예의 하나가 될 것이다.

략) 舊欲濟而無梁, 遇沮溺之耦耕. (중략) 彼固避世之士兮, 獨非聖人而自是. 焉知君子
之仕兮, 乃所以行其義也. (중략) 豈若小丈夫然兮, 果於忘世, 坐視墊溺而不救. 而且賢
人不時出, 聖人不世有. 上而爲君, 堯舜禹湯. 下而爲臣, 伊周稷契. 彼皆經綸宇宙, 化育民
物, 際天極地, 咸受其澤. 當今之世, 非我伊誰.
4) 이언적, 〈西征詩〉(《회재집》 卷1), "生平志不苟, 所希惟聖哲."
5) 이언적, 〈元朝五箴〉(《회재집》 卷6), 其五 〈篤志箴〉, "學不希聖, 是謂自畵."
6) 이언적, 〈立箴〉(《회재집》 卷6), "眞積力久, 期入聖域."
7) 《近思錄》 卷2, "濂溪先生曰, 聖希天, 賢希聖, 士希賢."
8) 晦齋의 《晦齋集》을 通讀한 뒤에 자연스럽게 가져지는 생각이다.
  의 〈晦齋李先生行狀〉(《退溪集》 권49)에서 "於是始知先生之於道學, 其求之如此其切也, 其
  行之如此其力也, 其得之如此其正也"라고 한 言及도 참고가 될 것이다.
9) 주8)의 〈회재이선생행장〉, "其處困行患, 有以自安. 進學著書, 不輟其功. 未明而起, 乾
  乾夕惕. 其几案上書自戒之辭曰, 吾日三省吾身, 事天有未盡歟. 爲君親有未誠歟. 持心有
  未正歟."

이러한 양진養眞의 인생목적에 설정된 이상적인 자아상으로서의 성인에 대응하는 경세經世에서의 그것은 본인 자신 구체적으로 표명한 바는 없다. (실은 본인이 구체적으로 표명할 성질의 것이 아니다.) 그러나 퇴계退溪가 회재의 행장行狀에서 "(회재는) 항상 군민君民을 요순시대화堯舜時代化하는 책임을 자임했다"10)라고 한 말에 비추어 생각해 보면 그의 〈문진부〉에 등장하는 이윤伊尹·주공周公·후직后稷·설契 같은 경세가가 아니었을까 생각된다. 실은 회재 자신으로부터의 간접적인 시사가 전혀 없지는 않았다. 〈서정시〉에서 "머리 들어 북극을 바라보니, 백일白日이 지척에 임했구나. 풍운이 호연浩然히 가없으니, 구만리 하늘로 날개 떨칠 만 하구나"11)라고 한 것, 그리고 27세 때의 작품 〈고송孤松〉에서 "기둥이며 들보 되려 하지만, 도끼질들 해오니 어찌 하랴"12)라고 한 것이 의미하는 바가 그것이다. 회재의 이 경세에의 의지는 동시대의 다른 도학자들, 이를테면 회재보다 2년 위인 서화담徐花潭과 10년 아래인 이퇴계李退溪·조남명曹南冥 같은 이들이 양진에만 치중했던 점과는 확실히 다른 면모다. 29세 때 조정암趙靜菴의 참담한 좌절을 목격하고서도, 그리고 바로 그 자신 정변政變의 희생을 겪으면서도 하세下世의 마지막 순간까지 '요순군민堯舜君民'의 경세의지를 포기하지 않았던13) 회재의 인생 자세는 그의 인간 자체에 대한 이해에도 시사하는 바 크지만, 16세기 사상사적 문맥에서도 유의해 볼 만한 점이라고 하겠다.

현재 우리가 접하고 있는 회재의 저작은 주로 그의 인생 목적이 양진·경세라는, 개인 및 사회 차원에서의 실천에 구심점을 둔 바로 이 점에 의해 주로

---

10) 주8)의 〈회재이선생행장〉, "常以堯舜君民之責自任."
11) 이언적, 〈西征詩〉(《회재집》卷1), "擧頭望北極, 白日臨咫尺. 風雲浩無際, 九萬期奮翼." 이 詩에서 '北極'·'白日'은 王宮의 君王을 의미하고, '風雲'은 君臣의 만남에서 大業을 성취할 수 있는 가능성의 상황을 뜻한다.
12) 이언적, 〈孤松〉(《회재집》卷1), "棟樑雖有待, 斤斧奈相加."
13) 謫所에서 撰述된 〈進修八規〉, 《中庸九經衍義》 및 同《別集》은 주지하듯이 모두 經世 관계 著作이다. 특히 後二者는 집필 도중 下世로 미완의 書로 남기는 했지만 그 거대한 구도와 세심한 안배에서 晦齋의 經世에의 사명의식과 열정을 족히 읽을 수 있다.

규정되고 있다. 〈원조오잠〉을 위시한 일련의 잠箴·명銘과 《구인록求仁錄》은 개
인차원에서의 실천인 양진의 심화 내지 확대에의 요구에, 〈일강십목소─綱十
目疏〉를 위시한 일련의 소疏·차箚·계啓·장狀과 〈진수팔규進修八規〉《중용구경연
의中庸九經衍義》 및 그《별집別集》은 사회차원에서의 실천인 경세의 시무時務와
확전擴展에의 요구에 응해 나온 것이다. 그의 저작 중 이론성이 가장 높은
〈서망재망기당무극태극설후書忘齋忘機堂無極太極說後〉·〈답망기당서答忘機堂書〉
4편과 《대학장구보유大學章句補遺》《속대학혹문續大學或問》도, 도학의 이론들
은 기본적으로 실천지향성을 가지기는 하지만, 그 이론들의 총체에서 놓일
좌표는 그 실천지향성이 상대적으로 높은 곳이다.[14] 결국 회재의 저작 대부
분은 그의 도저到底한 실천의식의 지평 안에서 이루어졌다고 결론할 수 있다.

여기에서 우리는 그의 생애에서 가지게 되는 하나의 의안疑案─즉 김안로
金安老 일파에게 구축되어 산림에 은거하던 그의 41세에서 47세 사이에 가령
〈무극태극론無極太極論〉에 후속되는 이론적 저작이 나올 법 했음에도 어찌하
여 나오지 않았던가 하는 문제에 대한 해답의 한 단서도 얻게 된다. 즉 당시
우리나라의 도학 수용의 정도가 가진 객관적 한계에도 요인의 일부가 있었
겠지만, 회재 자신의 주관적 입장에서는 자신의 실천이 감당할 만한 지평을
넘어서는 이론적 추구의 필요성을 느끼지 않았던 때문이 아닌가 생각된다.

위에 열거한 저작들과 함께 회재의 저작 중 중요한 일부가 되고 있는 그의
시 작품도 그의 양진·경세의 실천적 삶과 무관하게 이루어진 것이 아니다.
특히 양진과는 밀접한 연관을 가지고 있다.

도학자들에 있어 시를 짓는 일이 필수적으로 요구되었던 것은 물론 아니
다. 그러나 도학의 사유나 도학적 인격경계에는 확실히 심미정조審美情調를
유발할 소지나 일종의 심미적 국면이 있다. 생성生成과 화해和諧를 특징으로
하는 그 세계관, 객관적·분석적이 아니라 직관적·지각적인 그 사물인식의 방

---

14) 이를테면 四端七情 문제, 人物性同異 문제 등에 관한 이론들과의 비교의 시각에서 보면
    그렇다는 뜻이다.

식에는 사유주체思惟主體로 하여금 심미정조를 유발하게 할 계기들이 충분히 깃들어 있다. 그리고 그 인격함양의 과정이나 결과에서 체험하는, 흔히 '광풍제월光風霽月'이라고 매우 시적으로 묘사되는 정신경계는 자기초극自己超克에서 오는, 대자적對自的으로는 자아의 자유의 상황, 대타적對他的으로 자아의 세계와의 화해의 상황을 함유하고 있어, 흥취興趣·열락悅樂이라는 일종의 예술적 정감이 일어날 소지를 가지고 있다. 이 경계의 극치를 도학에서는 주회암朱晦庵이 "천지만물과 더불어 상하가 함께 흘러, 각각 제자리를 얻은 묘함(與天地萬物, 上下同流, 各得其所之妙)"이라고 규정한 공자의 유명한 '여점지탄與點之嘆'에 묘사된 경계로15) 설명하고 있는데, 이 '여점지탄'에 묘사된 경계는 실은 매우 예술적이다. 이로 보면 도학 내지 유학에서의 도덕적 인격의 성숙과정에는 일정한 예술적 성향이 빚어지게 된다고 할 수 있다. 이러한 정신 경계를 현실적인 사회관계에서 구체적인 실천으로 실현하는 것이 도학 내지 유학에서의 삶의 기본 지향이나, 경우에 따라서는 음악 또는 시와 같은 예술양식으로서의 표현욕구가 있게 되는 것이다. 이것이 도덕가치를 지상至上으로 추구하는, 더구나 '완물상지玩物喪志'를 경계하는 도학자들이 도덕가치와는 그 범주를 달리하는 예술가치에 속하는 시작행위를 하게 되는 도학 자체내에서의 경로다.

회재의 시작의 동인도 주로는 이 도학자체내의 경로에 있었다. 그러므로, 진실로 도학을 지향한 사람이라면 거개 그러하겠지만, 회재는 시를 쓰기 위해 자신의 평상적 삶의 자리를 떠나 따로 자아의 입지를 마련하지 않았다. 자신의 평상적 삶의 지평이 곧 시의 지평이다. 동양예술의 일반적 성향이 대개 그러했지만 특히 도학자들, 이 중의 한 사람인 회재는 원초의 '시언지詩言志'관에 매우 투철했던 셈이다.

---

15) 《論語》〈先進〉, "(點)曰, 莫春者, 春服旣成, 冠者五六人, 童者六七人, 浴乎沂, 風乎舞雩, 詠而歸. 夫子喟然嘆曰, 吾與點也." 朱晦庵은 註에서 이 글에 인용한 바와 같은 논평을 했다.

2

회재는 모두 248제—390수의 시작품을 남겼다. 그의 문집의 편차에 의거하면 이들 작품은 그의 24세에서 작고하던 63세까지 40년에 걸쳐 지어진 것이다. 이로 보면 그는 시작에 매우 절제적이었던 셈이다. 절제적이었다는 것은 시작을 한갓 한사閑事로 보았다는 뜻이 아니라, 거꾸로 시작에 임하는 자세가 매우 진지했음을 뜻한다. 이 점은 그의 작품 전체에서 사교적인 수작酬酌으로 보이는 작품이 점하는 비율이, 시를 전업으로 하지 않은 과거 식자인들의 시집에 보이는 일반적인 정황에 비추어, 상대적으로 낮은 편이며(20여 제題 정도) 이들 작품도 대부분 허투가 아니라 '언지言志'적 진실을 표명하고 있는 데에서도 단적으로 드러나 있다.

그런데 우리에게 도학자들의 시가 문학사에서 여타 작가들의 작품성향과의 사이에서 변별적인 인식이 요구된다면, 그것은 그들의 시에 있어서의 도학적 사유나 체질과의 연관성 때문일 것이다. 이런 점에서 회재의 시는 한 전형적인 면모를 보여 주고 있다. 그의 작품 중 질적 성취도가 상대적으로 높은 작품들은 대부분 도학적 사유, 특히 그 세계관 사유 자체를 시적 사유로 삼은 경우다. 망기당忘機堂 조한보曺漢輔와 무극태극無極太極 문제를 쟁론한 27·8세로부터 마지막 적거시기謫居時期에 이르기까지 도학의 세계관 사유가 그의 시적 사유의 기조로 흐르고 있는 가운데에, 특히 망기당과의 논쟁 이후 몇 해 동안과 40대 은거기 6·7년 동안에 지어진 작품들에 이 방면의 작품이 일정한 양적 밀집을 보이고 있다. 그러나 그 질적 성취도에 있어서는 은거기의 작품들이 단연 두드러져 보인다. 여기에서 우리는 회재의 은거기 생활에 대한 퇴계의 묘사에 유의할 필요가 있다.

정밀함을 다듬고 사색을 깊이 하여 고요함(靜) 가운데에 공을 들임
이 그 이전에 비해 더욱 깊고 전일專—하였다. 이러고 난 뒤에야 종래에

듣기만 하고 마음에 썩 계합되지 못했던 문제들이 비로소 심신心神에 융회融會되어 자상하고도 절실하게 체험됨이 있었다. 충염沖恬한 의취를 함양하여 오랜 세월을 두고 쌓으면서, 성리性理에 침잠하여 성현들의 진수進修의 방도를 따르고, 고명高明의 경계에 마음을 놀아 솔개 날고 고기 뛰어오르는 천리유행天理流行의 오묘함을 즐겼다.16)

그런데 회재는 정작 퇴계의 이러한 묘사에 상응할 만한 도학 관계의 이론적 저작을 남긴 바 없다. 오직 1권 분량의 시작품만 남겼을 뿐이다. 결국 그는 이 시기에 철학으로 시를 짓고, 시로써 철학을 사색했다고 함직하다. 퇴계의 위와 같은 묘사도 아마 회재의 이 시기의 시작품에 나타난 바에 의거해서 한 것이 아닌가 생각된다.17) 철학으로 시를 지었다는 것은 유독 그의 은거기의 작품에만 해당되는 것은 아니다. 정도의 차이는 있을지라도 그의 도학시道學詩 전반에 해당된다고 하겠다. 작품으로서의 성취도가 이 방면의 작품들이 상대적으로 높은 밀도를 보이는 점에 유의하여 본고에서는 이 방면의 작품을 대상으로 논의하고자 한다.

먼저 회재 도학시의 일반적인 특성을 검증해 볼 필요가 있다. 이 검증에는 역시 회재의 대표작으로 공인되어 온18) 〈임거십오영林居十五詠〉중의 〈무위無爲〉를 예로 드는 것이 적합할 것 같다.

---

16) 주 8)의 〈회재이선생행장〉, "其罷歸也, 卜地於州西北紫玉山中, 愛其巖壑壤奇, 溪潭潔淸, 築室而居之, 名其堂曰獨樂. 盆樹以松竹花卉, 日嘯永釣遊於其間, 謝絶世故, 端坐一室, 左右圖書, 研精覃思, 靜中下功夫, 比之前時, 尤深且專一. 然後向來有聞而未甚契者, 始若心融而神會, 親切而有驗焉. 養以沖恬之趣, 積以歲月之久, 潛神性理, 遵聖賢進修之方, 玩心高明, 樂鳶魚流行之妙."

17) 退溪는 晦齋의 이 시기의 대표적 작품인 〈林居十五詠〉을 次韻해서 같은 제목의 詩를 짓기도 했다. 《退溪集》 卷3 〈林居十五詠〉 참조.

18) 李晬光, 〈文章部〉六, 〈東詩〉(《芝峰類說》 卷13), "晦齋先生詩曰, 萬物變遷無定態, 一身閑適自隨時. 年來漸省經營力, 長對靑山不賦詩. 語意甚高, 非苟爲作詩者所能及也." 또 申緯, 《警修堂全藁》, 〈北禪院續藁〉二〈東人論詩絶句三十五首〉, 其八, "晦齋不屑學操觚, 長對靑山一句無. 好向先生觀所養, 一身還有一唐虞." 晦齋有長對靑山不賦詩之句. 又曰, 待得神淸眞氣泰, 一身還是一唐虞. 非操觚家可及.

萬物變遷無定態,   철따라 만물은 새론 모습 나투어 오는구나,
一身閑適自隨時.   내 사뭇 한적해 절로 철을 따라 사네.
年來漸省經營力,   이즈막엔 점차 일 꾀하는 힘 줄이어,
長對靑山不賦詩.   길이 청산 마주하고 시조차 짓지 않네.

(〈無爲〉, 《晦齋集》 권2)

보다시피 이 작품은 시로서의 형상적 표현이라고는 끝 행의 '장대청산長
對靑山'정도일 뿐 전편이 주로 개념적 진술로 되어 있다. 진술된 내용으로서
의 시상詩想 자체도, 마지막 행이 가진 실제와의 역설성(이 시를 지으면서 짓지
않는다는)이 주는 일정한 긴장을 제하고 나면 별로 참신하다고 할 것도 없는,
평범한 것으로 보인다. 이럼에도 불구하고 이 시가 신선하고 중후한 감동력
을 가지게 된 것은 거의 전적으로 이 진술을 받쳐주고 있는 호연한 기氣의
역량에 의해서다. 호연한 기에 실림으로써 평범해 보이던 진술 내용에 은장
隱藏되어 있던, 춘·하·추·동 사시의 변환으로 대변되는 우주운행과 여기에 평
행하고 있는 시적 자아(즉 작자)의 삶의 태도가 거대한 하나의 이미지로서
떠오른다. 그리고 거대한 이 우주운행의 이미지는 그 속에 도학적 관점에서
의 우주의 속성, 즉 영원과 무한, 그리고 무작위無作爲의 침묵 속에서의 만물
생성의 지속적인 움직임에의 환기喚起를 함유하는 한편, 이 우주태宇宙態에
전폭으로 평행·일치하고 있는 시적 자아의 삶의 태도(무위無爲의 삶)는 이러
한 삶이 지고의 성적聖的인 삶의 경계로 인식되어 온, 작품외의 문화적 문맥
에 의해 가치론적 공감을 일거에 전폭으로 울려줌으로써 작품의 의미가 완
결된다. 기氣의 받침에 의하여 진술 내용이 함유하고 있던 이러한 의미가
발휘될 때 끝 행의 역설성이 갖는 긴장이 비로소 의미의 발휘를 비상하게
제고시켜 주는 효능을 발휘하게 되었다.
    그렇다면 평범해 보이던 진술 내용을 시적인 형상적 의미로 완결케 한
기의 역량은 작품의 어느 요소를 매개로 작용해 오는가? 이것은 주로 운율을

매개로 해서다. 작품의 형식요소에 대한 작자의 재량폭이 극히 제한적인 근체시의 경우, 작자가 운율에 재량할 수 있는 곳은 주로 글자의 소리 및 소리의 연결양식과 이것이 빚어내는 호흡에 있다. 이 예시의 경우 특히 첫 행과 끝 행에서 그 소리의 효과가 고도화되어 있다. 첫 행의 경우 일곱 글자의 종성이 모두 유성음계有聲音系인 데다가, 첫 두 글자의 초성까지도 유성자음계有聲子音系여서 전행全行의 소리 감각(또는 호흡의 양태)이 막힘없는 흐름의 그것으로 되어, 진술 내용인 '자연 물상들의 계절에 따른 변화의 흐름'이란 의미와 혼연히 합치되고 있음을 볼 수 있다. 끝 행의 경우 특히 '장대청산長對靑山'네 음절 중 세 음절이 'ㅇ·ㅇ·ㄴ'과 같은 강한 유성 종성음에 'ㅈ·ㅊ·ㅅ'과 같은 강한 무성 초성음이 대극적對極的으로 어울리는 데에서 오는 높은 긴장은 소리의 영상映象을 특히 강화시켜 전행全行을 압도함으로써 진술된 내용에 대한 강한 진실감을 부여해 주고 있음을 볼 수 있다. 그리고 둘째 행은 무성음계에 대한 유성음계의 비율이 첫 행에 비해 급격히 떨어지면서 상대적으로 첫 행의 의미를 더욱 고양시키고 있으며, 셋째 행에 이르러서 그 비율이 다시 높아지면서 끝 행의 강한 소리 영상의 절정을 향하는 고조감이 마련되어 있다. 소리 효과의 시행 사이의 허실虛實 안배다. 그런데 이 시의 문맥상의 의미의 비중은 끝 행에 가장 크게 놓여 있고(절구체의 일반 준칙이기도 하지만) 그 다음으로는 첫 행이다. 이 문맥상의 의미 비중이 소리의 시행 간詩行間의 허실虛實 안배와 일치됨으로써 확연하게 드러나게 되었다.

이 시의 작자가 시를 지을 때 위에서 분석해 보인 바와 같은 소리의 효과를 세세히 저울질해서 안배해 지었다고 볼 수는 없다. 객관적으로 명확히 입증할 수는 없지만, 이 예시뿐 아니라 회재시의 전반적인 표현감각에 비추어 보건대 지배적으로는 기氣의 자연스러운 유출에 의지했다고 보는 편이 타당할 것 같다.

그렇다면 동양예술론에서 주요 범주의 하나인 이 기의 실체는 무엇인가? 맹자는 "기는 사람의 몸에 충만되어 있는 그 무엇이다(氣, 體之充也)"[19]라고

했다. 즉 사람의 몸에 충만되어 있는, 생리요소生理要素의 하나—생명의 정수
적精粹的 요소로서의 일종의 에네르기다. 그런데 순전한 생리 요소로서의 기
자체만으로는 예술 작품의 효과와는 무관하다. '양기養氣'의 과정을 거쳐야
한다. 양기는 한마디로 생리작용의 정신화精神化다. 또는 정신의 생리작용화
다. 맹자가 "지志는 기氣의 통솔자다(志, 氣之帥也)"20)라고 한 논리에 근거해
서 바꾸어 표현하면 생리작용에 대한 정신의 지배력의 확충이라고 할 수
있다. 정신은 어떤 성질의 가치든 가치에 대한 일정한 지향성을 가진다. 따
라서 도학자들에게 있어 양기란 그들이 생각하는 도덕가치에 지향된 정신으
로 자신들의 생리작용을 길들이는 일이다. 회재의 양진養眞이란 다름 아닌
바로 이 양기다.

　그러나 도덕가치에 지향한 정신이 아무리 높은 정도로 자신의 생리작용을
지배하게 되었다 하더라도, 바꾸어 말하면 인격함양이 아무리 높은 수준에
도달했다 하더라도 이 자체로서는 그 수준에 상응하는 수준의 예술작품의 산출
이 자동적으로 보장되는 것은 아니다. 여기에 표현기능의 수련이 가담되어야
한다. 기능의 수련도 결국 기氣 즉 생리작용의 기능화, 또는 기능의 생리작용화
다. 일종의 양기인 것이다. 정신의 생리작용화에는 선천적인 품성稟性이 작용력
을 가지듯이, 기능의 생리작용화에는 선천적인 재질이 작용력을 지닌다.

　정신과 기능과의 관계는 한 주체의 기를 각각 다른 방향에서 지배하고
있다는 점에서는 구분되나, 지배영역을 공유하고 있다는 조건에 의해 유기
적인 연계·결합 가능성을 가지고 있다. 이 둘을 연계·결합시켜 주는 매개자가
표현욕구 또는 창작충동이다. 예술작품은 결국 한 주체의 기에 대한 정신과
기능의 두 지배력이 표현욕구의 매개로 연계·결합된 결과의 산물이다. 그러
므로 작품의 감동력의 강약은 정신과 기능이 도달한 수준의 높낮이와 이
둘의 기의 영역에서의 결합 정도의 높낮이에 의해 결정된다. 그리고 이 둘의

---

19)《孟子》〈公孫丑上〉, '浩然章'.
20) 주19)의 '浩然章'

결합 정도의 높낮이를 결정하는 것은 표현 욕구 또는 창작충동의 진실성의 정도다.21)

　퇴계가 회재를 두고 "역학능문力學能文"22)이라고 했거니와, 회재는 문학에 대한 일정한 선천적인 재분才分과, 그리고 과거제도하의 사자士子의 한 사람으로서 표현기능에 대한 일정한 수련이 있었을 것임에는 틀림없다. 그러나 그의 시에서 보는 바로는 양진에 의한 정신역량, 즉 정신화된 기의 역량과 표현욕구의 진실성에 더 힘입은 것으로 보인다. 이지봉李芝峰과 신자하申紫霞의 "문학을 전업專業으로 하는 사람들의 미칠 바가 아니다"23)라고 한 평언도 역시 그의 시의 이런 풍격風格에 착목해서일 것이다.

　여기에서 우리는 회재의 인격에 대한 퇴계의 묘사를 상기해 볼 필요가 있다. "말은 입 밖에 내지 않을 듯, 몸은 옷의 무게를 이기지 못할 듯 했으나, 간사를 물리치고 나라의 위의危疑를 안정시켜야 할 계제에 이르러서는 곧바로 앞으로 나아가 두려움이라고는 없는 품이 맹분孟賁하육夏育 같은 용사라 하더라도 그 정신을 빼앗지 못할 정도였다"24)라고 했다. 류서애柳西厓의 "그 세운 바가 우뚝이 솟아 (중략) 평생 직도直道로써 행하고, 돌리고 꼬는 바가 없었다"25)라고 한 묘사도 아울러 참작하는 것이 좋을 듯하다. 그리고 회재

---

21) 氣는 주지하듯이 동양의 醫藥을 위시해서 철학·예술 등 문화 전반에 걸쳐 있는 主要 範疇다. 이 방면에 종사하는 사람치고 이 氣의 문제에 대해 나름대로 사색해 보지 않은 사람은 아마 없을 것이다. 필자 역시 이 문제를 두고 생각을 쌓아온 터다. 그러나 氣란 결국 물질의 延長線上에 있는 하나의 實體이기 때문에 이 문제에 대한 객관적 설명은 자연과학적 실험이나 檢證에 의거하지 않고는 불가능하다는 생각이다. 그리고 現代 科學의 수준으로도 이 實體에 대한 완전한 검증은 아직 불가능할 것으로 생각된다. 다만 직관적 假說도 일정한 有效性을 가진다는 일반 관례에 따라 그동안 생각해 온 바의 일부를 여기에서 試用해 본 것이다. 이렇게 試用하게 된 데에는 徐復觀 교수의 이 방면의 논문 〈中國文學中的氣的問題〉가 鼓舞와 아울러 실제적인 도움을 주었다.
22) 주8)의 〈회재이선생행장〉
23) 주18) 참조.
24) 주8)의 〈회재이선생행장〉, "其立乎本朝也, 進退建白, 如彼其光明正大. 言若不出口, 體若不勝衣, 至其斥姦邪, 定危疑, 直前無畏, 雖賁育莫之奪也."
25) 柳成龍, 〈恭書御札答館學諸生疏後〉《晦齋集》卷14, 附錄), "晦齋以道學名世, 爲百代 儒宗. 其所樹立, 卓然奇偉 (중략) 平生直道而行, 無所回互."

자신 흔히 '청산青山'·'청송青松'을 가지고 스스로 조망하는 자아상을 비유해 표현하기도 했다.[26] 회재의 인격경계에 대한 이러한 타인들의 묘사나 자신의 조망이 위의 예시에서 감각되는 풍격의 형태와 상통하고 있음을 알 수 있다. 사람과 작품과의 일치를 강조해 온 것이 동양예술의 주조였거니와, 회재와 그 시와의 관계에서 우리는 그 전형적인 한 예를 보게 된다.

3

회재의 도학시에서 주로 다루어지는 주제는 우주생명과 자아와의 교감이다. 도학의 세계관은 기본적으로 생명화해生命和諧의 생기론적生機論的 성격이 강하고 보면, 도학의 이 세계관 사유를 자신의 시적 사유로 삼은 회재 도학시의 당연한 추향趨向이라고 할 수 있다.

萬象紛然不可窮,   삼라만상 어지러워 종잡을 수 없더니,
一天於穆總牢籠.   심원한 한 하늘(一天)이 모두를 주무르고 있는 걸.
雲行雨施神功博,   신령한 공덕 넓기도 해라, 구름 다니며 비 내리게 하고,
魚躍鳶飛妙用通.   오묘한 작용 두루 사무쳤구나, 고기는 뛰고 솔개는 날
　　　　　　　　　 게 했네.
雖曰有形兼有跡,   형상으로 있고 자취로 있다 하나,
本來無始又無終.   본래 처음도 없고 끝도 없는 걸.
沈吟黙契乾坤理,   나직히 건곤리乾坤理와의 묵계黙契 읊조리며,
獨立蒼茫俯仰中.   창망한 천지 가운데에 홀로 섰네.

　　　　　　　　　　　　　　　　　　　　　 (〈感興〉,《회재집》권1)

─────────────

26) 《晦齋集》卷1의 〈孤松〉과 卷1의 〈兄山江上〉은 自況詩임이 분명하다. 전자에서는 "群木
　 鬱相遮, 孤松挺自誇"라 했고, 후자에서는 "萬古不隨淸濁變, 巍然江上數峯靑"이라 했다.

이 시는 회재의 31세 때의 작품으로 도학에서의 '천도유행天道流行', 또는 '화육유행化育流行'이라는 본체계本體界의 만물 생성의 장관壯觀을 향한 '감흥感興'을 시화한 것이다. 시상은 도학의 세계관 사유의 전형적인 틀의 하나이고, 시어와 어법과 또한 도학에서 항다반恒茶飯으로 쓰는 것들이다. 그럼에도 불구하고 이 작품의 일정하게 시적 전환에 이르게 된 것은 도도하게 억양抑揚하는 운율의 호흡이 '심원深遠한 한 하늘(一天)'의 만물 생성의 장관에 부합하면서, 이러한 호흡과 함께 마지막 연에서의 자아의 우주와의 감개感慨하게 고양된 만남이 의미의 여운을 남겨 주기 때문이다.

이 시의 사유에서 특히 유의할 국면은 셋째 연과 넷째 연에 있다. 셋째 연에서의 고기며 솔개 같이 "형상으로 있고 자취로 있는"것이 "본래 처음도 없고 끝도 없는" 것이라 했다. 이것은 구체적 개체로서의 현상계의 만물 각자는 고립적이고 유한한, 따라서 허망한 존재가 아니라 그 자체로서 영원한 실재實在인 우주생명의 현전자現前者임을 말한 것이다. 따라서 세계내 구체적 개체들의 생멸生滅은 고립적인 허망한 일회사一回事가 아니라, 과거로는 "처음도 없고" 미래로는 "끝도 없는" 우주생명의 영원성을 함섭涵攝되고 있는 것이 된다. 더구나 도학적 관점에서 인간은 우주생명의 온전한 품수자稟受者, 따라서 만물 가운데 가장 빼어난 현전자다. 그 구극의 지위는 천지의 화육化育도 협찬할 수 있어서(可以贊天地之化育) 천지와 병립할 수 있는(可以與天地參矣)27) 자다. 넷째 연에는 우주의 주체로서의 자아에의 이 같은 비전이 함축되어 있다. 특히 끝 행의 "홀로 섰네獨立"에는 우주생명질서에 닿은 초인超人으로서의 주체적 자아에의 조망이 강하게 함축되어 있다. 자아를 우주생명과 함께 영원하며 우주와 병립하는 비전에서 감개로운 고양으로 인식하는 것은 우주생명과의 즉자적卽自的 합일, 바꾸어 말하면 내적內的 초월超越이다.

회재의 시에는 몇 가지 특정 낱말이 빈번하게 나오고 있어 그의 시세계의 이해에 요긴한 단서가 되고 있다. 이 시에 나오는 '독립獨立'의 '독獨'은 그

---

27) 《중용》, 〈22章〉.

중의 하나로, 자아의 강한 주체의식을 징표하는 하나의 모티브로 되어 있음을 본다. 그리고 이 자아의 강한 주체의식은 세속적인 것으로부터의 초탈고고孤高나, 우주생명과의 합일의 비전에서 자아를 인식하는 데에 근거를 두고 있는 것이 그 특징이다.

위의 시와 거의 같은 시각으로 쓰여진 그의 45세 때의 작품을 음미해 보자.

乘興逍遙展眺遐,   흥겨워 거닐다 머얼리 바라보니,
暮天雲盡碧山多.   저녁 하늘 말끔해 산 빛 더욱 짙구나.
茫茫宇宙無終極,   망망茫茫한 우주는 끝남이 없어라,
俯仰長吟浩浩歌.   굽어보고 우러러 보며 느긋이 "넓기도 해라
            하늘이여"28) 읊조리네.

〈樂天〉,《회재집》권2)

자아와 우주와의 관계 설정의 시각에 있어서나, 내함內含하고 있는 시적 사유의 맥락에 있어서나 위의 작품과 크게 다르지 않으면서, 전반적으로 위의 작품에 비해 내향적이면서 다분히 정적靜的이다. 위의 작품에서의 현상계 만물을 매개로 한 '심원한 한 하늘'의 거대한 생성의 장관이, 이 시에서는 구름 한 점 없이 투명하고 정적靜的인 하늘의 영상에 융해融解되어 이면화되어 있다. 따라서 '말끔함'이 단순히 허虛가 아니라 지실至實을 함유하고 있으

---

28) 원문 '浩浩歌'는《古文眞寶》前集 소재 송대의 馬存이란 사람의 〈浩浩歌〉를 가리키는 것으로 볼 수도 있다. 이 작품의 기본 취지를 보면 晦齋의 이 詩의 문맥에 맞지 않는 것은 아니다. 더구나 작품 안에 묘사된 이 작품의 창작 동기가 不遇란 점에서는 회재의 이 시가 지어질 때의 처지와 상통하는 점도 있다. 그러나 이 작품은 전형적인 文人的 기질에 바탕한 것으로 어사가 다분히 放逸로 흐르고 있고, 그 호흡의 억양이 매우 격렬한 데가 있어서 이 〈樂天〉을 포함한, 회재의 이 시기 일련의 詩篇들이 보여 주는 바 沖恬한 정조와는 상당히 거리가 있다. 따라서 회재가 馬氏의 이 작품 내용을 이 詩에 끌어들였을 것으로 보기에는 매우 회의적이다. 그래서 필자의 생각으로는, '浩浩歌'는 《中庸》〈第32章〉에 나오는, 운문체로 된 "肫肫其仁, 淵淵其淵, 浩浩其天"을 그렇게 지칭한 것이 아닌가 한다. 이 경우 이 〈樂天〉의 시상 전개와 情調에는 말할 것도 없거니와, 회재의 여타 도학시의 詩的 사유와 감각에 전적으로 부합한다.

며, 정靜 가운데에는 생성의 거대한 동動의 지속이 함유되어 있다. '말끔한 하늘'에 함유된 이 우주생명의 실상은 이 시의 끝 행에 이르러 전폭으로 자아에게로 내면화된다.[29]

여기에서 우리는 회재 자신의《구인록求仁錄》중의 다음과 같은 안설按說을 참고할 필요가 있다.

성인이 인륜의 도를 극진하게 발휘하여 천하 후세에 법이 되는 것은 모두 지성至誠·간측懇惻한 마음에 뿌리를 두고 있기 때문에, "도탑기도 해라 그 인仁이여"라고라 한 것이다. 그 성性이 된 바 본체를 온전하게 하여 치우치거나 기울어지는 폐단이 없이 진원眞源이 고요하고 깊어서 그 내놓음이 다함이 없기 때문에, "깊기도 해라 그 심연深淵이여"라고 한 것이다. 본성을 극진하게 발휘하여 천명에 도달하여 지성至誠·인애 仁愛의 마음이 천지가 만물을 조화·생육하는 공功에 묵계黙契됨이 있어, 그 덕이 넓기가 마치 하늘이 덮어 주지 않는 것이 없음과 같기 때문에, "넓기도 해라 그 하늘이여"라고 한 것이다.[30]

---

29) 앞에서 든 〈感興〉시에서와 아울러 이 詩에서의 우주의 내면화를 이해하고자 하는 데에는 그것을 文脈으로 보다 분명하게 객관화시킨 그의 31세 때의 작품 〈喜晴〉(《晦齋集》卷1)을 참고해 보는 것이 좋을 것 같다. "안개 사라지자 산은 이전대로/ 구름 걷히자 하늘은 그대로// 멋진 광경 森然해 셀 수 없고/ 우주의 참모습 활짝 열려 남김이 없네// 本體의 오묘함은 萬物의 사라짐과 자람에서 보겠고/ 玄妙한 機動은 萬象의 말아들여짐과 펼쳐짐에서 느끼겠네// 마음의 어두움과 밝음 멀지가 않나니/ 사람은 누구라도 自身에게로 돌이켜야 하리.(霧盡山依舊, 雲收天自如. 奇觀森莫數, 眞象豁無餘. 一妙看消長, 玄機感卷舒. 昏明要不遠, 人孰反求諸.)" 맑게 개인 날 청명한 천지간의 物象들과, 이들을 이렇게 있게 한 宇宙 本源의 지속적 契機를 '인욕이 사라지고 천리가 유행하는' 사람의 마음에 대응시켜 끝 聯에서 인격수양의 교훈적 의도를 실어 內面化로 轉回시키고 있다.

30) 이언적,《求仁錄》卷3, "愚按, 聖人盡人倫之道, 而爲法於天下後世者, 皆本於至誠懇惻之心, 故曰肫肫其仁. 全其所性之本體, 而無偏倚之累, 眞源靜深, 而其出無窮, 故曰淵淵其淵. 盡性至命, 至誠仁愛之心, 有以黙契於天地造化生育萬物之功, 其德廣博如天之無所不覆, 故曰浩浩其天."

이 시 끝 행의 "넓기도 해라 하늘이여"에는 이 안설按說에서와 같은 사유
가 함축되어 있다. '끝남이 없는''망망茫茫한 우주'를 '굽어보고 우러러 보
며' 이미 '천명天命에 이른' 성인의 덕을 읊조리는 시적 자아의 몸짓에는,
그 성인의 자리에 자아를 들여세움으로써 영원하고 무한한 우주생명을 자아
안에 함섭涵攝, 내재화시키는 계기가 움직이고 있다.

우주 보편생명의 함섭으로 천지의 화육化育에 계합하는 삶—구체적으로
는 인仁의 고도한 실현—이 곧 천명에의 도달이다. 이러한 천명에의 도달을
향한 상승으로 세속적인 영욕에의 관심과 유한한 개별자로서의 인간의 현실
적인 조건을 넘어서는 자리에 도학적 낙천의 삶이 있다. 이 시에 '낙천樂天'
이라 제목한 연유가 바로 여기에 있다. 따라서 주어진 삶의 조건을 소극적으
로 순수順受하는 태도의 낙천과는 다른 성격의, 말하자면 적극성이 그것이라
고 할 수 있다.31)

낙천으로 귀결되는 회재의 이 시에서의 우주와 자아와의 관계는 가령 당
대唐代의 시인 진자앙陳子昻의 〈등유주대가登幽州臺歌〉 같은 작품을 떠올려 보
는 데에서 보다 선명하게 이해될 것이다.

前不見古人,   앞으로는 옛 사람들을 보지 못했고,
後不見來者.   뒤로는 오는 이들을 보지 못하리.
念天地之悠悠,   천지의 유유悠悠함 생각하노라니,
獨愴然而涕下.   홀로 구슬피 눈물이 흘러내리네.

다같이 우주와 자아와의 관계를 다루면서도 진자앙의 시에서는 한 개체의

---

31) 회재의 이 詩에서의 '樂天'은《周易》,〈繫辭上〉第4章의 다음 대목과 이에 대한 朱熹의
《周易 本義》에 관련되어 있다. "與天地相似, 故不違. 知周乎萬物, 而道濟天下, 故不過.
旁行而不流, 樂天知命, 故不憂. 安土, 敦乎仁, 故能愛."《本義》, "此, 聖人盡性之事也.
(中略) 旣樂天理, 而又知天命, 故能无憂, 而其知益深. 隨處皆安, 而无一息之不仁, 故能
不忘其濟物之心, 而仁益篤焉.

삶이 우주의 영원함으로부터 유리游離된, 따라서 허망한 일회사一回事로 되어 있음을 본다. 그래서 진씨의 시에서의 '독獨'은 한없이 왜소하고 고독한 존 재로서의 영상을 함유하고 있어, 회재의 시에서의 '독獨'이 우주에 맞닿으려 는 초인으로서의 영상을 함유하고 있음과는 대극적對極的으로 다름을 아울 러 알 수 있다.

앞에서 든 작품에서의 '감흥感興'이나 위의 작품에서의 '낙천樂天'의 '낙 樂'은 모두 우주생명과의 교감에서 오는 즐거움을 가리킨다. 군이 제목으로 표출해 두지 않은 그의 여타 도학적 사유의 어느 작품에서나, 이 즐거움의 정감이 흐르고 있어 그의 도학시 전반의 기조 정감이 되고 있다. 우주생명과 의 교감에서 오는 회재 시에서의 이 즐거움의 정감을 필자는 '우주적 宇宙的 유열愉悅'이라고 일컫고자 한다. 이 우주적 유열이 실은 회재 도학시 창작의 근본 동인이다.

회재의 시가 늘 거시적인 시각으로만 우주생명과의 교감에 접근하는 것은 아니다. 20대말에서 30대에 지어진 이 계열의 작품들에서는 대체로 외향적 거시성巨視性이 두드러지게 나타나 있으나, 40대 은거기에 이르러서는 주로 산수의 국소적局所的 경물을 매재로 접근하면서, 전자에 비해 보다 내면화로 침잠하는 경향을 보임과 함께 작품의 정련도도 훨씬 높아진다. 이 시기 그의 생활에 대한 퇴계의 묘사에서 알 수 있는 바, 그의 도학이 체험적으로 정숙精 熟하게 된 사실에 직접적으로 관련되어 있는 것으로 보인다.

春深山野百花新,　봄 깊자 산과 들에 온갖 꽃들 새로워,
獨步閑吟立澗濱.　한가로이 읊조리며 호올로 거닐다 시냇가에 선다.
爲問東君何所事,　묻노니 봄의 신神 한 일이 무엇이더뇨,
紅紅白白自天眞.　붉은 꽃은 붉게 흰 꽃은 희게 피어 저절로 천진天眞일세.

〈林居十五詠, 暮春〉,《회재집》권2)

　시적 사유가 깊을수록, 그리고 그 정취情趣의 격格이 높을수록 형식과 표현
이 보다 단순해지는 것을 한시 일반에서 우리는 흔히 본다. 위의 작품도 그
문면에 나타난 바로는 시상詩想의 구도나 표현이 칠언절구체 치고도 단순한
편에 속한다. 이 단순함으로 해서 오히려 이 작품이 담고 있는 탈속적 은자
의 임거林居의 고아高雅한 정취가 온전하게 전달되고 있다. 이런 점에서 위의
작품은 한편의 성공적인 서정시임에 틀림없다.

　그러나 이 서정시에서의 자연경물에의 인식도 단순히 감각적 심미에만
그치지는 않는다. 고아한 정취의 기저에는 역시 작자의 우주 사유가 잠겨
있다. 이런 점에서 내면적으로는 여전히 거시적 시각이다. 개념적으로 규정
하면 '천도유행天道流行'과 '이일분수理一分殊'가 그것이다. 첫 행에서의 '새
로워(新)'는 '온갖 꽃들'의 감각적인 신선만을 의미하지 않는다. 우주생명의
'생생불식生生不息'으로부터 온 새로움임을 의미한다. 그러나 이 새로움은 또
'생생불식'으로부터 온 새로움을 감탄하는 데에만 그치지 않는다. 여기에는
자아의 삶에 대한 자기회시自己回視가 투사되어 있다. "나날로 새롭고, 또 나
날로 새로워라(日日新, 又日新)"32)가 그것이다. 끝 행은 이 시에서 서정성을
가장 짙게 감각케 하는 표현이다. 이 서정적 표현 속에는 그러나 '붉은 꽃'과
'흰 꽃'과의 인상적인 대조에서 '일리一理'의 각기 다른 구체생명具體生命으
로서의 현전現前을 보는 감탄을 읽을 수 있다. 마지막 어구인 "저절로 천진天
眞일세(自天眞)"에서는 각기 다른 구체생명들은, 그 각기 다른 가운데에 우주
의 보편생명을 함께 함섭하고 있음을 전제로 하고서 보편생명이 각기 다른
면모의 구체생명으로서 현전함은 어떤 주재자도, 작위도 없는 자연 그 자체
임을 말하고 있다. 그리고 이러한 자연태自然態로서의 삶—무위無爲의 삶—이
존재자의 최고의 존재방식이라는 철학적 신념과, 이 신념에 따르는 자아의
그러한 삶에 대한 흥취를 전하고 있다. 둘째 행 "호올로 거닐다"의 '호올로
(獨)'에는 그러한 삶을 살고 있는 초출超出·고고孤高한 자아의 상像이 투사되

---

32)《大學章句》,〈第2章〉.

어 있다. 결론적으로 이 시는 그 구도와 표현에 있어 단순화 방향으로 정련된 한 편의 서정시로서, 그 서정성을 높은 수준에서 발휘하면서 도학의 대표적인 두 세계관 사유를 정체적整體的으로 함유하고 있어서 시로서는 철학적 깊이와 넓이를, 철학으로서는 시적인 흥취를 가지게 한, 시와 철학과의 융합의 한 전범을 보여주는 작품이라고 하겠다.

위의 시가 모춘暮春의 경물을 매재媒材로 하고 있거니와, 회재의 시에는 '봄春'이 주요한 상징으로 설정되어 있으며 봄에 관련되는 의상意象이 특히 빈번하게 나온다. 〈임거십오영林居十五詠〉에서도 사시四時 가운데 유독 봄에 대해서만은 〈조춘早春〉과 〈모춘暮春〉 2수나 편입編入시키고 있다. 회재의 시에 등장하는 봄이나 봄에 관련되는 의상은 물론 거의 예외 없이 생명과 화해의 표상表象으로서다.

그런데 생명과 화해를 '봄春'으로 표상한 것은 회재로부터 시작되었거나 회재에게만 있었던 특징은 아니다. 실은 도학에서 오래전부터 있어온 하나의 관용적인 것이다. 주지하듯이 그것은 '원元-춘春-인仁'으로 정식화한 데33)에 의거한 것이다. 문제는 회재는 바로 이 정식을 그의 사유의 중심에 놓고 있었던 듯 한 데에 있다.

여기에서 이 문제를 길게 논의할 수는 없거니와 요컨대 그의 사상은 인仁을 지상至上으로 표방·실천했고34), 생명 문제에 깊이 관심했다.35) 그가 같

---

33) 朱熹, 〈仁說〉(《朱子大全》卷67), "蓋天地之心, 其德有四. 曰元亨利貞, 而元無不統其運行焉. 則爲春夏秋冬之序, 而春生之氣, 無所不通. 故人之爲心, 其德亦有四. 曰仁義禮智, 而仁無不包其發用焉."

34) 仁은 儒學 내지 道學의 사상 체계에 대한 道德論的 시각에서의 最高範疇이니만치, 회재에게 뿐 아니라 모든 도학자들에게 있어서도 至上의 이념이다. 적어도 이론적으로는 그렇다. 그러나 삶의 실제 국면에서는 여러 양상의 變容이 있을 수 있다. 晦齋思想에 있어 仁이 지상이란 표현은 이런 관점에서다. 이 문제에 관해서는 따로 논의가 되어야 할 것이다.

35) 일례로 조선중기 抑佛 분위기의 高潮 속에서도 僧舍 撤去를 겨울철에 해서 승려들을 추위에 내모는 施政을 생명을 애호하는 정책이 아니라는 관점에서 비판한 것을 들 수 있는데(〈一綱十目疏〉, 《晦齋集》卷7, 其五曰順天道條 참조), 그의 疏箚에는 이런 類의 주장이 도처에 나온다. 그가 거듭 강조해 마지않았던 '薄稅斂'·'省刑罰'도 일차적으로

은 시대의 다른 도학자들에 비해 천인상감론天人相感論에 특히 민감했던 것도
당시 정치사적 요인도 작용했겠지마는,36) 그의 사유의 생기론적 편향偏向에
더 근원적인 이유가 있었던 것으로 보인다. 그의 시에서 생명과의 교감이라
는 주제를 즐겨 다루게 된 연유도 따지고 보면 여기에 있었다고 하겠다.

   '봄春'과 함께 회재의 시에 자주 나오는 말로서, 위의 시에도 나왔지만,
'신新'·'진眞'이 있다. '신新'·'진眞'도 '봄春'과 마찬가지로 그의 시적 사유의
중심에 놓인 우주생명과의 교감과 긴밀하게 연관된 말들이다.

   '신新'에 관해서는 위에서 이미 언급했거니와, 요컨대 생명실체生命實體의
부단한 창생적創生的 움직임에의 지향을 보여주는 모티브의 기능을 하고 있
다.

   '진眞'의 경우는 단순하지가 않은데, 이것과 관련해서는 '진眞'(명사형)·'
천진天眞'·'진원眞源'·'진흥眞興'·'진락眞樂'37) 등의 말이 특히 유의할 필요가
있는 것들이다. '진眞'·'천진天眞'·'진원眞源'은 이理, 또는 태극의 인人과 물物
에 부여된 차원에서의 일컬음으로서, 논리적으로는 결국 '성性' 내지 '심心'
과 같은 개념이다. 논리적으로는 같은 개념인 이 전후자前後者 사이에 어감상
으로는 상당한 차이를 가지고 있다. '성性'·'심心'자가 추상적 고고감枯槁感이
없지 않음에 대해, '진眞'·'천진天眞'·'진원眞源'은 상대적으로 구상적具象的
생기성生機性이 짙다. 시에서이니까 추상적 고고감이 있는 말을 피하는 것이
라 예사로 보아 넘기기 쉬우나, 흥미로운 점은 회재는 산문으로 된 다른 저
작에서도 특히 '성性'자는 쓰기를 되도록 회피한 듯하다는 사실이다. 그는
'성性'자를 써서 마땅한 자리에도 '본연지천本然之天'이라는 말을 주로 썼
다.38) 그리고 드물기는 하나 '재기지천在己之天'이라는 말을 쓰기도 했다.39)

   는 그의 生命愛好思想에 기초하고 있다. 생명애호는 다름 아닌 仁이다.
36) 이를테면 당시 貴戚勢力의 발호에 대항하여 왕권의 권위를 강화하는 한편, 왕권의 전제
   적 行使에도 제약을 가하려는 의도.
37) 각기 用例 한 가지씩 들면 다음과 같다. 《회재집》 권3, 〈次一善東軒韻〉, "養眞經世兩無
   成" 同 권2, 〈暮春〉, "紅紅白白自天眞" 同, 〈觀心〉, "眞源更向靜中尋", 同, 〈川上敬次朱
   先生韻示同遊諸子〉, "蒼波白鳥供眞興", 同, 〈贈友人〉, "從容眞樂自天然."

그의 사유성향의 시각에서 유의해 봄직한 문제다. '진眞'·'천진天眞'·'진원眞源'·'본연지천本然之天'·'재기지천在己之天'이 갖는 공통점은 개념어로서 구상적 생기성이 '성性'·'심心'자에 비해 짙은 점 외에, 논리적 감각에 있어 '성性'·'심心'자가 본체인 '천天'으로부터의 일정한 탈리성脫離性을 가지고 있음에 대해, 전자 계열의 말들은 '바로 본체 자체임'의 뉘앙스를 가지고 있다는 점이다.40) 따라서 이 계열 말들에 대한 회재의 편향적 기호는 '자아가 가급적 본체이고자' 하는 성향의 한 표현이라고 해석할 수 있다. 이러한 그의 사유 성향이 그의 시에서 자아와 우주생명과의 합일 지향의 구도를 즐겨 설정하게 했던 것이다.

여기에 비추어 생각하면 '진흥眞興'·'진락眞樂'의 의미는 자명해진다. 앞에서 말한 바 있는 '우주적 유열愉悅'에 다름 아니다. 즉 외물에 의지하여 얻어지는, 따라서 외물과 함께 허망하게 사라질 수 있는 일시적 쾌감, 또는 쾌락이 아니라 영원한 실재인 우주생명을 주체의 내면에 함섭하는 데에서, 그리하여 자아의 심저深底로부터 오는 '진실무망眞實無妄한 흥취興趣, 또는 열락悅樂'이라는 의미다.

자아가 가급적 본체이고자 한 회재의 사유 성향이 보다 선명한 의상意象으로 표현된 작품이 다음의 시다.

唐虞事業巍千古, 요순이 이룩한 대업大業 천고에 우뚝하지만,
一點浮雲過太虛. 한 점 뜬구름 태허를 지나감일세.

---

38) 一例로 〈答忘機堂第一書〉(《晦齋集》 卷5), "戒愼乎其所不睹, 恐懼乎其所不聞, 有以全其本然之天, 而絶其外誘之私"에서 '本然之天'을 '本然之性'으로 고친다고 해도 논리상 하등 문제가 없다.
39) 이언적, 〈一綱十目疏〉, 前文(《회재집》 권7), "是乃所謂求在己之天, 而天不敢違者也."
40) '眞'자는 周濂溪의 〈太極圖說〉에 나오는 '無極之眞', 晦齋의 《晦齋集》 卷五의 〈答忘機堂第一書〉에 나오는 '太極之眞'과 같이 바로 本體 자체를 가리키기도 하는데, '性·心'과 같은 개념으로 쓰일 때의 '眞'이 '본체 자체임'의 뉘앙스를 가지게 되는 것은 바로 여기에 연계되어서다.

瀟灑小軒臨碧澗,　푸른 시냇물가의 조출한 헌함에서,
澄心竟日玩游魚.　마음 맑히자고[41] 종일토록 노는 고기 본다.

(〈觀物〉,《회재집》권2)

　'천고에 우뚝한'‘요순이 이룩한 대업大業'은 공자 이래 유자들이 지향해
마지않았던 지상至上의 이상이었다. 그리고 작자 회재 자신의 경세의지의 궁
극적인 목표이기도 했다. 그런데 그것을 ‘태허太虛를 지나가는'‘한 점 뜬구
름'이라 했다. 여기서 ‘한 점 뜬구름'이 비유하는 바는 일반적인 그것과 다르
지 않다. 즉‘지극히 경미해서 대수롭지 않은 것'이라는 뜻이다. 그렇다면
요순의 대업을 ‘한 점 뜬구름'이 되게 하는 그 상대는 무엇인가? 나에게 있
는 본체인 마음(心)이 그것이다. 나에게 있는 본체인 마음을 전량全量으로
청징淸澄하게 가지는 것, 이것에 비하면 요순의 대업도 ‘한 점 뜬구름'에 불
과하다는 것이다. 이 작품이 지어진 것은 회재가 당시의 귀척세력貴戚勢力에
게 구축되어 사환仕宦에서 떠나 있은 지가 4·5년이나 되는 때였다. 그렇다면
요순의 대업을 ‘한 점 뜬구름'으로 본 것은 이 시기 회재의 현실허무주의現實
虛無主義의 표현인가? 이런 심경이 당시 그에게 전혀 없었다는 보장은 없다.
그러나 이 시에 있어서의 진실이 아닌 것은 분명하다.
　회재는 31세 때 〈이윤오취탕론伊尹五就湯論〉을 지어 이윤伊尹의 천하에 대
한 유작위적有作爲的 자임自任을 비판하면서 "천하를 가지고 자임한다면 천하
가 무겁고 나에게 있는 것이 가볍게 된다"[42]라고 표명한 바 있다. ‘나에게

---

41) 원문 ‘澄心'을 ① ‘澄心臺' ② ‘맑은 물속' ③ ‘맑은 마음' 등으로 訓釋하는 견해가
있는 것으로 아는데, ①의 견해는 어불성설이다. 作品中 話者는 지금 ‘小軒'에 있기
때문이다. ②로 보면 語法上 무리가 있다. ‘心'자가 ‘中心'·‘속'의 뜻으로 쓰이자면 ‘心'
자 앞에 오는 말이 ‘江心'처럼 名詞型이어야 한다. ③으로 볼 경우 文面의 뜻으로는
안될 것이 없겠으나 시 전체가 싱거운 소리가 되고 만다. ‘노는 고기를 보는'‘觀物'의
목적이 바로 ‘마음을 맑게 하는 일'이기 때문이다. 따라서 이 시에서 ‘마음을 맑게 하는
일'과 ‘노는 고기를 보는 일'은 따로 떨어져 있는 것이 아니라, 한 계기와 과정에서
동시적으로 진행되는 일이다.
42) 이언적, 〈伊尹五就湯論〉《회재집》권5), "道旣行, 則天下自無不治矣. 伊尹不及是, 而

있는 것'이란 나의 마음을 가리킨다. 이윤을 비판하는 한편으로 회재는, 공자는 오직 '사도斯道'를 자임하고 천하의 문제에 대해서는 '무가無可 무불가無不可'의 무위적無爲的 태도를 취했다고 찬양하였다. 그리고 이 찬양은, 무위無爲의 태도는 '확연대공廓然大公한 천지'의 본태本態 그것이라는 생각을 전제하고 있다.[43] 이 시의 첫 두 행의 의미는 회재가 진작부터 가지고 있었던, 우주적 도덕주체로서의 자아수립自我樹立을 절대 우선시하는 인생관에 연계되어 있다. 공자가 자임했던, 그리고 회재 자신도 자임했던 사도斯道 그것의 본원은 나의 마음이고, 나의 마음은 곧 '재기지천在己之天'이다. 이 '재기지천'을 전량으로 청징淸澄하게 함으로써 우주본체인 '확연대공한 천天의 무위無爲 자연'으로 되는 것에 비교하면 요순의 대업도 상대적으로 '태허를 지나가는' '한 점 뜬구름'일 뿐일 수 있다는 것이다.

따라서 둘째 행의 '태허'는 끝 행에 나오는 '마음 맑히자고'가 지향하는 '재기지천在己之天(마음)'의 구극경계究極境界를 상징하는 기능을 하고 있음을 알 수 있다. 이처럼 '뜬구름'의 비유에 부속적 기능을 하면서, 끝 행의 시상詩想에 연계되어 주요한 상징 기능을 겸해서 하는 '태허太虛' 이미지의 제시는 말을 절약하는 가운데 끝 행의 의미의 증폭增幅을 가져오는 효과를 거두고 있어 기교로서도 매우 세련된 형태라고 할 수 있다.

끝 행에서의 마음 맑히는 것과 노는 고기 보는 것과는 무슨 관계가 있는가? 이 시에서의 '고기'는 '연비어약鳶飛魚躍'에서의 고기와는 다르다. 형태적으로 크기부터가 이 시에서의 고기는 미물로서의 그것이고, '어약魚躍'에서의 고기는 이것과는 대조되는 크기의 것이다. 그러나 중요한 차이는 고기의 크기에 있는 것이 아니라 이들에 접근하는 시각에 있다. '연비어약'에서의 고기는 존재자들의 '소이연지고所以然之故'의 시각에서 본 것으로, 사람에게서의 '소

以天下自任, 則天下重而在己者輕."
43) 주42)의 〈伊尹五就湯論〉, "然則孔子之所自任者, 蓋可知矣. 其所自任者, 斯道而已. 故其於天下, 無可無不可, 唯義之歸, 彼天下惡足爲己任哉. 道旣行, 則天下自無不治矣." "蓋其心, 廓然大公, 無所偏繫, 與天地無爲之妙爲一."

당연지칙所當然之則'을 여기에 일치시키려는 전제—즉 가치와 존재의 합일을 꾀하는 전제로서 접근된 것이나, 이 시에서의 고기는 우주 본원생명本源生命의 빠뜨림 없는 보편·미만성瀰滿性의 계시자啓示者로서 접근된 것이다. 그러므로 여기에서 일차적으로 중요한 것은 본원생명의 생의生意의 현전現前으로서의 미물인 고기의 생명성生命性—즉 '노는' 상태인 것이다. 본원생명의 생의生意의 보편·미만성의 계시를 접하는 데에는 그것이 미물일수록 계시력啓示力이 강하다. 그래서 이 시에서의 고기는 미물인 것이다.

그런데 마음을 청징淸澄하게 하는 것에 미물의 생명성이 어떻게 연계되는가? 우리는 먼저 이 시의 제목이기도 한, 도학에서 사물인식의 방식으로 흔히 말해지고 있는 '관물觀物'의 양식에 대해 살펴볼 필요가 있다.

> 물物을 관찰하고 자신을 성찰한다는 것(觀物察己)은 물物을 보고 나서 돌이켜 자신에게서 도리道理를 찾는다는 것입니까? 이천 선생이 말했다. "그렇게 말해서는 안된다. 물아物我가 일리一理이므로 저쪽(物)에서 밝혀짐과 동시에 이쪽(我)에서도 밝혀진다. 이것이 내외內外(물아)를 합일하는 방도다."44)

이천의 말의 취지는 관물觀物과 찰기察己가 별개로 분리되어 있는 것이 아니라, 하나의 계기 안에 합치되어 있는 동시적이라는 것이다. 즉 대상에 대한 객관적 변별로서의 인식이 아니라, 주체적 인증으로서의 인식이다. 다시 말하면 자아가 대상에게로 나아감으로써 대상을 자아에게로 받아들이는 함섭적涵攝的 양식이다.

이 시의 시적 자아는 일단 고기의 생명성에로 나아가고, 고기의 생명성은 자아에게로 함섭된다. 물아간物我間의 생명적 교통으로 일체一體에로의 지향

---

44) 朱熹, 《近思錄》 卷3, "問觀物察己, 還因見物反求諸身否. 伊川曰, 不必如此說, 物我一理, 纔明彼, 卽曉此. 此合內外之道也."

이다. 그런데 여기서 시적 자아가 일체화를 꾀하고 있는 대상은 실은 고기 그 자체만이 아니다. 이 '관물觀物'의 장場에서의 고기—생의生意 발랄한 이 미물은 우주 보편생명이 그 한 곳으로 쏠린, 촉수觸手와도 같은 현전자現前者로 등장되어 있다. 시적 자아는 이 촉수와도 같은 현전자를 통해 깊숙이 우주 본원생명계本源生命界에로 나아가고 있는 것이다. 동시에 자아 안에 깊숙이 그것을 받아들임으로써 실은 고기만이 아닌 만물과의 일체에로 지향해 가고 있는 것이다. 따라서 여기에서 고기는 자아와 우주 본원생명과의 교통을 매개해 주는 매개자, 또는 통로의 구실을 하고 있는 셈이다. 우주 본원생명에로 나아감으로써 그것을 자아 안에 받아들인다는 것은 기실은 자아 안에 이미 주어져 있는 생명원리—인仁의 인증에 다름 아니다. 인仁의 인증은 곧 개체간의 온전한 교통을 가로막는 장애인 인욕人欲을 소거해 가는 과정과 표리관계에 있다. 그러므로 인체仁體의 온전한 정현呈現에의 지향은 곧 인욕정진人欲淨盡에의 지향이다. 이것이 다름 아닌 '마음을 맑히어 감(澄心)'이다. 마음을 청징淸澄하게 하는 것과 노는 고기—미물微物의 생명성—를 보는 것과는 바로 이렇게 연계되어 있다.[45]

우주 본원생명계에로 보다 깊이 나아갈수록 인仁의 인증은 보다 넓고 깊어진다. 바꾸어 말하면 마음—즉 나의 심저에 있는 하늘(在己之天)은 더욱 넓고 깊어가서 마침내 확연廓然 청징淸澄하게 전량으로 열리기에 이른다. 이 전량으로 열린 나에게 있는 하늘이 바로 요순의 대업大業조차도 '한 점 뜬구름'이게 하는 '태허'인 것이다.

---

45) 마음을 淸澄하게 하는 것을 고기가 노니는 '푸른 시냇물'의 청징함에 연계시켜 類推的으로 보는 견해가 있을 수 있는데, 物我 사이의 유추적 교섭도 觀物의 한 형태이기는 하나, 이 詩의 意味脈絡으로 보아 '太虛'의 이미지가 投射되어 있음이 분명한 '澄心'의 '心'의 量的 규모를 산골 시냇물 한 굽이 정도의 비유적 이미지로 대응하기에는 부적합할 뿐만 아니라, '心'이라는 한 사물에 서로 다른 두 가지 이미지가 동시에 적용되는 혼란이 있어 타당치 않다. 그러나 노는 고기를 보는 것에 心體의 인증을 연계시키면서 굳이 '澄心'이라고 '澄'자를 쓰게 된 데에는 시냇물의 淸澄함이 그 契機로 작용했음이 분명하다.

한편 이 시의 해석에는 또 하나의 다른 관점이 가능하다. 그것은 '한 점 뜬구름'이 비유하는 바를 '지극히 경미輕微해서 대수롭지 않은 것'으로 보는 것이 아니라, '무위無爲의 극치'로 보는 데에서 성립한다. 이 관점으로 보면 '천고에 우뚝한' '요순이 이룩한 대업'이란 엄청난 유위有爲의 결과가 아니라 반대로 '태허太虛를 지나가는' '한 점 뜬구름'처럼, '무위無爲히 통치에 임한 결과'이자, 구극적으로는 우주자연 원리의 무위중無爲中의 한 현현이고, '마음 맑히자'는 노는 고기 구경은 이러한 무위의 경지에 이르기 위함이라는 뜻이 된다. 이 해석 관점 또한 회재의 시적 사유로 보아 위의 관점과 거의 비등한 타당성을 가지고 있다. 이 관점에 서더라도 셋째 행 이하의 해석은 위의 해석 관점과 공유한다.

이상의 논의에서 중심 문제가 되어 왔던 우주 보편생명과 자아와의 교감은 개별성과 유한성에 제약된 자아가 현상 너머의 보편·무한 세계를 지향, 그것을 함섭해 가는 교감이란 점에서 그 교감의 양식적 성격을 내적 초월로 규정할 수 있다. 그리고 이 초월적 교감에는 어떤 비원悲願이나 숭경崇敬의 정감이 아니라, 흥취나 열락의 정감이 동반되고 있어 이를 "우주적 유열"이라고 앞에서 일컬은 적이 있었다. 이로써 우리는 회재 시의 중심 주제를 '우주생명과의 초월적 교감과 우주적 유열'이라고 결론할 수 있다.[46]

4

회재의 시적 사유의 양식으로서 가장 두드러지게 드러나는 특성은 앞에서

---

46) 이 글에서 써온 '宇宙生命'이란 말은 실은 道學에서의 '天·天命·天道·太極' 등 究極的 實在를 가리키는 말들의 개념을 포괄한 개념이다. 그런데 晦齋의 다른 저작—銘이나 經世 관계 저작에서는 이 구극적 실재에 대해, 특히 '天·天命'으로 표현될 때의 그것에 대해 그는 畏敬의 情感을 표하고 있다. 일종의, 人格神에 대한 종교적 태도를 보이고 있어, 그의 詩에서의 그것과는 다르다. 이 문제는 思想史的 시각에서 따로 논의가 필요한 문제다.

이미 검증된 바 있는 거시성巨視性과 초월성이다. 이 거시—초월의 양식을 보다 분명하게 하면서 그의 시적 사유의 다른 특성도 아울러 이해하고자 한다.

회재의 시적 사유에서의 초월은 요컨대 천인일리天人一理와 물아일리物我一理를 전제로 한 '천인함섭天人涵攝'의 양식이다. 즉 물物을 매재로 하여 자아가 물物에게로 나아감으로써 천天을 자아에게로 이끌어 들이어 내재화하는, 결국 앞에서 본 '관물觀物'의 양식과 같은 것이다. 천天의 내재화는 도학적 논리로 바꾸어 말하면 자아에게 이미 있는 천天을 인증하는 것에 다름 아니다. 이런 방식의 초월은 역시 도학 일반의 것으로 회재 특유의 것은 아니다. 가령 "성誠은 하늘의 길이오, 성誠하려는 것은 사람의 길이다(誠者, 天之道也. 誠之者, 人之道也)"라는 《중용中庸》의 유명한 명제에서 천인天人관계를 내면화시키면 바로 이러한 초월에 귀착된다.

그런데 이러한 초월을 특히 거시적으로 보여준 것이 회재의 시적 사유의 특징이다. 회재시에 나타난 바로는 자아의 위를 둘러싼 하늘이 있고, 그리고 자아의 밑쪽에 이와 맞먹는 하늘이 열려 있다. 자아의 밑쪽에 있는 하늘은 물物에게도 이어져 있으며, 마침내 자아의 위를 둘러싼 하늘에게로 이어지는 그런 구조다. 자아와 하늘과의 이런 관계 구조는 논리적으로는 '천명지위성天命之謂性'으로부터 근거해 왔겠지마는, 천인天人이 직접直接된 그 거시적 비전은 다시 그대로 이 명제로 환원될 수 없는 의미를 함유하고 있다. 앞에서 회재의 사유의 특성의 하나로 '자아가 가급적 본체이고자 함'을 말한 바 있거니와, 이 거시적 비전을 굳이 명제화한다면 '아즉천我卽天', 또는 '인즉천人卽天'이라고 함직하다. 여기에는 서로 역으로 움직이는 두 가지 동인이 함유되어 있다.

그 하나는 천天에 대한 아我의 거시적 대대對待 인식의 동인이다. 여기에서 천天으로부터 독립해 나와 천天에 병립並立하는 초인으로서의 자아상이 세워진다. 회재의 시에서 모티브의 하나로 되어있는 '독獨'이 이 점을 징표

해 주고 있거니와, 가령 다음의 시구 같은 것은 이 '독獨'이 징표하는 바를
잘 뒷받침해 주고 있다.

待得神淸眞氣泰,　정신 맑아지고 진기眞氣 편안해지면,
一身還是一唐虞.　이 몸 역시 한 당우천지唐虞天地이다.

(〈病中書懷寄曺容叟〉,《회재집》권2)

즉 자아를 요순이 천하를 다스리던 화해의 대시공大時空으로 형상화하고
있다. 원문 '일당우一唐虞'에서 우리는 우주적 거시성을 쉽사리 읽을 수 있다.
회재의 이 자아에의 거시적 비전은 가령《장자》에서의 "홀로 천지의 정신
과 함께 오간다(獨與天地精神往來)"[47])에 나타난 바와 같이, 천지에 대대하는
초인으로서의 자아상이라는 점에서는 상통하면서도 그 지향은 서로 달리하
고 있다. 후자가 세계로부터의 자아의 대해탈大解脫을 지향하고 있다면, 전자
는 세계에의 자아의 대수립大樹立을 지향하고 있다고 하겠다.
천天과 아我와의 대대는 양자 사이의 구분을 전제로 한다. 이에 대하여
그 다른 하나의 동인은 양자 사이의 합일로 향하는 그것이다. 회재의 시적
사유에서 큰 비중을 차지하고 있는 '무위無爲'의 사유가 여기에 해당된다.
천天의 천天다움은 만물을 생성하면서도 무위의 자연으로 하는 데에 있다고
보기 때문이다. 〈무위〉 시가 바로 이 사유의 표현이거니와, 그의 〈무현금명
無絃琴銘〉 또한 이 사유를 집약적으로 보여 준다.

理契天載,　　이치가 하늘의 일과 합치자,
樂寓吾心.　　즐거움 내 마음에 깃드네.
妙得其趣,　　그 의취意趣 오묘히 얻어진지라,
不假於音.　　소리로 표현할 수 없네.

---

47)《莊子》〈天下〉.

冥然寂然,	그윽하고 고요히 소리 없는 소리에,
萬物皆春.	만물은 모두가 봄.
神游太古,	정신은 태고에 노니네,
手撫天眞.	손으로 천진을 어루만지자.

(〈無絃琴銘〉,《회재집》권6)

일견 장자적 기미氣味가 농후한 이 명銘에서의 '태고太古'는 존재의 근원으로서의 천天에 대한 시간감각적 표현이다. "그윽하고 고요히 소리 없는 소리에. 만물은 모두가 봄"이란, 자아의 그 근원에의 복귀의 장場이 갖는 무위중無爲中의 화해의 비전이다. 뿐만 아니라 회재의 시에서 하나의 상징으로 설정되어 있는 '백운白雲'48), 또 하나의 모티브인 '한閑'49)도 이 무위의 화해에로의 지향에서 나온 것이라고 할 수 있다. 회재의 시적 사유에서 어떤 점에서는 가장 상위 범주라고 할 수 있는 이 무위의 사유에서 우리는 노장老莊의 그것과는 개념을 일정하게 공유하면서도, 다른 국면을 가지는 회재적 무위사상無爲思想을 만나게 된다.

아我와 천天과의 구분과 합일의 두 동인은 아我와 천天 사이의 관계 정체整體의 표리양면일 뿐이지, 둘이 별개로 유리游離되어 있는 것은 아니다. 곧 '독립獨立'과 '무위無爲'는 한 자아의 두 존재양식으로 그 한 자아 안에서 통합되어 있다. 회재는 〈해월루기海月樓記〉에서 홍원弘遠한 바다의 덕德을 체득, 마음을 확연하게 하여 '호연지기浩然之氣'가 천지 사이에 꽉 차도록 하고, 청허淸虛한 달의 덕을 체득, 가슴을 깨끗하게 하여 '본연지천本然之天'이 마음에 그득히 차도록 하는 것이 해월루를 지은 의의임을 말한 적이 있다.50) 그의

---

48) 一例로《회재집》卷2,〈山亭卽景〉, "無心淸樂無人會, 竟日憑軒伴白雲." 이런 류의, '白雲'이 등장된 시적 상황이 여러 곳에 나온다.

49) 앞에서 다룬〈無爲〉에서의 "一身閑適自隨時"를 위시하여《晦齋集》卷2,〈川上敬次朱先生韻示同遊諸子〉, "滿目湖山霽景新, 浩然天地一閑人" 등 '閑'을 구사한 표현이 매우 빈번하게 출현한다.

50) 이언적,〈海月樓記〉(《晦齋集》卷6), "邑之有樓觀, 若無關於爲政, 而其所以暢神氣, 淸

시에서의 '독립獨立'은 이 기문記文에서의 '호연지기'에, 시에서의 '무위'는 이 기문에서의 '본연지천'에 대응된다.

여기에서 우리는 회재의 무위사상과 그의 경세의지와의 일면 모순되어 보이는 듯한 관계를 밝힐 필요가 있다. 이것은 길게 논의할 필요도 없이 유학에서는 '성기成己'가 곧 '성물成物'이라는51) 명제에 의해 설명된다. 자아성취의 효능이 물物─모든 객체에 미치는 것이라는 이 명제의 내용에 의거해 말하면, 자아의 무위자연이 경세의 근본이 된다는 것이다. 그러나 성기와 성물을 한 주체의 일생에서 선후 두 단계의 정서程序 관계로 이해해서는 안 된다. 성기와 성물은 사위事爲의 한 계기 안에서 동시적으로 움직이는, 역시 함섭관계의 것으로 보아야 한다. 회재의 경우에 있어서도 마찬가지다. 회재에게 있어 무위자연이란 아我와 물物과의 관계의 장場에 있어선 '확연대공'에 다름 아니다. 확연대공과 경세행위는 선후로 유리될 수 없는 성질의 것이다. 경세행위와의 연계에서야 확연대공의 자아가 이루어지고, 확연대공과의 연계에서야 경세의지의 자아가 실현되는 그런 관계다. 회재의 무위자연이 노장老莊의 그것과 다른 국면이 바로 여기에 있다.

끝으로 회재의 시에는 그 경계境界에 자아가 등장하지 않는 작품은 거의 없다는 점을 들 수 있다.(회재의 시뿐 아니라 도학자들의 시는 거개가 이러한 것으로 보인다.) 주지하듯이 송宋 엄우嚴羽의 묘오설妙悟說에서 청淸 왕국유王國維의 의경설意境說로 이어지는 계열의 비평안목으로는, 시의 경계에 자아가 등장하지 않는 작품─즉 '무아지경無我之境'의 서정시를 품급品級에 있어 가장 높은 것으로 보아 왔다. 그래서 이 기준에서는 대체로 도선적道禪的 세계관을 배경으로 한 무아無我의 공적空寂한 분위기의 작품이 일급으로 평가되어 왔

襟懷, 以爲施政之本者, 亦必於是而得之. (중략) 以養其弘遠淸虛之德, 而政由是出, 其所關顧不大哉. (중략) 使人心境廓然廣大寬平, 而浩然之氣, 充塞於兩間, 此則觀海之善者也. (중략) 使人胸次洒落, 査滓淨盡, 而本然之天, 浩浩於襟靈, 此則玩月之善者也."
51) 《中庸》, 〈第25章〉, "誠者, 非自成己而已, 所以成物也. 成己, 仁也. 成物, 知也. 性之德也, 合內外之道也."

다. 이 안목으로 보면 적어도 도학자들의 시에서는 일급의 작품은 찾기 어려울 것이다.(그러나 이것은 사실이 아니다.) 도학자들의 사유로는 자아가 잠적潛 跡한 세계란 생각할 수 없기 때문이다. 회재의 산수경물시山水景物詩에 무아 지경無我之境의 작품이 한 편도 없다는 것은 역시 자아가 있음으로써 세계가 있다는 도학적 사유의 필연의 결과다. 바로 회재 자신이 조망기당曺忘機堂과 의 논쟁에서 "이쪽(道學)에서 말하는 허虛는 비었으면서도 있는 것이나, 저 쪽(道佛)에서 말하는 허虛는 비었으면서 없는 것이다(此之虛, 虛而有. 彼之虛, 虛而無)"52)라고 밝힌 철학적 주장에 대응된다.

회재 시에서 이 유아有我의 사유와 밀접한 관계에 있는, 매우 의도적으로 보이는 고려考慮의 한 가지는, 시의 경계를 공적은 물론이려니와, 정적靜寂의 분위기로 묘출描出한 경우조차도 거의 없다는 점이다. 시의 제재상으로 보아 정적의 분위기를 묘출하기에 적합함직한 시공이나 사물을 쓰는 경우에도 어떤 형태로든 정적 그 자체로는 두지 않음을 쉽사리 엿볼 수 있다. 일례로 다음 작품을 보자.

山雨蕭蕭夢自醒,　　산 비 쓸쓸한데 꿈 저절로 깨자,
忽聞窓外野鷄聲.　　홀연히 들리는 창밖의 꿩 우는 소리.
人間萬慮都消盡,　　세상일 온갖 생각 모두 녹아내리고,
只有靈源一點明.　　한 점 마음만이 초롱초롱해라.

(〈存養〉,《회재집》 권2)

우선 이 시에 등장된 시공時空에서는 비상한 긴장을 불러일으키는 '꿩 우는 소리'가 주목된다. 그런데 이 비상한 긴장을 불러일으키는 소리는 시에서 항용 정적을 더욱 심화시키는 효과로 기능하기 일쑤다. 그런데 이 시에서는 끝 행에 와서 '한 점 마음만이 초롱초롱'한 자아를 등장시킴으로써 정적의

---

52) 이언적, 〈答忘機堂第二書〉(《晦齋集》 卷5).

분위기를 영활靈活의 그것으로 전환시키고 있음을 본다. 그것은 꿩 우는 '소리'의 긴장이 끝 행의 초롱초롱이라는 '빛'의 긴장으로 전이된 때문이다. '나에게 있는 하늘'인 마음을 '한 점'이라는 초점화적焦點化的 감각으로 표현한 데에서 '꿩 우는 소리'의 긴장을 '한 점 마음'의 '초롱초롱'함의 긴장으로 전이시키고자 한 의도적 고려를 읽을 수 있다. 회재의 이런 시적 사유는 "잠잠히 움직이지 않다가 교감해서 천하의 일에 통한다(寂然不動, 感而遂通天下之故)"53)라는 도학의 생기관生機觀과 무관하지 않다. 바로 이 관점에 입각해서 조망기당曹忘機堂과의 논쟁에서 "이쪽에서 말하는 적寂은 잠잠하면서도 교감하는 것이나, 저쪽에서 말하는 적寂은 잠잠하면서 죽어있는 것이다(此之寂, 寂而感. 彼之寂, 寂而滅)"54)라고 한 자신의 이론적 견해에 대응된다고 하겠다.

이상의 논의에서 보듯이 회재 시는 주제와 아울러 그 시적 사유의 양식에 있어서도 철저히 도학적이다.

5

회재가 시적 사유로 삼은 도학적 사유는 회재만이 아니라 도학자 일반이 공유했다는 점에서 다른 도학자들의 작품에서도 회재의 시에서 보는 바와 같은 주제나 사유 방식이 얼마든지 찾아질 수 있다. 그러나 사람에 따라서, 그리고 도학의 역사적 전개 양상에 따라서 도학적 사유 총체에서 그 특히 편향偏向하는 국면을 시로 나타냄으로써, 그 표현이 갖는 개성적 국면은 제외하고서라도, 결코 천편일률로 귀결된 것 같지는 않다. 일례로 퇴계 시의 경우는, 회재 시에 비추어 우주생명에로의 초월超越보다는 현상세계의 화해和諧의 국면에 더 비중이 두어져 있는 것으로 보인다. 앞으로 송유宋儒들을

---

53)《周易》,〈繫辭上〉,〈第10章〉.
54) 주52)와 같음.

포함해서 도학자들의 시문학에 대한 토구討究가 깊어지면 회재의 시가 도학가 계열 시문학의 전체에서 놓이는 좌표, 나아가 그 문학사적 위상도 보다 확연하게 드러날 것이지만, 현재까지의 논의로도 그의 시가 적어도 도학이 거둔 문학적 성과의 현저한 사례의 하나로 규정되는 데에는 별 문제가 없을 것 같다. 그러나 시언지관詩言志觀에 입각된 문학이 가지기 쉬운 일반적인 약점이기는 하지만, 회재의 시 역시 일정한 이념적 틀을 벗어나지 않는 데에서 오는 문학적 상상력의 한계성을 불가피하게 가지고 있음도 함께 유념해야 할 것 같다.

도학자들의 시문학이 도학의 문학적 실현이란 점에서 이들 시문학을 단순히 문학사적 관심의 대상으로만 본다면, 그것은 도학자체에 대한 이해의 심화에 적잖은 손실일 것으로 본다. 도학자들의 시문학은 도학이라는 학문의 생리를 깊이 알게 하는 데에 기여도 하지만, 경우에 따라서는 개별 도학자들의 이론의 감각이나 체질의 이해에도 일정한 효능을 발휘할 것으로 보이기 때문이다.

앞에서 필자는 회재의 무위사상無爲思想을 시론적試論的으로 제기했거니와, 회재의 사상에 대한 접근도 종래의 다분히 평면적인 시각에서 벗어날 때가 되었다고 생각한다. 보다 구조적 시각으로 접근할 필요가 있다. 가령 그의 일련의 잠箴과 경세 관계 저작에 주로 나타나는, 구극적 실재에 대한 외경의 태도와 여기 그의 시에 나타난 유열愉悅의 그것과의 사이의 구조적 이해 같은 것도 당면한 과제 중의 하나다.

(《晦齋의 思想과 그 世界》, 성균관대학교 대동문화연구소, 1992)

16세기 사림士林에서의 출처관出處觀의 문제

- 이언적李彦迪과 조식曺植과의 관계를 중심으로 -

1. 머리말

　남명南冥 조식曺植(1501~1572)은 회재晦齋 이언적李彦迪(1491~1553)에 대하여 매우 비판적이었다. 근본 이유는 서로 출처관이 다르기 때문이다. 조식의 이언적에 대한 비판적 자세에는 아마도 이언적의 서자로 말미암은 사적私的 선입견도 없을 수 없겠지만, 근본적으로 당시 사림의 공적公的인 문제——출처관에 기인한다. 즉 조식은 자기가 보는 당시 정국의 추이에 비추어 보아 이언적이 은퇴할 줄 모르고 줄곧 출사出仕해 있는 데 대하여 몹시 못마땅하게 여겼던 것이다. 조식이 당시 사림으로서 출사하고 있는 이들에 대해 못마땅하게 여긴 대상은 비단 이언적만이 아니다. 평소 담화중의 논평은 알 수 없지만, 오늘날 문집에 명시적明示的 기록으로 전하는 이만도 이언적 외에 3~4인이 더 있다. 그런데 이언적에 대한 비판은 거의 냉소에 가까울 정도로 차가왔다.

　아무리 냉소에 가까운 차가운 비판을 했다 하더라도, 조식과 이언적은 권간權奸이 설쳐대는 당시 정국에서는 역시 우군友軍 관계일 수밖에 없었다. 고향을 서로 멀지 않은 지역에 둔 같은 사림파로서 정치이념을 공유하는 사이였다. 더구나 '10년 장長'인 선배로서 일찍이 출사한 이언적은 조식을 조정에 유일遺逸로 천거한 일까지 있는 터였다. 그러니까 조식과 이언적의 갈등은 결코 이념적 적대 관계가 아닌, 우군 내부의 문제로서 당시 정국에 대한 인식과 여기에 대응하는 출처관의 차이에서 기인한 것이다.

우군 내부의 문제로서 당시 사림의 출처 문제는 이렇게 첨예尖銳하게 떠올랐던 것이다. 이황李滉(1501~1570)의 칠진칠퇴七進七退가 무엇을 뜻하는가? 그것은 당시 사림에서의 출처관 문제의 첨예성과 그 첨예성에 대응하는 사림의 고민의 반영에 다름 아니다. 그런데 우리 역사에서 왕조교체기를 제외하고는 사자士子의 출처 문제가 이렇게 첨예하게 떠오르기는 전무후무한 것이다. 16세기의 역사적 현상의 하나임에 틀림없다. 더구나 17세기 이후 조선조 정치사에서 막중한 비중을 갖는 '산림山林'의 성립이 이 현상과 직접적으로 관련 있을 것 같아 더욱 우리의 흥미를 끈다.

이제 조식과 이언적의 출처관을 중심으로 이 문제와 관련을 갖는 16세기적 현상의 일단一端을 해명해 본다.

2. 16세기 역사적 현상으로서의 유일遺逸

《연려실기술燃藜室記述》에는 오직 중종·명종대에만 〈유일遺逸〉 항목을 두고 있다. 전후 어느 왕대에도 두지 않는 〈유일〉 항목을 이 두 왕대에 두고 있는 것이다. 심상히 보아 넘길 일이 아니다. 이 두 왕대가 전후의 어느 왕대보다 유일이 특히 많은 역사 실제의 반영이 아닐 수 없다. 우선《연려실기술》에 유일로 기록된 사람을 들어 보자.

중종대에 서경덕徐敬德(1489~1546), 유우柳藕(1473~1537)에 이어, 명종대에 조식을 위시하여 성수침成守琛(1493~1564), 이희안李希顔(1504~1559), 성제원成悌元(1506~1559), 조욱趙昱(1498~1557), 이항李恒(1499~1576), 성운成運(1497~1579), 한수韓脩(?~?), 임훈林薰(1500~1584), 남언경南彦經

(?~?), 김범金範(1512~?), 정렴鄭磏(1505~1549), 정작鄭碏(1533~1603)을 유
일로 기록하고 있다. 이 밖에《연려실기술》에 기록되지 못한 유일 내지 유일
적 인물들을 이 시대의 문헌에서 우리는 적잖게 산견한다. 이를테면 성효원
成孝元(1497~1551), 이중호李仲虎(1512~1554), 민순閔純(1519~1591) 같은
이들이 그들이다.

   그런데 여기에 든 인물들은 유우를 제외하고는 그 일부가 성동成童을 16
세기에 들어와서 맞을 뿐 아니라, 그 대부분의 생몰년이 16세기에 당한다.
요컨대 16세기, 거개는 그 전·중기 사람이다. 다른 왕대에는 〈유일〉 항목을
둘 필요성이나 의의를 느끼지 않는 반면에, 중종·명종 두 왕대에는 〈유일〉
항목을 두어야 하는 바로 그 측면에서는 16세기 역사가 그 전후의 역사와
질적으로 일정한 변별이 있음을 지표指標한다고 하겠다. 따라서 우리는 이
16세기 '유일'을 하나의 역사적 현상으로 파악할 수 있다. 앞서 말한 출처관
의 문제와 당연히 관련을 가지고 있다.

   '유일遺逸'이란 과거 시대 왕권치하에서 조관朝官이 될 수 있는 실질적 자
격을 갖추고서도 조관의 신분이 아닌 재야 신분으로 있는 사람을 가리킨다.
그래서 주로 조관이 될 수 있는 공적 추천을 받는다. '은사隱士' 또는 '처사處
士'에 다름 아니다. 용어상으로는 후자들과 혼용되기도 한다. 다같이 출처관
의 문제에 연계되어 있지만 왕조교체기나 정변기의 '절신節臣'과는 그 개념
이 다르다.

   우리 역사에서 유일형遺逸型의 존재가 16세기 이전 과연 몇 사람이나 되었
을까? 문헌이 한계적이기는 하지만 여기에 등장하는 인물 가운데 유일형의
인물이 퍽 드물다. 역사적 현상의 어느 것인들 그렇지 않으랴만, 특히 이
유일형의 문제는 정치·경제적, 그리고 사상적 여건과 밀접히 관련된다. 이
시대에 유일의 존재가 드문 것은 아마도 유일형이 될 만한 인물들의 거개가
불교의 승려가 된 데에도 일인一因이 있을 것이다. 주지하듯이 삼국 및 통일
신라, 그리고 고려시대에 이르기까지 귀족 내지 준귀족의 자제들이 많이 승

려가 되었던 것이다. 당시 상층계급에서 개인으로서 사회적으로 공인받는 자기실현의 길이 관직과 승려의 두 길이 있었다. 유일형이라고 할 만한 이로 먼저 고구려 고국천왕대故國川王代의 을파소乙巴素를 들 만하다. "때를 만나지 못하면 숨고, 때를 만나면 출사하는 것이 사士의 상례常例다"[1]라는 그의 출처관에 있어서나, 재상으로 발탁되어 훌륭한 치적을 이룩한 그의 행적에 있어서나 유일에 해당한다. 그리고는 통일신라 진성여왕대眞聖女王代의 왕거인 王巨仁이 신라 조정으로부터 불온분자不穩分子로 의심받은 그의 생애로[2] 미루어 보면 유일형이다. 천여 년의 역사에서 고작 이 두어 사람을 꼽을 수 있다. 그렇다면 만약 문헌이 완비되었다면 사정이 달라졌을까? 삼국 및 통일신라 시대는 귀족제 사회로 알려져 있다. 그리고 사상적으로는 토착신앙 및 불교가 지배하는 가운데 전장典章·문사적文辭的 유학이 통치 기구를 중심으로 점차 수용을 넓혀 가고 있었을 뿐, 개인 윤리에 관련된 교의敎義는 의식에 그다지 침투하지 못한 것이다. 이런 여건 하에서는 유일형의 인물이 존재하기 어려우리란 것은 쉽게 짐작되는 바다.

사실 유일형의 존재는 유학과 관련이 깊다. 주지하는 바와 같이 유학은 개인의 처세處世에 대해 은隱·현見 두 상반된 방향의 가르침을 아울러 가지고 있다. 그러나 공자의 생애가 웅변하듯이 현見의 방향이 그 본령이다. 어디까지나 '겸선천하兼善天下'·'입신행도立身行道'가 유학의 근본 지향이다. 그러나 "천하에 도가 있으면 나타나고, 도가 없으면 숨는다"[3]고, 또는 "나라에 도가 있으면 벼슬하고, 나라에 도가 없으면 거두어 속에 감춰두는구나!"[4]고 가르친다. 어쨌든 통일신라 이전은 어느 방향의 가르침이건 그리 크게 영향을 준 것 같지는 않다.

고려시대에는 그 앞 시대에 비해 유학의 그 개인 윤리에 관련된 교의가

---

1) 김부식,《삼국사기》권45, 〈乙巴素傳〉.
2) 일연,《삼국유사》권2, 〈眞聖女王 居陀知〉.
3) 《논어》〈泰伯〉.
4) 《논어》〈衛靈公〉.

의식에 침투한 정도가 넓어진 점에서는 유일형의 인물이 존재할 가능성이 상대적으로 점증漸增했다. 여기에다 과거제도가 하나의 변수로 등장했다. 그러나 개인의 재량 폭이 상대적으로 큰 공음전功蔭田이 일정하게 존재했지만, 관직을 가짐으로써 등급에 따라 사전科田을 받도록 되어 있는 전시과체제田柴科體制에다 사인士人들의 가문의식·공명의식이 결합되어5) 유일의 존재가 있기 어려웠다. 역시 관직의 길 아니면 승려의 길로 몰렸다. 고려 국초의 망명亡名 지리산 은자隱者6), 그리고 무신난 때의 안치민安置民7)·한유한韓惟漢8) 정도가 문헌에 올라 있을 정도이다. 그리고 간언諫言 때문에 왕의 미움을 산 의종毅宗 연간의 신숙申淑,9) 무신난 때 관직을 버리고 은거한 권돈례權敦禮10)·신준神駿·오생悟生11)들은 유일 그 자체는 아니라고 하더라도 현실에의 대응 자세에 있어서 곧 유일형이라고 할 만하다. 오백 년에 가까운 역년歷年 동안에 겨우 이런 수의 사람을 들 수 있을 뿐이다.

조선 왕조에 들어 와서는 오직 유교 한 가지만 사상을 드높임으로써 사상적으로는 신라·고려에 비해 오히려 일원적一元的으로 단순화되었다. 그래서 유교의 교의가 사자士子들의 의식에 깊이 침투할 수 있었다. 그런데 이때의 유교는 위에서 말한 은隱·현見 두 방향의 상반된 가르침을 가졌다는 뜻에서가 아닌, 또 다른 의미에서 두 상반된 방향이 아니면서 실질적으로는 상반된 세勢에 있는 방향을 가졌다. 조선조에 들어서의 유교는 말할 것도 없이 전조前朝 말기부터의 도학道學이다. 말하자면 철학화·종교화된 유교다. 종래의 현見해서 이룩한 과업, 즉 치인治人의 과업에 대하여 은隱해서 이룩한 수기修己의 과업이, 그야말로 인생의 한 과업이자 보람으로서 송학宋學에 의해 발단

---

5) 졸고, 〈林椿論〉(《어문논집》 19·20, 고려대학교 국어국문학연구회, 1977).
6) 최자, 《補閑集》 下.
7) 이규보, 〈軍中答安處士置民手書〉(《東國李相國集》 권27).
8) 《고려사》 권99, 〈韓惟漢傳〉.
9) 《고려사》 권99, 〈申淑傳〉.
10) 임춘, 〈代李湛之寄權御史(敦禮)書〉, 〈答同前書〉(《西河集》 권4).
11) 이제현, 《櫟翁稗說》, 《前集》 권1.

되어 있었다. 공맹孔孟의 원시유학에서의 수기·치인이 송학宋學 이래로 그 내적 함의가 달라졌다는 말이다. 원래 수기와 치인은 위에서 지적한 것처럼 상반된 방향이 아니라, 체體와 용用의 관계다. 적어도 유학에서 이념적으로는 그렇다. 그리고 개인적 범위에서의 윤리실현倫理實現에 있어서는 이 이념적 체용 관계가 실제화 되는 것을 어느 정도 보장할 수도 있다. 그러나 사회·국가 차원에서는 사정이 다르다. 치자治者 개인의 윤리가 아무 굴절 없이 실현되어지는 사회·국가란 실제에는 있지 않다. 소박한 원시공동체原始共同體를 제외하고는. 그러므로 수기가 반드시 치인의 체體로 작동하리란 보장이 없고, 치인이 반드시 그 체體에 꼭 대응되는 그 용用일 것이란 보장이 없다. 즉 웬만큼의 체제와 조직을 갖춘 국가와 사회의 차원에 들어서면, 수기와 치인의 관계는 이렇게 유리遊離되어 마치 상반된 방향의 과업인냥 세勢를 짓게 된다. 그래서 특히 개인의 성향에 있어서는 대체로 어느 한 방향으로의 편향성偏向性을 면하지 못한다. 국가사회의 운영에도 이 현상이 반영되어 15세기말 16세기 이래 한동안 조선 왕조가 수기에의 편향성을 보여 민생의 곤궁이 심각해지자, 치인의 학문─실학實學이 일어났음은 주지의 일이다. 수기와 치인의 이 편향성의 불균형을 체용관계로서 균형있게 작동하도록 끊임없이 돌려세우려는 데에 도덕적道德的 이상주의로서의 도학의 이념과 함께 고민이 있다. 15세기말 김종직金宗直의 일부 문인에게서부터 이 수기에의 편향이 드러나고 있다.

한편 경제적으로는, 과전법科田法에 이어 직전법職田法이 실시되었으나 오래지 않아 폐지되고, 실질적으로 사대부 계층이나 양민 계층은 토지의 사적 점유를 발달시켜 갔다. 중소지주로서의 사대부의 면모를 보다 뚜렷이 해갔다. 이렇게 경제적으로 일정하게 안정된 기반과 함께 출사하지 않고도, 사회적으로 안정된 자기실현이 가능한 길─은거해서 도학적으로 수기修己하는 과업, 곧 심성心性·이기理氣의 학문과 종교적인 자기고양自己高揚의 과업이 마련됨으로써 유일형이 출현할 수 있는 기본 조건은 갖추어진 셈이다. 도학에 대한 이해가 깊어갈수록 은거해서 수기하는 자기실현에 대한 사회적 인정도 점점 더 높아갔다. 15세기말에서 16세기에 걸치는 인물—정여창鄭汝昌 (1450~1504)·김굉필金宏弼(1454~1504)·유우柳藕·서경덕徐敬德들은 수기로 명성이 드러난 인물이다. 김굉필은 바로 유일이기도 하다. 뒤이어 등장한 조광조趙光祖(1482~1519)도 성균관의 관천館薦이 출사의 계기가 되었다.

그러나 유일형의 출현은 사상적·경제적 조건으로는 충분치 못하다. 위에서 지적했듯이 유사儒士들은 출사해서 치인하는 데에 본령을 두고 있기 때문이다. 그러므로 치인할 조건이 됐느냐의 여부가 일단 논리적으로는 그 관건이다. 즉 세상에 도가 있느냐, 없느냐가 은거와 출사의 조건이다. 그런데 실제 역사에서는 이 공맹의 가르침이, 소수의 사람을 제하고는, 그대로 준행된 적이 없다. 그런데 우리나라의 15세기말에서 16세기에 걸치는 시기의 유일형의 출현에는 주지하듯이 사화士禍의 연속이라는 세상의 '무도無道'가 한몫 했다. 분명 당시 사화의 연속은 유사들로 하여금 출사出仕 욕구를 저상沮喪하기에 족했다. 그리고 보신保身을 위해서 좀 더 명철明哲할 필요가 있었다. 그래서 출사하기를 꺼리는 분위기가 분명 있었다. 그러나 출사 욕구가 저상당하는 보다 실제적인 원인은 출사의 관문이 되어 있는 과거의 문제에도 있었다. 즉, 도학이 점차 심화됨으로써 과거의 고시 과목과 '경명행수經明行修'의 유사儒士와의 관계는 더욱 모순적이 되어 갔던 것이다.

원래 과거제도에 대해서는 문제성이 늘 지적되어 왔다. 고려 중기의 임춘林椿은 과문科文을 가리켜 '배우俳優의 사설' 같다고 했고,[12] 후기의 이제현李齊賢은 "부화浮華한 문체를 창도하여 후세의 폐단이 말할 수 없다"[13]고 했다. 사장詞章 위주의 고려의 과거제는 유교를 국시國是로 하는 조선조에서는 경학經學의 비중을 상대적으로 높이는 수정을 받았다. 국초 정도전鄭道傳은 "부화浮華한 사장이 배척되어야 진유眞儒가 배출된다"[14]고 하여 의욕적으로

---

12) 임춘, 〈與趙亦樂書〉(《西河集》 권4).
13) 이제현, 〈史贊〉(《益齋亂藁》 권9하).

문과文科 초장에 제술製述 대신 강경講經을 넣었다. 그러나 정도전이 죽임을 당하자 권근權近이 문형文衡을 잡아 강경을 다시 제술로 돌렸다. 그러다가 세조 때에 드디어 문과 초시 초장에는 사서의四書疑·오경의五經義로 하고, 진사시進士試는 국초에 한 때 없어지기도 하는 등 곡절을 겪었으나 시험 과목만은 시詩·부賦의 범위를 벗어나지 않았다.

경학의 비중이 고려의 과거에 비해 상대적으로 높아지기는 했으나, 위의 시험 과목을 보아 알 수 있듯이 시·부의 사장 과목이 대·소과 시험 과목으로 필수적으로 자리잡고 있다. 그리고 경서의 의疑·의義나, 논論·책策들과 같은 제술의 과목도 사장적詞章的 기술이 상대적으로 우수해야 유리할 것은 말할 것도 없다. 경명행수의 유사에게는 불리한 고시 방법임에 틀림없다. 조광조가 주변에서 과거 공부하기를 권하면 "글 짓는 데에 능하지 못하다"고 사양했다는 사실이 그런 소식을 잘 전해준다. 치인治人에 내세울 인재로서 경명행수의 유사儒士를 선발할 유교 국가의 고시 제도의 모순이 아닐 수 없다. 이 모순을 해소하기 위해서 조광조가 현량과賢良科를 설치하지 않았던가.

실제로 위에서 거명한 유일들의 거개는 생진生進이거나, 생진시를 치렀으나 실패한 경우다. 생진이 유사儒士로서의 자격을 인정받는 시험이란 점에서 출사에 관계없이 기본적으로 생진은 되어야 했다. 생진조차도 몇 대 끊어지면 상인常人으로 전락할 위험이 있기 때문이다. 가문의 격을 떨어트림으로써, 또는 가문의 영구한 하락을 막지 않음으로써 조상에 득죄得罪하지 않기 위해서다. 화담花潭도 43세에 생원이 됐다.

생진시가 비록 유사로서의 자격을 부여하는 시험이라고는 하나, 대과大科로 가는 계제階梯로 되어 있기 때문에 단순치가 않다. 유일 중에는 당초 출사 의도를 가지고 생진시에 응했을 수도 있다. 그러나 과목과의 모순을 극복하지 못해 좌절하고 말았다. 어쨌든 이 시기 유일의 출현에는 시국과 함께 과거제도가 중요한 변수가 되었음에 틀림없다.

---

14) 정도전,《朝鮮經國典 上》,〈禮典〉(《三峰集》 권7).

　이유야 어찌 되었건 유일은 유일이다. 다시 말하면 이 시기의 유일은 조관朝官이 될 수 있는 실질적 자격, 즉 유교국가 조선왕조에서 본질적 역량인 경명행수經明行修의 역량을 갖추고, 따라서 사회적 존경을 받으며 초야의 산림에 은거해 있던 사람들이다. 물론 공적 추천을 받아 조관으로 나가기도 했고, 나가지 않기도 했다. 나가건 나가지 않건 자신의 본분이 유일이란 사실을 잊지 않았다. 그것은 긍지였다. 사회적 존경과 이러한 긍지는 유일들에게 마침내 일종의 성적聖的 권능은 가지게 했다. 이 성적 권능은 같은 사림파라도 처음부터 과거를 통해 출사한 조관들로부터 자신들을 일정하게 분리하여 변별적이 되게 했다. 과거로 조관이 된 사람들에 다분히 세속에 오염된 존재로 부시俯視하는 성향을 가졌다. 중국의 경우 한조漢初의 상산사호商山四皓의 예에서 보듯이, 일찍부터 은거하는 고사高士와 출사한 조관을 선속仙俗으로 대비해 보는 전통이 형성되어 있었다. 그러나 우리나라의 경우 그런 대비를 중국의 전통에 의지하여 대개는 의사적擬似的으로 해 왔을 뿐 역사 실제의 바탕이 약했다. 그런데 이 시기에 와서는 두 세계의 분리와 선속적仙俗的, 또는 성속적聖俗的 구분이 우리 역사 실제에 바탕한 확실한 것이 되었다. 17세기 이래 출현한 '산림山林'의 그 고답적高踏的 권능이 여기에서부터 배태되었다. 이렇게 되자 이 시기 조선 사회가 수기修己의 편향으로 빠져들기 시작한 것이다. 이 시기에 유일이 대량으로 출현한 데에는 위와 같이 중소지주적 경제적 여건에다 도학이 심화되고, 도학이 심화됨으로써 과거 과목과의 모순 관계가 더욱 커지고, 그리고 사화가 연속된 시국의 분위기가 있었다. 사화의 연속 자체가 도학을 이념으로 한 사림파의 정계 진출 과정과 무관하지 않는 역사 현상이다. 이러한 시대 상황에서 출처관이 첨예하게 떠오른 것이다.

3. 이언적과 조식의 출처관出處觀의 충돌

조식은 43세 때 경상감사로 와 있는 이언적의 한 번 만나보자는 편지에 이렇게 답했다.

어찌 자천自薦하는 거자擧子가 있겠습니까? 다만 생각건대 고인古人
은 네 조정에 걸쳐 벼슬하였지만, 조정에 있었던 것은 겨우 46일이었
습니다. 저는 상공相公께서 벼슬에서 물러나 고향으로 돌아갈 날이 멀
지 않았을 것이라 생각합니다. 그때에 제가 각건角巾을 쓰고 안강리安
康里에 있는 댁으로 찾아가 뵈어도 늦지 않을 것입니다.[15]

요컨대 현직에 있는 한 안 만나겠다는 것이다. 두 사람의 각각 은隱·현見의 출처관이 정면으로 충돌하고 있다. 같은 사림파로서 이언적의 출처관이 어 떠했기에 이렇게 냉소적으로까지 비판을 하는가? 먼저 이언적의 출처관을 알아본다.

이언적은 시종 진출에 적극적이었다. 그는 21세 때 지은 〈문진부問津賦〉에 서 공자의 제세활동濟世活動에 대한 열정적인 찬미를 통해 자신의 진출의 의 욕을 간접적으로 표발했다. 즉 "도道는 요순을 이어받고 인仁은 만물을 생육 하는 천지와 나란해서, 생민에 대한 책임감을 무겁게 느끼고 천하에 대해 근심을 크게 하고서, 우주를 경륜하고 민물民物을 화육하고자" 동분서주하 는 "위대한 공자"의 출사하려는 의도를 일개 소장부적小丈夫的인 은자인 장 저長沮·걸닉桀溺 따위가 어떻게 알겠느냐[16]는 논리와 호흡 속에서 이언적 자 신의 인생 이상의 강렬한 투사投射를 읽을 수 있다. 뿐 아니라 퇴계는 이언적 의 행장行狀에서 "(이언적은) 항상 군민君民을 요순시대화堯舜時代化하는 책임

---

15) 조식, 〈解關西問答〉《南冥集》卷2).
16) 이언적, 〈問津賦〉《회재집》권5).

을 자임했다"고 증언하고 있다.[17] 이언적은 아마 그의 〈문진부〉에 등장하는 이윤伊尹·주공周公 같은 경세가經世家가 되려는 꿈을 가졌을 듯하다. 요컨대 치인治人에 대한 강렬한 욕구와 이상을 가지고 있었다. 그는 치인에 대해서만이 강렬한 욕구와 이상을 가진 것이 아니다. 사림파답게 수기修己에 대해서도 성인을 기약하는 다짐을 거듭하고 있다. 24세 때 문과에 급제하고 서울에 당도해 지은 〈서정시西征詩〉에서 "평생토록 뜻이 구차하지 않으리니/ 희구하는 바는 오직 성철聖哲이라네"[18]라고 읊은 것을 위시해서, 27세 때 쓴 〈원조오잠元朝五箴〉 중의 〈독지잠篤志箴〉에서 "학문을 하면서 성인을 희구하지 아니하는 것/ 이것을 일러 스스로 한계지음이라 하지"[19], 30세 때 쓴 〈입잠立箴〉에서 "진眞을 쌓아가고 힘씀을 오래 하면/ 성인의 경역境域에 들어가기를 기약할 수 있으리"[20]라고 한 것 등 스스로를 경각시키는 내용의 시문이 그것이다.

　결국 그의 인생 목표는 양진養眞과 경세經世였다. 그는 때로 자신의 인생목표를 돌이켜 보고 "양진과 경세 어느 것 하나 이룩하지 못했네"[21], 또는 "평생 마음과 일 어그러진 것 스스로 탄식하노니/ 양진과 경세 둘 다 부끄럽네"[22]라고 자성自省을 하곤 했다. 양진과 경세는 바꾸어 말하면 수기·치인이다. 이 두 가지가 고도한 수준에서 균형 있는 체용體用 관계로 작동하도록 추구하는 것이 바로 도학의 이상이라고 말했다. 그는 확실히 낙관적 이상주의자였다. 도학은 기본적으로 낙관적 세계관에 근거하고 있는 이상주의다. 그러나 이언적은 도학자 일반과 같이 세계에 대해 본원적으로 낙관적이고 이상주의적일 뿐만 아니라, 현실 자체를 다분히 낙관적이고 이상주의적으로 보는 듯하다.

---

17) 이황, 〈晦齋李先生行狀〉(《퇴계집》 권49).
18) 이언적, 〈西征詩〉(《회재집》 권1).
19) 이언적, 〈元朝五箴·其五篤志箴〉(《회재집》 권6).
20) 이언적, 〈立箴〉(《회재집》 권6).
21) 이언적, 〈次一善東軒韻〉(《회재집》 권3).
22) 이언적, 〈奉次惠韻〉(《회재집》 권3).

그의 낙관적 이상주의자로서의 면모는 이미 21세 때의 〈문진부〉를 통해
서도 그 징후를 충분히 감득할 수 있지만, 24세의 비교적 이른 나이에 대과大
科를 합격한, 순탄한 출발이 그것을 부추겼음직하다. 더구나 시관인 김안국
金安國이 그의 대과의 종장 과목인 책문策文을 보고 '왕좌재王佐才'라고 칭찬
한 말이 그를 고무했을 법하다.23) 또 정치적인 모함을 받을 때 자신을 '동량
棟樑'에 비겨 한탄한 것도 역시 낙관적 이상주의자의 면모다. 27세 때의 작품
〈고송孤松〉에서 그는 "동량이 되려 하지만/ 도끼질을 해오니 어찌하랴"24)
라고 읊었다.

연산군대의 무오사화戊吾士禍(1498)에서 문정왕후文定王后가 하세하는 명
종 20년(1565)까지 약 70년에 사화가 크게 4차례, 반정反正이 한 차례 있었
지만 정국이 언제나 비극적인 것은 아니었다. 이언적이 출사를 작정하고 과
거 공부를 하던 때는 중종반정이 성공되고, 연산군대의 폐정弊政을 극복하려
는 노력을 기울이던, 희망과 기대에 찬 일신된 정국이었다. 특히 연산군의
통치로 타격을 입은 유교정치의 진작을 위해 사류士類를 등용하여 사림의
의기가 한껏 높아갈 무렵이었다. 조광조가 등용되기 1년 전인 중종 9년
(1514)에 이언적은 과거에 급제했다. 이 일신된 정국에 대해 이언적이 얼마
나 낙관했는지는 첫 출사를 위해 서울에 당도해 지은 〈서정시〉에 잘 나타나
있다. "머리 들어 북극을 바라보니/ 백일白日(군왕)이 지척에 임했구나.// 풍
운風雲(군신의 의기가 서로 합치되는 것)이 호연히 가이 없으니/ 구만리 하늘로
날개 떨칠 만하구나"25)라 읊고 있다. 자신의 경세 의지를 맘껏 펼칠 수 있을
것 같은 기대에 차 있다.

그러나 그 뒤 6년 만에 기묘사화가 발생했다. 이언적 29세 때다. 이언적은
당시 정8품 저작著作이란 하급 관료로 있었다. 게다가 사화가 일어나기 1년

---

23) 〈文元公晦齋先生年譜〉(《회재집》).
24) 이언적, 〈孤松〉(《회재집》 권1).
25) 이언적, 주18)과 같은 곳.

전에 조부상을 당해 승중손承重孫으로 경주부慶州府 양좌촌良佐村에 가 있었다. 그래서 기묘 사류士類와 이언적과의 직접적 연계는 없었던 것 같다. 31세 때 정7품 홍문관 박사博士로 승진하여 조정에 돌아온다. 그런데 이즈음 이언적은 〈이윤오취탕론伊尹五就湯論〉을 지어 탕湯에게 다섯 번이나 출사한 이윤伊尹을 유심有心한 경세가로 설정하고, 하루도 천하를 잊은 적이 없되 벼슬할 만하면 벼슬하고, 그만둘 만하면 그만두어 오직 의義에 따를 뿐인 공자의 무심無心한 경세 행위를 찬양했다.26) 기묘사화 이후 출처의 기본 자세에 대해 변화가 온 것 같다. 출사 초기는 경세 자체에 집착하는 듯했는데, 기묘사화 이후는 경세 의지에는 변함이 없으나 거취는 의에 따라 할 뿐, 집착하지 않겠다는 뜻으로 받아들여진다.

그런데 의의 판단 기준은 한결같지가 않다. 쉽게 객관화될 수 있는 평이한 차원의 것이 있는가 하면, 객관화하기 어려운 난해한 차원의 것이 있다. 그래서 주자도 곧잘 "천하의 의리는 무궁하다"라고 하지 않았던가. 말하자면 의란 인간사의 높은 단계에 이르면 자칫 주관적인 기준을 객관적인 기준으로 믿기 쉽다는 뜻이다. 거취를 의에 따라 정할 뿐이라는 이언적의 경우도 여기에 해당한다. 조식과의 출처관의 차이도 요컨대 의義의 소재所在에 대한 판단을 달리하기 때문이다.

도학적 이상주의자인 이언적이 당시 조정에 똬리를 틀고 있는 권간權奸과 무사히 넘어갈 수가 없었다. 41세에서 47세까지, 그러니까 중종 26년(1531)에서 중종 32년(1537)까지 7년간을 김안로金安老 일파에게 구축되어 조정을 떠났다. 이언적은 고향 땅 자옥산紫玉山 아래에 독락당獨樂堂을 지었다. 뜻을 얻지 못해 홀로 도를 즐긴다는 뜻일 터이다. 중종 32년(1537) 김안로가 패사敗死하자 이언적을 가장 먼저 재기용했다. 조식은 특히 김안로 세력이 아직 성장하기 전, 그리고 상대적으로 하급 관료 시절에 이언적이 기미를 보고 벼슬에서 물러나지 않은 데 대해 불만을 가지고 있다가,

26) 이언적, 〈伊尹五就湯論〉《회재집》 권5)

김안로 패사 후 재기용을 주저 없이 받아들인 데에서 이언적의 명철하지 못함을 딱하게 여겼던 것 같다. 왜냐하면 그때 이미 조정에는 대大소윤小尹 쟁투의 기미가 있음이 조식에게는 보였기 때문이었다. 그러나 경세가로 자임하고 현실을 어떻게든 고쳐서 이상으로 나아가고자 한 이언적의 입장에서는 설령 그런 기미가 보였다 하더라도 그 기미 자체를 개선의 대상으로 삼음직했다. 어쨌든 재기용된 뒤 명종 즉위년(1545) 을사사화 때까지 관직이 의정부 좌찬성의 종1품직에 오르기까지 정국은 점점 자신에게 벅차왔다. 이제는 전말 진퇴양난이었다. 조식의 예견대로 관직이 높아지면 물러나는 것도 실은 어려운 것이었다. 마침내 권간들에 의해 을사사화의 마지막 종결을 짓는 마당에 희생이 되고 말았다. 보신保身이란 점에서는 조식의 예견이 맞았던 것이다.

이언적과 기묘 사류와 직접 연계는 위에서 지적한 이유로 없었던 것 같으나, 그러나 기본적으로 그 후계 세대임은 말할 것도 없다. 이언적의 36세시 사헌부司憲府 장령掌令으로 있을 때 이항李沆이, 대간臺諫에 '조광조趙光祖의 여습餘習'이 있으니 금지시켜야 한다고 왕에게 청하자, 이언적은 차자箚子를 올려 그 잘못을 극언하여 저지시켰다.[27] 사실 조광조와 이언적의, 도학 정치의 비전은 다를 이유가 없다. 수기와 치인이 고도한 수준에서 체용적 관계로 작동하도록 한다는 점에서는 말이다. 그러나 그 작풍作風에 있어서는 다르다. 조광조는 말하자면 도학근본주의자道學根本主義者다. 입조立朝 4~5년 동안에 촉진한 조광조의 지치주의至治主義는 도학 정치의 명암을 보여주었다. 그의 성공과 실패는 그 뒤 도학 정치의 전개에 막중한 영향을 주었다. 그의 지치주의는 도학 정치의 여러 규범을 세우고 범례를 보여주었다. 그리고 지치주의의 실패는 사림파로 하여금 도학 정치에의 접근을 보다 신중하게 하도록 해 주었다. 이언적의 작풍은 체體는 원칙을 지키되, 용用은 권도權道를 허용하는 그런 것이었다. 현실과 잠정적으로 타

---

27) 주23)과 같은 곳.

협을 할 수도 있다는 입장이다. 말하자면 중화주의자中和主義者라고나 할까. 그런데 이언적이 이렇게 조광조와 작풍을 달리하게 된 것은 물론 개인의 개성에 관계되지만, 조광조의 급진주의急進主義가 기묘사화를 불러왔음에 감계鑑戒되어서이다. 조광조가 적극면積極面에서 '올 오어 낫싱(all or nothing)'주의자라면, 미리 밝히거니와 조식은 소극면消極面에서 '올 오어 낫싱'주의자다.

조식의 출처관은 이상필李相弼에 의해 잘 구명되어 있다.[28] 이상필이 조식에 대해 규정한 '엄정한 출처관'이란, 다른 한 편으로 '과단果斷한 출처관'으로 이해해도 좋을 듯하다. 조식은 조광조의 적극면에서의 행도行道의 과단성을, 소극면에서의 은거隱居의 과단성으로 계승한 유일遺逸이다. 물론 도를 같이 하나 그 만난 처지가 다르기 때문에 적극과 소극으로 달리 행세行世하게 되었다. 조광조와 조식의 처지가 바뀌면 그 역逆의 형세가 성립될 수도 있었을 듯하다. 16세기 도학사에 조광조와 조식은 참으로 이채로운 존재다. 조광조의 출出에서의 과단성과 조식의 처處에서의 과단성이 마치 동일인의 양면 같다. 요컨대 조식의 출처관은 '처處에의 과단'주의다.

조식도 처음부터 은거를 지향한 것은 아니다. 55세 때의 〈을묘사직소乙卯辭職疏〉에 "과거시험을 보기 10여 년 동안에 세 번이나 떨어진 뒤 물러났으니, 애초부터 과거 공부를 일삼지 않은 사람은 아니었습니다"[29]라고 왕에게 스스로를 소개하고 있다. 〈연보〉에 의하면 조식의 첫 응거應擧는 20세 때이다. 바로 기묘사화가 있던 다음 해, 사림이 쑥대밭이 된 상황이다. 이런 상황에 출사하려고 했으니 당초에 조식도 진출에 아주 적극적이었다. 이런 자세로 10여 년, 조식은 세 번이나 실패를 했다. 고시 과목과의 모순을 해소하지 못해서다. 그러다 26세 경《성리대전性理大全》을 통해 원元나라 허형許衡의 말에 접했다. 즉 허형이 "이윤伊尹의 뜻한 바를 뜻하고 안연

---

28) 이상필,《南冥學派의 形性과 展開》(고려대학교, 1998).
29) 조식, 〈乙卯辭職疏〉(《南冥集》 권2).

顔淵의 배운 바를 배워서, 세상에 나가면 남들을 위해 크게 일하고 들어앉
으면 스스로 지키는 것이 있어야 한다. 대장부는 마땅히 이러해야 한다.
세상에 나가서 남을 위해 크게 일하는 것이 없고, 들어앉아서 스스로 지키
는 것이 없으면 뜻한 바와 배운 바로 장차 무엇을 할까"30)라고 한 말이다.
이 말을 접하고 조식은 그야말로 코페르니쿠스적인 전환을 했다. 마침 그
때 5년 동안 파직 상태에 있던 김안로가 다시 입조入朝할 태세를 갖추었다.
정인홍鄭仁弘이 《남명집》의 후미에 붙인 지誌에 "선생이 가정嘉靖 기축년己
丑年(1529)에 음도陰道가 점장漸長할 조짐을 보고 문득 군자가 결단할 의리
를 생각하여 빛을 임하林下에 묻었다"31)라고 한 바 있는데, 여기서 '음도
가 점장할 조짐'이란 당시 정국의 상황으로 보아 김안로의 복귀를 가리키
는 듯하다. 조식은 〈연보〉에 의하면 36세까지 과거에 응시한 것으로 되어
있는데, 이것은 출사와는 상관없고 그의 모부인母夫人의 명령을 거역할 수
없어서였다고 한다. 그리고 38세 때에 이언적에 의해 유일로 헌릉참봉獻陵
參奉에 천거되나, 이미 8년 전에 출사를 단념한 조식이 나갈 리가 없었다.
그 뒤 조식은 10여 차례나 조정으로부터 소명召命을 받았으나 나가지 않고
처사로 일관했다. "사군자士君子의 대절大節은 오직 출처 한 가지 일에 있을
뿐이다"32)라고 출처를 사士의 규범의 최상층에 두고, 처사의 절의를 일관
되게 지켜가는 조식은 중망을 모았다. 마침내 재야 지성의 한 권화權化가
되었다. 광해군 때 정인홍에게서 그 단초가 시작된 '산림'의 뿌리는 이렇
게 조식에게 소급된다.

  조식이 유일로도 출사하지 않은 것은 당시 군주들이 더불어 도를 행할
만하지 않기 때문이라고 보아서다. 이언적이 끝내 물러나지 않은 것은 도
를 행할 만한 한 점의 가능성이라도 찾기 위해서다. 단호한 부정은 부정을

---

30) 정인홍, 〈南冥曹先生行狀〉《來庵集》권12).
31) 정인홍, 〈南冥先生與李龜巖絶交事後識〉《南冥集》권3).
32) 김우옹, 〈南冥行錄〉《南冥集》권4).

당하는 주체로 하여금 자신의 현실과 이상과의 거리를 알게 해 주고, 한 점의 가능성이라도 찾기 위한 자세는 희망에 대한 신뢰를 준다.

(경상대학교 남명학연구소 학술대회, 2002)

퇴계退溪의 시詩에 대하여

1. 퇴계의 시인적詩人的 지위地位

도학道學의 거봉巨峰으로서의 퇴계의 지위는 상대적으로 그의 시인적 지위에 대한 인식을 소극적이게 해 왔다. 더구나 도학의 입장이 시와의 공존을 인정하지 않았던 것처럼 오해해온 것이 저간의 사정이었다. 그러면서도 그의 〈도산십이곡陶山十二曲〉 등 몇 국문 작품은 그것이 국문 작품임으로 해서 특히 거론의 대상이 되어왔다. 그러나 그의 이천여 편의 호한浩瀚한 한시는 그 동안 우리의 적극적인 관심권 안에 들어와 있질 못하였다.

퇴계도 도학자 일반이 그러하듯이 시는 말기末技라 하고[1], 문예에 공교工巧하려는 것은 유儒가 아니라고 했다[2]. 그러나 이 말만 가지고 퇴계가 시 또는 문학 자체를 부정했다고 생각한다면 속단이다. 이 말은 어디까지나 시 또는 문학에 대한 도학의 상대적인 우위를 강조한 말일 뿐이다. 인간이 하는 여러 가지 문화활동 가운데 문학이 어느 경우에나 우위라는 주장이 타당성을 갖지 못한다면 문학에 관한 도학자들의 발언에 지나치게 반응할 이유는 없다. 도학자가 아닌 두보杜甫 같은 시인도 "문장은 하나의 작은 재주일 뿐/

---

1) 李滉, 〈與鄭子精〉《退溪集》卷35), "夫詩雖末技, 本於性情, 有體有格, 誠不可易而爲之."
2) 權斗經,《退陶先生言行通錄》卷2, "儒家意味自別. 工文藝, 非儒也. 取科第, 非儒也."

도에 비해 존숭할 것이 못된다(文章一小技, 於道未爲尊)"라고 했던 점을 상기할
필요가 있을 것이다. 도학자들은 실은 문학 자체를 부정한 것이 아니라 문학
의 어떤 경향, 이를테면 '조충전각雕蟲篆刻'의 기교주의나 또는 지나치게 격
정적인 것 따위를 배격했을 뿐이다. 그리고는 그들 나름대로의 문학적 준거
위에서, 양식상 다분히 폐쇄적이기는 하지만, 독자적인 문학세계를 이루어
놓았다.

속단의 불허는 퇴계의 다음과 같은 말과 그의 실제 시작생활에서 확실하
게 드러난다. 즉 그는 "시가 사람을 그르치는 것이 아니라 사람이 제 스스로
그릇된다"[3]라고 했고, 한 제자(정탁鄭琢)에게 준 편지에서 "시는 비록 말기
末技이나 성정性情에 근본해 있으며 체體가 있고 격格이 있어 진실로 용이하게
하지 못 할 것이다. (중략) 그저 입에서 나오는 대로 붓이 가는 대로 마구
아무렇게나 써서는 비록 일시의 쾌감은 살지 모르나 아마도 만세萬世에 전하
기는 어려울 것이다"[4]라고 했다. 시작태도의 신중성 또는 진지성을 깨우친
말이다. '만세'라는 말은 다분히 관용적 과장이기는 하지만, 시를 만세에
전할 만한 무엇으로까지 보고 있었다는 점은 특히 유의할 만하다. 그리고
그 자신 즐겨 시를 짓되 우음偶吟 일절一絶이라도 일구일자一句一字를 반드시
정밀히 생각하여 완정完定짓고 가벼이 발표하지 않았다[5]고 제자들은 기록
하고 있다. 양적으로 많은 작품을 지었으면서도 그 시작 태도가 비상하게
진지하였음을 알 수 있다.

그의 시 이천여 편은 주희朱熹의 천 이백여 편의 배에 가깝고, 시를 전업으
로 한 웬만한 시인에게도 밑지지 않을 양이다. 그러나 이 양적인 호한함과,
그리고 시에 대한 긍정적 발언 및 시작 태도의 진지함이 바로 그대로 그의

---

3) 李滉, 〈吟詩〉(《退溪集》 卷1), "詩不誤人人自誤."
4) 李滉, 〈與鄭子精〉(《退溪集》 卷35), "夫詩雖末技, 本於性情, 有體有格, 誠不可易而爲
   之. (중략) 而信口信筆, 胡亂寫去, 雖取快於一時, 恐難傳於萬世也."
5) 權斗經, 〈雜記〉(《退陶先生言行通錄》 卷5), "先生喜爲詩, 平生用功甚多.", "雖偶吟一
   絶, 一句一字, 必精思更定, 不輕示人."

106

시인적 지위를 보장해 주는 것은 아니다.

그의 제자 권응인權應仁의 이른바 '담박풍월澹薄風月'의 일화6)나, 그의 시에 대해 체제상의 결함을 드는 경우가 많았다는7) 점으로 미루어 보아 그의 시가 과거 문인 일반에게 다분히 소극적으로, 또는 비판적으로 받아들여졌던 일면이 있었음을 짐작할 수 있다. 그러나 시를 보는 눈이 한결같을 수는 없다. 그의 시에 대해 긍정적인 평가를 한 다른 한 쪽이 있어 왔음도 동시에 상기해야 한다. 그 가운데 권씨權氏의 설을 반박하면서, 퇴계의 〈증임금호형수이율贈林錦湖亨秀二律〉 등을 들어 그의 시적 역량을 높이 긍정한 이익李瀷의 논평8)과, 그리고 허균許筠이 그의 《국조시산國朝詩刪》에서,

비단 이학理學만이 아니라, 시에 있어서도 역시 제공諸公을 압도한다.

라고 한 논정論定은 특히 유의할 만하다. 주지하듯이 허균은 감식안이 날카롭기로 유명하다. 여기에 퇴계가 자신의 시에 대해 완곡하게 자부를 내보인 다음과 같은 말을 아울러 음미해 볼 필요가 있을 것이다.

나의 시가 고담枯淡해서 그리 좋아하지 않는 사람이 많다. 그러나 내가 시에 대해 용력用力한 바가 자못 깊기 때문에 처음 읽어 보면 비록 냉담冷淡한 것 같지마는 오래 두고 읽어 보면 의미가 없지 않을 것이다.9)

6) 李德懋, 〈寒竹堂涉筆上, 權松溪〉(《靑莊館全書》卷68), "權松溪應仁, 居星州, 退溪先生弟子也. (중략) 嘗言于退溪曰: '先生少止澹薄風月·濃墨草書, 則先生之道德益高.' 風月者, 東俗所謂詩也."
7) 李瀷, 〈論文門, 退溪詩〉(《星湖僿說類選》卷10下), "退溪喜作詩, 今見於集中者, 人多稱欠體裁. 當時權松溪應仁謂: '先生不爲詩若草, 差強人意.' 殊不知其不爲也, 非不能也. (중략) 退溪贈林錦湖亨秀二律云, (중략) 句句飛動, 俊爽可掬, 雖華岳峯尖, 寒鵰睇野, 無以逾此. 彼錦湖之平生豪吟, 未必逮及也. 要是非錦湖, 退溪亦終不露圭角, 松溪何足知之."
8) 주7)과 같은 곳.

이상의 여러 사실을 종합해 보면 국문시가 몇 편에만 의지해온 퇴계의 문학적 측면에 대한 종래의 소극적 인식에서 벗어나, 보다 적극적으로 그의 시인적 지위를 정립, 탐구의 대상으로 삼아야 할 근거와 필요는 확실하다고 본다. 말하자면 그에 대한 탐구영역의 도학 일변으로부터의 확충을 기도하 자는 것이다. 그의 시는 그의 호한한 정신적 용량의 또 다른 일면으로의 대 응물對應物인 것이다.

이 짤막한 시도는 위와 같은 견지에서 그의 시세계의 일 국면을 탐색해 보려는 것이다.

2. 퇴계시의 시적詩的 비전―초월超越과 화해和諧

퇴계가 시에서 자아와 세계를 파악하는, 또는 보여주는 시점視點이 무엇인 가 하는 물음으로 접근하여 그것을 '초월'과 '화해'라는 두 범주로 포착해 보았다.

퇴계의 시의 바닥을 가장 돋보이게 흐르고 있는 시인의식은 '청정淸淨한 세계에의 희구'다. 그의 시에 빈번하게 나타나고 있는 '매화梅花'와 '달'과 '선仙'의 이미지는 '청정한 세계'의 표상으로 되어 있다. 특히 매화는 퇴계 의 집요한 시적 추구의 대상으로 유명하다. 가령 다음과 같은 시를 보자.

藐姑山人臘雪村,　　막고산藐姑山 신선님이 눈 내린 마을에 와,
鍊形化作寒梅魂.　　형체를 단련하여 찬 매화 넋이 되었구려.
風吹雪洗見本眞,　　바람 맞고 눈에 씻겨 참 모습 나타나니,
玉色天然超世昏.　　옥빛이 천연스레 속세를 뛰어났네.

---

9)　권두경, 〈雜記〉, 주5)와 같은 곳, "吾詩枯淡, 人多不喜. 然於詩用力頗深, 故初看雖似令 淡, 久看則不無意味."

高情不入衆芳騷,	이소離騷의 뭇 화초에 끼어들기 싫어하고,
千載一笑孤山園.	천년이라 고산孤山에 한 번 웃음 웃어다오.
世人不識嘆類沈,	세상사람 몰라보니 심양沈梁 같음 한탄이나,10)
今我獨得欣逢溫.	나는 지금 백온伯溫11) 만나 호올로 반가우이.
神清骨凜物自惡,	뼈가 차고 정신 맑아 저절로 깨쳐지니,
至道不假餐霞噉.	지극한 도道야말로 노을 먹음을12) 빌릴까.
昨夜夢見縞衣仙,	어젯밤 꿈에 문득 호의縞衣의 신선 만나,
同跨白鳳飛天門.	흰 봉황을 함께 타고 천문으로 날아들어,
蟾宮要授玉杵藥,	옥절구로 빻은 약을 월궁에서 받을 적에,
織女前導姮娥言.	직녀織女는 인도하고 항아는 얘기했네.
覺來異香滿懷袖,	깨어나니 맑은 향기 옷소매에 가득해라,
月下攀條傾一罇.	달 아래 가지 잡고 한 병 술 기울이네.

〈〈湖堂梅花, 暮春始開, 用東坡韻〉, 《退溪集》 권1〉

'막고산인藐姑山人'·'납설臘雪'·'한매寒梅'·'풍취風吹'·'옥색玉色'·'신청神清'·'호의縞衣'·'백봉白鳳'·'섬궁蟾宮(달)'·'항아姮娥'·'월하月下'와 같은 희고 깨끗한 이미지들로 가득 차 있어, 그 자체로서 하나의 청정한 공간을 이루고 있다. 기존의 도교 쪽의 선계설화仙界說話를 대담하게 도입시킨 것은 흔히 보듯이 선계 자체에의 몽환적인 동경에서가 아니라, 매화에게서 어떤 구조를 갖춘 청정한 공간의 이미지가 환기되기에 가장 적합한 매재媒材일 뿐이었기 때문이다. 이것은 "지극한 도道야말로 노을 먹음을 빌릴까(至道不假餐霞噉)"라고 선술仙術을 비판하고 넘어가는 대목에 충분히 시사되어 있다. 곧 도교적인 선계 자체와는 별개인, 시인이 상념하고 있는 어떤 청정한 세계에

---

10) 어진 이를 볼라 본 부끄러움을 개탄함. 沈梁은 沈諸梁으로, 孔子를 몰라보았음.
11) 伯溫雪子가 魯나라에서 묵었는데, 공자가 보더니 이런 사람은 한 번 보기만 하면 道를 닦을 사람임을 알 수 있다 했음.
12) 九霞眞妃가 노을을 먹고 지냈다 함. 여기서는 황당한 仙術을 의미함.

의 각성된 의식의 지향인 것이다. 이 점은 달밤을 읊은 다음의 시와 연결해 보면 보다 분명해질 것이다.

溪堂月白川堂白,　시냇가 서당 달 밝으면 강가 서당도 밝고,
今夜風淸昨夜淸.　오늘 저녁 바람 맑으니 어제 밤도 맑았어라.
別有一般光霽處,　별도로 광풍제월光風霽月의 경지가 있을지니,
吾儕安得驗明誠.　우리들 어찌하면 명명明明으로 하여 성誠해짐을 체험할까.

(〈七月旣望〉,《退溪集》권3)

"별도로 광풍제월光風霽月의 경지가 있을지니(別有一般光霽處)"라고 하고 그것을 '명성明誠'이라는 윤리적 개념에 연결시키고 있다. 말하자면 '광제처光霽處'라는 '청정한 세계'가 시인의 안으로 내재화되고 있다. 이런 내재화는 다음의 시에서 보다 극명하게 드러나 있다.

明月在天上,　밝은 달은 하늘 위에 떠있고,
幽人在窓下.　그윽한 이는 창 아래 앉아 있네.
金波湛玉淵,　금빛 물결 옥연玉淵에 담담하니,
本來非二者.　본래 두 가지가 아니라.

(〈八月十五夜西軒對月二首〉,《退溪集》권2)

결국 시인이 희구하는 '청정한 세계'는 외적 지향과 내적 지향의 비전으로 나타나 있는 셈이다.

이러한 '청정한 세계'에의 희구는 그것과는 대립되는 세계, 즉 '혼탁한 세계'에 의해 제약된 자리에서 기래起來된 것임은 이미 예상되어 있는 바다. 외적 지향의 경우는 위의 〈호당매화湖堂梅花〉 시에서 '옥색玉色'에 대한 '세혼世昏', '고정高情'에 대한 '중방소衆芳騷', '아我'에 대한 '세인世人'으로 그

대립관계가 제시되어 있음을 볼 수 있다. 그리고 내적 지향에서의 제약은 시인(퇴계)이 약관 무렵에 지었다는 유명한 다음의 시에 이미 잘 드러나 있다.

露草夭夭繞碧坡, 고운 풀 이슬에 젖어 둔덕을 둘렀는데,
小塘淸活淨無沙. 고요한 맑은 못에는 모래가 없네.
雲飛鳥過元相管, 나는 구름 지나가는 새의 그림자야 원래 비치는 것이지만,
只恐時時燕蹴波. 나는 제비 때때로 물결 찰까 두렵네.

〈野池〉,《退溪集》外集 권1)

'고요한 맑은 못(小塘淸活)'에 대한 '물결 차는 제비(燕蹴波)'가 그것이다. 역시 잘 알려진 다음의 시에서는 위의 외적 혼탁과 내적 혼탁이 하나로 겹쳐져 보다 강한 이미지로 나타난 것을 보게 된다.

黃濁滔滔便隱形, 누렇고 탁한 물 도도히 쏟아지면 곧 형체를 숨겼다가,
安流帖帖始分明. 물이 빠져 고요히 흐를 때면 비로소 분명한 모습 나타나네.
可憐如許奔衝裏, 어여쁘구나, 이같이 거센 물결 속에서도,
千古盤陀不轉傾. 천고에 반타석盤陀石은 구르거나 기울지도 않았네.

〈盤陀石〉,《退溪集》 권3)

이 시는 시인(퇴계) 자신의 입명立命의 경지를 형상화한 것으로, '분충奔衝'하는 '도도滔滔'한 '황탁黃濁'은 시인이 지향하는 '청정의 세계'에 대한 '혼탁의 세계'의 존재를 아주 분명하게 보여준 경우다.

이와 같이 '혼탁의 세계'의 제약으로부터 벗어나 '청정의 세계'에로 넘어가려는 지향을 우리는 '초월의 비전'으로 범주화해도 좋을 것이다. 이 초월의 비전을 가져오게 된 혼탁과 청정의 대립적 세계관은 그의 당시當時 현실

관(외적 대립의 경우)과 이기론理氣論에 근거한 심성관心性觀(내적 대립의 경우)
에 대응된다.

이 초월의 비전은 다른 한편으로는 자연과의 범신론적汎神論的 교감으로도
나타난다.

> 芸芸庶物從何有, 수많은 여러 물건 어디로부터 생겼던고,
> 漠漠源頭不是虛. 아득한 근원지는 텅 비지 않았으리.
> 欲識前賢興感處, 옛 현인 홍취를 느꼈던 경지를 알고자 한다면,
> 請看庭草與盆魚. 뜰 앞 풀과 동이 속 물고기를 보게나.
>
> 　　　　　　　　　　　　　　　(〈觀物〉,《退溪集》권3)

> 人正虛襟對窓几, 사람이 정히 마음 비우고 창가의 책상을 대하고 있자니,
> 草含生意滿庭除. 풀은 생의生意를 머금고 뜰 가득 자라나네.
> 欲知物我元無間, 외물과 내가 원래 사이가 없이 일체임을 알고자 한다면,
> 請看眞精妙合初. 참으로 정묘한 것은 처음부터 합쳐 있음을 보게나.
>
> 　　　　　　　　　　　　　(〈次韻金惇叙〉,《退溪集》別集 권1)

생명을 가진 '정초庭草'와 '분어盆魚'같은 미물微物과의 교감으로 '막막원
두漠漠源頭'와 '진정묘합초眞精妙合初'라는 본체세계로 통하려는 자리에는, 초
월적 외재신外在神을 인정하지 않는 유가적 입장에서의 영원한 불변자에로
의 귀의歸依의 염원이 스며 있고, 이것은 또 다른 의미의 초월인 것이다. 이런
발상은 물론 주돈이周敦頤의 〈태극도설太極圖說〉에서 온 것이지만 그의 시에
서의 '자연의 의미'를 이해하는 하나의 관건이기도 한 것이다. 즉 철학적
사유에 의한 자연과의 합일을 '홍감興感'이라는 정서적 고양 쪽으로 받아들
임으로써, 영원자永遠者와의 어떤 신앙적 결합의 기미氣味같은 것을 느끼게
하는 경우다. 다음의 시 같은 경우는 그러한 결합에서 올 수 있는 희열의

극적 고양의 한 순간을 포착한 것으로 보인다.

天末歸雲千萬峯, 하늘 끝에 돌아가는 구름은 천만 봉우리인데,

碧波靑嶂夕陽紅. 파란 물결 푸른 산에 석양은 붉도다.

攜筇急向高臺上, 지팡이 짚고 급히 높은 대 위로 올라가서,

一笑開襟萬里風. 한 번 웃으며 옷깃을 풀어헤치니 만 리의 바람이 분다.

(〈夕霽登臺〉,《退溪集》권3)

그러나 언제나 자연과의 합일로 희열만 있는 것은 아니다.

栽花病客十年回, 꽃 심었던 병든 객 십 년 만에 돌아보니,

樹老迎人盡意開. 늙은 나무 사람 맞으려 마음껏 피었구나.

我欲問花花不語, 나는 꽃에게 물으려 하나 꽃은 말이 없으니,

悲歡萬事付春杯. 슬프고 기쁜 만사 봄 술잔에나 붙이노라.

晚雨廉纖鳥韻悲, 저녁 비는 보슬보슬 내리고 새 소리는 슬픈데,

千花無語浪辭枝. 온갖 꽃은 말없이 어지러이 떨어지네.

何人一笛吹春怨, 그 누가 피리로 봄 시름을 부는가,

芳草天涯無限思. 향그러운 풀 하늘가에 한없는 그리움 돋아나네.

(〈紅桃花下, 寄金季珍二首〉,《退溪集》권2)

생멸生滅이라는 자연의 커다란 질서 속에 흡수되어 가는 유한한 한 현상적 존재로서의 인간을 세속적인 자아의 자리에서 바라 볼 때에는, 위와 같은 비애를 회피할 수가 없다. 이러한 세속적인 자아의 자리에서의 비애의 초극超克을 위해서는 외재적인 절대자의 매개 없이 세계와 직접 대면하는 유가의 입장에서는 보다 각성된 의식이 늘 요구되었고, 이것이 내적 초월의 의미로 받아들여진다.

다음, '화해和諧'의 비전은 그의 시에서 가장 일반적으로 보여 지고 있는
것으로, 이것은 근본적으로 낙관적인 그의 세계관에서 빚어져 나온 것이다.
주자학朱子學의 세계관이 근원적으로 낙관적임은 새삼스러운 것이 아니다.
위에서 '청정한 세계'와 '혼탁한 세계'와의 대립적 세계관을 지적했지만,
그러나 이 대립은 절망적이고 비극적인 것은 아니다. '청정의 세계'가 '혼
탁의 세계' 앞에 결정적으로 부서져 버리는 일은 일어나지 않을 것으로 믿고
있기 때문이다. '주리主理'의 입장에서는 더욱 그러하다.

花發巖崖春寂寂, 꽃이 벼랑 위에 피어나니 봄은 적적하기만 하고,
鳥鳴澗樹水潺潺. 새는 시냇가 나무에서 울고 물은 잔잔히 흐르네.
偶從山後攜童冠, 우연히 산 뒤로 동관童冠을 거느리고 가,
閒到山前問考槃. 한가로이 산 앞에 이르러 고반考槃을 묻노라.

(〈步自溪上踰山至書堂〉,《退溪集》권3)

꽃의 피어남, 봄기운의 고요함, 새의 지저귐, 물소리의 잔잔함, 그리고 이
사이를 동관童冠을 거느리고 우한優閒하게 걸어와 은서처隱棲處로 이른 작중
주인공 및 그 동작, 이런 자연과 인간의 사상事象들이 거의 완미하게 어울린,
화해의 한 극치경極致境을 포착하고 있다. 퇴계의 61세 때 도산서당에서의
작이다. 이 시의 작중 주인공인 퇴계를 이때 수행했던 제자 이덕홍李德弘이
이 시에 '상하동류上下同流해서 각득기소各得其所함을 즐기는 묘妙'가 있다고
하자 퇴계는 이를 시인했다.13) "상하동류, 각득기소"는 주지하듯이 자연과
인간이 융일融一하게 어울린, 바로 화해의 세계상을 가리킨다. 〈산거사시山居
四時〉를 위시한 그의 많은 전원시편田園詩篇들은 대체로 이 화해의 비전을 보
여주는 것으로, 한편으로는 자연과의 합일의 의미도 아울러 가짐은 말할 필

---

13) 권두경, 〈樂山水〉《退陶先生言行通錄》卷3).

요도 없다. 그러나 이들 작품의 의경意境이 결코 천편일률적인 것은 아니다. 대동소이大同小異라 하더라도 그 '소이小異'에 놓여 있는 작품 개성의 정치한 파악이 앞으로의 과제가 되어야 할 것이다.

3. 결어結語

위에서 조략粗略하게 시론試論한 '초월超越'과 '화해和諧'의 비전만으로 퇴계의 시가 다 설명되리라고는 물론 생각되지 않는다. 다만 이것이 퇴계의 시세계의 주요한 국면, 거의 본령적일 것임은 확실하리라고 믿는다. 그리고 퇴계의 많은 서정시·전원시가 단순한 서정·전원시가 아니라 그의 철학적·도학적 사유를 그 깊이로 가지고 있을 가능성이 위의 시론試論으로 드러났다면 퇴계의 시는 주로 이런 각도, 즉 한국한문학사상에 철학적, 또는 도학적 서정시의 넓은 한 경지를 열어주는 방향으로 접근되는 것이 바람직하다고 생각된다. 이러한 접근은 퇴계의 도학 연구에도 일정한 기여가 있을 것으로 믿는다.

(《退溪學報》19집, 퇴계학연구원, 1978.)

퇴계退溪와 남명南冥 사이의 사상적 대결

- 남명을 중심으로 -

1. 머리말

퇴계退溪와 남명南冥 사이는 서로 경이원지敬而遠之 하면서 겉으로는 말을 아꼈으나, 이면으로는 사상 '투쟁'이라고 해도 좋을 만큼 치열했다. 16세기 사상사에서 여러 가지 면에서 아주 호적수好敵手였다. 다만 두 사람이 각자의 사상·학문을 개진하며 논쟁을 벌리지 않았던 것이 사상사를 위해 크게 유감이 아닐 수 없다. 그러나 그만한 대결이라도 있었기에 우리나라 16세기 사상사는 그만큼 풍요로울 수 있었고, 오늘날 많은 사상사적 문제에 대한 지적知的 상상력이 우리에게 일어나게 할 수 있었다.

내가 제기하는 문제는 대개 이러하다. 첫째, 남명은 진정한 도학자인가 하는 문제다. 왜냐하면 퇴계는, 남명은 '장주莊周와 한 꿰미'라고 하는 등 진정한 도학자로 보지 않았기 때문이다. 둘째, 남명이 임종에 문인들에게 자신은 '유자儒者가 아니라 처사處士다'라고 실토한 사실을 어떻게 받아들여야 하는가의 문제다. 셋째, 그럼에도 남명은 도학의 공부, 특히 '경의敬義'의 수련에 열심이었다는 문제다. 넷째, 유명한 하종악처河宗岳妻 징벌 개입 사건을 어떻게 이해해야 하느냐 하는 문제다. 다섯째, 남명의 문학적 역량은 뛰어났으며, 이것이 남명 사상에 어떤 기능을 했을까 하는 등의 문제가 있다.

이 문제들을 하나의 체계 안에 정합적으로 이론구성을 하기가 무척 어렵다. 솔직히 고백하건대 지금의 나로서는 불가능하다. 다만 문제 제기 삼아 나의 소견을 피력해볼까 한다. 이들 문제에 관해 해답을 줄 논문들이 많을 것으로 짐작되나, 여러 가지 사정으로 참고하지 못하고 일차자료에만 의존한다. 양해를 바란다.

2. 퇴계와 남명의 두 위도의식衛道意識의 대결

조광조가 소격서를 혁파함으로써 좌도·이단을 숙정肅正하고 도학 근본주의를 표방했듯이, 퇴계는 주자 절대주의를 위해 좌도·이단이라고 생각한, 장자적莊子的인 사고와 취향, 육왕학陸王學, 기학氣學 등을 비판하고 경고해 마지않았다. 주요 표적은 서화담徐花潭과 노소재盧穌齋, 그리고 조남명曹南冥이었다.

퇴계가 주자학에 거스르는 좌도·이단에 대해 변척해 마지않은 것은 말할 것도 없이 그의 도저한 위도의식 때문이다. 공맹孔孟의 도道를 호위하기 위해, 그 적통인 주자학을 그토록 옹호한 것이다. 그러나 선배 화담(당시 작고한 뒤라 주로 화담의 제자들을 상대로 변척했음)과 15년 후배인 소재와는 달리 남명에게는 순수한 위도의식의 발현 외에 모종의 인간적 관계도 있었다. 즉 사대부 사회의 헤게모니를 의식한 상호 관계가 그것이다. 남명에게도 퇴계에 대해 역시 사상문제와는 일단 별개인 인간적인 관계가 있었음은 물론이다. 엄밀히 말하면 어떤 사상, 어느 학설이 지식인 사회에 더 많은 지지를 받느냐에 따라 헤게모니의 판도가 좌우되게 되어서 사상·학설의 문제를 떠나서 헤게모니를 말하기 어렵다.

퇴계가 독실한 주자학 신봉자인 것은 새삼 말할 필요가 없다. 문제는 남명의 사상적 정체성이다. 퇴계는 남명이 장자에 연루되어 있다고 생각했다.

(퇴계) 선생이 일찍이 말씀했다. "남명의 소견은 실상 장주와 한 꿰미다(與莊周一串)."[1]

퇴계는 이렇게 제자들에게 남명의 사상이 장자와 동철同轍임을 확신에 찬 어조로 말했다. 퇴계는 또 제자들에게,

남명은 장자의 사상을 창도하고, 소재는 상산象山의 견해를 수호하니 매우 두려운 상황이다.[2]

라고 하였다. 당시 명明에서는 양명학이 주자학을 누르고 성세盛勢를 보이자, 좌도·이단이 조선사회에 내습來襲할까 위기의식을 느끼고 제자들에게 주자학을 위해 분발할 것을 당부하는 마당에 소재와 함께 남명을 거론한 것이다. 주자학을 위한 위도의식으로 퇴계가 얼마나 남명의 장자적莊子的 취향을 경계했는가를 짐작할 수 있다.

퇴계는 자기와 같이 주자학을 위하는 같은 유파에 속하는 후배들과는 공개적으로 학설學說 논쟁을 사양하지 않았으나, 남명·소재와 같이 사상 본령을 자기와는 달리한다고 생각하는 사람들에게는 논쟁을 삼갔다. 정면으로, 공개적으로 논쟁을 일으킬 경우, 첫째는 역으로 사대부 사회에 퇴계가 물리치고자 하는 사상을 선전해주는 결과로 되기 쉽다는 생각에서다. 둘째는 그러한 논쟁이 정치적으로 불순한 세력에게 이용될까 저어해서다.

그래서 퇴계는 남명에게도 직접적으로 논전을 거는 것이 아니라, 주로 제3자를 대해서 비판·변척해 마지않았다. 남명의 사상에 대한 변척의식이 그 내적 강도와 집요함으로 보아서는 한 바탕 논쟁을 일으키고도 남을 정도였다. 더구나 남명과는 두세 차례 편지 왕복이 있었음에도 불구하고 평소에

---

1) 鄭惟一, 《退溪言行錄》 권5, 〈人物〉, 〈文錄〉.
2) 李德弘, 《퇴계언행록》 권2, 〈衛道之嚴〉, 〈艮錄〉.

생각하는 상대 사상의 본질적 문제는 피했다.

　마침내, 주지하는 바와 같이 남명으로부터 학문적 문제에 대해 정면으로 도전받는다.

　　손으로 물을 뿌리고 비질하는 절도도 모르면서 입으로 천리天理를
　　담론하여 헛된 이름이나 훔쳐서 사람들을 속이려 하고 있습니다만, 도
　　리어 남에게 중상中傷을 당하여 그 피해가 다른 사람에게까지 미칩니
　　다. 아마도 선생 같은 장로께서 꾸짖어 그만두게 하지 않기 때문일 것
　　입니다.3)

　퇴계학단退溪學團의 도학하는 '행태'에 대해 변척한 것이다. 이것은 퇴계가 학자는 먼저 도道의 본체本體를 알지 않을 수 없다고 해서 〈태극도설太極圖說〉·〈서명西銘〉·〈역학계몽易學啓蒙〉 등 형이상학적인 논의들을 많이 강론했기 때문에 남명이 듣고 그런 교학敎學의 '행태'에 대해 비판한 것이다.4) 퇴계가 남명의 사상은 '장주와 한 꿰미'라고 말했지만, 도학 안에 들어가 도학의 교학 방식을 퇴계에게 충고하는 위 편지가 보여주듯이, 남명은 사상적 거점이 도학에 있음을 당연하게 자의식自意識하고 있었다.

　남명은 그의 제자·지인들에게도 위의 편지 내용과 같은 취지로 기회 닿는 대로 비판해 마지않는다. 그의 제자 오건吳健에게 준 편지다.

　　시속이 숭상하는 바를 자세히 들여다보면, '당나귀 꼴에 기린 거죽
　　을 덮씌운 것' 같은 고질이 있습니다. 온 세상이 모두 그러해 혹세무민
　　하는 데 급급하고 있습니다. (중략) 이는 실로 사문斯文의 종장宗匠인

---

3)　曹植, 〈答退溪書〉(《南冥集》 권2). 《남명집》은 韓國文集叢刊本과 경상대학교 남명학연
　　구소 간행의 '역문 附원문'본을 참고한다. 단, 번역본에서 인용할 경우 적절히 가필·첨
　　삭을 한다.
4)　金誠一, 《퇴계언행록》 권2, 〈敎人之方〉, 〈鶴錄〉.

사람이 오로지 상달上達만 주로 하고, 하학下學을 궁구하지 않아 구제하기 어려운 습속을 이루었기 때문입니다. 일찍이 그와 더불어 서신을 왕복하며 논란을 했지만 돌아보려 하지 않습니다. 공公은 지금 이 폐단을 구제하기 어렵다는 것을 알지 않으면 안 됩니다.5)

남명은 그의 손서 김우옹金宇顒에게 준 편지에서도 "이 늙은이에게 교학상장敎學相長할 힘이 조금 있기는 하지만, 어찌 주자周子·정자程子가 입언立言한데에 털끝만큼이라도 더하겠는가"6), 또 제자 김효원金孝元에게도 한 편지에서 "송나라 때 현인들이 강구해 밝혀 놓은 것이 갖추어지고 극진해서, 물을 담아도 새지 않는 그릇처럼 빈틈이 없습니다. 따라서 후세의 학자들은 그것에 힘을 쓰는 것이 느슨한가, 맹렬한가에 달려 있을 뿐입니다"7)라고 말한적이 있다. 즉 도학의 모든 의리義理며 상달上達에 대한 논의는 송대 도학자들에 의해 완벽히 갖추어져 있으므로 오직 그것의 실천 강도强度가 문제라는것이다. 그러므로 우선 그럴듯한 형이상학적인 문제를 주로 강론하고, 삶의현장에 절실한 형이하학적인 문제는 궁구하지 않는 퇴계학단 교학의 '행태'가 마치 '당나귀 꼴에 기린 거죽을 덮씌운 것'과 같은 것으로, 이 혹세무민하는 교학의 '행태'가 하나의 습속을 이루고 있으니, '이 폐단을 구제하기 어렵다는 것을 알지 않으면 안 된다'고 했다. 특히 '이 폐단을 (중략) 안 된다'라고 한 마지막 당부의 말은 퇴계가 주자학의 위기라는 인식에서 제자들을격려한 것과 상호 조응照應된다.

여기서 우리는 퇴계의 '벽이단闢異端'과는 다른 차원의 남명의 위도의식을간파하게 된다. 남명은 도학이 삶의 현장에 절실한 하학下學을 뒤로 돌리고,상달上達에 매달리는 것은 유가의 도의 실현을 저해한다고 여기고, 이를 반

5)   조식, 〈與吳子强書〉《남명집》 권2).
6)   조식, 〈奉謝金進士肅夫〉《남명집》 권2).
7)   조식, 〈答仁伯書〉《남명집》 권2).

드시 변척해야 된다고 생각하기 때문이다. 이는 물론 도학에 대한 인식을 서로 달리하는 데서 온다. 남명은 형이하학적으로 철저한 실천위주의 도학, 퇴계는 형이상학적으로 도의 뿌리까지 넘보는 도학이라고 할 수 있다. 즉, 전자는 도학을 완벽한 신념체계로 보았고, 후자는 신념체계 이상을 가진 것으로 보았다. 퇴계와 남명의 관계는 일단 도학관을 달리하는 두 도학자의 위도의식의 대결이다.

남명은 오건에게 준 또 다른 편지에서 퇴계에게 준 편지 내용을 좀 더 부연하여 다음과 같이 말했다.

> 성性과 천도天道는 공자의 문하에서 드물게 말하는 것입니다. 윤돈尹惇이 이에 대해 설說을 내자, 정程 선생이 경박한 설을 함부로 내지 말라고 저지하였습니다. 그대는 요즘 선비들을 살펴보지 않았습니까? 손으로 물 뿌리고 비질하는 절도도 모르면서 입으로 천상天上의 이치를 말하는데, 그들의 행실을 공평히 살펴보면 도리어 무지한 사람만도 못합니다. 이 점에 대해서 반드시 꾸지람이 있어야 한다는 것은 의심할 나위도 없습니다. 이런 때에 주저 없이 현자의 지위를 외람되게 차지하고서 허위의 우두머리가 되어야 하겠습니까?8)

도학의 형이상학적 문제는 송유宋儒들의 논리에서 한 걸음도 나아갈 수 없으므로, 더 이상 說을 내지 말아야 한다는 남명 자신의 신념을 하나의 역사적인 당위로 인식한 듯, 공자·정자의 전례까지 들었다. 이러한 당위로의 인식은 형이상학적 논의까지 아우르는 퇴계학단의 도학 '행태'를 금하지 않는 퇴계에게의 원망이 극에 이르러 마침내 퇴계를 '허위의 우두머리'로 규정하기에 이르렀다. 도를 행하지 않고 논의만 무성히 해 '기세도명欺世盜名'하는 허위의 무리로 퇴계학단을 규정했기 때문이다. 제자 정인홍鄭仁弘에 답한 편

---

8) 조식, 〈與吳御史書〉(《남명집》 권2).

지에서도 "이것이 어느 때이더뇨? 또 어느 곳이더뇨? 허위의 무리가 모두 '당나귀 꼴에 기린 거죽을 덮씌운 꼬락서니'입니다. 이러한 상황에 엄연히 현자賢者의 지위를 외람되이 차지하고서 마치 종장宗匠이 된 듯하니, 이것이 가합니까?"9)라고 했다. 역시 퇴계를 허위의 무리의 우두머리라고 여긴 것이다. 여기서 남명은 남명대로 위도의식이 얼마나 극렬했던가를 알 수 있다.

김효원에게 '도에 대한 논의는 송유宋儒들에 의해 물샐 틈 없이 갖추어져 있으므로 후세의 학자들은 단지 그 실천을 완만히 하는가, 맹렬히 하는가가 문제일 뿐'이라고 말한 남명은 과연 '맹렬히' 실천해 나갔다. 18세부터 그릇에 물을 가득 담아 꿇어 앉아 두 손으로 수평으로 받쳐들고 밤을 새우는 일, 이것은 그의 도학의 핵심인 경敬의 근간인 '주일무적主一無適'을 수련하기 위함이다. 그의 〈신명사도神明舍圖〉에서 경敬이 태일군太一君(心)을 수직으로 받들고 있는 형태로 나타났다. 허리에 방울을 차고 다니거나 서슬 푸른 칼을 어루만지는 일, 이것은 경의 제2의인 '상성성常惺惺'—마음이 늘 깨어 있기를 지니기 위함이다. 〈신명사도〉에서 경敬이 통령統領하는 하단 범위에 '성성惺惺'의 표지로 나타나 있다. 또 내면함양의 공정工程에 간단이 없기를 표방하여 정사精舍의 당호堂號를 '계부鷄伏'라고 내건 일, 거처하는 창벽간窓壁間에 '경敬'·'의義' 두 자를 크게 써 두고 하늘의 일월日月로 여기며 항상 목격하고 마음에 넘念할 수 있도록 한 일 등, 그의 도학적 공부를 위한 설시設施는 실로 여러 가지였다. 남명의 친구 성운成運은 도학적 수련·함양의 노력과 결과로서의 남명의 도학적 인격을 다음과 같이 묘사했다.

낮이 다하고 또 밤을 이어 정력이 소진되도록 애써서 연궁硏窮·탐색探索하였다. 공부에는 '경敬을 지니는 것(持敬)'보다 더 요긴한 것은 없다고 여겨, 주일主一에 공력을 들여 의식이 늘 깨어있고 몸과 마음은 수련되어 있다. 공부는 '욕심을 적게 하는 것(寡慾)'보다 더 좋은 것은

---

9) 조식, 〈南冥先生答先生書〉《來庵集》 권15).

없다고 여겨 '극기克己'에 힘을 다하여 욕심의 찌끼를 말끔히 씻어내었다. 보이지 않고 들리지 않는 곳을 삼가고 두려워하여 은미隱微하고 유독幽獨한 데를 성찰하였다.[10)

대곡大谷은 남명의 가장 절친한 친우란 점을 감안해서 위의 표현보다 조금 낮추어 본다고 하더라고 남명의 도학적 인격은 엄연하고 전형적이라 할 만하다. 이 묘사만 본다면 퇴계가 남명을 장자에 연루시킨 것은 그야말로 취모멱자吹毛覓疵일 뿐이라는 생각이 든다. 남명의 제자 정인홍이 광해군 초년 문묘종사자文廟從祀者 선정에서 남명이 탈락하자, 그 주된 이유가 퇴계가 남명을 가리켜 '장자와 한 꿰미'라고 한, 즉 남명을 이단으로 규정한 것 때문이라 생각하고 올린 항의의 차자箚子에서, '남명은 일찍이 과거를 폐지하고 산림山林에 묻혀 도를 지켜 흔들림 없었다'[11)고 했을 때의 도도 유학의 도, 도학의 도임은 말할 것도 없다. 그래서 정인홍이 '은일지사隱逸之士'라고 해서 모두 유학의 도를 버리고 노장老莊의 도를 행한다고 규정한다면 단표락簞瓢樂을 고치지 않은 안자顔子를 위시하여 종신토록 벼슬하지 않았던 증자曾子·자사子思·이통李侗·채원정蔡元定 등도 모두 노장으로 규정할 것이냐'[12)고 항변했던 것이다. 자기의 스승도 이들과 마찬가지로 벼슬을 물리치고 살림에 자취를 숨겼을 뿐, 노장의 도를 따른 적이 없다는 것이었다.

3. 남명의 엄숙주의嚴肅主義와 유희의식遊戲意識

1) 남명의 엄숙주의

---

10) 成運, 〈墓碑文〉(《남명집》).
11) 鄭仁弘, 〈上箚〉(《광해군일기》 3년 3월 조).
12) 정인홍, 〈上箚〉(《광해군일기》 3년 3월 조).

오래 전에 나는 남명에 관한 한 논문에서, 남명사상은 "도학의 틀에다 노장과 도교와 그리고 병가兵家의 사고思考를 받아들여 아주 새롭게 빚어냈다"13)고 했다. 이 주장은 지금도 대체로 변함이 없다. 다만 여기서는 장자와의 관련에 더 힘쓰고자 한다. 퇴계가 '장주와 한 꿰미'라고 한 말은 다분히 과장기가 없지 않아 보이지만 그를 장자에 연루시킨 것은 일단 정확한 판단이었다. 정인홍이 자기 스승이 장자적 사유와 관련이 있다는 것을 모르고 위와 같이 상자上箚한 것은 아니라고 생각한다. 퇴계가 한 '장주와 한 꿰미'라는 말은 두 사람의 사상 내용이 꼭 같다는 뜻은 아니다. 우리는《남명집》에서, 가령 상대주의나 회의론 같은《장자》의 주요 사상이 분석되어 나올 자료를 가지고 있지 않는다는 것을 이미 알고 있다. '뇌룡정雷龍亭'이라는 남명의 정자 이름에,《장자·재유在宥》에 나오는 "시동尸童처럼 꼼짝 않는 부동不動의 모습을 하고 있으면서도 용처럼 변화자재하게 나타나고, 깊고 조용한 연못처럼 침묵하고 있는데도 한편으로 우레 같은 커다란 소리를 낸다(尸居而龍見, 淵黙而雷聲)"라는 대목에서 축약해 왔으나, 이것은 내용, 또는 사상을 구성하는 편린들일 뿐 사상내용은 아니다.《남명집》에는 이 정도의 편린도 찾기가 어렵다. 그러므로 '한 꿰미'라는 말은 사상내용과 일단 관계가 없다.

'한 꿰미'라는 말은 장자와 남명 두 글의 감각으로 보아야 한다. 두 글의 감각이 한 꿰미에 꿰인 구슬처럼 그 빛깔·모양이 같이 느껴진다는 말이다. 그렇다면《장자》라는 책 전반에서 가장 대표적으로 느껴지는 감각이 무엇인가? 나는 이것을 단연코 '유희遊戲의 감각'이라고 보고 싶다. 이 유희의 감각은 유희의식에서 나온다. 즉 자아와 글, 또는 세계를 일단 분리해 두고 일종의 놀이 의식으로 글을 쓰는 그런 의식이다. 완롱玩弄·조희調戲·역설逆說·반어反語·해학·풍자·비꼼 등 종種 또는 변종變種을 거느린다.《장자》에는 주로 우화 양식을 택하고,《남명집》은 주로 일반 시문을 택했거니와, 우화 양식이

---

13) 졸고, 〈南冥思想과 그 現代的 意義〉(《남명학》 창간호, 2002).

유희의식을 드러냄에 효과적이긴 하나, 원칙적으로 유희의식이 정도의 차이는 있을지라도 드러나지 못할 양식은 없다.

유희의식에 대해서 엄숙주의嚴肅主義는 일반적으로 엄격한 도덕적 규율을 준행하려는 태도로 정의되나, 이 논문에 좀 더 근접해 부연하자면, 글 또는 세계에 간극 없이 밀착해 주체적 진실성을 담보로 세계에 대해 책임을 가지려는 태도를 말한다. 특히 도학자들에게는 '정제엄숙整齊嚴肅'을 기본으로 하는 경敬을 공부와 인격의 기본자세로 삼는 교의가 있기 때문에 더욱 강조된다.

그런데, 유희의식이나 엄숙의식의 파악은 먼저 유희의 감각, 엄숙의 감각을 감각해야 하므로 다분히 주관적이기 쉽다. 그러므로 작자와 독자가 서로 빗나갈 수 있다. 작자와 독자가 합치하려면 가급적 높은 감식안鑑識眼이 요구된다.

앞에서 남명의 도학적 공부나 인격에 대한 소묘素描가 제시되었거니와, 남명은 여타 도학자들보다 엄숙주의의 강도强度가 특히 높은 도학자다. 그의 인격을 묘사하는 말에 '수상열일秋霜烈日'이라든가, '벽립천인壁立千仞' 같은 말이 따라다니는 것은 그 때문이다. 단적인 사례로 남명의 인척 하종악河宗岳이 죽은 뒤 하종악의 후처의 실행에 대한 징벌의 문제에 남명이 적극 개입한 것을 들 수 있다. 하종악 후처의 실행이 문제되었을 때 남명이 제자들을 동원하여 그녀가 살던 집을 파괴하고, 그녀를 다른 고을로 축출한 일이 있었다. 이것이 결국 조정에까지 문제가 되자 기대승奇大升은 "남의 집을 훼철한 죄인은 다스리지 않을 수 없습니다"[14]라고 왕에게 아뢰어, 다른 사람들에게는 퇴계·남명 두 학단 사이의 각립角立으로 비쳐지기도 했다. 결국 남명은 이 시비총중에 정신적인 분요紛擾함만 겪고, 그의 친한 친구 이정李楨과 이일의 처리에 대한 견해차로 해서 절교까지 하기에 이르고 말았다

대부분의 사람들은 원칙의 제시도 없이 남명 같이 명망이 높은 사람이 그만한 일로 남들과의 시비총중에 든 것을 이해할 수 없다고 하였다. 퇴계부

---

14) 奇大升, 《선조실록》 2년 5월 조.

터도 귀암에게 보낸 편지에서 '남명은 현실 바깥에서 고답적으로 살아 찬하
만물이 그 마음을 얽어매지 못할 것이라 여겼는데, 시골 한 아낙네의 실행에
개입하여 그토록 여러 해를 시비총중에 들어 고생을 하니 참으로 이해하지
못할 일'15)이라는 요지로 말했다. 소재도 또한 "남명이 평생 관직을 받아들
이지 않고 현실 바깥에서 고답적으로 살면서 한 아낙네의 실행이 무슨 상관
이 있다고 친구와 절교를 하는지, 이것을 이해하지 못하겠다"16)라고 했다.
그 당대나 후세에 남명의 이 사건을 아는 사대부들은 거의 대부분 퇴계·소재
와 같은 견해에, 비웃거나 동정하는 데에 첨감添減이 있을 뿐이었다.

  남명 입장에서 생각해 보면 참으로 기막힐 노릇이다. 도학주의 조선 사회
에서 행도行道에 관심을 놓지 않는 자기를 몰라도 너무 모르는 세태에 그는
절망할 수밖에 없다. 엄숙주의의 구극 목표는 유가(도학) 도덕의 빈틈없는
추구·실현이다. 주희가 '사리당연지극事理當然之極'이라고 정의한 '지선至善'
의 추구·실현이다. 실천주의 도학을 표방하는 남명에게 있어서는 말할 필요
도 없다. 퇴계와 소재나, 그리고 남명 이후의 사대부들은 대개 남명이 교과
서적으로 '지선至善'을 추구·실현하려는, 즉 남명의 행도의식行道意識을 모르
고 단순히 현실 밖에서 현실에 개의치 않고 고답적으로 살아가는 은둔자로
만 인식한, 또는 그러한 은둔자이길 기대한 데서 하종악처 정벌 개입 사건에
대해서 위와 같은 부정적인 평가가 나오게 된 것이다.

  우선 남명은 37세까지 과거에 응시를 했다. 남명 자신의 말대로 처음부터
벼슬을 안 하려고 한 것은 아니다. 이윤伊尹과 같이 왕도王道를 실현하는 신료
臣僚가 될 꿈을 가지기도 했다. 은둔자로 돌아서서 그는 출처出處의 의의를
중시하여 그것을 '군자君子의 대절大節'이라 했다. 주지하듯이 도학에서는 출
사出仕의 동기로 '행도行道'─도를 실현하려는 것과, '욕귀欲貴'─자신이 존
귀하게 되는 것 두 가지 중에서 말할 것도 없이 '행도'를 당위로 받아들인다.

---

15) 李滉, 〈答李剛而〉(《퇴계집》 권22).
16) 尹根壽, 〈漫錄〉(《月汀集》, 별집 권4).

즉 '행도'가 '욕귀'하려는 인욕人欲의 작용이 없는 '군자의 출사 동기'라는 것이다. 남명은 당시의 조선에는 행도할 군주가 없어서, 즉 자신이 섬겨 도를 행할 만한 군주가 없어서 여러 차례 징소徵召를 받았으나 끝내 산림山林에서 나오지 않았다. 그리고, 그는 "군자로 자처하는 사람들이 많지 않은 것은 아니지만 출처가 의義에 맞는 것에 대해서는 전혀 들은 바가 없다. 근래에는 오직 경호景浩(퇴계)만이 고인古人에 거의 가깝다. 그러나 그에게서 인욕이 다 없어졌냐를 따지면 필경 분수에 아직 다 차지 않는 면이 있다"[17]고 하여, 벼슬길에서 칠진칠퇴七進七退한 퇴계에게서조차도 만족해하지 않았다.

이렇게 출사를 거부하고 산림에서 고고하게 산 남명은 역으로 산림 밖의 현실을 결코 잊지 않았다. 그 자신, '엄광嚴光과 나는 도道가 같지 않다. (엄광은 세상을 잊었지만) 나는 이 세상을 잊지 않는 자이다. 소원은 공자를 배우는 것이다'[18]고 했다. 공자의 공자됨은 현실에의 관심과 행도에의 욕구에 있다. 남명이 잊지 않았다는 세상의 실제 현실은 이를테면, 조정의 군왕과 신료들의 동정, 사대부 사회의 사건들, 붕제간朋儕間의 소식, 그리고 민서民庶들의 동태 등일 터이고, 여기에 대한 관심, 특히 행도여부에 대한 관심을 놓치지 않고 있다는 뜻일 것이다. 실제로 선조에게 올린 상소에서 '서리망국胥吏亡國'을 말할 만큼 당시 서리의 비리와, 그것이 가진 파괴적인 힘에 대해 '산림지사山林之士' 답지 않게 소상히 파악하고 있었던 것이 그 실례의 한 가지일 터이다.

그러나 여기서 중요한 것은 관심 자체가 아니라 어떤 성질의 관심이냐이다. '나는 세상을 잊지 않았다'는 말의 진정한 함의는 위의 부류가 구성하는 현실 사회에 도道의 실현이 어떻게 되어가고 있느냐에 대한 관심을 놓치지 않고 있다는 말이다. 이 말이 그런 정도의 의미를 갖지 않는다면 굳이 엄광과 같은 은자와 견주어 말할 필요성이 없는, 한갓 공허한 소리에 지나지 않

---

17) 정인홍, 〈남명행장〉(《남명집》).
18) 裵紳, 〈(남명)行錄〉(《남명집》 권4).

는다. 남명은 결단코 그런 위인은 아니다. 행도에의 관심이 의미의 정중앙에 놓인 말이다. 행도 문제는 남명의 일생 동안의 화두요 집념이다.

하종악처 실행 사건에 남명이 적극 개입한 것도 나는 그의 도저한 행도에의 관심 때문이고, 남들이 대수롭지 않게 본 한 아낙네의 실행을 남명은 매우 중요하게 보았기 때문이라고 생각한다. 어쩌면 당사자가 사대부 사회의 부녀이고, '굶어 죽는 일은 작은 일이요, 절개를 잃는 일은 큰 일이다(餓死事小, 失節事大)'라는 정이천程伊川의 명제가 있어 더 중요하게 여겼는지 모르지만, 도학적 도덕 실천에, 즉 행도에 철저하려는 남명의 강도 높은 엄숙주의가 빚어낸 사건이라고 생각한다.

남명은 자신의 출처 문제에 있어서도 행도할 수 없는 출사는 있을 수 없다는 태도로 일관해 결벽성潔癖性을 보인 바 있거니와, 그의 엄숙주의가 어느 정도였는가는 다음의 시를 보아도 알 수 있다.

全身四十年前累,　사십 년 동안 더럽혀진 몸,
千斛淸淵洗盡休.　천 섬 되는 맑은 못에 싹 씻어 버린다.
塵土倘能生五內,　속에 만약 티끌이 생긴다면,
直今刳腹付歸流.　지금 당장 배 쪼개어 흐르는 물에 부쳐 보내리.

(〈浴川〉,《남명집》 권1)

또, 그는 사욕을 이겨내기를,

動微勇克,　　　낌새가 있자마자 용감하게 이겨내고,
進敎廝殺.　　　나아가 반드시 섬멸토록 한다.

(〈神明舍銘〉,《남명집》 권1)

이라 했다.

모두 스스로에 대해 살기殺氣를 품을 정도로 엄격했다. 이런 엄숙주의에 남명이 임종 무렵에 문인들에게 말했듯이 '평생 협기俠氣가 많았던' 것도 일인—因으로 가담했을 듯하다. 자신의 주변에 도에 어긋나는 일을 방치하고 서 위로 조정을 향해 군왕과 신료들이 도를 실현하지 않는다고 책한다면 이것은 세상 사람들을 기만하는 일이다. 이것은 남명이 가장 혐오하는 짓이다. 남명은 자기 자신에게 아주 정직하려고 했다. 그리고 이것이 엄숙주의의 주요한 정신의 하나다. 엄숙주의를 교과서적으로 행하다가 두고두고 욕辱을 당한 남명의 예에 비추어 생각해 보면 도학주의 조선 사회의 허점虛點이 드러난다.

2) 남명의 유희의식—작품 분석

이렇게 엄숙주의로 무장된 남명에게 유희의식이 서식棲息할 공간이 어디에 있다는 말인가? 엄숙의식도 유희의식도 사람에게 있어 하나의 본능적인 자질이다. 사람에 따라 정도의 차이는 있더라도 없는 경우는 없다. 우선 퇴계에게 답한 편지를 보자.

> 다만 생각하건대, 공은 서각犀角을 태우는 듯한 명철함이 있지만, 이 식植은 동이를 뒤집어쓰고 있는 듯한 탄식이 있습니다. 그래서 오히려 화미華美한 문채가 있는 곳(퇴계)에서 가르침을 받자올 길이 없습니다. 게다가 눈병까지 있어 물건을 잘 보지 못한 지가 여러 해 되었습니다. 명공明公께서 발운산撥雲散으로 눈을 밝게 열어 주시지 않겠습니까?[19]

명종 8년(1553) 남명이 6품직이라는 파격적인 대우로 징소徵召를 받았으나 거절하고 응하지 않자, 퇴계가 생전 대면한 적도 없는 남명에게 어렵사리

---

19) 조식, 〈答退溪書〉(《남명집》 권2).

편지를 내어 징소에 응할 것을 권한 편지에 대한 답서에서 남명이 한 말이다.
서각은 이것을 태워 심연을 비춰 보면 심연의 괴물이 다 보인다는 전설이
있는 물소 뿔을 가리키고, 발운산이란 망막의 흐릿함을 제거해 주는 가루약
을 가리킨다. 위 편지의 취지를 정리하면 대략 아래와 같이 될 것이다.

　　공公은 심원한 하늘의 이치까지 밝히 아는 능력이 있지만, 이 식植은
　　아무것도 알지를 못합니다. 그래서 밖으로 드러나는 공의 여러 가지
　　아름다움을 배울 길도 없습니다. 사물의 이치가 흐릿해진 지가 여러
　　해 되었으니, 이 흐릿함을 제거해 주십시오.[20]

　사전에 서로의 동정을 알고 있었다고는 하지만 16세기 지성知性의 두 거
벽이 처음으로 편지를 주고받는 자리에서 아래의 취지를 위의 글과 같이
표현했다는 것은 유희의식이 아니고는 설명할 마땅한 방법이 없다. 이 편지
의 배경은 말할 것도 없이 '손으로 물 뿌리고 비질하는 절도도 모르면서
입으로 천리天理를 담론'하는 퇴계학단의 '행태'에 대한 남명의 비꼼이다.
마침 한 해 전, 두 사람이 53세 때 퇴계가 정지운鄭之雲의 〈천명도天命圖〉를
두고 비판·수정·보완한 〈천명도설후서天命圖說後叙〉를 발표한 적이 있었다.
퇴계의 이 논문이 남명으로 하여금 이런 유희의식의 편지를 쓰게 한 직접적
인 동기인 것 같다.
　이런 구체적인 사건 이전에 남명은 자신은 탁란濁亂한 현실 바깥에서 고상
히 살아가는데, 그런 현실에서 빠져 미처 몸을 빼내지 못하는 퇴계를 가여운
듯 '굽어보는', 스스로 고고한 자세를 가지고 있었다. 택당澤堂 이식李植은
두 사람을 논하면서 이렇게 말했다.

　남명과 퇴계는 동시대 인물이었으나, 남명은 세상을 은둔한다는 표

─────────────
20) 주19)와 같은 곳.

징을 보다 일찍이 드러내었으므로, 본래 퇴계를 굽어보았다.[21]

행도가 불가능하다고 생각되는 탁란한 조정을 등지고 고고한 은일자로 사는 것이 '가치價値의 우위'를 점하는 것이라 생각한 남명은 퇴계를 '굽어본' 만큼, 퇴계 이하의 인물에 대해서는 말할 것도 없다. 남명은 자신의 그러한 자긍심自矜心을 다음과 같이 읊었다.

請看千石鐘,	저 천석들이 큰 종을 보라,
非大扣無聲.	세게 치지 않으면 소리가 나지 않지.
爭似頭流山,	그러나 두류산이 하늘이 울려도
天鳴猶不鳴.	울리지 않는 것과야 어찌 같으랴.

(〈題德山溪亭柱〉,《남명집》 권1)

'큰 북채로 세게 치지 않으면 소리가 나지 않는 천석들이 큰 종은 더없이 육중하다. 그러나 하늘이 울려도 울리지 않는 두류산에야 어찌 비교가 되랴' 라는 내용이다. '하늘이 울려도 울리지 않는' 두류산은 아무리 징소가 와도 꿈쩍도 하지 않은 자신을 비유한 것이다. 남명의 자긍이 어느 정도로 드높았 는가를 알 수 있다.

유희의식은 자유상태의 의식이므로 자신이 현실의 지위나, 가치의 지위 의 어디에 있느냐는 그 발동에 별로 구애받지 않지만, 그러나 자신이 상대보 다 우위에 있다고 생각될 때 보다 쉽게 발동되는 경향이 있는 것이 사실이다. 은거의 가치우위를 고점高占한 남명에게는 그러므로 조정의, 적어도 당상대 부堂上大夫 이상의 관료들, 관료이기 때문에 가치의 지위는 자기보다 하위下位 에 있는 사람들은 유희의식의 잠재적인 발동의 대상일 수가 있다. 일례로 회재晦齋 이언적李彦迪에게 답한 편지를 보자.

---

21) 李植, 〈만록〉(《澤堂集》, 別集 권15).

어찌 거자擧子의 신분으로 감사를 찾아갈 수 있겠습니까? 홀로 생각
건대 옛 사람은 네 조정에 걸쳐 벼슬하였지만 조정에 있었던 것은 겨우
40일이었습니다. 저는 상공相公께서 벼슬에서 물러나 고향으로 돌아갈
날이 멀지 않으시다고 생각합니다. 그때 제가 각건角巾을 쓰고 안강리
安康里에 있는 댁으로 찾아뵈어도 늦지 않을 것입니다.[22]

이 편지는 회재가 53세로 경상감사로 부임해, 그 전에 유일遺逸로 천거한
적이 있는 남명을 한 번 보자고 편지를 낸 데 대한 답서다. 자세히 음미해
보면 조희기調戱氣가 넘친다. 우선 편지의 격식부터가 '10년 장長'인 선배에
게, 더구나 자신을 유일로 천거해 준 적이 있는 선배에게 그렇게 요긴한 사
무적인 편지가 아닌데도 안부 인사를 생략하고 단 4문장으로 끝내는 것이
예사롭지 않다. 사연에서, 대뜸 자신이 '거자擧子'임을 밝힌다. 37세에 과거
를 단념한 지가 6년이 지난, 유일로 이미 천거 받은 적도 있는 자신의 신분을
군이 '거자擧子'라 한 것도 비꼬고 들어가기 위한 수법에, 상대의 재관在官의
위치를 일단 돋보이도록 하기 위한 전략으로서의 기능을 한다. 그리고 주희
의 고사를 얘기함으로써, 행도도 불가능한 조정에 뭣 하러 그렇게 오래 남아
있느냐고 일격一擊을 가해 앞서 돋보이게 했던 재관의 위치를 일거에 무너뜨
린다. 자신의 가치우위를 확인시키는 것이다. 그때 회재가 벼슬을 버릴 개재
가 아닌 줄을 뻔히 알면서도 불원간 사퇴하리라 확신하는 체한다. 그리고
자신은 은자임을 '각건角巾'을 내세워 부각시킴으로써 재관의 지위를 한 번
더 쓰러뜨린다. 이 편지를 가지고 회재를 벼슬에서 사퇴하게 하려는 의도도
믿음도 애초에 없는, 즉 글의 주제를 실현하려는 목적이 없는 일장조희一場調
戱의 문장임을 우리는 알게 된다.

동고東皐 이준경李浚慶에게 답한 편지 가운데 나오는 아래의 대목은 친구
간의 단순한 농담일 수도 있으나, 어떤 의미를 남긴다는 점에서 단순한 농담

---

22) 조식, 〈解關西問答〉(《남명집》 권2).

과는 구별된다.

> 이 한 마디 말씀을 드립니다. 뒤늦게 눈병을 얻으셨다는 사실을 알
> 고서 놀라움과 탄식을 금치 못했습니다. 다만 영공슈公의 눈병이 일찍
> 생기지 않은 것이 한스럽습니다.[23)]

동고가 우의정·좌의정에 제수되었을 때 눈병을 이유로 사직한 적이 여러
번 있었다. 이 편지는 그 시기 쓰여진 것이 확실한 듯하다. '눈병이 일찍
생기지 않은 것이 한스럽다'는 것은 벼슬이 우의정·좌의정 같은 높은 지위에
이르기 전에 눈병이 났던들 일찍 벼슬을 그만두게 되었을 텐데, 그렇지 못한
것이 한스럽다는 것이다. 새기기에 따라서는 '대광보국 숭록대부大匡輔國 崇
祿大夫'에까지 오른 성실한 한 관료의 삶을 허무하게 만들어 버리는 유희의식
의 발동이다. 어쨌든 정상의식으로는 쉽게 할 수 있는 말이 아니다.
　유희의식은 이와 같이 상대와의 경우에 따라, 그리고 글에 따라 발동범위
와 농도가 다르게 나타난다. 회재에게 경우는 발동범위가 전면이고, 그 농도
도 부정 방향으로 아주 짙다. 동고에게 경우는 발동범위는 부분적이고, 그
농도는 부정 방향으로 옅은 경우다. 다음은 명종에게 올린, 특히 이 구절
때문에 유명해진 〈을묘사직소乙卯辭職疏〉의 한 대목이다.

> 자전慈殿께서는는 생각이 깊으시기는 하나 깊숙한 궁중의 한 과부에
> 지나지 않고, 전하殿下께서는 어리시니 그저 선왕先王의 한낱 아들일
> 뿐입니다.[24)]

비록 송조宋朝에서 비슷한 전례가 있었다고는 하나, 문정왕후文定王后를 '

---

23) 조식, 〈答李相國原吉書〉(《남명집》 권2).
24) 조식, 〈乙卯辭職疏〉(《남명집》 권2).

궁중의 한 과부', 명종을 '선왕의 한낱 아들'이라 호칭한 것은, 심하면 목숨까지 내놓을 각오가 되어 있을 정도로 충정忠情을 스스로 이기지 못해 하는 신료나, 초야의 선비가 범할 법한 불경不敬한 호칭이다. 과연 남명이 명종에 대해서 그런 충정을 가진 선비였는가? 앞에서 남명은 왕도를 행할 군주를 만날 수 없어 일체 징소에 응하지 않았다 했는데, 목전目前의 명종도 말할 것도 없이 왕도정치를 기대하지 못할 구체적 군주의 한 사람이었다. 더구나 명종은 비록 12살의 군주로 문정왕후의 수렴청정을 받는 처지이긴 했으나 을사乙巳와 정미丁未 두 사화의 장본인이었다. 한 마디로 남명에게는 최고통치자로서의 믿음이 없었다. 군주를 향한 도저한 충정과 믿음이 없이 토해내는 '깊숙한 궁중의 한 과부', '그저 선왕의 한낱 아들'이라는 호칭은 최고통치지위를 서슴없이 무시하는 불경不敬만이 고스란히 남는다. 그리고, 남명이 이 상소를 할 때에는 문정왕후가 수렴청정을 거둔 지가 2년이 지난 시점이고, 명종도 그 시대 나이 감각으로는 도저히 '어리다'라고 할 수 없는 22세였다. 물론 문정왕후는 수렴청정을 거두고도 명종의 정사에 간섭한 것으로 알려져 있다. 그러나 이런 것은 왕가王家에서 가급적 숨기고자 하는 일이다. 그런데 초야의 일개 선비로서 왕가의 치부恥部의 노출에 구애없이 문정왕후를 거론하고 있다. 마치 문정왕후가 여전히 수렴청정을 하는 것처럼 말이다. 일종의 불경이라고 할 수 있다. 애초에 정사를 잘 하리란 일말의 기대를 가진 적이 없는 군주에게 목숨까지 내놓을 충성과 진정을 가지지 않으면 할 수 없는 불경한 호칭을, 그것도 왕가의 치부까지 아랑곳하지 않는 불경을 거듭 범하면서 하는 말, 그것은 당시 한창 고결한 은일隱逸로서 명망이 조야에 가득 찬 남명의, 오연傲然한 자긍심을 넘어선 유희의식의 발동 외에 달리 설명할 길을 찾기 어려울 것 같다.

남명 문집에서 글의 전면에 걸쳐 그 구도나 표현의 수법 등, 전반적으로 전형적인 《장자》의 우화에 가장 흡사한 것이 아마도 〈누항기陋巷記〉가 아닐까 한다. 누추한 마을(陋巷)에서 '한 도시락 밥과 한 표주박 마실 것으로도

도道를 즐기며 살다가' 요절한 안회顔回의 성덕盛德을 공자의 명으로 동문인 증삼曾參이 기록하는 형식을 취한 이 글은, 노魯나라로 돌아온 공자가 "우리의 도道는 동방으로 가겠구나. 나는 어디로 갈까?"라며 죽은 안회가 살던 마을로 가서 도를 행하지 못하고 죽은 안회를 못내 애석해하는 것으로 시작한다. 못내 애석해하며, "누추한 마을이여/황량한 구석이로구나//기성箕星과 두성斗星이 떨어졌건만/하늘은 거두지를 않네(穢之墟兮, 荒之陬. 箕斗隕兮, 天不收)"하며 노래한다. 그러나 증삼은 "원귀元龜가 죽더라도 종묘宗廟에 모셔두는 것은 신령함이 있기 때문"이라는 사례를 들고는, 안회는 죽어도 도는 남아있지 않느냐고 하자, 공자는 안회의 성덕을 기록할 것을 증삼에게 명한다.

안씨顔氏의 도道는 사물의 시초에까지 극했고, 조화造化의 시작에까지 아득히 닿아 있다. 천지天地 같은 크기로도 그의 도를 측량할 수 없으며, 일월日月 같은 광명도 그의 도보다는 밝을 수 없다. 또한 하늘로써 즐기고, 하늘로써 근심하였다. 그러나 외지고 누추한 마을에서 한미하게 지냈으니, 쑥대와 억새가 그 집에 자라고, 방에는 거미가 있으며 사마귀가 그 속에서 자리잡고 있었다. 칠순七旬에 아홉 끼니를 먹으면서 개구리·맹꽁이와 더불어 무리가 되고, 나무꾼 아이와 짐승 먹이는 지아비와 더불어 지냈다. 몸은 비록 마소 발자국만한 공간을 떠나지 못했지만 이름은 우주 밖에까지 가득 차고, 덕德은 우직禹稷보다 못하지 않았지만, 덕화德化는 제로齊魯 사이를 벗어나지 못했다. 이는 하늘이 그 덕德에 상응하는 봉토封土를 주지 않았고, 상응하는 지위를 주지 않아서 그러한가. 결코 그렇지 않다. 천자天子는 천하로써 자신의 영토를 삼지만 안자는 만고萬古로써 영토를 삼는다. 누추한 마을(陋巷)이 결코 그의 영토일 수는 없다. 천자는 만승萬乘으로써 자신의 지위를 삼지만 안자는 도덕道德으로써 지위를 삼는다. 팔을 굽혀 베는 것(曲肱)이 결코 그의 지위일 수는 없다. 그러하니, 그의 영토는 얼마나 넓은가! 그의 지위는 얼마나 큰가!

이어서, 증삼은 순舜·부열傅說이 했던 사업을 할 수 있었던 안회를 당시 군주가 거두어 쓰지 않아, 누추한 마을에서 짧은 일생을 마감케 한 것은 하늘도 어쩌지 못할 시대의 행불행幸不幸 탓이라 하고, 공자의 입장에서 안회를 위해, "마을의 아름답지 못함이여/ 어찌 그는 이다지도 밑바닥에 살았는가// 마을에 그 사람은 없구나/ 내 말을 동쪽으로 돌리고 싶어라(巷之不美, 何渠之下. 巷無人兮, 其東我馬)"라는 금조琴操 한 곡을 지어 부르는 것으로 글은 끝난다.

전편이 긍정 방향 쪽으로 발동한 유희의식이 빚어낸 작품이다. 추측컨대 남명이 37세에 과거를 포기하고 처사處士로 살기로 작정한 이후 어느 때, 어쩌면 40대 어느 시점의 작품일 것도 같다. 남명은 26세 때《성리대전性理大全》을 읽다가 원元나라의 허형許衡의, "이윤伊尹이 뜻한 바를 뜻할 것이요, 안연顔淵이 배운 바를 배워서, 나가면 사업함이 있을 것이요, 들어앉으면 지조 지킴이 있을 것이다. 대장부는 마땅히 이러해야 한다(志伊尹之所志, 學顔子之所學, 出則有爲, 處則有守, 丈夫當如此)"25)는 말에 이르러 충격을 받았다는 것이다. 일생을 처사로 살기로 작정을 하자 자신의 이상적인 전범典範을 세울 필요가 있었고, 그래서 20대의 충격을 되살려 바로 안회를 선택한 것 같다. 이 선택은 단순한 선택이 아니다. 자신을 안회의 처지에 비의比擬한 것이다. 안회는 역사상 가장 이른 시기의 처사로서, 그 명성이 만고萬古에 이르고 있어 자긍심이 강한 남명에게 가장 적합했다.

위의 인용문은 자신이 비의된 안회의 처지를 묘사한 것이다. 장자적 과장 어법으로, 안회의 본연의 존재양태와 현실의 존재양태를 극과 극으로 격차를 벌려 묘사하는 데서 남명의 유희의식은 이미 약여躍如히 파악되거니와, 그 묘사의 귀착점이 모두 남명 자신이란 점에서 더욱 뚜렷해진다. 그래서, 안회의 본연적 존재양태에 대한 기존의 인식, 즉 '단표누항簞瓢陋巷'과 '곡굉이침지曲肱而枕之'는 부정되고, '천자가 천하로써 영토를 삼음에 대하여 안회는 만고로써 영토를 삼고, 천자가 만승으로써 지위를 삼음에 대하여 안회는

---

25)《性理大全》권50, 學8,〈力行〉.

도덕으로써 지위를 삼는다'고, '만고'와 '도덕', 즉 '만고 도덕의 주인'으로 서 안회의 본연적 존재양태를 새로이 규정하는 것으로 유희의식은 절정에 도달된다. 안회는 물론 남명 자신이다.

4. 남명의 정체성正體性

남명의 유희의식은 비유하자면 화산과 지표층 아래의 마그마 같다. 화산 의 분화구는 좁을 수도 넓을 수도 있고, 그 분화구를 중심으로 지표층 아래 의 사방으로 마그마가 널리 퍼져 있다고도 볼 수 있으나, 이것은 독자의 감 식안에 달려 있다. 퇴계의 경우, 남명의 유희의식 또는 유희적 사고가 지표 층 아래에 널리 퍼져 있다고 보는 견해다.

퇴계의 남명에 대한 다음의 논평도 유희의식에 관련된 것이라고 보아야 한다.

> 남명이 비록 이학理學으로 자부하나 바로 한 기이한 선비일 뿐이니, 이학으로 지목해서는 안 된다. 그 의논·식견은 매양 신기한 것을 높이 쳐서 세상을 깜짝 놀라게 할 논의만을 힘쓰니, 이 어찌 참말로 도리를 아는 자이겠는가.26)

이와 같이 퇴계는 남명의 도학자로서의 자질과 역량, 따라서 그 엄숙주의 를 부정한다. 엄숙주의를 견지하는 퇴계의 입장에서 남명 사유의 거의 전반 을 유희의식으로 보았기 때문에 위와 같은 논평이 나온 것이다. 즉, 남명의 엄숙주의는 참다운 엄숙주의가 아니라는 것이다. 엄숙주의의 지표층 아래에 는 늘 유희의식이 꿈틀거린다는 것이다. 장자의 유희의식은 보다 많은 몫이

---

26) 정유일, 주1)과 같음.

지상으로 분출한 데 대하여 남명의 그것은 보다 많은 몫을 안으로 가두고 있다는 것으로 해석되는 논평이다.

남명 제자 김우옹金宇顒도 남명에 대해서는, 퇴계와는 다른 관점을 배경으로 하고 있으나, 아래의 논평에 국한해서 본다면 퇴계의 논평에 매우 접근되어 있다.

> 비유를 잘하셔서 사물끼리 유추로 잘 연결시키며, 글이 밝고 시원하
> 다. 또한 재기가 지나치게 드러날 곳에는 해학·조롱·풍자의 언어로 뒤
> 섞었다.27)

마치 문학자의 글에 대한 논평을 보는 것 같다. 도학적 엄숙주의가 배제된 점에서도, 그리고 특히 '해학·조롱·풍자의 언어로 뒤섞었다'는 데서도 김우옹 논평은 퇴계의 논리와 상통한다. 사실 남명은 본래 도학적 체질이기보다는 문학적 체질이다. 그가 평소에 좋아한 글은 유종원柳宗元의 글과 《좌전左傳》의 글이었다고 한다. 유종원은 반체제적反體制的인, 말하자면 좌파적 문학인으로 솜씨가 예리하여 특히 풍자는 신랄했다. 남명의 이러한, 도학자적인 글이 아니라, 문학자적인 글의 뿌리가 장자적인 유희의식에서 왔다고 보는 것이 퇴계의 견해다.

아닌 게 아니라 남명 자신도 의미심장한 말을 했다.

> 만년에 스스로 말씀하기를 "나는 고문古文을 배워서 이룩하지 못했지
> 만, 퇴계의 글은 본래 금문今文이지만 성숙했다. 비유하자면, 나는 비단
> 을 짰으되 미처 한 필匹을 이루지 못해 세상에 쓰이기 어려웠다. 그렇지만
> 퇴계는 명주를 짜서 한 필을 이루었기에 쓰일 수가 있었다.28)

---

27) 金宇顒, 〈(남명)行錄〉《남명집》권4).
28) 주27)과 같은 곳.

두 사람의 일생을 회억懷憶하는 말이라, 단순히 금문今文·고문古文의 문제로만 보기 어려울 것 같다. '비단'과 '명주'의 비유로 세상에서 쓰이고 못 쓰이고를 말한 것에는 모종의 깊은 함축이 있을 것 같다.

퇴계는 남명의 구체적인 저작에 대한, 글로써의 논평인 〈서조남명유두유록후書曹南冥遊頭流錄後〉에서도 이렇게 논평했다.

> 어떤 사람은 그가 기이奇異한 것을 숭상하고 좋아하는 것 때문에 중도中道를 바라기 어렵다고 의심한다. (중략) 글의 억양抑揚·기미氣味의 소종래에 약간 알지 못할 곳이 있으니, 이것은 후세 사람 가운데 반드시 능히 변석辨析해낼 사람이 있을 것이다.[29]

남명의 장자에의 연루설은 주로 제자들에게 말로서 했을 뿐, 글로 쓴 것은 이 글이 거의 유일한 것 같다. 글로써 명백하게 밝히고 싶지 않아서 '글의 억양·기미의 소종래에 대해 약간 알지 못할 곳이 있다'고 은미하게 표현했으나, 퇴계는 남명의 이 글을 거의 이단의 수준으로 인식한 것 같다. 그것은 '후세 사람 가운데 반드시 능히 변석해낼 사람이 있을 것'이라는 준엄한 내용의 말이 증명한다. 남명의 두류산 유산에는 보름이나 걸쳐진 날짜에 다수의 기생·풍악을 위시하여 무려 40~50여 명의 사람—남명의 친구·인척·관료·하인배에 이르기까지 참여한, 선비다운 유산으로 보기 어려운 점이 있었으나, 퇴계는 어디까지나 '글의 억양·기미의 소종래'에 대해서만 문제 삼았다. 남명 글의 억양·기미의 음미를 통해 남명의 장자에의 연루를 다시 한 번 확인했다는 뜻이다. '장자와 한 꿰미'에 꿰인 구슬의 빛깔·모양이 매개어媒介語에 해당한다면, 여기 '남명 글의 억양·기미'는 바로 그 취의趣意에 해당된다. '장자와 한 꿰미'라는 말과 전적으로 같은 취지의 말이다.

무엇보다도 남명 자신이 자기는 유학자(도학자)가 아니라고 했다.

---

[29] 이황, 〈書曹南冥遊頭流錄後〉《퇴계집》권43).

임종臨終에 그 제자들에게 이르기를 "후세 사람들이 나를 처사處士
라고 하면 가可하나, 만약 나를 유자(도학자)로 지목한다면 그 실상이
아니다"고 했습니다.30)

'처사'의 기원은 상당히 오래다.《사기史記》〈은본기殷本紀〉에 '이윤처사伊
尹處士'라고 등장한다. 그리고《주역》〈고괘蠱卦·상구上九〉의 효사爻辭 "왕후王
侯를 섬기지 않고 그 일을 속되지 않게 한다"는 것도 처사에 당하는 말이다.
그러므로 '처사'는 유자 이전의 재야 지식인이다. 재야 지식인이기 때문에
반드시는 친체제적親體制的이지는 않다.《맹자》에서도 '처사횡의處士橫議'가
양주楊朱·묵적墨翟의 '사설邪說'과 동격으로 간주되고 있다. 그러나 후세의 처
사라고 해서 다 '횡의橫議'만 하는 것은 아니다. 남명이 좋아하는 안회顏回·엄
광嚴光도 모두 처사였다. 처사는 반드시는 친체제적이지 않기 때문에 사상의
선택·수용·발휘도 상대적으로 자유롭다. 동아시아에서 역사적으로 체제 이
데올로기는 유학이었다. 그러나 처사들에겐 다른 사상과 함께 단지 선택의
한 대상일 뿐이었다. 전통적으로 처사들은 노장老莊에 많이 기울어져 있어,
노장사상은 처사의 이데올로기(?)라고 할 만하다.《장자》란 책은 처사집단
의 하나의 '횡의'였을 것이다. 처사의 세계가 이런 한에 있어서 유자와는
견별된다. 남명은 당연히 두 세계의 이러한 견별을 잘 알고서 '나는 유자이
기보다 처사다'라고 말했던 것이다. 남명이 임종에 실토한, 자신은 '유자가
아닌 처사'라는 말은 갑자기 즉흥적으로 한 말은 물론 아니다. 위와 같은
처사의 세계를 평소에 이미 자의식하며 살아온 나머지 임종 때 실토하게
된 것이다. 노소재盧蘇齋가 선조에게 아뢰는 말에 "조식은 성현聖賢의 책도
또한 탐탁찮게 여겼습니다"31)라 한 것도 남명의 평소 처사적 생리와 무관

---

30) 李珥,〈經筵日記2〉(《栗谷全書》 권29).
31)《穌齋集》,〈年譜〉.

하지 않을 것이다.

　퇴계의 '장자 연루설'을 중심으로 남명의 문학적 체질, 처사적 자의식 등이 논의되었지만, 나는 남명의 도학을 결코 의심하지 않는다. 다만 퇴계의 도학과 다른 도학의 길을 갔을 뿐이다. 앞에서 본 남명의 도학적 수련과 대곡大谷이 쓴 남명의 도학적 인격의 묘사가 설령 반분의 신빙성을 갖더라도, 그것이 남명의 도학에 관한 것일 뿐 아니라, 임종에 한 제자가 청익請益을 했더니, "경敬·의義 두 글자가 일월日月과 같으니 하나도 폐할 수 없다"[32]고, 일생을 힘써 왔다는 경의敬義를 임종 때 다시 말한다는 것은 참으로 진실한 신념이 없이는, 유희의식의 바탕만으로는 가능치 않는 일이다. 그의 명망에 크나큰 타격을 입힌 하종악 처 징벌 개입 사건도 조선 사대부들이 일반적으로 생각하는 경의의 수준을 훨씬 넘어서는 강함이 남명에게 있었기 때문에 일어난 것이다. 남명의 문인들이 추중推重하듯이 '도학군자형道學君子型'은 아니더라도,[33] 최소한 '경의敬義의 도학자'인 것은 확실하다고 생각한다. 퇴계가 '장주와 한 꿰미'라고 남명의 경의조차 인정하지 않는 듯한 진단을 내린 것은 이단에 대한 위기의식을, 그리고 벽이단에 대한 사명감을 강하게 가지고 있었던 퇴계가 자신도 미처 깨닫지 못한 과장이 있었지 않았나 생각된다. 아무튼 남명은 문학적 체질에 도학과 장자를 수용한, 그리고 처사의 본연의 양태를 실현한, 조선 사회에서는 그 유례를 찾기 힘든 지식인이다.

　그런데 크게 유감스러운 한 가지는 남명이 장자를 수용했다고는 하나, 퇴계의 주자절대주의화의 진행과정에 명실상부한 안티체제로서의 기능을 못했다는 것이다. 장자를 수용하면서 실체적 사상내용의 중요한 것을 제쳐놓고, 그 내용들이 표명되는 스타일, 또는 모드로서의 유희의식의 감각을 주로 수용했기 때문이다. 그러니까 장자를 사상적으로 수용하기보다 문학적으로 수용하는 데 관심이 집주集注되었다는 것이다. 장자의 내용과 유학, 또는 도

---

32) 이이, 주30)과 같은 곳.
33) 이이, 주30)과 같은 곳.

학의 사상내용을 결합, 또는 융합을 시킴으로써 명실상부한 안티체제가 나왔어야 했다. 역사에 가정이란 부질없는 일이지만 남명이 16세기 사상사의 안티테제로 기능했더라면 주자절대주의의 흐름이 그대로 송우암宋尤庵의 주자학 교조주의로의 억압체제로 되는 것을 막는 데 일조할 수도 있었을 것이다.

5. 마무리

퇴계와 남명은 여러 가지 면에서 대조적이다. 먼저 성호星湖 이익李瀷은 두 사람의 총체를 '인仁'과 '의義'로 대조했다.

> 중세에 퇴계·남명 두 부자夫子가 그 사이에서 태어나 뭇 생령을 교화하였다. 퇴계는 문교를 돈독히 하고, 남명은 명예와 법도를 숭상하여, 뭇 생령을 인仁으로 편안히 하고, 의義로 진작시키어, 사람들이 지금까지 준행하여 잃지 않고 있다.[34]

인仁은 사람들의 어울림에서 성립되고, 의義는 객체에 대한 주체의 정립에 바탕한다. 어느 한 가지도 폐하지 못할 상호의존적인 관계다. 앞의 안티테제 문제와는 별개로, 퇴계·남명 두 사상가 가운데 어느 한 사람도 없지 못할 것이란 말이다.

퇴계·남명 사이 상호의존적 대조항對照項들은 인仁·의義 밖에도 많다. 이를테면 퇴계의 '리理'에 대하여, 남명의 '기氣'가 있다. 그런데 남명의 기는 이기론의 기와는 성질을 달리하고 있다. 노장적인 소박성을 띠고 있다. 퇴계의 리理가 '정정결결淨淨潔潔'한 세계임에 대하여, 남명의 기氣는 역동力動하는 도道 자체다. 이기론의 기氣보다 이理에의 대조성이 훨씬 강하다. 퇴계가

---

34) 李瀷, 〈耕魯齋序〉(《星湖集》 권52).

주로 '성性'을 탐구한 데 대하여, 남명은 주로 '심心'을 다스렸다. 퇴계가 '본체지향'임에 대하여, 남명은 '현상지향'이었다. 퇴계가 '정태적靜態的'임에 대하여, 남명은 '동태적動態的'이었다. 그리고 퇴계의 〈성학십도聖學十圖〉가 '산문적이고 아폴로적임'에 대하여, 남명의 〈신명사도神明舍圖〉는 '시적詩的이고 디오니소스적'이다. 이렇게 대조성을 가진 두 사상가가 또 있을까 싶을 정도다. 퇴계·남명의 풍부한 대조성은 우리 후생들의 지적知的 상상력의 자산이다.

(韓國國學振興院 심포지엄 기조논문, 2016)

16세기 조선 사상계의 동향과 노수신盧守愼

1. 머리말

17세기의 사상가이자 문학가인 장유張維는 그의 《계곡만필谿谷漫筆》에서 이렇게 말했다.

> 중국에는 학술이 다기하여 정학正學이 있고, 선학禪學이 있고, 단학丹學이 있다. 정주程朱를 배우는 사람도 있고, 육씨陸氏를 배우는 사람도 있어서 학문에의 길이 하나가 아니다. 그런데 우리나라의 경우는 유식 무식을 따질 것 없이 책을 끼고 독서하는 자는 모두 정주를 칭송한다. 정주 이외에 다른 학문이 있다는 말을 들어보지 못했다. 어찌 우리나라 사자士子들의 기습氣習이 중국의 사자들보다 훌륭해서 그러한가? 아니다.
> 중국에는 학자가 있지만 우리나라엔 학자가 없다. 대개 중국 인재의 지취志趣가 자못 녹녹치 않아서, 때로 뜻있는 사자는 실심實心으로 향학向學한다. 때문에 그들이 좋아하는 바에 따라서 학문하는 것이 같지 않게 되지만, 왕왕이 각기 실제로 얻는 수확이 있다.
> 우리나라는 그렇지 않다. 잔다랗니 속박되어 도무지 큰 뜻과 기개가

없다. 그저 정주의 학문이 세상에서 존귀하게 대접받는다는 것만 듣고 입으로 정주를 일컫고, 겉 시늉으로 정주를 높이기만 할 따름이다. 그러니 단지 소위 잡학雜學이란 것이 없을 뿐만 아니라, 정학正學엔들 어찌 얻는 것이 있겠는가. 비유하자면, 흙을 갈아 씨앗을 뿌려 이삭이 패고 열매가 맺고 난 뒤에 오곡과 피를 가릴 수 있지, 싯뻘건 맨땅 위에서 어느 것이 오곡이고 어느 것이 피인지 가릴 것이 있겠느냐.

조선시대 정주학程朱學 내지 주자학朱子學 일색의 사상계 정황을 간파한 기록이다. 이러한 주자학 일색의 사상계를 배경으로 하여 장유의 20년 후배인 송시열宋時烈의 주자학 교조주의가 성립되어 사문난적斯文亂賊의 죄율罪律로 사상계를 억압하였음은 주지하는 바다. 이 주자학 교조주의의 성립에는 물론 당시의 정치적 요인도 있었겠지만, 사상계의 흐름만 가지고 따진다면 조광조趙光祖의 도학 일원화로의 추동과, 이황李滉의 주자학 유일화로의 추동이라는 16세기 사상사의 큰 움직임이 강력한 유산으로 작용했다고 보는 것이 나의 견해다.[1]

이런 가설을 전제로 16세기 사상사의 흐름과, 그 흐름 안에서의 노수신의 사상의 움직임을 고찰하려는 것이 본고의 목표다. 조광조에서 이황에게로 이어지는 주류사상의 양차에 걸친 일원화 추동, 특히 이황에 의한 주자학의 유일화 추동의 과정과 여기에 저항한 노수신의 일정한 다원화로의 표방에 특히 주력하고자 한다. 노수신의 다원화 표방은 조선 사상사에서 주류사상에 대한 일정한 안티테제로서의 의의를 가질 것이다.

한 논문에서 여러 사상가의 동태를 사상사적 시각에서 기술하는 만큼, 개개 사상가의 철학사상 자체에 대한 깊은 논의는 자연히 배제될 수밖에 없다.

---

[1] 宋時烈의 朱子學 敎條主義와 趙光祖의 道學 一元化, 李滉의 주자학 唯一化 사이의 연관은 이 논문에서는 적극적으로 논증하지 못했다. 직접적인 자료가 부족한 터라, 많은 자료를 탐사해서 논증하는 별도의 후속 논문이 필요하다. 여기서는 어디까지나 노수신의 사상사적 위치와 성격을 드러내기 위한 배경으로서 가설로 남겨둔다.

양해 바란다.

2. 16세기 조선사상의 동향

1) 《일록초日錄鈔》의 세계

노수신盧守愼(1515-1590)·허엽許曄(1517-1580)과 같은 시기에 성균관에 거재居齋하면서 도의道義交를 맺었던 홍인우洪仁祐(1515-1554)는《일록초》라는 기록을 남겼다. 홍인우는 끝내 문과에는 오르지 못하고 친상親喪에의 과도한 집상執喪으로 40세에 죽었지만 서경덕의 득의제자得意弟子로서, 그리고 퇴계 이황과는 학문적인 대화가 썩 잘 통하는 후배로서 자긍심을 지니고 도학에 매진하면서《일록초》라는 단권짜리 책을 남겼다.《일록초》는 그의 24세에서 39세까지 16년간의 일기 초록으로, 주로 사우간師友間에 학문적으로 유의미한 사실·사건·교제를 중심으로 기록한, 그래서 16년간 총 91일에 지나지 않는 일록으로 이루어진 책자이다. 16세기 조선학계의 내밀한 동정을 기록한, 귀중한 자료다. 거기에 화담 문하의 후배 동문인 박순朴純에게 그가 우리나라 유학사의 개략을 인물중심으로 정리해준 다음과 같은 기록이 나온다.

임자년(1552) 8월 14일. 박화숙朴和叔(박순)이 찾아와서 만났다. (중략) 내가 화숙에게 말했다. "기자箕子 이후에 문헌이 전하는 것이 없다. 고려 시대에 이르러 최충崔沖과 안향安珦이 있었지만, 단지 문장을 하는 사람들일 뿐이다. 목은牧隱이 이들보다는 조금 나았지만 또한 보통 사람이다. 포은圃隱이 조금 앎이 있었지만, 그러나 역시 원두源頭를 보지 못한 사람이다. 양촌陽村 같은 사람은 아는 것이 없다고 할 수 없지만 역시 지엽으로 흐르고 근본에는 어두운 사람이다. 게다가 그는 고려의 신하로서 절개가 이미 훼손되어 큰 틀이 이미 바르지 않은 데서야. 본조本朝에 들어 와서 점필재佔畢齋도 또한 문사文詞로 통해서 깨달은 것이 있기는 했지만, 그러나 성현聖賢의 출처를 알지 못했다. 정여창鄭汝昌·김굉필金宏弼 이 두 선생이 공맹孔孟의 학문에 종사했다는 진정성에 대해서는 나는 확신한다. 그러나 저술이 없기 때문에 그 천심淺深을 논의할 수가 없다. 왕년(기묘사화 때)의 조대사헌趙大司憲(조광조)은 우리 동방의 호걸이다. 그 용력用力의 독실함이 정鄭·김金 양 선생을 내려오지 않았다. 천수天壽대로 살지 못하고 끝내 끔찍한 화禍를 밟고 말아서 그 학문과 덕성이 대성하기에 미치지 못했다. 어찌 통탄을 금할 수 있으랴." 화숙이 내 말을 수긍했다.[2]

홍인우의 이 기록에서 우리는 다음과 같은 사실들을 간취할 수 가 있다. 무엇보다 먼저 당시, 그러니까 기묘사화 이후 26년이 지나도록 금기시되었던[3] 도학에 대한 젊은 20-30대 유생들(홍인우와 같이 거재居齋했던 유생으로서 문과에 합격하여 초임관료로 나간 사람까지 포함해서)의 열정적인 추향趨向과, 그리고 그들의 도저한 이상과 긍지다. 사실 이색이나 권근 같은 사람의 도학은 그렇게 간단히 보아 넘길 것은 아니다. 이색은 원元나라 제과制科에 합격하는 등 전후 6년에 걸친 원나라에의 주류駐留로 도학의 본체론·심성론·공부론에 이르기까지 광범하게 소화하고 있었으나, 그 내용과 의미를 문학작품에 분산적으로 구사하느라, 뚜렷하게 의미 있는 도학저작을 남겨 놓지 못했을 뿐이고, 권근은 그의 〈천인심성합일지도天人心性合一之圖〉 등 중요한

---

2) 洪仁祐, 〈日錄鈔〉(《恥齋遺稿》 권2).
3) 기묘사화 이후 도학이 금기시되었다는 것은 이미 알려진 일이나,《중종실록》28년 11월 16일의 기사에 의하면,《小學》·《近思錄》을 끼고 다니는 사람이 있으면 '기묘의 무리로' 지목하여 비웃는다는 李浚慶의 보고,《소학》·《근사록》을 찢어서 벽을 바른다는 具壽聃의 보고가 있다. 한편《일록초》에는 사화가 일어난 지 28년이나 지난 시점임에도, 그리고 친구간임에도 도학하는 사실을 은근히 감추려는 기풍이 남아 있었다.

도설圖說만 보더라도 근본에 어두웠다고 할 수는 없다. 이들을 예사롭게 보아 넘기는 데에서 당시 도학에 대한 젊은 유생들의 드높은 이상, 즉 안으로는 '성인이 됨'을, 밖으로는 '군주와 백성을 요순시대의 군주와 백성을 만들기'를 지향하는, 말하자면 조광조의 지치주의至治主義와 같은 이상과 긍지를 읽을 수 있다. 얼마쯤 '광자기상狂者氣象'까지 느끼게 한다.

다음으로, 도학의 역사를, 마음을 함양涵養·성찰省察해서 수신修身·제가齊家·치국治國에의 일에 대처하는 실천도학 중심으로 파악하고 있다는 점이다. 이색의 문학적인 도학 저작은 말할 것도 없고, 권근의 도학 저작도 인정하지 않을 뿐 아니라, 정도전의 도학적 저작은 아예 거론조차 않는 것은 정치적인 요인도 있었겠으나, 근본적으로 도학사를 보는 관점이 순수한 도학적 실천에 입각해 있기 때문이다. 그러나 16세기 중기 젊은 유생들의 이런 관점은 그 이전에 조광조가 제기한 도통론의 관점이 그러했기 때문일 것이다. 조광조가 제기한 도통론은 정몽주에서 김굉필에 이르는, 순수한 도학적 실천, 다시 말하면 주로《사서집주四書集註》와《소학小學》·《근사록近思錄》을 소의교전所依敎典으로 하는 도학의 도덕적 수련과 실천의 정도正道를 근거로 삼은 것이라고 할 수 있다. 도학의 이론적 저작을 남긴 이색·정도전·권근은 엄밀히 말해서 모두 고려조에 속한 학자들이고, 이들은 조선왕조로의 역성혁명易姓革命으로 정치적 권위의 유산이 상실됨에 따라, 그 학문적 권위와 가치도 많이 훼손되어 그들의 이론을 계승·발전시킬 후속세대를 얻지 못하게 된 도학사의 객관적 조건이 그런 도통론을 나오게 만들었다고도 할 수 있지만, 근본적으로 도통론을 제기한 조광조의 근본주의 도학의 관점, 바꾸어 말해서 편협한 도학사에의 접근 관점에 귀결된다.

다음으로, 도학을 수용한 지 2세기 남짓한 시점의 끝자락에 위치한 조광조의 도학적 권위가 앞 시대 도학의 역사를 압도하는 것으로 인식하고 있다는 사실이다. 조광조의 이러한 권위는 그의 도저한 도학적 수련과 실천력, 그리고 도학에 대한 근본주의의 추구에서 왔다. 도학 이외의 어떠한 사상·종교도 허용 않는, 도학만으로 세상이 운용되는 체제를 위해 기어코 중종으로부터 소격서昭格署 혁파의 재가를 받아 내고야 마는 실천력─그것은 차라리 중종에 대한 투쟁이었다─은 주지하는 바이거니와, 《중종실록》에 의하면 중종 13년 8월갑신일에 있었던 북쪽의 야인野人 속고내速古乃 엄습 작전 파기 같은 사건은 그의 도학 근본주의와 권위의 극치를 보여준다. 그 경위는 대략 이러하다.

회령부會寧府의 속고내가 북쪽 깊은 곳의 야인과 몰래 통모通謀하고 갑산부甲山府 경계에 들어와 사람이며 가축을 약탈해 가자, 사냥하러 오는 속고내를 몰래 엄습하여 사로잡을 계책을 세우고 있었다. 대신 이하 관련자들이 모여 의결을 하고 실행을 위해 준비를 진행하는 단계에서, 직접 이 전략과 관계가 없는 홍문관 부제학인 조광조가 참견하여 이의를 제기했다. "몰래 엄습하여 사로잡는다는 것은 참으로 불가합니다. 비록 일개 변장邊將이 혹 편의종사便宜從事하여 사로잡더라도 또한 불가하거늘, 지금 조정으로부터 대신을 파견하여 오랑캐를 수풀 속에서 맞는다면 협잡을 하여 도적의 꾀를 행하는 꼴이니, 나라의 체신이 뭐가 됩니까!" 요컨대 적을 숲 속에서 엄습해 생포하는 것이 표리부동表裏不同하고 광명정대光明正大하지 못하다는, 지극히 도학적 교의 때문이다. 도학 근본주의자의 본색이다. 계획은 파기되고 정암의 권위는 한층 더 높아졌다. 이런 권위는 비단 관료·지식인 사회에서만이 아니라 서민사회에서도 마찬가지였음도 잘 알려져 있다.[4] 나는 우리나라의 주자학이 끝내는 교조주의敎條主義로 구축되는 제1보가 본인이 의도했던 안 했든 상관없이 조광조라고 생각한다.

고려 도학의 이론적 유산은 조선왕조에 들어오면서 그 후속 발전이 끊어지고, 대략 1세기 남짓 위에 든 《소학》 등의 교전敎典에 의존한 실천도학만으

---

4) "대사헌이 된 지 3일에 남녀가 길을 달리했다"는 서울 古老들의 口傳이나, '走肖爲王' 讖言의 조작도 모두 그의 권위가 서민대중의 위의 군림에서 나온 것임은 말할 것도 없다.

로 도학사의 전개를 보다가, 1519년 기묘사화로 조광조 등 실천도학 그룹이
파멸을 당했는데, 이 조광조 시대에는 주로 정주계열程朱系列의 공부노선을
취해 왔으나, 아직 도학의 판을 정주 중심만으로 짜지는 않았다. 말하자면
도학적 기본 수련은 정주계열의 교전에 주로 의존하되, 여타 범도학汎道學,
이를테면 주돈이周敦頤에서 육구연陸九淵에 이르는 범성리학 사상에서 각자
의 주견대로 사상적 입장을 가질 수 있는 분위기였다. 1460년대에 태어난
손숙돈孫叔暾이란 유생이 1542년 경, 곧 15세기 말경에《상산집象山集》을 접
하고 주돈이의〈태극도설太極圖說〉의 '무극이태극無極而太極'에 대해 육구연
의 견해를 따라 무극을 부정하고 태극만을 우주만유의 실체로 인정하는 입
장을[5] 취했고, 손숙돈의 논쟁 상대였던 조한보曹漢輔란 유생은 '무극이태
극'에 대해 불교적 해석을 내놓았다. 그리고 16세기 초에 서경덕은 장재張載·
소옹邵雍의 이론을 접하고서 유기唯氣의 학설을 세웠고, 거의 같은 시기인
1518년경 이언적李彦迪은 조한보와의 논쟁으로 드디어 주리적主理的 이기이
원론의 정주학적程朱學的 입장을 내놓기에 이르렀다. 그러고 보면 실천도학
위주로 1세기 가까이 지나는 사이 이론에 대한 욕구가 점차 일어나고 팽배
되어 가던 무렵에 기묘사화가 나고 말았다. 기묘사화가 일어난 바로 이듬해
1520년에는 김세필金世弼이 사신으로 북경에서 돌아오면서 초간된 지 2년만
의 왕양명王陽明 제자들의《전습록傳習錄》을 갖고 돌아와 거기에 매료되기도
했다.[6]

이렇게 오랜 실천도학 위주의 단조로움 끝에 후일 퇴계로부터 선학禪學으

---

5) 1517년에 경주의 두 유생(進士) 忘齋 孫叔敦과 忘機堂 曹漢輔 사이에 '無極太極' 문제
    를 두고 논쟁이 붙었다. 아마도 우리나라 최초의 철학논쟁이 아닐까 생각되나 유감스럽
    게도 두 사람의 논쟁 자료는 남아 있지 않고, 당시 경주 州學敎官으로 가 있던 晦齋
    李彦迪이 두 사람의 논쟁을 보고 쓴〈書忘齋忘機堂無極太極說後〉가 있어 저간의 사정
    을 알 수 있다. 이 논문을 계기로 27세의 청년 이언적과 53년의 노장 조한보 사이에
    논쟁이 벌어졌다. 이황과 기대승 사이의 '四端七情' 논쟁이 발단되기 42년 전의 일이
    다.
6) 辛香林,〈16C전반 陽明學의 전래와 수용에 관한 고찰〉《退溪學報》제118집, 퇴계학연
    구원, 2005).

로 배척받은 상산·양명의 학설을 포함한, 송·명대의 주요 학설들이 수용되어 각자 자유로이 취택取擇할 수 있었다. 가령 정주적인 입지인 조광조가 막강한 권위로 사상계의 우이牛耳를 잡고 있었지만, 어떤 학설이든 그 학설이 포함되는 한은 이단시異端視한 흔적은 없다. 이것은 한편으로 성리학 문헌의 유통의 제한으로 성리학의 제학설에 대한 조광조의 조예造詣의 깊지 못함에 연유했을 수도 있겠으나, 어쨌든 기묘사화 전후는 그러했다. 성리학이라는 한정된 범위 안에서이긴 하지만 학설·사상의 일정한 다양성이 출현出現할 국면을 기대해봄직 했다. 적어도 이황이 본격적으로 학계에 등장하기 전까지는 대개 그러했다.

사실 조광조 이후로 학계의 우이를 잡았다고 할 만한 사람을 꼽는다면 김안국金安國을 들 수 있으나, 그는 성리학을 실질적으로 깊이 연구한 바 없으며, 후배들의 진학進學을 유도·권장하며 서적을 간행하여 도학의 확산에 힘을 기울였다. 나중에 선학으로 배척받은 《상산집》을 정주程朱學의 보조서적 쯤으로 알아 조정에서 간행한 데에서 그의 성리학 이해 정도 또는 사상적 태도가 어떠했나를 엿볼 수 있다.

김안국 다음에는 학계의 뚜렷한 존재로 두 사람을 꼽는다면 서경덕과 이언적이다. 서경덕은 주지하는 바와 같이 은거강학隱居講學하고 있어서 홍인우·박순·허엽許曄·이지함李之菡 등 많은 인사들이 그 문하에서 나왔으므로, 학문적으로 자부는 대단했지만 후배·제자들에게 학문적, 사상적 통제를 가한적은 없다. 이언적은 고향이 경주로, 사뭇 사환을 하고 있었으므로 제자를 기를 개재가 못 되었고, 자신이 품은 학문적 역량을 정사政事를 통해 표현할 뿐이었다. 이런 가운데 젊은 엘리트 유생들로부터 학문적으로 존경을 받아, 바로 노수신이 성균관 유생으로 한창 학문에 열정을 바치고 있던 27세, 즉 1541년중종 36년에 51세의 이언적에게 책으로 예물을 삼아 집지執贄하고 제자가 되었다.[7] 그리고 《심경부주心經附註》에 관해 질문했다. 심학적心學的

---

7) 노수신 연보의 27세 신축년(1541) 조에 "이 해에 晦齋 李先生이 入京했다. 선생노수신

인 함양, 이학적理學的인 이론에8) 조예가 깊었음에도9) 이언적은 타인, 특히 후배의 학문 추향趨向에 관여한 바는 없다.

《일록초》가 시작되는 1538년 무렵, 그러니까 기묘사화가 일어난 지 20년 전후가 되는 중종 말년에는 대체로 위와 같은 학계의 대국 속에 사자士子들은 훈고·사장에 힘을 쏟고 도학을 꺼리는—조광조 등 기묘의 인사들이 아직 신원伸冤이 되지 않은 상태라서 더욱 그러했다—가운데 홍인우·노수신·허엽 등 엘리트 유생들은 그런 유속流俗에서 떨쳐 일어나 도학 공부에 열정을 쏟았다. 대체로 공부의 방향은 조광조의 노선이었다. 이는 "노수신은 젊은 때부터 마음을 다짐해 가며 힘들여 공부하되, 조광조의 도학을 조술祖述하려고 했다"10)는 기록이나, "홍인우가 기묘사화 후 우리나라의 도맥道脈이 없어지지나 않을까 깊이 우려하여 조광조의 행장을 찬술했다"11)는 기록이 증언하는 바다. 이들이 만나서 강론하는 책은 주로 《심경부주》였다.

　　임인년(1542) 정월 16일. 저녁에 과회寡悔(노수신)와 치원致遠(權德興)이 내방했다. 《심경부주》를 토론하다 밤 3경이 되어서 파했다.12)

　　임인년 2월 초1일. 국선國善(許忠吉)·과회와 함께 《심경부주》을 강

이 책으로 예물을 삼아 제자의 예를 들였다. 그리고 《심경부주》에 관해 질문을 했다"라고 기록하고 있다.

8)　도학과 性理學의 개념은 같이 쓰인다. 그러나 때로는 도학을 心學(眞德秀의 《心經》이후인 듯)과 理學의 두 측면으로 갈라 보기도 했다. 여기에 王守仁의 心學이 등장하여 두 가지 다른 심학이 있게 된다.

9)　尹根壽, 〈漫錄〉(《月汀集》別集 권4)에는 "穌齋 노인 노수신이 말하기를 晦齋 이언적은 '心上存養工夫'가 많다. 우리 동방에 학자로서는 회재를 보겠고, 偉人으로서는 陰崖 李耔를 보겠다"고 했고, 같은 기록에 "소재가 일찍이 회재와 퇴계 두 선생을 推尊하면서 이르기를, '회재는 存心에서 功이 많고, 퇴계는 講學에서 공이 많다. 회재는 自得한 것 같으나 퇴계는 文義에서 벗어나지 못한 것 같다'고 했다"고 했다.

10)　李植, 〈追錄〉(《澤堂集》別集 권15).

11)　沈喜壽, 〈洪仁祐墓誌銘〉(《치재유고》 부록).

12)　홍인우, 주2)와 같은 곳.

론하고 질의하느라 한밤이 되었다.[13]

　을사년(1545) 6월 21일. 태휘太輝(허엽)를 방문하여《맹자》〈호연
장浩然章〉과《심경부주》를 토론했다.[14]

　정민정程敏政의《심경부주》는 기묘사화 직후에 우리나라에 수입된 듯하
다.[15]《소학》·《근사록》이외 새로이 등장한 심학서心學書로 사자들의 환영
을 받아 중요한 탐토探討의 대상이 된 것을 이들 홍인우·노수신 그룹의 동정
에서 알 수 있다. 이들에게 그런 계기를 준 것은 이언적이다. 허엽은 중종
35년1540에 이언적이 동궁(인종)에 입시入侍해서《심경부주》를 진강했다는
말을 듣고, 비로소 이 책이 있음을 알고 즉시 구해서 밤낮으로 읽었더니 앞
으로 나아갈 길을 찾을 수 있을 것 같았다고 했다.[16]
　주지하는 바와 같이《심경부주》등 심학心學의 교전들은 내적으로나 외적
으로나 실천에 목적이 있다. 홍인우는 "정이程頤의 '천덕天德·왕도王道가 근
독謹獨에 있다'는 훈어訓語를 독실히 믿고, 검은 콩과 흰 콩을 그릇에 담아
두고 생각의 기미幾微를 징험하기도 했다.[17] 노수신은 밤에도 생각을 전일專
一하고 정밀精密하게 지속하기 위해 '자격향반自擊香盤'을 사용하기도 했
다.[18] 이 도구들은 경敬 공부의 보조수단으로 보이는데, 마치 조식曺植이 방

---

13) 주2)와 같은 곳.
14) 주2)와 같은 곳.
15)《심경부주》는 1488~1492년 사이에 편술되어서 1492년에 明나라에서 초간되었다. 기
　　묘사화 후 금기시된 도학서는《소학》·《근사록》이었고《심경부주》는 들어있지 않는 것
　　으로 보아서, 그리고 이황이 1523년 성균관에 유학 와서 처음《심경부주》를 읽었다는
　　것으로 보아서 아마 기묘사화(1519년) 이후 3~4년 사이에 수입된 것 같다.
16) 許曄, 〈祭晦齋李先生文〉《草堂集》) 참조.
17) 心性 本體에서 생각의 싹이 돋는 순간 善念과 惡念의 기미의 回數를 흰 콩과 검은 콩으
　　로 표시해 두 그릇에 갈라 담아서, 일정한 시간이 지난 뒤에 그 콩을 세어 봄으로써
　　선념과 악념의 빈도를 측정하는 것을 말하는 것 같다. 省察을 통해 本源을 涵養하는
　　하나의 방법이다.
18) 홍인우, 〈일록초〉. "신축년(1541) 4월 초1일, (중략) 이날 저녁 노 과회 수신에게로

울을 차고 다니고 칼을 옆에 두고 어루만진 것과 같다. 이들은 모여서 강토講
討하기를 좋아한 듯, 자주 모여서 강토하지 않는다고 서로 편지로 나무라기
도 하고,19) 또 너무 자주 만날 필요가 없으니 각자 독실히 수련해서 마음이
더욱 정명精明하게 되거든 혹 만나되 말로는 나타내지 말고 마음으로 나타내
서 서로 보고 느끼도록 하는 것이 좋겠다고도 했다.20) 이들 유생들이 도학,
즉 심학 공부에 진지하게 매진하고 있는 모습이 약여躍如하게 다가온다. 한
편 다음과 같은 기록을 보면 기묘사화 이후 조광조의 계승을 표방한 이들
유생들의 도학 공부의 자세에는 조선조 사상에 교조주의화를 재촉하는 징후
가 강하게 나타난다.

　　경술년(1550) 12월 21일. 반중泮中 유생들이 선교양종禪敎兩宗 설립
　　을 재가裁可한 문제를 가지고 대궐에 나아가 집단 상소했다. 이제 우리
　　도道는 끝이다. 인류는 장차 멸망하고 말 것이다.21)

　연산군 때 폐지된 선교양종을 명종 5년에 설립하는 데 대한, 다시 말하면
불교를 새삼 공인하는 데 대한 유생들의 반발의 소식을 기록한 것이다. '유
학의 도는 끝장이고, 인류는 멸망하고 말 것'이라는 격한 반발에서 조선왕조
성립 이후 지속되어 온 억불숭유 정책의 우산 아래에서 형성되어 온, 유학이
절대 가치를 지닌다는 도그마가 확인되며, 앞으로의 사상사의 진로를 예감
케 한다.

들렸다. 나를 그의 文房(서재)으로 끌고 들어가더니 조그만 閣子 하나를 가리키며 '이
것이 自擊香盤이다. 古人들은 밤에도 用力하기를 잊지 않고 생각을 專一하고 精密하게
하기를 끝까지 밀어붙인다. 나는 본래 정신이 흐릿하고 게을러서 自警工夫에 도움이
될까 해서 이것을 사용하네'라고 했다.' '자격향반'의 생김새는 미상이나 아마도 오늘
날의 自鳴鐘에 비슷한 구실을 하는 기구인 것 같다. 위의 문맥으로 보아서 중국 제품인
것 같다.
19) 주2)와 같은 곳.
20) 주2)와 같은 곳.
21) 주2)와 같은 곳.

이황이 홍인우의《일록초》에 등장하는 것은 명종 7년(1552), 이황의 나이
53세 때이다. 이때 노수신은 진도에서 귀양살이하고 허엽은 벼슬길에 있었
는데, 홍인우는 혼자 서울에 와 있는 이황을 찾아갔다.

> 임자년(1552) 6월 18일. 이응교李應敎 황황滉을 찾아뵙고 조용히 토론
> 했다. 이 사람은 을사년(1545)에 파직되고 난 뒤 풍기군수직을 구求해
> 서 하다가 오래지 않아 군수직을 버리고 집으로 돌아갔다. 올해 여름에
> 홍문관 교리로 불려 와서 사헌부 집의執義로 승진해 있다가, 겨우 수일
> 만에 병으로 벼슬할 수 없음을 고했더니 또 은교恩敎가 주어졌다고 한
> 다. 비록 반일간半日間의 강론으로 그 학문의 얕고 깊음을 알 수는 없으
> 나, '얻음이 있는 사람'이다.22)

이황은 처음부터 도학을 지망했던 것은 아니다. 이이李珥의 말처럼 '문학을
통해 도에 들어왔다(因文入道).'23) 그는 20세 전에 주돈이의 〈태극도설〉을
읽고 도학적 의상意像이 담긴 시를 쓰기도 했지만, 50대 이전에 도학으로
그렇게 두각을 나타내지 않았다. 홍인우가 만난 이 즈음이 한창 도학으로
두각을 드러낼 때였다. 그는 42·3세 때에 그 동안 근 10년의 벼슬살이에
환멸을 느끼고 "물러나 고성현古聖賢의 책을 읽기로 각오했다"24)고 했다.
즉 진로를 도학으로 확실히 굳혔다는 얘기다. 그런 차에《주자대전》을 입수했
고, 본격적인 주희탐구朱熹探究가 시작되었다. 마지못해 하던 벼슬살이를 단
호히 끊으며, 49세 때 경상감사에게 3번이나 사직서를 올렸음에도 아무런
회답이 없자, 그해 12월에 풍기군수직을 버리고 고향으로 돌아가 버렸다.
그 뒤로도 사환에의 진퇴는 있었지만 도학 공부에서, 그리고 주자학 공부에서

---

22) 주2)와 같은 곳.
23) 李珥, 〈經筵日記〉, 今上(선조) 3년 12월(《栗谷全書》 권28).
24) 李滉, 〈與曹楗仲植〉(《退溪集》 권10) 참조.

조금도 떠나지 않았다. 그래서 홍인우가 처음으로 만나던 이때에도 몸은 사환에 있었으나, 마음은 도학에 있어서 홍인우와 자주 만나 강토를 하곤 했다.

임자년(1552) 8월 29일. 이대사성李大司成 황滉을 찾아가서 뵈었다. 조용히 토론했다. 비로소 이 사람이 학문을 하는 정력精力이 다른 사람이 이르지 못하는 곳에 이르고 있음을 알았다.25)

임자년 9월 28일. 이대사성 황이 내방하여 조용히 강토하다 갔다. 미심쩍은 것이 시원하게 풀렸다.26)

계축년(1553) 3월 초4일. 이대사성 경호공景浩公(이황)이 내방했다. 화담의 〈황극해皇極解〉·〈성음해聲音解〉를 강토하다 밤을 새우고 돌아갔다.27)

계축년 6월 초8일. 시보時甫(南彦經)와 함께 경호공에게 가서 뵈었다. 밤새도록 토론했다. 이 사람이 이미 넉넉히 고명高明한 경역境域에 들어가 있음을 깊이 인식했다. 스승으로 삼을 만했다.28)

이 밖에도 6·7차 더 이황과 홍인우의 만남이 《일록초》에 나온다. 처음 이황을 만났을 때 '얻음이 있는 사람' 정도의 홍인우의 인식이 2년의 강토 끝에 마침내 '스승'으로 받들기에 이른 것이다.

---

25) 주2)와 같은 곳.
26) 주2)와 같은 곳.
27) 주2)와 같은 곳.
28) 주2)와 같은 곳.

2) 이황의 주자학 절대주의와 권위의 발휘

이황은 위와 같이 사람을 감복시켜 나갔다. 이런 힘은 어디에서 오는 것일까? 이이는 이황의 인품에 대해 "성품이 온순溫醇하고 순수하기가 옥玉 같다"[29] 했고, 이식李植은 "겸허하며 절조節操를 굳게 지켜나갔다"[30]고 했다. 이런 인격적인 역량에 성리학, 특히 주희의 학문에 당대 누구도 따라올 수 없는 역량을 40대 이래 쌓아왔던 것이다. 이이는 이황을 "의리義理를 깊이 궁구하여 정미精微함의 극에 이르렀다"[31]고 평했다. 그러면서 "배우려는 이들이 물어 오면 자신이 가진 역량을 다하여 알려주되, 결코 무리를 모아서 사도師道를 자처하지는 않았다."[32] 이렇게 해서 50대에 이르러 조선의 학계와 그리고 관료계에 그의 학문적 카리스마가 발휘되기 시작했다.

> 회재晦齋(이언적)는 비록 한 시대의 명신名臣이지만 세상에서 그의
> 학문이 그렇게 깊은 줄을 아무도 알지 못했다. 그런데 퇴계가 회재를
> 표출해서 한훤당寒暄堂(김굉필)·일두一蠹(정여창)·정암靜庵(조광조)과 나
> 란히 거론해서 사현四賢으로 일컫자, 당시 학자들은 퇴계에게 심복해
> 아무도 감히 이의를 제기하는 사람이 없어, 국론國論이 마침내 정해졌
> 다.[33]

유교국가에서 문묘배향文廟配享이라는 것은 중차대한 일이다. 그런데 이황의 한 마디로 그 후보자에 대한 국론이 정해졌다. 이황의 학문적 권위가 어느 정도인지를 짐작케 한다.

---

29) 주23)과 같은 곳.
30) 주10)과 같은 곳.
31) 주23)과 같은 곳.
32) 주23)과 같은 곳.
33) 주10)과 같은 곳.

50대 후반 이후 그의 도학, 즉 주자학은 원숙한 단계에 도달한다.

> 황의 학문은 의리가 정미하니 하나같이 주자의 가르침을 준행했다.
> 제가諸家 학설의 이동異同에 대해서도 두루 통달하되 주자를 표준으로
> 판단하지 않는 것이 없었다.[34]

이이의 이 논평처럼 학문의 일체一切가 주희에서 출발하여 주희로 귀착되
었다. 본인 자신이,

> 황滉은 학문하는 것이 천박하고 누추해서, 오직 선유先儒(주희) 정본
> 定本의 학설만 조심해서 지켜나간다.[35]

고 했다. 여기서 '선유'란 말할 것도 없이 주희를 가리킨다. 주희는 그에게
최고의 준거원準據源이었다. 그는 주희 절대주의자가 되었다. 그는 주희를
무기로 조선 학계를 다스려 나갔다.

> 오직 이단을 변척辨斥하는 데 있어서만은 일찍이 한 치의 양보도 없
> 었다. 선배 명유名儒들이 입언立言을 혹 과도하게 하여 이단으로 흐를
> 우려가 있으면 반드시 분석을 가하여 판정을 내리곤 하였었다. 이를테
> 면 서화담·박송당朴松堂(英)의 학문에 대해 사람들이 감히 의논하지 못
> 했는데 퇴계는 끝까지 그만두지 않았다.[36]

특히 이황보다 11년 선배인 서경덕의 도학에 대해서 이황은 늘 '인기위리

---

34) 주23)과 같은 곳.
35) 이황, 〈心無體用辯〉《퇴계집》 권41).
36) 주10)과 같음.

認氣爲理'—기氣를 이리로 안다고 비평해 마지않았다. 서울에서 강토하던 시절, 이황은 편지로 "화담의 황극경세수皇極經世數는 끝내 무슨 말인지 알지 못하겠다"[37)고 하자, 홍인우는 자기 스승에 대한 이황의 비평에 이렇게 변호했다.

> 화담은 참으로 우리 동방의 호걸지재豪傑之才입니다. 도덕의 얕고 깊음은 경솔히 논의할 수 없다 하더라도, 그러나 도를 아는 사람임에는 틀림없습니다. 그를 어찌 과소평가할 수 있습니까![38)

그 뒤 서경덕에 관해서는 역시 서경덕의 제자인 남언경南彦經을 상대로 비판을 개진한다. 이황의 나이 59세 때다.

> 화담공의 소견을 생각해 보았는데 기수氣數의 학學 한 쪽으로만 사로思路가 익숙해져서 이리를 기氣로 알거나(認理爲氣), 또는 기를 가리켜 이로 아는(指氣爲理) 것을 면하지 못했오. 그렇기 때문에 지금 화담 문하의 여러분들도 그 학설에 익숙해져서 반드시 기를 고금에 뻗쳐 상존불멸하는 물物로 알려고 해서, 부지불각 중에 석씨釋氏의 견해에 빠져 버리고 맙니다. 여러분들이 진실로 잘못이지요.[39)

기불멸설氣不滅說은 결국 불교의 윤회전생론에 빠지고 만다는 논리에서 서경덕과 그 제자들을 비판한다. 서경덕은 조광조 이후 도학에서 이언적과 함께 가장 우뚝한 학자로서 은거강학만 했으므로, 조선에서 최초로 문하의 성세盛勢를 보았다. 홍인우·남언경·허엽 외에 민순閔純·박순朴淳·박민헌朴民獻·이

---

37) 이황, 〈元書, 넷째〉(《치재유고》 권1).
38) 홍인우, 〈答退溪書, 다섯째〉(《치재유고》 권1).
39) 이황, 〈答南時甫, 무오, 다섯째〉(《퇴계집》 권14).

지함李之菡·박지화朴枝華 등 명유들이 다 그 문하다. 이황은 이들이 서경덕 영
향으로 '기수의 학'에 오염되어 있다고 생각해, 자신의 주자학적 준거에 의
해 바로잡아야 할 대상으로 생각했다.

남언경에게 또 서경덕의 기질·학문·시문에 대해 가차 없이 비판한다.

> 태휘太輝(허엽)가 말한 것은 가볍게 의논할 수 없오. 그러나 화담이
> 어찌 감히 백사白沙(明·陳獻章)를 바란단 말이오. 백사는 비록 허탕虛蕩
> 해서 선굴禪窟에 들어갔지만, 그 인품이 빼어나고 시원하며, 그의 시詩
> 또한 고묘高妙합니다. 그런데 화담은 그 기질이 질박한 듯하나 실은 허
> 탄虛誕하고, 그 학문은 고매한 듯하나 실은 박잡駁雜합니다. 그가 이기
> 理氣를 논한 곳은 나고 들며 얼키고 설키어 전혀 알아볼 수 없습니다.
> 학문의 원두처源頭處가 이와 같을진댄, 그 하학처下學處는 이를 통해 유
> 추할 수 있습니다. 그 시문은 좋은 곳은 좋지만 좋지 않은 곳 또한 많습
> 니다. 이런 화담을 백사에 비긴다니, 아마도 비교의 대상이 아닌 것
> 같습니다.40)

이황은 가위, 서경덕이 역사 위에서 학자로서의 존립이 가능하지 않을 정
도로 혹독히 비판했다. 이어서 이황은 남언경에게도 그 학문의 우려점을 지
적해 설득해마지 않았다.

> 다만 '오悟'한 자를 힘들여 주장했으니, 이것은 총령葱嶺을 통해 들
> 어온 돈초가법頓超家法(선가의 법)이지 우리 유가의 종지宗旨에는 이런
> 것이 있다고 듣지 못했습니다.41)

---

40) 이황, 〈答南時甫, 무오, 여섯째〉(주39)와 같은 책).
41) 이황, 〈答南時甫, 병진, 別幅〉(주39)와 같은 책).

이른바 "'힘을 쓴다'는 것은 의식이 없을 따름이오, 욕구가 없을 따름이다"라고 했는데, '의식이 없고 욕구가 없음'은 바로 성자聖者의 일입니다. 단번에 뛰어서 이 지위에 이르기는 아마 어려울 것입니다. 이 단락의 어의를 음미해 보건대 은미하게 선미禪味가 있습니다. 혹시 백사白沙(진헌장)가 육구연으로부터 전습傳習한 것을 보고서 조금 중독된 것이 아닙니까?42)

저가《장자莊子》를 본 지가 오래되어서 무슨 뜻인지 기억나지 않습니다만, 대저 우리 도道로서 자족한데 무엇 때문에 굳이 이단의 학문에 기어들어가 끌어다 합치시키려고 하십니까. 지난번에 공公이《장자》를 보려고 할 때 나는 그저 두루 책을 읽어서 박학에 도움이 되게 하려나 생각했었습니다. 그런데 이제 보니 이미 그 독毒에 중독되었음을 깨달았오. 이단의 학문은 이렇게 사람을 변화시키기 쉬우니 심각히 두려워할 만합니다. 천 번 만 번 절실히 경계하십시오.43)

이황이 두려워 해 마지않는 이단은 선학禪學과 노장老莊이다. 남언경에게 불佛·도道의 훈기만 스며들 낌새가 조금만 보여도 여지없이 낚아채어 비판하고, 주희에게로 좀 더 밀착해 올 것을 요구한다.

주희 '정본定本의 학설'을 수호하기 위한 이황의 결의는 비단 후배 학인學人들에게만 국한되지 않는다. 이미 선배 서경덕을 가차 없이 비판한 터에, 동년배들도 주희 정설을 따르지 않는 한 이황의 비판으로부터 자유로울 수가 없다. 조식·성운成運 등도 근본적으로는 유학자다. 그리고 주자학적 소양을 가진 사람들이다. 그런데 이황은 이들이 노장에 중독되지 않았나 하는 혐의의 눈길을 거두지 않았다.

---

42) 이황,〈答南時甫, 무오, 셋째〉(주39)와 같은 책).
43) 이황,〈答南時甫, 무오, 일곱째〉(주39)와 같은 책).

퇴계 선생이 일찍이 말씀했다. "남명의 소견은 실상 장주莊周와 한
꿰미다."[44)

성대곡成大谷 운運은 산림山林에서 덕을 기르며 나라에서 불러도 일
어나질 않았다. 사람들이 그 생각의 한계를 감히 엿보지 못할 정도였
다. 두 공公이 모두 호서湖西에 있으면서, 이름이 세상에 나란히 드러나
사대부들이 모두 높였다. 그러나 유독 퇴계만은 이들을 받아들이지 않
았다. 그리고는 말했다. "대저 이들은 모두 노장老莊에 동티가 나 있
다."[45)

이들에 대한 이황의 비판은 제자들과 구두나 편지로 담론하는 사이 주로
개진되었고, 특히 조식에 대해서는, "비록 이학理學으로 자부하지만 단지 기
사奇士일 뿐이다. 그 의논과 식견이 매번 신기한 것을 높은 경지로 보고, 세상
을 놀라게 하는 주장만을 힘쓰니, 이 어찌 참으로 도리를 아는 사람이겠는
가?"[46)라는 등에서 수차례 논급했다. 조식이 이렇게 된 이유는 장자에의
중독 때문이라고 보는 것이 이황의 시각이다.
주자학에의 순결을 요구하는 이황의 비판과 설유는 선배·동년배·후배 등
가위 전방위적으로 뻗어 있었다. 특히 후배들에게의 요구는 집요했다. 이황
으로서는 그럴 수밖에 없다고 생각했다. 이황의 생각으로는 주희가 공맹을
이은 유학의 적통으로 추호의 회의도 없이 믿고 있는데, 주희의 학설에서
일탈한, 이른바 선학禪學에 물든 심학파들—육상산·진헌장·나흠순·왕양명 등
좌도左道의 학설들이 16세기 전반에 속속 전파되어 주희의 학설이 위기에
몰릴까 심각히 우려했기 때문이다. 이황은 유학에 대해 위도의식衛道意識과

---

44) 鄭惟一,《退溪言行錄》권5,〈人物〉,〈文錄〉.
45) 주10)과 같은 곳.
46) 주44)와 같은 곳.

사명감에 차 있었던 것이다. 위정척사衛正斥邪는 실은 이미 이황으로부터 시작되었던 것이다. 이황의 이러한 위도의식과 사명감은 새로운 학설에 접해 새롭게 사고하려는 사람들에게껜 하나의 통제統制가 되고 중압重壓이 될 수밖에 없었다.

이와 같이 주희의 학설 일변으로 굳혀 가던 즈음에 가장 문제가 된 인물이 바로 노수신이다. 그는 귀양지 진도珍島에서 1551년, 그의 나이 37세에 〈숙흥야매잠夙興夜寐箴〉을 주해하고, 그 3년 뒤에는 이황과 김인후에게 질정을 구하는 등 이황의 촉망받는 후배였다. 그런데 역시 귀양지에서 〈인심도심변人心道心辨〉을 발표했다. 바로 이황이 선학이라 배격한 나흠순의 《곤지기》, 그 인심도심설에 대한 논지에 공감하여 쓴 것이다. 이것이 세상에 알려지면서 이항李恒, 노진盧禛 등으로부터 공격이 들어오고 하여 학계가 자못 시끄러웠다. 그리고 드디어 기대승奇大升까지 '위도衛道'에 나섰다. 이황의 나이 67세 때다.

요즘 정암整庵(나흠순)의 책에 중독된 사람들이 많아 공公이 그 오류를 지적하는 글을 쓰고자 한다니, 글을 쓴다면 이는 길을 잃은 사람들로 하여금 어둠 속에서 길을 찾게 해 주는 격입니다. 나 또한 그 글을 보기를 바랍니다.[47]

기대승이 《곤지기》를 비판하는 글을 한 편 쓰겠다고 한 편지에 대한 이황의 답서다. 《곤지기》에 '중독된 사람이 많다'고 했으나 역시 핵심은 노수신이다. 기대승이 이 문제를 논쟁으로 해결해 보려 했으나, 이황은 그렇게 해서 남의 지목을 받아 엉뚱한 세력의 계략에 이용될 우려가 있으니, 가급적 많은 말을 않도록 하는 것이 좋겠다고 해서 〈논곤지기論困知記〉만 쓰고 말았다.[48] 이황은 학문적으로 같은 입장의 사람끼리는 논쟁도 했으나—기대승

---

47) 이황, 〈答奇明彦, 정묘, 두 번째〉(주39)와 같은 책).

과의 사칠논쟁四七論爭이 대표적이다―자기와 다른 길을 선택한 사람에게는
가급적 말이 적은 가운데 조용히 문제를 해결하려고 했다. 왕양명 제자들의
《전습록傳習錄》은 거의 54세 이전에 이미 입수해 있었음에도, 그〈전습록논
변〉은 그의 67세 이후에 쓴 것도 아마 그런 때문일 것이다. 논쟁으로 시끄럽
게 하면 더 주목받을 것이기 때문에 '변辯'이나 '서후書後'로 조용히 경고의
메시지를 띄우는 것이다. 이렇게 이황은 조선의 사상계를 주희에게로 결집
시켜 나갔다. 이식은 당시 사상계의 상황을 이렇게 말했다.

> 퇴계는 중국에 선학의 홍수가 도도히 온 천지를 휩쓸 때, 강변講辨을
> 하고 저술을 해서 털끝만한 것도 놓치지 않고 반드시 살폈다. 학자들이
> 만족하듯 퇴계를 따라 아무도 감히 이론異論을 제기하는 사람이 없었
> 다. 그런데 소재가 진도에서 돌아와 갑자기 선학을 했다. 퇴계가 크게
> 놀랐으나 변론은 하지 못하고 때로 시구詩句로 건드려 보았으나, 소재
> 가 또 화답하기를 심히 준엄峻嚴히 했다. 이로부터 도학하는 사람들이
> 간혹 선학을 섞어서 했는데, 이런 현상은 실은 소재로부터 시작됐다.
> 주자의 시대에 느닷없이 육상산이 나타난 것과 꼭 같다.49)

2. 노수신의 도통계승道統繼承 거부와 사상노선

1) 노수신의 이언적·이연경으로부터의 심학지결心學旨訣 수수

이식에 의해 주희 시대의 육상산에 비견된 노수신이라 하더라도, 주자학
이 관학인 시대에 주자학에서 출발할 수밖에 없다. 그는 10대 중반에 이자李

---

48) 기대승,《高峯集》권2.
49) 주10)과 같은 곳.

𥤤, 이연경李延慶에게 나아가 배웠는데, 그로 해서 17세에 이연경의 사위가
되었다. 이연경은 조광조와 뜻을 같이하는 친구였다. 노수신이 조광조를 이
어받을 태세로 마음을 다져가며 힘써 공부를 했다는 데에는,50) 이연경을
통해 죽은 조광조를 가까이서 의식하며 성장한 원인이 컸을 것이다. 당시는
아직 이황이 학계에 등장하기 전이었다. 그래서 육상산도 별 이의 없이 받아
들여졌다. 김안국이 중종 37년 1542에,

> 《상산집象山集》은 송조宋朝의 거유 육구연陸九淵이 지은 것입니다.
> 선생은 주자와 같은 때에 덕성을 높이는 데에 전심하여 편지를 왕복하
> 며 변론하였습니다. 비록 주자와 취지가 다르긴 하나 심성의 학문은
> 이에 따라서 강명講明할 수 있으니, 학자가 정자나 주자의 가르침을 숭
> 상하는 데에 이 문집을 참고하면 유익함이 있을 것입니다.51)

라 하고, 간행을 건의한 것도 그런 배경에서였다. 노수신은 이때 선배들을
따라 상산학象山學도 아울러 공부했던 것이다. 노수신이 조광조의 제자 백인
걸白仁傑과 상산학을 함께 하던 일을 회상한 시詩가 있다.52)
　20세에 생진生進 두 시험에 합격하여 성균관에 들어갔다.

> 태학太學에 들어가 닭이 울면 관대冠帶를 하고 앉아 독서하기를 그치
> 지 않았다. 밤이 되어 잠자리에 들어서야 그쳐서, 한 방에 거처하는
> 유생도 일찍이 그의 맨상투를 본 적이 없었다. 당시 성균관 유생들은
> 모두 옷깃을 여미며 그를 공경했다.53)

---

50) 주10)과 같은 곳, "蘇齋自少屬志苦學, 祖述靜庵, 名望高於退溪."
51) 《중종실록》 37년 5월 7일.
52) 노수신, 〈思勤詩軸, 讀休菴所賜次韻, 慨然有感, 輒復和題〉(《穌齋集》 권1), 본문은 뒤에
　　인용될 기회가 있음.
53) 《소재집》 〈연보〉.

26세 무렵에 시험을 계기로 〈시습잠時習箴〉을 발표했다.[54]《논어》의 "학이시습지學而時習之"에, 심학心學의 오랜 화두, "人心惟危, 道心惟微. 惟精惟一, 允執厥中.(인심은 위태하고/ 도심은 은미하다// 오직 정밀히 하고 오직 한결같아야. 그 중中을 잡는다.)"를 결합시킴으로써, '학學'을 '앎을 정밀히 하다, 행함을 한결같이 하다'로 해석하여, '시습'의 개념내포를 심학적으로 확충한 것이다. 그리고 이 '시습'을 받쳐주는 것은 '경敬'이라고 했다. 전형적인 정주학적인 관점이다. 그런데 노수신은 이 잠箴에서 "강서江西의 돈오頓悟는 이미 그 진眞을 잃어버리고/ '때때로 익히는 것(時習)을' 의심했다"고 상산학의 선학적 기풍을 비판했다. 당시 존덕성尊德性 공부와 함께 주자학적인 도문학道問學 공부에 입각해 있었던 노수신의 태도를 반영하고 있다. 이 〈시습잠〉은 지성균관사知成均館事로 있는 김안국으로부터 "이것이 어찌 사장詞章하는 유자들이 미칠 수 있는 것인가"하는 찬사를 받았고, 선조 초년 노수신이 해배解配되어 복직됐을 때에 허엽에 의해 주해되어 선조에게 바쳐졌다.[55]

27세에, 앞에서도 잠시 언급했지만, 이언적을 찾아가 제자의 예禮를 드리고,《심경부주》에 대해서 여러 가지로 질문을 한다. 노수신은 이언적을 당시 심학의 일인자一人者로 생각했다.

> 오로지 내면에 마음을 쓰되 성의誠意에 기반하여 치지致知에 발용發用한다.[56]

노수신이 만년에 회고하여 규정한 이언적 학문의 특성이다. 왕양명의 학설에 상당히 근접해 있다. 이언적은 만년으로 올수록 더 심학에 기운 편이라

54) 노수신,《소재집》권7.
55) 주53)과 같은 곳.
56) 노수신, 〈晦齋先生集序〉《소재집》권7).

서 혹시 양명의 심학에 접했을 수도 있다. 아니면 노수신이 일찍이 이언적의 '존심상存心上' 공부를 들어 '자득自得'을 인정한 바 있듯이, 이언적의 자득으로 얻은 것일 수 있다. 노수신은 이언적에게 '존심지요存心之要'를 가르쳐 주기를 청했더니, 이언적은 이윽히 있다가 손바닥을 가리키며, "여기에 한 물物이 있다 치자. 꽉 쥐면 망가지고, 쥐지 않으면 없어진다"고 했다.57) 두 사람의 심학지결이 수수授受되는 순간이다. 그리고 얼마 지난 뒤에 장인 이연경이 이언적과 '희喜·노怒·애哀·락樂이 미발未發한 상태'를 논하고, 노수신을 위해 자세히 그 내용을 말해 주었다고 해,58) 이언적과 이연경의 심학이 자신에게 전수되었음을 우회적으로 말한 것으로 보인다.

노수신은 29세에 문과에 급제하여 30세에 세자시강원사서世子侍講院司書로 재직, 입시入侍하여 강의할 적에 주희의 설說과 함께 육상산의 설도 겸해서 채용했다.59) 노수신이 세자시강원사서로 재직할 무렵에는 아직 이황이 45세로 스스로를 감추며 도학, 주자학에 매진할 때라, 상산학에 대한 좌도의식이 아직 본격적으로 형성되기 전이었다. 그래서 노수신도 서연 강의에서 육상산의 설을 주저 없이 개진할 수 있었을 것이다. 더구나《상산집》을 조정에서 간행한 지 2년 밖에 지나지 않은 터라 더욱 그러했다.

2) 을사사화의 충격─주희 격물궁리格物窮理의 부정

이듬해에 인종이 죽고 명종이 즉위, 을사사화가 일어나 노수신은 그해 9월에 파직되어 충주로 갔다. 그해 11월에 사경思勁이란 중을 만난다. 그런데 그 사경이 시 한 수를 청하며 내어 놓는 시축詩軸에 백인걸이 사경에게 지어준 시가 쓰여 있었다. 노수신은 바로 그 시에 개연慨然한 마음으로 화운和韻한다.

---

57) 주56)과 같은 곳.
58) 주53)과 같은 곳.
59) 시강원에서의 강의에 대해서는 신향림의 〈盧守愼의 초기 사상과 경세론〉(《泰東古典硏究》 25집)에 자세히 나온다.

傳註留情負象山,   전주에 마음을 두느라 상산을 저버렸으니,

十年說話摠成閑.   십 년의 학문 견해가 다 부질없는 일 되어 버렸네.

憑君眼著鵝湖辨,   당부하노니 그대는 아호의 변을 눈여겨보소,

詎喚澄源做兩般.   어찌 본원本源 맑히는 걸 두 가지로 본단 말가.

(〈思勁詩軸, 讀休菴所賜次韻, 慨然有感, 輒復和題〉,《소재집》 권1)

　　주희의 존덕성·도문학 병수幷修의 공부법(실은《중용》의 공부법)을 부정한
것이다. 마음 맑히는 데는 존덕성 한 가지로써 족하다는 논리다.

　　시의 첫째 구는 육구연의 형 육구령陸九齡이 주희와의 토론을 위해, 동생
구연과 함께 아호사鵝湖寺를 떠나기 전 자신들의 학문적 지향을 사전事前에
명확히 밝힌 작품에 연계되어 있다. 그 시에 "전주에 마음을 둠은 마음의
길을 막는 가시나무로 바뀌고/ 자질구레한 이치에 집착함은 지식의 바다에
매몰되고 말지(留情傳註鱗榛塞, 着意精微轉陸沈)"라고 했다.[60] 주희의 번쇄한
주지주의적主知主義的 '격물궁리'의 도문학道問學 공부법을 비판한 것이다. 이
시의 내용을 작중화자作中話者의 생각대로 정리하면 대략 다음과 같다. 즉,
육구령이 비판한 주희의 공부방법에 따라 10여 년 동안 경전을 읽고 전주에
마음을 쓰며 자질구레한 이치들에 매몰되어 버린 것, 즉 격물궁리의 '도문
학道問學'에 주력한 것이, 백인걸의 시가 되살려 준 10년 전 상산 공부에 대한
기억 앞에 모두 부질없는 것으로 생각되어, 중에게는 상산의 '존덕성尊德性'
공부를 중시할 것을 당부한다는 것이 그것이다. 그런데 시에는 작중화자의
생각과 시인 자신의 생각 사이에 다양한 스펙트럼의 거리들이 있다. 그러나
노수신의 시는 일반적으로 그 거리가 아주 가깝거나 일치하는 경우가 많다.
이 시의 경우 거의 일치한다.

　　요컨대 노수신은 주희의 격물치지를 부정한다. 을사사화를 겪은 충격으
로서다. 경전의 가르침과 정치현장 사이의 엄청난 괴리 때문이다. 전주傳註

---

60) 육구연, 〈語錄上〉(《象山集》 권34).

를 따져가며 경전의 의리를 아무리 공부해 보아야 마음에 진정으로 수용되지 않으면 소용없다는 것이다. 그는 말년에도 유자儒者들을 가리켜 통렬히 비판했다.

> 그 기습氣習은 끝내 구이口耳·문자文字 속을 떠나지 못한다. 그래서 알고 있는 이치와 행하고 있는 일이 도리어 불가·도가·관중管仲·안자晏子 무리의 수준을 못 미친다. 왜 그런가? 대개 그 소위 공부란 것이 이 마음과는 전혀 교섭이 없기 때문이다.[61]

불가·도가·관중·안자는 모두 유가에서 천시하는 사상이다. 전 2자는 이단이라서, 후 2자는 공명功名의 도道이기 때문이다. 그들의 수준에도 못 미친다는 말은 유자, 나아가서 유학자체에 대해서 엄청난 모욕이다. 그러기 때문에 이식은 노수신을 가리켜 '육상산·왕양명을 높여 의기意氣를 숭상하며 망자존대妄自尊大해서 그렇다고 강하게 비판했다.[62] 유가가 천시하는 이단·좌도의 무리보다 못한 원인은 공부가 입으로 지껄이고, 귀로 들어 흘러버리고, 문자로 따지는 데만 익숙해져 있고, 마음과 진정한 교섭이 없어서 그렇다는 것이다. 즉, 격물치지보다 심학에의 침잠이 없어서 그렇다는 것이다. 그의 만년의 이 생각은 을사사화 후 이때 분명하게 깨달은 것일 것이다.

비슷한 시기에 지어진 것으로 보이는, 비슷한 주제로 쓴 두 편의 시가 문집의 간행에서는 제외된 채 필사본(종가소장)에 전하고 있다.

萬語千言血脈通,　만 마디 말, 천 마디 말이 혈맥이 통한다 했고,
看來一部在胸中.　보고 또 보면 책 한 권이 흉중에 있게 된다 했지.
悠悠寄思唐虞上,　찬찬히 요순시절을 생각해 보면,

---

61) 노수신, 〈李恒墓碣銘〉《소재집》 권9).
62) 주10)과 같은 곳, "穌齋 (중략) 欲尊陸王, (중략) 尙氣自大."

嘷嘷熙熙一字空.   사람들 느긋하고 화락케하는 데 한 글자도 필요없었다오.
〈讀大學有感示弟, 又〉

역시 주희의, 경전을 상대로 한 격물궁리 공부를 부정했다. 첫째 구와 둘째 구는《대학大學》과 그 공부법에 관한 주희의 논급이다.[63]

의 궁극적 목표는 태평성대를 이룩하는 데 있는 만큼 그것을 위해서라면 유가의 경전을 상대로 '격물궁리'할 필요가 없다는 것이다. 사실 이 싯구의 의미대로라면 경서 자체도 부정되는 셈이다. 노수신은 복직된 뒤 벼슬할 때 어전에서도 주희의 사서삼경四書三經 전주傳註도 "볼 것이 없다"라고 말했다.[64] 번쇄한 지식주의를 싫어하는, 일종의 반문명적 사상이 노수신의 사유에 깃들어 있는 듯하여 자못 흥미롭다.

다른 한 편의 시는《대학》 8조목에서 주희의 공부론 해석을 부정한 것이다. '성의誠意'와 '치지致知'에서 주희는 치지가 성의에 앞서는 것이라 했으나, 노수신은 거꾸로 성의가 앞서고 격물치지는 그 다음이라고 생각했다.[65] 이것은 왕양명의 다음 견해와 흡사하다.

---

63) 첫째 구는 주희의《大學章句》의〈經一章〉의 끝에 붙여 둔 논평으로 "무릇《대학》의〈傳〉은 (중략) 文理가 접속하고 혈맥이 관통하여 云云" 한 데에서, 둘째 구는 주희의〈讀大學法〉에서 "《대학》한 책에는〈正經〉이 있고,〈章句〉가 있고,〈或問〉이 있으니 보아오고 보아가면 (중략) 자연히 한 권의《대학》이 흉중에 있게 되어 云云" 한 데에서 왔다.

64)《선조실록》7년 5월 30일. "수신이 '傳註에는 꼭 마음을 둘 필요가 없습니다' 하니, 유희춘이 '다른 여러 사람의 주해는 성현의 마음을 얻지 못했으니 그만두어도 좋으나, 주희의 사서삼경주해는 성현의 마음을 잘 얻은 것인데 어찌 가벼이 할 수 있겠소'라 반박했다. 수신은 '주자의 주해가 비록 잘된 것이기는 하나 족히 볼 것이 없습니다' 했다"고 기록되어 있다. 이러한 노수신이 귀양시절에 엄청나게 독서한 것으로 알려져 있다. 요컨대 노수신 말의 취지는 심성수양을 위해서는 경서의 의리의 탐구에 매몰될 필요가 없다는 것이지, 심성수양에 직접적으로 관계 되지 않은 책까지도 읽지 말아야 한다는 것은 아니다.

65) 노수신,〈讀大學有感示第〉(《소재집》), "向來指點從行處, 人鬼關前夢覺關(종래에는 방으로 들어가는 길 가리켜 보면/ 인귀관人鬼關 앞에 몽교관夢覺關)"이 있다네. 여기서 '인귀관'·'몽교관'은《朱子語類》의 말로 곧 '성의'와 '치지'를 가리킨다.

만약 성의誠意를 주主로 해서 격물치지 공부를 하면 곧 공부에 비로소 귀속처가 있게 된다. 바로 위선거악爲善去惡이 성의 아닌 일이 없다.66)

노수신이 이때(33세 무렵) 이미《전습록》을 접하고 그 사상의 특이함에 눈떴을 것도 같다. 이 무렵에 쓴 두 편의 시에 양명사상이 농후하게 나타난다. 어쩌면 이때에는 양명사상에 대한 확신이 채 서지 않았고, 확신이 서지 않는 가운데 을사사화의 충격으로 주희의 격물궁리의 부정과 함께 양명사상의 요체를 표출한 것일 수 있겠다. 우리는 앞에서 이언적의 공부논리도 양명처럼 '성의' 다음에 '치지'임을 보았다. 그렇다면 노수신은 이언적으로부터 전해 받은 것일까? 이 문제는 앞으로 숙고熟考를 요한다. 아무튼 을사사화를 계기로 노수신의 학문 노선은 존덕성의 심학을 중시하는 쪽으로 전환하게 된 것이다.

3) 〈숙흥야매잠해夙興夜寐箴解〉와 도통계승의 기대

노수신은 1547년 33세에 순천을 거쳐 진도에 유배된다. 그리고 37세에 진백陳栢의 〈숙흥야매잠〉을 주해한다. 〈숙흥야매잠〉은 사자士子의 심성공부 일과日課를 운문으로 서술한 것으로, 〈숙흥야매잠해〉의 첫머리에 간략한 소개가 있는 것으로 보아서 노수신 당시에는 아직 사자들 사이에 그렇게 널리 보급되어 익숙한 책은 아니었던 것 같다. 나중에 이황의 〈성학십도〉에 포함되었다. 그리고 이 글은 정주적인 심성철학을 배경으로 한 내용으로서, 노수신은 "그 강령은 오로지 경敬에 있다"고 했다.67) 경은 주지하듯이 정주계열

---

66) 徐愛 等,《傳習錄》上 중국에서 上책 뒤에 출판된 中·下책의 우리나라에의 수입연대는 미상이다. 이때는 우리나라에서 上책만 유통가능했을 듯.
67) 노수신,〈夙興夜寐箴解初本〉,〈按說〉(《穌齋內集》上篇,〈草創錄〉二),"謹按一篇綱領, 專在於敬."

이 존덕성을 위해 강조해 마지않는 공부법이다. 노수신은 유배된 뒤 경 공부를 더 치열하게 한 것으로 보인다. 그것은 아마 언제 사약이 내려올지 모르는 죽음에 대한 실존적인 불안 때문일 것이다.[68] 노수신의 시에는 〈자만自挽〉을 시제로 한 시가 세 수나 된다. 진도에 유배되던 33세, 그리고 37세, 44세, 최소한 11년에 걸쳐 죽음에 대한 불안을 겪은 셈이다. 주지하듯이 유학에서는 죽음을 의탁할 초월적인 신神은 없다. 죽음은 철저히 자기 몫이다. 죽음을 초극하는 길, 이것은 바로 인간으로서의 완성, 즉 큰 '인仁'에 도달하는 데에 있다고 생각한다. 특히 상제上帝가 이신화理神化된 도학, 성리학에서는 더욱 그러했다. 노수신은 경 공부의 수행으로 죽음에의 불안을 초극하려고 했을 것이다.

高坐容先整,	곧추 앉아 자세부터 가다듬으니,
才求放便回.	놓쳤던 마음 바로 돌아왔건만.
不敎奔似馬,	고삐 풀린 말처럼 내닫지 못하게 하자니,
只怕死如灰.	싸늘하게 식은 재 같이 될까 두렵구나.
饑鼠閑行止,	굶주린 쥐는 느릿느릿 가다 멈추다,
輕風自往來.	가벼운 바람은 절로 오가느니.
何須閉耳目,	어찌 눈과 귀를 닫아야 하리,
虛一蓋難哉.	텅 비어 하나 된 마음 지니기 어렵구나.

(〈夜坐卽事〉,《소재집》 권2)

---

68) 노수신은 40세 무렵 자신의 《숙흥야매잠해》를 보고한 이황의 편지에 대한 〈答退溪書〉(《穌齋內集》上篇)에서 "두 노인(부모)이 고향집에 계시어 밤낮으로 바라보는데 아득히 돌아갈 기약이 없습니다. 매양 생각이 여기에 이르면 마땅히 책 읽는 것도 폐지하고, 밥숟가락 드는 것도 멈춰야 합니다. 억울하고 좌절되어 등허리와 가슴이 두 쪽으로 갈라지지 않은 적이 없습니다. 그래서 때론 술을 마시면 정신은 혼혼하고 자세는 흐트러지고 금방 숨이 끊어질 듯 바로 저승의 사람 꼴입니다"라고 자신의 처지를 호소한 적이 있다. 근원적으로 죽음에 대한 불안 때문이다.

이 시는 노수신이 밤에 자신의 경 공부를 수행하는 상황을 묘사한 것으로, '바깥으로 돌아다니는 마음을 안으로 거두어들이는 일은 쉬이 되지만, 마음으로 하여금 날뛰는 말의 상태, 그것을 억제하면 식은 재의 상태라는 두 극단이 아니고, 말 같은 활기活氣와 재 같은 정적기靜寂氣가 변증법적으로 융합된', 즉 '텅 비어 하나 된 마음'을 지니기 어려움을 읊은 것이다.69) 이렇게 경을 수행한 나머지 자신의 경 체험을 바탕으로 하여 〈숙흥야매잠〉을 주해한 것이다. 이것이 3·4년 뒤에야 퇴계에게 입수되어 10여 군데 수정할 것을 제의받았고, 2년 뒤에 이황이 재차 수정할 조목들을 제시해 왔기에 김인후金麟厚까지 가담시켜 세 사람이 편지로 토론을 거쳐 완성본의 성립을 본 것이다.

책은 〈숙흥야매잠〉을 모두 8장으로 나누어 주註와 해解를 하고 말미에 총해總解를 붙인 것으로,70) 경敬을 정점에 놓고 정주학의 심성수양에 관한 주요 개념·명제들이 거의 동원되어 논의가 진행된다. 퇴계는, "〈숙흥야매잠〉은 옛날 나 또한 마음 속에 간직하고 있었지만, 정밀한 조리와 엄정한 공정工程이 이와 같이 지극한 줄은 미처 몰랐습니다. 주해를 얻어 보니 장章을 나누고 구句를 분석함과, 바르고 차원 높은 논의로 핵심이 되는 긴요한 곳을 능숙한 솜씨로 요리하여 밝고 드높은 경지에 홀로 도달했으니 탄복을 금치 못하겠습니다"71)라고 적지謫地에서의 노수신의 이 저작에 저으기 놀라워했다. 그리고는

---

69) 敬은 거칠게 말하면 마음을 '텅 비어 하나 된(虛一)' 상태로 지속하도록 하는, 마음의 특수한 함양법이다. 일종의 의식의 統覺狀態의 유지다. 주지하듯이, 정이천의 '主一無適'·'整齊嚴肅', 謝良佐의 '常惺惺法', 尹惇의 '其心收斂, 不容一物', 주희의 '唯畏近之' 등 여러 측면에서 규정되는 데서 볼 수 있듯이 그렇게 간단한 문제가 아니다.《心經》또는《심경부주》는 敬을 위한 책이라 해도 과언이 아니다. 기본적으로 知覺이 내면에 뿐만 아니라 감관을 통해 외면에도 깨어 있고 살아 있어야 하는 것, 그리고 이런 상태를 단시간이 아니라 상시 지속할 수 있어야 하는 것이라는, 이 敬 상태의 일상화에의 도달에서 敬공부 완성을 보게 된다.

70) 말미의 총해에는 '敬은 一이다'라 하고, '一'로서 공부의 다방면을 포괄하고, 끝에 주돈이《通書》의 '無欲'의 개념을 도입하여 마무리하고 있는데, 아마 敬에 노수신 자신의 체험을 반영한 새로운 규정을 위한 논의가 아닌가 한다.

71) 이황, 〈與盧伊齋寡悔〉《퇴계집》권10).

이 도道(도학의 도)가 우리 동방에서 없어지지 않는 한 이 주해는 반
드시 후세에 전해질 것입니다.[72]

라고 해서, 정주학의 수양론에 입각하여 내놓은 후배의 이 저작에 대해 신임
을 표시했다. 물론 구체적인 토론과정에 상당 부분 고치기를 요청했지만
말이다. 이이李珥에 의하면 이 책은 당시의 많은 도학 지식인에게 전파되어
상당히 호평을 받았다고 했다.

> 노수신은 젊어서부터 문행文行으로 매우 두터운 명망이 있었다. (중
> 략) 을사년에 간당姦黨이 그 명망을 꺼려하여 귀양 보냈다. 수신이 귀양
> 살이를 하는 중에 문학問學이 더욱 정밀해졌다. (중략) 〈숙흥야매잠해〉
> 를 지었는데, 지의旨意가 정밀하여 사림이 돌려가며 읽어 그의 청고淸
> 高한 명망이 더욱 널리 퍼졌다.[73]

〈숙흥야매잠해〉는 나중에 선조에게 바쳐지기까지 했다.[74]
그런데 〈숙흥야매잠해〉의 초고初稿나 3인의 토론 중 노수신의 부분은 다분
히 소활疎闊한 편임에 대하여 이황과 김인후는 이미 숙련된 주자학적 개념과
명제를 동원하여 치밀한 논리를 구축한다. 그 대신 노수신의 몫에서는 지적知
的 상상력의 보폭步幅이 상대적으로 크게 느껴진다. 특히 제4장의 본문 "사물에
의 반응이 끝나자/ 나는 이전처럼 되어 마음이 깊고 고요해짐에/ 정신을
엉기게 하고 사려를 쉬어(方寸湛然, 凝神息慮)"에 대해, 노수신이 그 해解에서
"한 사물이 겨우 지나가자 진체眞體가 이전대로 그 광령光靈을 모으고/ 그
사념을 끊어(聚其光靈, 絶其思慮)"라고 한 대목이 문제였다. 이황이 "이 두 마디

---

72) 이황, 주71)과 같은 곳.
73) 이이, 〈經筵日記〉 명종 22년 10월(《율곡집》 권28).
74) 《선조수정실록》 1년 12월 1일 을해.

말은 선어禪語를 범했으므로 삭제하는 것이 어떻겠소?"라고 하자, 노수신은
"과연 선禪에서 왔오. (중략) 이전에 한 늙은 중을 만나 이틀 밤을 함께 묵었는
데, 그 중이 가져온 〈삼법어三法語〉75)를 두어 번 훑어보니 문득 기뻤오. 그것이
흉중에 남아 있다가 부지불각 중에 비슷하게 붓끝으로 나온 모양이오. 참
우습구려. 근세에는 선禪을 배우는 사람도 없는데 두려울 게 뭐 있겠오. 그러나
우리들은 불가불 경계해야지요"라고 답했다. 이에 대해서 김인후가 "세상에
선禪을 배우는 자가 없더라도, 역시 불가불 염려를 해야 할 것이오. 지금부터
선으로 흐르는 자가 있을지 또 어떻게 알겠오?"라고 서두를 떼고 난 뒤에
우리나라 속담까지76) 동원해하며 몰아붙였다. 그리고 "신심身心을 수렴하여
잡념을 모두 쓸고 운운云云"하는 주희의 말을 들며, 그 말을 쓰면 얼마나 좋느냐
고 웅변을 토했다. 이에 대해 노수신은 "배우고 난 뒤에 선으로의 흐름이
있는 것이지, 배우지 않는데 또 무슨 흐름이 있겠오?"라고 서두를 뗀 뒤에,

대저 배우지 아니 하는 것을 걱정할지언정, 배울 바엔 반드시 정주程
朱를 배워야 할 것이오. 정주의 훈계가 이미 분명하고 다 밝혀 놓았는
데, 이것(정주의 훈계)을 배우면서 저것(禪)을 배척할 줄을 알지 못하는
자가 있겠오?

라고 답했다. 그러자 이황이 김인후의 논변을 지지해 다음과 같이 말했다.

군자가 도道를 강론하고 저작을 하는데 어찌 일시의 계책을 위해서
이겠오. 이단을 배척하는 데에 어찌 지금에 그런 사람의 유무를 따지고
난 뒤에야 하겠오? 성인의 무리가 아니면 바로 양묵楊墨의 무리요. 성

---

75) 불교의 教法·行法·證法에 관한 책인 듯.
76) 속담은 "도둑이 없다고 해서 짖지 못하는 개라도 기르지 않아서는 안 되고, 쥐가 없다고
해서 쥐 잡지 못하는 고양이라도 기르지 않아서는 안 된다"는 것이다.

인과 양묵의 가운데 서서 두 쪽을 화합하는 이치는 없오. 만약 나의
말이 저 선禪에 약간만 관계되면 비록 온 세상에 한 사람도 선을 배우
는 자가 없더라도, 나는 이미 다른 사람을 금수禽獸 이적夷狄의 구렁텅
이에 빠뜨리는 것이 되오. 어찌 다른 사람만 빠뜨리겠오? 내가 먼저
스스로 저 삿되고 바르지 못한 무리에 빠진 것이오.

이 〈숙흥야매잠해〉를 둘러싼 토론에서 우리는 노수신의 사상과 관련하여
중요한 단서를 포착하게 된다. 두 사람이 극단적인 언사로 필요 이상으로
노수신을 몰아붙이는 데에서 노수신이 이미 주자학과는 이질적인, 소위 '선
학에 물든' 학문77)과의 관련이 두 사람에게 그 낌새가 포착되지 않았나 하
는 것, 그리고 노수신 자신은 여전히 정주학을 따르고 있는 것을 당연한 듯
두 사람에게 말해 보이는 것이다.

이황과 김인후가 노수신의 사상에 선학기禪學氣의 혐의를 두고 있었을 것
이란 사실에 대해서다. 노수신의 심학의 원류는 조광조의 심학(정주심학)을
주류로 하고, 육상산의 심학을 아우르는 그런 것이었을 듯하다.78) 앞에서
언급했지만 이황이 도학으로 등장하기 전에는 육상산의 학문도 얼마든지
수용 가능했다. 노수신은 을사사화의 충격을 계기로 주희의 도문학을 제쳐

---

77) 노수신은 '선학에 물든' 학문, 즉 육상산·나정암·왕양명의 학문 이전에 승려들과 사상
   적으로 교류했다. 노수신은 生進으로 성균관에 거재하고 있던 25세에 약 3개월 동안
   금강산을 유람했다. 승려들과의 교유를 이때부터 본격적으로 시작한 듯하다. 그리하여
   문집에 나타난 바로는 50여 명에게 60여 차례나 승려에게 시를 써 준 일이 있고, 심지
   어 진도 유배 중에는 그에게 와서 3년 동안을 배우고 간 승려도 있었다. 조선시대에
   유식층 승려들은 명망 있는 사대부를 찾아다니며 시를 받고 편지를 전달해 주는 등,
   사대부의 사자 노릇을 해 왔기 때문에 사대부 가운데에는 혹 승려와 친교를 가지는
   경우가 있었지만, 노수신의 경우는 가위 억불숭유의 國是를 일탈하는 단계에까지 이르
   렀다고 할 만하다. 그리고 승려들에 준 시편을 보면 한결같이 진지함을 볼 수 있다.
   이것은 무엇보다 까다롭게 계급·계층을 따지지 않고 두루 사람을 받아들이기 때문이었
   을 것이다. 앞으로의 노수신 연구에 노수신과 승려층과의 사상적 교류도 깊이 고려해야
   할 것이다.
78) 程朱心學과 陸王心學의 차이에 대해서는, 劉明鍾, 〈韓國陽明學의 諸問題〉(《陽明學》
   제2호, 한국양명학회, 1988)에 논의되어 있다.

두고 육상산의 '심즉리心卽理'의 심학이 좀더 중요하게 자신에게 다가온 듯하다. 그런데 육상산의 심학의 경우 경敬 공부를 중시하지 않았다. 경 공부는 여전히 정주 심학에 뿌리를 두고 있었다. 그는 〈자만自挽〉 시의 한 편에 이렇게 읊었다. "살아선 바다 가운데(섬)에 누웠으매 신神이 스스로 지키고/ 죽어선 하늘 밖(저승)을 다니매 그림자도 안 부끄럽네(一臥海中神自守, 獨行天外影無愧)."(〈자만自挽〉,《소재집》권2) 여기서 '신이 스스로 지킨다'는 말에서 신은 초월적 외재신이 아니라, 경의 주체인 자신의 정신이다. 주희는 "경하면 마음 안 욕심이 싹트지 않고 (중략) 마음에 주재함이 있으면(경敬함을 뜻함) 마음이 허虛로 되어 신神이 그 성곽을 지킨다. 운운" 했다.[79] '신이 스스로 지킨다(神自守)'라는 말은 주희의 이 말 가운데 '신이 그 성곽을 지킨다(神守其郭)'는 말에서 온 것이다.

이 〈자만自挽〉시는 주희의 격물치지 공부를 부정하던 일련의 시들과 비슷한 시기, 즉 33세에 지은 것으로[80] 보면 주희의 격물치지의 도문학 공부를 분명히 부정하면서도 경을 중심한 존덕성 공부를, 적어도 그 시기까지는 (나중에 양명학에 관계됨) 정주계열에 거점을 두고 있었음이 확실하다. 그런데 이황과 김인후의 필요 이상으로 몰아붙이는 이면에는 석연치 않은 점이 놓여 있고, 있다면 이때는 육상산의 심학과 승려와의 교류를 통한 선학禪學의 수용일 것이다. 아무튼 을사사화 후 유배 초기까지의 노수신의 사상은 다분히 혼돈과 방황을 거듭한 흔적이 역력하다.

다음은 "대저 배우지 아니하는 것을 (중략) 알지 못하는 자가 있겠오"라고 한 데 대해서다. 노수신 자신은 경을 중심으로 여전히 정주 심학을 주로 삼고 있는데, 불필요한 논박을 한다 싶은 생각에서 한 말인 것 같다. 원문의 행간을 음미해 보면 특히 김인후의 논박에 대해서는 불쾌해 하는 기색이 역연하다. 사실은 노수신의 정주程朱 관계 발언에는 이황·김인후들과 이념을 같이 하는

---

79) 정민정, 〈正心章〉(《心經附註》권2), "有主則虛, 神守其郭."
80) 노수신의 《소재집》권2에 시 저작의 年月 표시를 통해 알 수 있다.

동지로서의 이념 수호를 위한 다짐이었다는 점에서 다짐다운 열정이 그렇게 느껴지지 않는다. 다분히 의례적이다. 사실은 이 1년 전 45세의 노수신은 역시 유배지에서 문제의 〈인심도심변人心道心辨〉을 저작했던 것이다.

이이가 《경연일기》에서 평했듯이 노수신은 '젊어서부터 명망이 있었고' 〈숙흥야매잠해〉를 지어서 '청고한 명망이 더욱 널리 퍼져서, 해배 전후에는 자연스럽게 조선 도학의 도통을 이을 존재로 떠올랐다.

> 금상今上(선조) 4년 3월 노수신을 대사헌으로 삼았다. 수신이 복직
> 한 뒤로 매양 물러가 쉬려고만 했다. (중략) 이때 이황이 이미 작고했기
> 때문에 중망重望이 수신에게 있었다.[81]

이황이 작고했으므로 국정을 도학적으로 뒷받침할 자리, 이황이 있었던 그 자리에 노수신이 뒤를 이어야 한다는 여론이 있었다는 것이다. 바로 도통의 계승자로 노수신이 점지되었다는 것이다. 해배되기 전 소재 47세 때 〈인심도심변〉을 접하고 소재와 인심도심 문제를 편지로 논란하는 과정에서 이항李恒(노수신의 외종숙)은 소재에게 두 차례나 도통계승자로서 자세문제를 제기하고 있다.[82]

> 우리 동방의 도학의 계승은 오로지 군君을 믿고 있는데, 군이 또한
> 나정암羅整庵의 궤론詭論에 현혹되어 옳고 그름을 알지 못하니 탄식을
> 이루 말할 수 있겠는가.[83]

말할 것도 없이 노수신이 나정암설을 받아들인 것을 비판하기 위한 편지

---

81) 이이, 〈경연일기〉 今上(선조) 4년 3월(《율곡집》 권28).
82) 이항은 노수신의 〈人心道心辨〉을 45세에 지금 형태로 定稿하기 전에 보았던 것 같다. 지금의 〈인심도심변〉에는 "一齋先生 云云"이라는 말이 들어 있다.
83) 이항, 〈與盧寡悔書〉(《穌齋內集》 下篇, 〈懼塞錄〉 甲二).

였는데, 나정암의 설을 '궤론'이라고 한 극도의 부정의식의 이면에 주희의 학설에 대한 정통의식의 강조를 짐작할 수 있다.(사실 이항의 이기일물설理氣 一物說도 나정암의 영향으로 보기도 한다.) 이황이 이끌어온 당시 사상계의 면 모다. 아무튼 노수신이 주희설과 나정암설의 옳고 그름을 모르고 나정암설 에 현혹되어 도통계승을 놓치고 있으니 '탄식을 이루 말할 수 없다'는 것이 다. 다른 또 하나의 편지는 '음주飮酒'로 도통계승에 상응하는 주자학 공부를 못할까봐 우려한 것이다.

> 우리 동방의 도통의 계승이 군에게 있으니, 모름지기 방만하게 음주
> 를 하지 말게. 다시 거경궁리居敬窮經의 공부를 더하여 진실된 역량이
> 오래 축적되게 하여, 정미함을 다하고 고명함을 극진히 해서 중임重任
> 을 보존하면 정말 다행이겠네.[84]

도통의 계승이라는 중임을 보존하기 위해 전형적인 주자학적인 공부에 힘을 쏟도록 권하고 있다. 노진盧禛도 〈인심도심변〉에 문제를 제기하면서,

> 내가 생각하기에는 금세에 이 일(도학)에 기망期望을 두고 있는 사람
> 은 오직 공公뿐이오.[85]

라고 했다.

4) 〈인심도심변人心道心辨〉의 파문

이렇게 도통을 계승할 것으로 중망衆望이 모이는 가운데 노수신은 거기에

---

84) 이항, 〈與盧子書〉(주83)과 같은 책).
85) 노진, 〈與盧寡悔書〉(주83)과 같은 책).

는 아랑곳하지 않고 자신의 길을 갔다. 무언의 거부다. 노수신의 〈인심도심
변〉은 나정암의 학설 이전에 노수신이 주희의 설에 대해 의심을 품은 데에서
시작되어 나정암설을 만난 것이다.

> 내가 중년에 항상 주자의 이 전傳을 경송敬誦해 왔다. 그런데 거기에
> "인심은 인욕이라 할 수 없다"[86]라고 주자가 말한 것이 있는 것을 보
> 고서 스스로 이렇게 의심했다. "주자가 〈중용장구서〉에서 이미 형기形
> 氣의 사私로써 인심에 소속시키고, 성명性命의 정正으로써 도심에 소속
> 시켰으면 선악이 나뉘어졌으니, 인심은 곧 인욕(악)이다. 그렇지 않으
> 면 선악이 분기되는 기미幾微다. 그런데 〈대우모大禹謨〉에 '인심은 위
> 태하다(人心唯危)' 다음에, '도심은 은미하다(道心唯微)'라는 말을 또
> 놓은 것은 무슨 까닭인가? 여기에는 반드시 이유가 있을 것이다.[87]

이렇게 회의하여 도심구道心句는 이발已發의 용用인 인심에 대하여, 미발未
發의 체體가 되지 않으면 안된다는 결론에 도달한 것이다. 구체적인 요지는
이렇다.

> 주자는 대개 '도심은 순선純善한 것이라 하여 성명性命에서 발하였
> 다' 하고, '인심은 선악을 겸하여 형기形氣에서 발하였다' 하였으니,
> 이것은 곧 두 가지의 선이 있음을 인정한 것이다. 그러나 성명에서 발
> 한 선과, 형기에서 발한 선이 실은 다름이 없는 것이요, 또 선과 악은
> 인심에 속한 것이니 성명에서 발한 것도 또한 그 가운데 있는 것이다.
> 대개 '도심'은 천리가 마음 가운데 갖추어진 것인데, 그 발함을 기氣

---

86) 주희, 《朱子語類》 권78, 〈大禹謨〉, "'人心, 人欲也.' 此語有病.", "若便說做人欲, 屬惡
　　了, 何用說危?" 등이 있다.
87) 노수신, 〈人心道心辨〉(《穌齋內集》 下編, 〈懼塞錄〉 甲二).

로써 하므로 '인심'이라 하는 것이요, 중절中節·부중절不中節이 있기 때문에 위태로운 것이다. 그 발하지 않을 때에는 행적이 없으므로 은미한 것이다. 그 위태로움을 보고 은미함을 아는 데는 반드시 정일精一의 공부를 쌓아야 한다. '정精'은 인심을 살피는 것이니 (중략) 학자의 움직일 때의 공부요, '일一'은 도심을 보존하는 것이니 (중략) 학자의 고요할 때의 공부다.88)

'성명─도심─순선', '형기─인심─겸선악兼善惡'이라는 주희의 명제를 부정하고, '도심道心(天理)─인심(人心, 氣)─중절中節·부중절不中節'이라는 새로운 명제를 세운 것이다. 그리고 '정일精一'의 공부도 주희는 두 가지 심心에 대한 것이었는데, 노수신의 경우는 동시動時의 '정精'과 정시靜時의 '일一'로 바뀐 것이다.

노수신의 〈인심도심변〉은 조선학계에 엄청난 파란을 불러 일으켰다. 주자학을 정통으로 한 우리나라 도통의 계승자로 기대를 모았던 노수신이 주희설에 반反하는 〈인심도심변〉을 발표했으니 그럴 수밖에 없다. 이항·노진 등의 인사들은 앞에서 잠깐 보았듯이 노수신이 귀양지에 있을 때 공격을 했거니와, 기대승도 귀양지에 있는 노수신에게 편지를 보냈다. 그러나 이때는 노수신이 '음양陰陽의 태양太極, 칠정七情 중中의 사단四端'이라고 말한 것이 깊이 자신의 생각과 계합해서 매우 기쁘다고만 말했을 뿐이었다.89)

사실은 노수신이 〈인심도심변〉을 저작할 무렵에 이 소문이 이황에게 전해져서 이황이 아마 주희에 충실하라고 설유한 듯,90) 노수신이 다음과 같은

---

88) 주87)과 같은 곳.
89) 노수신은 '太極陰陽之說'과 '四端七情之論'을 글로서는 발표한 바 없으나, 羅士慄과 金千鎰 두 유생에게 구두로 발표한 바 있어, 이를 전해들은 기대승이 노수신의 두 유생에게 발표한 내용이 깊이 자신의 생각에 계합한다고 기뻐하면서, 목하 이황과 진행 중인 四七論爭에 한층 자신을 가진다고 했다. 기대승의 四七論의 논지가 노수신의 〈인심도심변〉의 일부 사유와 합치된다.
90) 이 설유는 편지나 시로써가 아니라 아마도 구두로 했을 가능성이 높다. 오늘날《퇴계

시를 보내어 굽힐 수 없음을 분명히 했다.

(전략)

熏陶德性好,   훈도하시려는 덕성은 고맙지만.

難化有沈鯤.   바다엔 변화하기 어려운 곤鯤이 있다오.

〈〈寄退溪先生〉,《소재집》권4）

해중海中(진도)에 있는 자신을 북명北溟에 잠겨 있는 곤鯤에 비유했다. 억센 자부심과 불구의 자세의 표명이다.

3년 뒤 노수신이 괴산에 양이量移되었을 때 기대승은 노수신을 찾아와 물었고, 그 내용은 편지로써 이황에게 보고된다.

대승: "고명高明(노수신)의 견해로는 정情(인심)을 어째서 '위태롭다' 했습니까?"

답: "선도 될 수 있고 악도 될 수 있기 때문에 '위태롭다' 한 것이지요."

또 물음: "정암整庵은 이기를 일물로 보는 자신의 견해에 연동連動되어서, 그 논의(인심도심에 관한 논의)가 그와 같습니다. 고명의 견해로는 이기가 이물입니까, 일물입니까?"

답: "전현前賢이 비록 '이다', '기다' 하고 다른 명칭을 내세우지만 어찌 두 가지 의리가 있겠오?"

이렇게 문답을 하는 즈음에 노장盧丈이 이미 술에 얼마쯤 취해 있어서 대승도 더 이상 감히 무리하게 힐변詰辨하지 않았습니다. 돌아가 생각하니 괴탄怪歎을 금할 수가 없습니다. 상고하건대, 주자는 "사람의 정情은 본래 다만 선하게만 될 수 있고 악하게는 될 수 없다" 하였으니,

집》에는 관계 문자가 없다.

182

이것은 바꿀 수 없는 명제입니다. 그런데 지금 노장은 "선하게도 될 수 있고, 악하게도 될 수 있기 때문에 '위태하다'"고 하였으니, 이것은 본래 준칙이 없어, 하지 못할 바가 없게 될 수 있을 터인데, 이래서 되겠습니까. (중략) 또 《주자어류》는 문인들이 기록한 것이기 때문에 볼 필요가 없고, 사서·오경의 집주輯註도 후인들이 편찬한 것이기 때문에 볼 필요가 없다 했습니다. 이 주장은 더욱 이치에 합당하지 않는 것으로 널리 전파되어서 배우는 이들을 그릇되게 할까 심히 두렵습니다.[91)

요컨대 주희의 설과 다르다는 것에 대해 '괴이함과 한탄을 금치 못하겠다'는 것이다. 주희의 설은 이미 그렇게 신성불가침의 영역이 되었다. 그러나 기대승의 말에는 다분히 과장기가 있는 것 같다. '선악에 정해진 준칙이 없어, 무소불위無所不爲로 된다'는 말은 형식논리로는 보면 성립될 수도 있지만, 실존하는 인간의 주체에 적용할 말은 아닌 것 같다. 문제는 주희의 '준칙'의 옹호에 있다. 기대승은 이 편지에서 이황이 주자설을 굳게 믿고 있다는 것을 강하게 의식하고 있는 것 같다. 기대승의 위의 편지에 대한 이황의 답서는 이렇다.

전에 과회寡悔가 자못 선미禪味를 좋아한다는 말이 있더니, 중간에 또 《곤지기》를 존중해 믿는다고 들었습니다. 황滉이 그 말을 그래도 믿지 않았는데, 급기야 그가 쓴 〈인심도심음人心道心吟〉 두 절구絕句를[92) 보고는 마음속으로 몹시 의심이 들어도 "과회가 이 지경까지는

---

91) 기대승, 〈先生前上狀〉(《兩先生往復書》). 노수신과 기대승의 '人心道心'에 대한 철학적 견해차에 대해서는, 남지만, 〈조선 주자학의 안팎을 구분하는 기대승의 전후기 성리설〉(《泰東古典硏究》 제25집, 한림대 태동고전연구소, 2009)에 자세히 논의되어 있다.

92) 《소재집》 권4에 실려 있는 〈次韻奉呈鄭僉使廻軒, 復題一篇, 憑達一齋侍者〉가 이른바 〈人心道心吟〉이다. 1題 2首의 이 작품의 둘째 수가 해당 내용이다. 다음과 같다. "元來道與器非隣, 可認人心是外塵. 須就道心爲大本, 用時還見道承人."

되지는 않았으리라. 아마도 호사자好事者의 가탁일 것이다"라고 생각
했습니다. 그런데 이제 공公의 편지를 보건대 직접 그와 더불어 이야기
하면서 물어본 결과, 그 언론 지의旨意가 이와 같다고 합니다. 나로 하
여금 슬프고 실망하게 합니다. 그러나 어떻게 하겠습니까.

　대저 정암整庵은 도道에 대하여 전혀 못 본 것은 아니나, 단지 그는
대원두처大源頭處에 대하여 잘못 인식하였으니, 기타 소소한 의논 중에
비록 합리한 곳이 많다 하더라도 귀할 게 하나도 없습니다. 과회가 오
랜 세월을 두고 여기(도학)에 힘써 왔으므로, 그다지 갈팡질팡 하지는
않으리라 생각했는데, 이제 그의 견해가 정주와는 부합하지 못하고 도
리어 정암에 합치되었습니다. (중략) 과회의 오류는 선학禪學으로 인해
서 길을 잘못 든 데에서 온 것인 듯하니, 지난날의 소문이 거짓이 아닙
니다. 그러므로 공의 편지에서 말한 대로《어류》·《집주》의 유類는 다
취하지 않습니다. 이는 곧 이치를 궁구하는 번거로움이 싫어서, 곧바로
간략하고 빠른 길로 가려는 것이니, 이 점이 특히 염려됩니다.[93]

요지는 노수신이 정주의 설에 부합하지 못하고 정암의 설에 합치된 것은
선학의 영향 때문이라는 것, 선학은 번거로운 것을 싫어해 간편하고 빠른
첩경으로 가려는 경향이 있다는 것, 그리고 나정암과 합치된 노수신에 대한
개탄이 그것이다. 노수신은 사실 선학에 상당한 조예, 그러나 공개적으로
드러내 보일 수 없는 조예가 있었던 것 같다. 〈숙흥야매잠해〉에 그 단서가
드러나 보이기도 했다. 여기서 이황이 언급한 노수신의 선학은, 선학에 대한
노수신의 실제적인 조예와 아울러 목하 문제되고 있는 나정암을 위시하여
이황이 선학에 물든 것으로 간주한 육상산, 왕양명 등에 대한 노수신의 경사
傾斜를 의미한다. 그리고 '간편하고 빠른 첩경 운운云云'도 한 사상가의 사상
노선의 전변轉變 이유를 설명하는 근거로는 좀 부적절할 것 같다.

---

93) 이황, 〈重答奇明彦〉〈別紙〉(《퇴계집》 권17).

이황 진영의 나정암에 대한 인식과는 달리, 노수신은 반대로 나정암을 왕양명으로부터 '주자朱子의 도道'를 지킨 공신으로 인식하고, 자신이 〈인심도심변〉을 쓴 것도 우리 동방의 주희의 도를 위해서라는 것이다. 후배 김천일金千鎰과 나사율羅士慄에게 이렇게 말했다. 노수신의 51세 때다.

지금 양명·정암 두 학설이 중국에 성행하네. 정암이 힘을 다해 양명을 배척하지 않았으면 주자의 도道는 거의 끊어질 지경이었네. 그런데 일재一齋(이항) 선생은 장황하고 모호한 말씀으로 줄곧 나를 꾸짖어 오래도록 멈추지 않으시네. 이것은 스스로 주자의 울타리를 걷어 치우는 것일세. 장차 주자의 도가 우리 동방에서 외부의 공격으로부터 막아주는 울타리도 없게 될 터인데 정말 두렵지 않은가. 내가 이 두려움 때문에 망령되이 〈인심도심변〉과 아울러 〈집중설執中說〉을 쓴 지가 이미 오래되었네.[94]

〈인신도심변〉이 지어지고 나서 15~6년이 지나도록 관심과 공격의 냉전冷箭이 끊이지 않았다. 이황이 주도해서 비판했으니 그럴 수밖에 없다. 노수신의 60세에 남언경南彦經에게 보낸 답서다.

대저 정암은 다만 체體에 관해서만 갖추어 말했을 뿐 전체적으로 보면 주자의 설과 한 터럭만큼의 차이도 없는데, 세상의 유자儒者들이 마음을 비우고 노기怒氣를 가라앉히려고 하지 않고 줄곧 꾸짖고 공격만 하오. 처음부터 끝까지 이 '마음'(인심·도심의 심)을 상상으로만 보아 세속의 학문(실제로 해 보지도 않고 한 체하는 것)에 떨어짐을 면하지 못하고, 도리어 내 설을 선학에 물든 것이라 하니 어찌 통탄하지 않겠오.[95]

---

94) 노수신, 〈答羅士慄·金千鎰二生〉, (주87)과 같은 곳).
95) 노수신, 〈答南(時甫)彦經問〉, (주87)과 같은 곳)..

이황은 그의 나이 69세쯤에, 복직하여 사환하고 있는 노수신에게 시를 보낸다. 5언 율시로, 시를 보낸 의도의 핵심은 경련頸聯에 있다.

學貴虛心得,   학문은 빈 마음으로 얻는 것이 소중하고,

名羞掩耳偸.   명성은 귀를 가리고 훔치는 걸 부끄러워하지.

(〈寄蘇齋〉,《퇴계집》 권5)

저작한 지 10년이나 되는 〈인심도심변〉이나 그때까지도 사림사회의 화제는 처음과 다름 없었던 듯, 더구나 이황 자신의 기대승과의 사칠四七논쟁에 밀접히 관련을 가지는 학설이라 더욱 그럴 수 있을 법하다. 그런데 노수신의 그 명성이 '귀를 가리고 훔친 것'이라 했다. '엄이도령掩耳盜鈴'의 고사를 쓴 싯구인데, 요컨대 '인심도심'은 주희의 〈중용장구서〉에서 말한 그대로가 올바른 정설인데, 그것을 일부러 모른 체 하고 변辨을 지어 이름을 얻고 있다는 것이다. 받아들이기에 따라 엄청난 모욕이다. 15년 후배인 소재와의 사이에 이 정도의 말은 소화할 수 있는 심리적 기제機制가 장치되어 있었는지 모르나, 그렇더라도 알맹이는 남는다. 여기에 대한 노수신의 답시는 이렇다.

須要有自得,   학문하는 데에는 모름지기 자득이 요구되거니,

聽奕豈專秋.   바둑을 배우는 데에 어찌 혁추奕秋(옛날 바둑의 명수)

                    만 따라야 하리.

(〈酬陶叟先生〉,《소재집》 권5)

'도학을 하는 데 주자만 따를 수 없고', '스스로 자득하는 것이 요구된다'는 노수신의 시도 평생 '선유先儒(주자)의 정설定說'만 믿고 따라온 이황을 무연憮然하게 하기에 족하다. 이황은 당시 노수신의 사상과 같은 좌도사상이

후세에 전파될 것을 염려함인 듯, 작고하기 2~3년 전 무렵 〈전습록논변傳習錄論辯〉을 위시한 6편의 '벽좌도闢左道' 논변을 남기고 있다.

5) 노수신의 양명학에 대한 확신

앞에서 노수신은 후배들에게 자신이 〈인심도심변〉·〈집중설〉을 쓴 것은 나정암이 양명학으로부터 주자학을 옹호하기 위해서이듯, 동방의 주자학을 보호하기 위한 것이라 했다. 그렇다면 노수신도 양명학을 배척한 것처럼 들리는데, 왜 이런 전후 모순되는 말을 하게 됐는지 그 자세한 속사정에 대한 고구考究는 뒤로 미루고,96) 우선 여기서는 자료에 나타난 바대로 해석하고자 한다.

노수신은 을사사화 후 33세 무렵에 이미 양명사상적 사유를 시로 표현한 적이 있었다. 그 뒤 사상의 혼돈과 방황을 겪으며 나정암과 함께 양명을 깊이 사색한 것 같다. 그래서 드디어 확신에 도달한 것 같다. 아래의 시는 〈인심도심변〉을 쓰던 45세 무렵에 지은 것이다.

求放心爲下手端, 놓쳤던 마음 거둬들이는 건 첫 시작일 뿐,
立誠意是萬條根. 성의를 세우는 것이 일만 가지의 뿌리일세.
雖云未學吾云學, 성의를 세웠다면 비록 배우지 못했어도 나는 배웠다 하리라,
不管絲毫極細論. 실오라기 터럭 같은 자세한 논의와는 상관없는 일이네.

(〈邊將辭請敎〉,《소재집》 권4)

주지하듯이《맹자》의 "학문하는 방법은 다른 것이 없고 놓쳤던 마음을 거둬들이는 것일 뿐이다(學問之道, 無他. 求其放心而已矣)"라고 말한 이른바 '구

---

96) 노수신의 양명학에 대한 이중적 태도는 자신의 〈인심도심변〉으로 인한 당시 사림사회의 들끓는 분위기 때문인 것으로 생각된다. 뒤에 말한 自愧詩에 이 자신의 이중적 태도도 당연히 관련이 있을 것이다.

방심求放心'은 도학에서 존덕성 공부에서 중요한 위치를 차지한다. 그런데 노수신은 '구방심求放心'은 '첫 시작일 뿐', '성의를 세우는 것'이 무엇보다도 중요하다고 했다. 성의는 주지하듯이 '치지致知' 즉 '양지良知를 극진히 하기'위한 공부로서 바탕이 되기 때문이다. 그러므로 위의 시는 앞에서 인용한 양명의 다음 말과 근본적으로 다른 사유가 아니다.

> 만약 성의誠意를 주主로 해서 격물치지 공부를 하면, 곧 공부에 비로소 귀속처가 있게 된다. 바로 위선거악爲善去惡이 성의 아닌 일이 없다.97)

이것은 '실오라기 터럭 같이' 경전의 주석과 의리를 따져서 이룩하는 주희의 '격물치지'와는 아무런 상관도 없는 일이라고 했다. 일견 을사사화 직후 자신이 피력한 일련의 시편詩篇의 생각과 거의 같다. 그러나 같은 생각을 10여년 뒤에 다시 되뇌어 강조하는 데는 그럴만한 이유가 있을 것이다. 즉 양명학에 대한 확신이다. 위의 시 외에도 〈제대학서후증소생題大學書後贈蘇生〉98) 등, 이 무렵에 제작된 양명학적 사유를 읊은 시편들이 적잖다. 사실은 〈인심도심변〉에 이미 양명학적 요소가 있음이 논의되어 있기도 하다.99)

해배 후 나이 들어가면서 양명학적 주제를 읊었다고 보이는 시들도 앞 논문의 필자가 이미 여러 편 논문에서 논구한 바 있다. 이들 기존 성과에는 물론 견해를 달리할 사람이 있겠으나, 노수신이 양명학을 받아들여 확신에 이른 것만은 분명하다. 노수신은 양명학에 관해서 따로 산문논문으로 자신의 견해를 밝힌 바는 없다. 〈인심도심변〉 이후 사림사회의 분위기를 보면, 이황의 비판과 통제에도 그렇게 버틴 노수신으로서도 도저히 그렇게 할 엄두가 나지 않았을 것이다. 그가 만년에,

---

97) 주66)과 같은 곳.
98) 노수신, 《소재집》 권4.
99) 신향림, 〈盧守愼의 心性論과 陽明學〉(《유학연구》 제16집, 충남대학교 유교문화연구소, 2007).

我如老牛鞭不動　　나는 채찍을 맞아도 움직이지 않는 늙은 소 같아라

(〈耆老宴作〉,《소재집》권6)

伏枕笑平生　　베개에 엎드려 평생을 비웃으리라

(〈賜几杖宴席〉,《소재집》권6)

　같은 일련의 자책自責·자괴구自愧句가 있는 시는 그의 상업相業의 부진不振과 함께, 자신의 양명학의 사상적 온축을 산문 논문으로 맘껏 피력하지 못한 울결鬱結, 그리고 주자학과 양명학에 대한 자신의 어쩔 수 없는 이중적 태도 때문이었을 것이다. 그래서 노수신은 69세에《개정대학改定大學》을 찬집撰輯하여 자신이 양명학도 받아들였음을 완곡하게 표출했다.《개정대학》에는 격물치지장을 보망補亡한 주희의《대학장구》를 반대한 우리나라의 이언적과, 중국의 왕양명을 위시한 여러 학자들의 대학에 대한 견해가 들어있다. 이식은 노수신의 양명학자적 태도를 다음과 같이 공격했다.

　　노수신이《곤지기》로써 구멍을 뚫고, 그러고 난 뒤에는 맘대로 이론異論을 펼친다. (중략) 노수신이 육상산과 왕양명을 높이고자 맹자의 의논(王道와 覇道 등)과도 달리하니, 그 무엄無嚴하기 어찌 여기에까지 이르렀는고.[100]

　노수신이《곤지기》를 받아들이고 난 뒤에는 주희와 다른 학설을 거리낌 없이 펼치고, 육왕학도 그 중의 하나들이란 것이다. 이식은 노수신의 두 세대 뒤를 산 사람이다. 그의 '무엄하다'는 표현에는 이미 주자학의 교조주의 냄새가 짙게 풍긴다. 이황의 위도衛道의 효과다.

---

100) 이식, 주10)과 같은 곳.

3. 노수신, 사상적 자유주의자

이렇게 노수신은 주자학의 존덕성 한 쪽을 바탕으로 해서 육상산·나정암·왕양명의 학설을 두루 수용했다. 거기다가 불교에도 마음을 개방했다. 불교를 제외하고는 모두 같은 유가의 울타리 안에서 중첩적重疊的으로 존재하는 유파들이다. 사상의 경계가 분명한 이종異種 학문이 아니다. 다 같이 성리학의 범주에 든다. 그런데 도학의 권위가 집주集湊된 이황이 주희의 학설을 기준으로 이들을 모두 이단시異端視하여, 주자학과는 마치 이종의 학문처럼 경계가 분명한 것으로 인식되었다. 이황에 의해서 유가의 울타리 안에서 축출된 셈이다. 이황에 대한 존경의 념念으로 차 있던 사림사회도 암묵리에 이런 인식을 공유했다. 그런데 유독 노수신만이 여기에 저항했다. 이황의 누차의 비판과 통제에도 굽히지 않고 그는 자신의 길을 갔다. 더구나 도통의 계승자로 기대를 모았는데 말이다. 바로 여기에서 우리는 조선의 사상사에서 찾기 어려운 존재를 만난다. 자신이 가치가 있다고 판단되는 어떤 사상에도 열린 마음으로 접근하는 노수신을 우리는, 제한된 범위에서나마, 사상적 자유주의자로 규정해도 좋을 것 같다. 게다가 노수신은, 앞에서 보았듯이 '불교·도가·관중·안자의 수준에도 못 미치는 유가들'이라고 그 시대 지성으로서는 드물게 보는, 공정한 자기비판의식도 가지고 있었다.

노수신은 주희를 위시하여 육상산·나정암·왕양명·불교를 받아들였다고 해서 그를 사상적인 떨레땅뜨로 본다면 크게 잘못 본 것이다. 주자학에서 출발하여 한때 다소 사상적 혼돈과 방황이 있었을지라도 존덕성의 심학으로 일관한 것은 분명하다. 존덕성의 심학을 기준으로 그는 정주, 육상산, 왕양명, 그리고 선학을 섭취하여 그 자신의 사상을 완성해 갔던 것이다. 그는 60세경에 남언경의 질문에 답하면서 이렇게 말했다.

대저 사람이 학문하는 것은 오직 마음을 찾자는 것입니다. 진실로
마음이 이미 찾아지면 이른바 '성性·정情', '도道·덕德', '체體·용用', '동
動·정靜' 등의 글자란 이 마음을 형용하는 말에 불과할 뿐, 그 사이에
선후·경중을 따질 여지가 없습니다. 저의 견해는 이와 같습니다.101)

'마음을 찾는 일求心', 즉 주체성의 완성을 향해 끊임없이 나아가는 길에
서는 주희에서 불교에 이르기까지 가릴 것 없다는 것이다. 그렇다고 해서
그는 자신의 내면에 있던 사상을 지우고 새로 받아들이는 것이 아니라, 기존
의 바탕 위에 중첩적으로 수용한다. 여기에서 문제가 되는 것이 학설 상호간
의 모순 가능성이다. 이 문제를 노수신은 어떻게 해결했을까? 그것은 아마
'자득自得'일 것이다. 노수신은 기회 있을 때마다 자득을 말했다. 자득으로
학설간의 모순에서 선택하고 조절해서 자기의 것으로 만들었다고 할 수 있
다. 앞으로 깊이 연구해 보아야 알 터이지만, 노수신에게는 상산학자다, 양
명학자다 하여 어느 일방으로 귀속시키는 것은 타당치 못하다고 생각한다.
총체적으로 '노수신 사상' 그 자체로 보고 보다 정밀히 연구할 필요가 있다.
　　노수신은 생전 동시대에 아무에게도 사상적으로 동조를 받지 못한, 그리
고 사후에도 심히 견제를 받았던 매우 고독한 사상가다. 우리는 조정암의
도학 근본주의, 이황의 주자학 절대주의, 그리고 송시열의 주자학 교조주의
에 이르는 사상사의 역정에서 노수신의 존재 의의를 깊이 생각해 보아야
할 필요가 있다.

4. 맺음말

우리나라 사상사에서 상대적으로 일정한 다양성의 면모를 가지고 있었던

---

101) 노수신, 〈答南時甫(彦經)問〉(주87)과 같은 곳).

고려조의 그 다양성은 도학이 수용되면서 점차 그 영역이 축소되어 갔다. 도학은 태생적으로 '벽이단闢異端'의 공격성을 가지고 있기 때문이다. 조선 왕조로 바뀌어 억불숭유의 국시가 정해지자 그 축소縮小는 결정적으로 되었다. 억불숭유의 '유儒'가 원시유학이나 한당유학이 아닌 바로 도학이기 때문이다. 16세기에 이르러 마침내 조광조의 도학 근본주의가 표방되어 소격서의 혁파를 계기로, 도교·도가를 위시하여 불교의 잔류분殘留分 등, 우리 재래의 비도학적인 토착신앙까지도 숙정肅正을 받았을 것이다. 축소되어 가던 고려적인 다양성마저도 아주 사라질 지경이었다. 사상계는 곧 도학으로 일원화되어 갔다. 그러나 후일 이황의 주자학 절대주의에 비하면 최소한의 다양성은 그래도 확보되어 있었던 셈이다. 조광조 시대의 도학은 정주학程朱學을 중심으로 그 외곽에 있던 기학氣學, 상산학象山學을 포함한 도학이었고, 이 도학의 자유로운 학습과 사유가 보장되어 있었기 때문이다. 조광조의 도학적 권위는 이 일종의 범도학이 인정되는 바탕 위에서의 것이었다.

이황의 시대에 오면 사상의 다양성은 이제 거론할 여지가 없게 되어 갔다. 사대부 사회에 막강한 영향력을 가지고 있었던 이황에 의해 추동된 주자학 유일화는 조광조 시대에 허용되었던 최소한의 다양성마저도 보장되지 않았다. 기학·상산학이 비판·통제의 대상이 된 것은 말할 것도 없고, 조식·남언경 등의 사상에 섞여있는 한 성분에 불과한 장자적 요소마저도, 이황의 눈에는 주자학의 순수를 위해 척결해야 할 대상이었다. 노수신은 바로 이러한 이황의 주자학 유일화에 반기를 든 사상가다. 그는 정주학에 기초하여 육상산, 나정암, 왕양명 등 주로 후기 심학心學 계열의 사상을 섭취하여, 이황의 주자학 유일화 추동에 저항하였다. 이황은 이들 사상의 뿌리가 선학禪學이라 하여 거의 이단 수준으로 배척하였다. 그리고 노수신에게 주자학으로 돌아오라고 집요하게 권고·통제하였으나, 노수신은 자신에게 모아진 이황 이후 주자학 도통의 기대마저 거부한 채 자기 길을 갔다.

나는 17세기 송시열에게 이르러 '사문난적斯文亂賊'이라는 죄율罪律로 사상을 억압했던 주자학 교조주의의 성립은, 이 16세기 조광조의 도학 근본주의와, 이황의 주자학 절대주의 추동의 결과라고 생각한다. 여기에서 이황의 주자학 절대주의에 저항한 노수신의 사상사적 위상과 의의는 자명하게 드러난다. 사상의 획일화에 맞서는 하나의 안티테제로서다. 노수신의 존재와 그를 매개로 한 '좌도左道'들의 전파를 주자학 체제에 대한 심각한 위협으로 이황은 받아들였다. 그래서 이황의 노수신에 대한 공격이 유독 집요했던 것이다. 이러한 획일화를 위한 공격에 맞서 도학·심학이라는 한정된 범위 안에서나마 여러 유파의 일정하게 다양한 사상적 인소因素를 포지抱持한 노수신은 그 시대의 사상적 여건에서는 한 사람의 자유주의자라고 할 만하다. 우리 사상사의 소중한 자산이다.

그리고 보니 그동안 주로 가치중립적이거나 아니면 긍정적 평가였던 조광조나 이황의 철학 논의에서는 드러나지 않았던, 또는 드러날 수 없었던 부정적인 면모가 우리 앞에 여실히 드러난다. 사상의 억압체제에 이르도록 사상사를 추동한 장본인으로서 말이다. 이렇게 사상사적 시각으로 조선시대의 도학·주자학에 대한 논의를 보다 정밀하게 논의한다면 엄폐되어 있던 새로운 면모들이 많이 드러날 것으로 기대한다.

(《韓國思想史學》 51, 한국사상사학회, 2015)

석주石洲의 시인의식의 자유·저항성의 국면과

그 역사적 의미

—16세기~17세기초 서강지역西江地域 사대부들의 의식성향과 연계하여—

1. 문제 제기

"제자諸子의 장점을 모두 모아 스스로 일가一家를 이룩하여 국조國朝의 정
종正宗으로 받들어졌다"[1]라고 한 평언評言이 뜻하듯 석주石洲 권필權韠의 시
적 성취는 편면적片面的이 아니라, 극히 높은 수준에 있어서 다면적多面的복
합적複合的이다. 잘된 서정시가 대개 그러하듯 석주의 시가 도달한 그 최종의
미적 성취의 높이에 상응할 만큼의, 그것에 대한 논리적 묘사는 거의 불가능
할 것으로 보인다. 적어도 필자에게 있어서는 그러하다.

위 인용문에서는 "제자의 장점을 모두 모아 스스로 일가를 이룩했다"라
고 했지만 이 논평은 그의 시적 성취의 결과를 설명하기 위한 하나의 방편적
方便的 논리이지 사실이 아니다. 석주의 시는 배워서 도달할 수 있는 정도를
훨씬 넘어서 있다. 장유張維의 적확한 지적대로 "어느 작품의 경우에고 천기
天機의 유동流動이 아닌 것이 없다."[2]

천기의 유동이라고 해서, 그러나 그의 시인의식이 즉자태卽自態로 이루어
진 것은 아니다. 천분天分 이외에 그의 어떤 깊은 자각이 개재되어 있다. 필자

---

1) 《光海君日記》 4年 4日條, "盡集諸子之長, 而自成一家, 論者推爲國朝正宗."
2) 張維, 〈石洲集序〉(《石洲集》), "盖無往而非天機之流動也."

는 이것을 '정신의 자유에의 자각'이라고 보고 싶다. 즉, 그는 당시 사대부 계층 앞에 타계층에 대해서는 배타적 · 특권적으로 일정하게 제도화되어 주어져 있었던, 과거 응시를 그 첫 디딤돌로 한, 욕구발현欲求發現의 이러저러한 물적物的 체계로부터 자아를 절리絕離시키고, 아울러 그러한 물적 체계와 직·간접으로 표리관계를 이루고 있던, 사대부 계층에게의 제약制約 · 구속拘束의 틀을 스스로 이완弛緩시킴으로써 일정하게 새로운 성질의 정신의 자유의 지평地平을 가지게 되었던 것이다.

석주의 이러한 선택은 그러나 초역사적超歷史的인, 형이상학적形而上學的인 자각에 의한 것은 결코 아니다. 16세기로 접어들면서 진행된 일련의 권력 변동의 충격의 결과 자기 앞에 조건지워진 일종의 한계상황이 그로 하여금 그렇도록 만들었던 것이다. 여기에서 그의 정신의 자유의 지평이 권력에의 저항의 에네르기로 충일充溢하게 된 것이다. 그러니까 석주의 시인의식으로서의, 이 정신의 자유를 거점으로 한 저항성의 국면은 16세기 조선조 사대부층의 자기토태自己淘汰·자기분화自己分化 과정의 한 산물産物로서, 일정한 역사성을 갖는 의식형태로 설정될 전망을 가지게 된다는 말이다.

필자는 석주의 시인의식의 이 국면이, 천기유동天機流動으로 고도한 미적 성취에 도달한 그의 시의 총체적 이해로 들어가는 문로門路의 하나라고 보고 먼저 이 국면에 관심하고자 한다.

2. 석주의 정치 · 사회적 처지

석주 자신 한 지인에게 준 시에서 "나 또한 낙척한 자/ 반생을 풍진 속을 돌아 다녔소(我亦落拓者, 半世趨風埃)"[3]라고 하여 스스로 '낙척한 자'라고 하였듯이 그의 생애는 바로 '낙척' 그것이었다.

---

3) 權韠, 〈贈林子定〉(《石洲集》 卷1).

그는 1569년(선조 2년)에 서울의 서쪽 한강 가에 있는 현석촌玄石村에서 태어났다. 그의 집은 그의 조부대祖父代 이래로 줄곧 이곳에서 살아왔다. 석주가 생장한 이 현석촌 일대 한강변 지역은 도성에서 지근至近한 거리에 있고, 세곡선稅穀船의 집결지이자 강상江商의 거점의 하나이기도 했던 서강西江이 있어, 조선시대 사대부들의 일반적인 주거관념으로는 그들의 토착土着 근거지일 수는 없었다. 다만 도성 안 공후公侯·귀척貴戚들에게는 누정亭樓을 둔 유연지遊宴地였고, 그리고 정치적으로나 경제적으로 영락하여 도성 안에서 버틸 만한 형세가 못 되거나, 또는 주로 정치적인 이유로 스스로 도성을 등지고 싶어 한 사대부들의 잠정적 주거지―즉 우거지寓居地로서의 성격이 강했던 곳이다. 흥미로운 것은 석주와 같은 시대에 이곳에 우거하고 있었던 이기설李基卨이란 이는 도성 안의 정치현실과 자기와의 갈등이 극에 이르자 보다 멀리 김포金浦로 옮겨 가 버리고, 석주보다 한 세기 정도 뒤의 박세채朴世采 역시 이곳에 우거하다 만년에는 파주坡州에 옮겨 가 살았다는 점이다. 여기에서 이 지역이 도성 일원 사대부 사회에서 갖는 성격의 일면이 보다 선명하게 드러나는 셈인데, 말하자면 전방의 도성내都城內와 후방의 농촌기지와의 중간 점이지대적漸移地帶的 성격을 띠고 있었던 셈이다. 이 점이지대적 성격을 띤 곳에서 일시 우거가 아니라 가위 세거世居하고 있었다는 점에 석주의 집이 놓여 있었던 정치·사회·경제적 처지가 상징적으로 암시되어 있다고 하겠다.

그의 집은 조선 초기 대표적인 훈구관료가문의 하나인 양촌陽村 권근權近 집안의 한 갈래다.[4] 그의 직계로 보면 여말 정계의 거물인 권부權溥(9代祖)에서 권근(6代祖), 근近의 막내아들 준踳으로 이어지는데, 그의 5대조인 준은 공신의 아들로서 세종 때부터 사환하기 시작하여, 단종 초년에 승지承旨로 있으면서 조카 람擥의 형제들과 함께 세조의 즉위에 공헌하여 정난2등공신靖難二等功臣으로 안천군安川君에 봉해지고 대사헌에 발탁되어 한성부윤·이조

---

4)   이하 石洲 直系의 仕宦 관련 사실은 주로 《朝鮮王朝實錄》에 의거한 것임.

참판을 거쳐 세조조에서 형조판서·호조판서 등을 지냈다. 그리고 정난공靖難功으로 공신전功臣田 150결結에 노비 15구 등을 사급賜給받고, 그 뒤에도 수차에 걸쳐 노비를 사급받는 등 훈구관료로서의 특권을 누렸다. 석주의 직계로 보면 권부權溥에서 이 준蹲의 세대까지는 관료·정치적 지위에 있어서나 경제적 형세에 있어서 말하자면 성세盛勢였다.

그런데 석주의 고·증조대에 이르러 관료적 지위는 아주 떨어져, 고조 념념은 지괴산군사知槐山郡事, 증조 억억은 광흥창수廣興倉守로, 그 품계가 4품四品에 그쳤을 뿐 아니라 그 직職도 보다시피 요직이 아니다. 이들은 아마 음사蔭仕였던 것으로 보인다. 고·증조대의 이러한 영체零替는 그의 조祖 기祺가 승지·호조참의, 부父 벽擘이 예조참의·강원도관찰사라는 당상관堂上官의 직職을 지냄으로써 다시 상승하는 것 같았다. 그러나 조부 기는 공조정랑 시절에 집에 든 여자 도둑을 구타하여 치사致死케 한 혐의로 한때 의금부에 갇히기도 했고, 승지·호조참의로 승진했을 때에는 물망이 아니라고 대간臺諫으로부터 끈질긴 공격을 받아, 결국 그 자리에서 밀려나기도 하여 정치적으로는 별로 힘을 펴지를 못했다. 이때는 바로 김안로金安老의 집권시기였다. 부父 벽擘의 경우도 당상관이라고는 하나, 그것이 50년에 가까운 사환생활 뒤끝의 승진이고, 관찰사라고는 하나 그 격이 상대적으로 떨어지는 강원도의 그것이었다는 점에 이미 그가 환로宦路에서 결코 득의하지 못 했음이 어느 정도 시사되어 있거니와, 우리가 특히 유의하는 점은 그의 50년 관력에 이조吏曹는 고사하고 삼사三司나 예문관藝文館의 하료직下僚職 하나 거친 적이 없었다는 사실이다. 기祺의 경우는 그래도 집의執義도 지내고 승지承旨도 지냈지만 벽擘의 관력을 보면 그는 가위 기술적 관료로 저회低回했다고 할 만하다. 이식李植이 그의 묘비명서墓碑銘序에서 "녹사오십년祿仕五十年"[5]이라고 표현한 것은 그의 이러한 관력에 근거해서일 터이다. 이 점은 결국 무엇을 의미하는가? 그는 사환권에는 남아 있었지만, 정치권에서는 배제되어 있었

---

5) 李植, 〈贈禮曹參判習齋權公墓碑銘(幷序)〉《澤堂別集》 권7).

음을 뜻하는 것 외에 다름 아니다. 이 말은 비단 벽薜의 경우에만 국한되지 않을 듯하다. 기禥의 경우 잠시 정치권에 접근된 적이 있었기는 했지만 이내 밀려 나왔으므로, 석주의 집은 결국 대대로 사환은 궐闕하지 않았지만, 적어도 그의 고·증조 이래로는 정치 그것으로부터는 소외되어 왔다고 할 수 있다. 여기에 따라 경제적으로도 영체零替하여 지주적 토지기반은 고사하고, 이식의 표현을 빌면 "집에 양식이 떨어지기 일쑤이고, 처자가 기한飢寒을 면하지 못 할 정도"6)라는 것이다. 그래서 택당은 권벽權薜의 사환을 또한 특히 '녹사祿仕'라고 표현했던 것이다. 석주의 대에 와서는 가위 유리流離되다시피 된 데에서 택당의 표현이 결코 상투적 수사만은 아님이 입증된다.

여기서 하나의 결론에 도달하게 되는데, 석주의 집은 결국 전시대의 훈구적인 면모도 사라지고, 당시대에 지주적 기반도 없는, 도성권의 토착 사환가로서 사환권에서는 일탈되지 않았지만, 정치적으로는 소외되고 경제적으로는 빈한한 사대부였다고 할 수 있다. 따라서 도성권에서의 토착이란 점에서는 재지적在地的 사대부와, 비지주적非地主的이란 점에서는 지주적 사대부와는 스스로 성격을 달리하는 유형이라고 하겠다. 아무튼 석주가石洲家의 이런 처지─정치·사회적으로나 경제적으로 도성 안에 들어가 버티고 살 수 있는 형편도 못되고, 그렇다고 돌아갈 후방의 기지가 있는 것도 아닌 이 처지가, 사대부 가거지지可居之地도 아닌 서강西江 가 현석촌玄石村에 눌러 있을 수밖에 없도록 했다고 할 것이다. 그의 집의 이런 처지는 그 자신의 보다 심각화된 정치·경제적 상황과 함께, 그의 기질 · 의식, 그리고 문학을 직·간접으로 크게 규정하고 있다.

---

6)   주5)와 같은 곳, "家屢空, 妻子不免飢寒."

3. 석주 시인의식의 자유성과 저항성

44세를 일기로 필화筆禍로 죽은 석주의 시세계는 대략 30대초를 분수령으로 하여 크게 다른 면모를 보여 준다. 송시열宋時烈이 석주의 청년기와 만년기의 '견식운위見識云爲'가 두 사람인 양 다르다7)고 한 것도 그의 시세계의 변모에 의거한 인격성에의 인식에 다름 아니다. 그러나 정신의 자유성은 일관되고 있다. 다만 도학道學으로 들어간 후기의 자유성은 다분히 내면화·형이상화하고 있다. 이런 점에서, 일관되고 있는 그의 자유성 역시 전·후기 크게 질을 달리하고 있는 셈이다. 여기서는 우선 특히 전기에 우세했던 형태의 자유성만 간략히 논급하고자 한다.

그의 전기의 자유성은 무엇보다 주로 이 시기에 쓰여 진 것으로 보이는, 편폭篇幅이 비교적 큰 고시古詩 작품의 분방奔放한 율·격律格과 호흡呼吸이 인증해 주거니와 그 자신,

我本不羈人,   나는 본래 불기不羈의 사람,
久作江湖散.   오래도록 강호江湖에 떠돌았소.
(〈夜坐書懷 (중략) 奉呈同行諸君子〉,《石洲別集》권1)

라고 하여, 스스로 '불기不羈의 사람' 즉 '자유의 사람'임을 시로 표백하기도 했다.

다음에 드는 시구들은 그 작품 내에서의 문맥적 지향은 반드시 그렇지는 않지만, 그의 자유의식과 깊은 관련을 가진 의상意象이라고 보아 무방하다.

昔余夢爲鳥,   이전에 나는 꿈에 한 마리 새가 되어,

---

7) 宋時烈, 〈石洲集跋〉, "晚又用功於 洛連諸君, 以爲安本, 故其見識云爲, 與少年時, 若二人焉."

飛入白雲鄉.	백운향白雲鄉으로 날아들었다.
又嘗夢爲魚,	또 한 번은 꿈에 한 마리 고기가 되어,
潑剌游滄浪.	발랄하게 창랑滄浪의 물에 노닐었다.

(〈夜坐醉甚, 走筆成章〉,《석주집》권1)

그의 전기의 자유성은 요컨대 송시열의 다음과 같은 평언評言이 잘 묘사해주고 있다.

> 그 사람됨이 질탕跌宕·호방豪放하고 지기志氣는 우주를 덮을 만했으며, 한 시대의 인물들중 그의 눈에 차는 사람이 없었다. 무릇 세상의 부귀·영리榮利와 분화紛華·성려盛麗 등 사람들이 그토록 그리워하고 소원하는 것들이 한 가지도 그의 마음속에 들어온 것이 없었고, 오직 시주詩酒로 스스로 즐겼을 뿐이었다.[8]

"오직 시주詩酒로 스스로 즐겼을 뿐"이라고 한 말은 그의 의식의 자유성과 저항성, 그리고 그것이 갖는 역사적 의미를 자칫 자포자기자의 퇴폐의 양태 그것으로 가리울 가능성이 있거니와, 시는 그 저항의 한 수단이기도 했고, 술은 최소한의 자기유지의 방편이었다. 적어도 전기의 그에게 있어서 시가 저항의 수단이기도 했음은 그의 기풍譏諷의 시가 한 편씩 나올 때마다 도하都下에 왁자하게 전송傳誦되었다[9]는 기록이 실감 있게 증언해 주고 있다.

아무튼 "세상의 부귀·영리와 분화紛華·성려盛麗 등 사람들이 그토록 그리워하고 소원하는", 욕구발현의 물적 체계로부터 자아를 절리絶離시킨 그에게 도덕적으로 스스로 움츠려들 장애가 없었다. 그래서 위에서 본 바 현실을

---

8) 宋時烈,〈石洲權公墓碣銘(幷序)〉(《宋子大全》卷172),"其爲人, 跌宕豪放, 志盖宇宙, 眼空一世. 凡世之富貴榮利, 紛華盛麗, 人所艶慕欽願者, 一無所入於其心, 唯以詩酒自瘤."

9) 주1)과 같은 곳,"顧好作詩, 譏諷時人, 每一篇出, 都下喧傳."

지향한 역동적 표출의 성향을 띤 자유의식의 구사로, 당대의 권력에 대한
저항을 거침없이, 그리고 줄기차게 했다.

長安甲第橫靑雲, 푸른 구름 찔러 솟은 장안의 저택들,

高樓絲管遙相聞. 높은 누각 풍악 소리 먼 데까지 울려오네.

漢代丞相七寶車, 칠보로 장식한 한漢나라 승상의 수레,

轔轔夜入金張家. 밤이면 쿵 쿵 지축 울리며 김가金家·장가張家로10) 드네.

琱盤綺食天廚來, 아로새긴 쟁반에 진귀한 음식은 하늘에서 날아온 듯,

宮中美女顔如花. 집 안의 미녀는 얼굴이 꽃 같아라.

燭影熒煌淸漏遲, 촛불 휘황하고 물시계 소리 느긋한데,

尊前密語無人知. 술상 앞 은밀한 이야기 아는 이 없네.

門巷斜連夾城路, 문 앞 길 비스듬히 도성 큰 길 끼고 있어,

平明冠盖多如霧. 아침부터 벼슬아치의 수레들 안개처럼 모여드네.

機關欸翁令人迷, 음험한 속셈 넌짓 넌짓 비춰 사람 어리둥절케 하고,

白日鼻息吹虹蜺. 대낮에도 콧김에 무지개 뜨네.

(下略)

〈古長安行〉, 《석주집》 권2)

신성군信城君을 낳아 선조의 총애를 받던 김빈金嬪의 오라비 김공량金公諒
과, 김金과 결탁한 이산해李山海, 이 두 사람의 권력 행사에서11) 취재한 작품
이다. 권력자들의 호사스러운 제택第宅·음식·연회와 음험한 밀모密謀, 그리고
관료에의 고압적 군임을 과장어법으로 형상화하고 있음에도 불구하고, 일말
의 공허함도 없는 진실성의 밀도에서 그가 부정하다고 본 권력에의 저항의

---

10) 金家張家의 金과 張은 漢 武帝의 신임을 받았던 金日磾와 張安世를 가리킨다. 두 사람
　　의 자손이 대대로 顯官을 지내 현관의 代稱으로 쓰였다.

11) 李肯翊, 《燃藜室記述》 卷14, 〈辛卯時事〉 참조.

높이를 짐작할 만하다.

忠州美石如琉璃,	충주돌 결이 곱기 유리 같아서,
千人劚出萬牛移.	뭇사람들 짜개내어 바리바리 실어내네.
爲問移石向何處,	그 돌을 어디로 실어 가느냐니까,
去作勢家神道碑.	"세도 집 신도비로 쓰일 돌이죠."
神道之碑誰所銘,	그 비석 명銘을 짓는 분은 누구냐니까,
筆力倔强文法奇.	"필력도 거세차고 문장도 특출타오."
皆言此公在世日,	"그 대감 세상에 계실 적에,
天姿學業超等夷.	인물과 학식이 무리를 뛰어나.
事君忠且直,	임금님 섬기긴 충성과 강직으로 하셨고,
居家孝且慈.	집안에서는 효성스럽고 인자하셨지요.
門前絶賄賂,	문전에 뇌물 거래 끊어,
庫裏無財資.	곳간엔 재물 하나 없답니다.
言能爲世法,	말씀은 세상의 법도가 되고,
行足爲人師.	행신行身은 사람들의 사표師表가 되었답니다.
平生進退間,	나아가고 물러난 평생의 행적이,
無一不合宜.	의리에 합당치 않은 일 하나 없다오.
所以垂顯刻,	그래서 이 돌에 드높이 새겨서,
永永無磷緇.	길이길이 빛나게 하는 겁니다."
此語信不信,	이 말을 믿든 안 믿든,
他人知不知.	남들이야 알든 모르든,
遂令忠州山上石,	충주라 산 위의 돌로 하여금,
日銷月鑠今無遺.	나달로 떼어내어 씨알도 안 남았다네.
天生頑物幸無口,	돌이라 생길 적에 입이 없기 천만 다행,
使石有口應有辭.	만약에 입이 있었던들 돌이라 말이 없겠나.

(〈忠州石, 效白樂天〉,《석주집》권2)

이미 잘 알려진 작품 〈충주석, 효백낙천〉이다. 권세가의 그 허위성과 부화성浮華性, 결국 도덕적으로 악덕일 수밖에 없는 그 생태의 일면을 신랄히 비꼬고 있다.

같은 계열의 작품으로 이 밖에도 〈유목부지명, 효백낙천有木不知名 效白樂天〉·〈행로난行路難〉·〈군불견, 대주주필君不見, 對酒走筆〉 등을 들 수 있다. 석주의 문집을 내기 위하여 이식이 시를 선할 때, "기자譏刺가 너무 심한 작품은 제외시켰다"12)라는 사실을 아울러 상기해 보면 그의 의식의 저항성이 어느 정도였나 요량할 만하다.

자신이 부정하다고 생각하는 당대의 정치권력에 대한 저항으로서의 부정은 마침내 그로 하여금 세계 그 자체에 대한 회의와 부정의 경계까지 넘나들게 했다.

天何蒼蒼,	하늘은 어째서 창창하기만 한가,
地何茫茫.	땅은 어째서 망망하기만 한가.
山岳何崒崒,	산악은 어째서 삐죽삐죽 하기만 한가,
江海何洋洋,	강해江海는 어째서 너르펀펀하기만 한가.
堯舜何巍巍.	요순은 어째서 외외巍巍하기만 했는가,
孔孟何遑遑,	공맹은 어째서 황황遑遑하기만 했는가.
盜跖何以壽,	도척은 어찌하여 그토록 오래 살았던가,
顏淵何以夭殤.	안연은 어찌하여 그토록 일찍 죽었던가.
甯子何爲愚,	영무자는 왜 바보가 되었던가,
箕子何爲狂.	기자는 왜 미치광이가 되었던가.
(下略)	

(〈天何蒼蒼, 醉中走筆〉, 《석주집》 권2)

---

12) 주 7)과 같은 곳, "澤老所謂譏刺已甚者, 皆不錄."

일종의 아나키 상태다. 이 지점에서 그는 장자莊子의 무하유無何有의 이상
향을 지향하기도 하지만, 그에게 있어서는 말 그대로 허무虛無의 이상향일
뿐이었다. 그래서 그는 더러는 퇴폐로 경사되기에까지 이르기도 하다가 마
침내 도학道學의 세계로 들어서게 된다.

4. 석주의 저항의 성격과 사회적 연대聯帶

당대의 부정하다고 생각한 정치권력에 대한 석주의 저항의 입지는 과연 어
디인가? 그가 관인으로서의 진출의 뜻을 끊은 것은 19세 때에 사마시司馬試에
장원이 되었으나 글자 한 자의 오서誤書로 방목榜目에서 발거拔去된 것이 계기
가 되었다고 하나, 결정적인 계기는 앞서 신묘시사辛卯時事로 인한 그의 스승
정송강鄭松江의 실세失勢다. 여기에서 이미 그의 저항의 입지가 당시 동서당쟁
에서 서인당西人黨의 편에 놓여져 있을 개연성은 충분하다. 나아가 그가 조헌趙
憲의 〈봉사封事〉에 나오는 "컴컴한 구름이 개이지 않아 햇빛이 항상 어둑합니
다"라는 대목에 이르러 거듭 눈물 흘려 마지 않았다[13)는 자신의 진술과 다음
의 시를 보면 그의 저항은 당쟁적 성격을 지울 수 없음도 사실이다.

君不見思庵朴政丞,   그대는 보지 못했는가, 사암 박정승朴政丞이,
家居冷落如山僧.   영락하게 살기를 산승山僧처럼 했던 것을.
君不見松江鄭相國,   그대는 보지 못했는가, 송강 정상국이
百年行己能清直.   평생 행신行身이 능히 맑고 곧았음을.
(중략)
洛陽車馬何喧喧,   서울의 거마車馬 소리 어찌 저리 문란한가,

---

13) 權韠, 〈重峯先生封事後跋〉《石洲別集》卷2), "韠讀 先生封事, 至頑雲不解, 天日常陰,
    未嘗不三復流涕."

紆靑拖紫皆賢才.　　　울긋불긋 관복들 모두 다 현재賢才라네.
爭將毁鄭作階梯,　　　다투어 정상국 헐뜯어 출세의 사다리 삼는데,
誰肯譽朴生禍胎.　　　뉘라서 박정승 기려서 화근을 만들까.
(下略)

(〈君不見, 對酒走筆〉,《석주집》권2)

그러나 그의 저항은 기본적으로 민중의 삶에 기식氣息을 통하고 있었다. 그는 자신의 현실적 삶을,

托迹屠市中,　　　　이 밑바닥 민중의 거리에 자취를 부쳐,
燕歌空自哀.　　　　비분悲憤의 노래만 부질없이 애닯구려.

(〈贈林子定〉,《석주집》권1)

라고 시로 드러내기도 했지만, 한 지인의 충고에 답한 편지에서 자신의 의식 체질이 민중적임은 다음과 같이 분명히 밝히고 있다.

　　나는 타고난 성격이 본래 소탄疎誕하여 세속과 잘 조화가 되질 않습니 다. 매양 솟을대문의 웅장한 고관의 집을 만나기만 하면 꼭 침을 뱉고 지나가지만, 누항陋巷의 오두막집을 보면 반드시 그 곳을 배회하고 못내 아쉬워하며, 저 안자顔子처럼 팔을 베고 물마시고 살면서도 그 즐거움을 그치지 않는 그런 사람을 상상해 봅니다. 그리고 매양 울긋불긋하게 관 복을 걸치고 세상에서 현자라고 추켜세우는 자를 만나면 노예처럼 더럽 게 대하지만, 협기스럽고 개백정질 같은 말을 하여 고장에서 천시받는 자를 보면 반드시 흔연히 그와 상종하고 싶어 하면서, "어쩌면 이제 비 가강개자悲歌慷慨者를 만나게 되나보다"라고 생각하곤 합니다.14)

---

14) 권필, 〈答宋弘甫書〉(《石洲別集》卷2), "僕受性疎誕, 與俗寡諧. 每遇朱門甲第, 則必唾

그는 〈절절하절절切切何切切〉15)에서처럼 당시 민중의 고통과 비애를 대변
하기도 했지만 나아가 그는 민중의 저항적 역량에 대한 일정한 신뢰에 이르
기까지 했다.

焚書計太拙,   분서갱유는 참으로 졸렬한 술책,
黔首豈曾愚.   민중들이 언제 어리석었다더냐.
竟發驪山塚,   마침내 여산驪山의 무덤을 파헤친 것은,
還非詩禮儒.   되려 시례詩禮의 유자儒者가 아니었나니.

(〈秦始皇〉,《석주집》권6)

석주의 이러한 민중 기질의 자기화는 그가 서강西江이라는 지역에서 영락
해온 집안의 후예로 생장한 내력과 결코 무관하지 않을 것이다.

이제 박세채朴世采에 의해 석주와 함께 〈서호삼고사전西湖三高士傳〉으로 입
전立傳된 성로成輅와, 그리고 사대부 사이에 이미 그 행적이 널리 이야기된다
는 이유로 〈서호삼고사전〉의 전언前言에서만 잠시 거론된 이지함李之菡과의
연계를 살필 차례다. 삼고사三高士의 다른 한 사람인 이기설李基卨은 석주와
는 유형을 아주 달리 하므로 여기서는 제외한다. 박세채의 〈서호삼고사전〉
의 공통분모는 요컨대 광해난정光海亂政에의 저항이라는 점이다. 여기서 이
들을 자세히 논의할 수는 없어, 단지 이들의 정치·사회적 처지 및 의식성향
의 특징과 석주와 연계만 간략히 언급하고자 한다.

이지함은 바로 이산해李山海의 숙부이지만, 그 직계로 보면 고조가 영의정,
증조가 대사성, 조祖가 현감, 부父가 판관으로, 자기 가까이에 이르러서는
하락세다. 그의 사상은 그 시대의 이데올로기인 도학道學이 근저로 되어 있

而過之, 而見陋巷蓬室, 則必徘徊眷顧, 以想見曲肱飲水, 而不改其樂者. 每遇紆青拖紫,
擧世以爲賢者, 則鄙之如奴虜, 而見任俠屠狗爲鄕里所賤者, 則必欣然願從之遊曰 庶幾得
見悲歌慷慨者乎."
15) 권필,《石洲集》卷1.

206

으나, 이이李珥가 그를 "기이한 꽃과 특이한 풀, 진귀한 새와 괴이한 돌(奇花 異草, 珍禽怪石)"에 비유한 데에서 드러나듯, 자기 시대의 다른 사대부들과는 사고와 의식을 달리 하고 있다. 그러나 그 자신이 이이의 비유에 불만을 가 지고, 콩조 같은 곡식은 아니더라도 도토리쯤의 쓸모는 있을 것이라고 했듯, 그는 결코 실용성이 없는 완상물에 비유될 존재는 아니다. 오히려 그 반대다. 도학의 근저에 노장기풍老莊氣風이 농후하면서도, 대단히 현실적이고 구체적 인 의식·사고의 소유자로, '박시제중博施濟衆'을 표방한, 그리고 행동적인 도저한 애민주의자다. 어떤 점에서는 그 시대 사대부 가운데 보기 드물게 선견적先見的인 경세가로서의 식견과 자세를 가진 인물이다. 이러한 그가 ' 기화이초류奇花異草類'로 비치게 된 것은 사화士禍가 잇달던 시대에 보신保身 을 위한 그의 몸짓 때문이었다. 탁행지사卓行之士로 천거되어 포천抱川·아산 牙山 두 고을에 현감을 지내기는 했으나, 이지함 역시 근본적으로는 자기 시 대의 권력의 양태에 대해 저항적이었다. 석주에게는 한 세대 이전에 같은 주거지역에 연고를 가진 선배로 직접적인 연계는 있을 수 없었으나, 석주의 장인 송제민宋濟民이 이지함의 문생이었고, 석주가 존경해 마지않는 조헌이 또한 그의 문생이었다. 간접적인 경로이긴 하나 석주와 이지함 사이에 의식 의 일정한 연계가 있었다고 믿어진다.

성로는 고조가 교리校理, 증조가 생원, 조祖가 병조판서, 부父가 통례원인 의通禮院引儀였다. 그는 석주와 함께 정철鄭澈의 문인으로 정철이 실세한 뒤, 양화도구楊花渡口에 집을 짓고는 세상에 발길을 끊고 술과 기행으로 일생을 보낸 불기지사不羈之士이다. 패랭이를 쓰고 매화와 대작한다든가, 어쩌다 도 성 안에 들어갈 때에는 소를 타고 지팡이를 짚고 장님 행세를 한다든가 하는 따위로 보신과 저항의 몸짓을 표현했다. 그래서 스스로는 '평량자平涼子'라 고 부르기도 했다. 〈자조自嘲〉16)라는 제목의 다음과 같은 시가 그의 면모를 잘 대변하고 있다.

16) 成輅,《石田先生遺稿》卷上.

白髮平涼子,	백발 평량자平涼子여,
生涯爛醉中.	흠씬 취한 중에 살아 왔구나.
世間知我者,	세상에 날 알아줄 이는,
唯有主人翁.	오직 주인옹主人翁뿐일세.

6. 석주의 저항의식의 역사적 의미

도학적 정신의 자유와는 성질을 달리 하는 자유의 지평을 열면서, 이를 거점으로 당대의 정치권력의 부조리에 저항한 석주의 시인의식은 단순히 개인의 생래生來의 기질에 귀속될 문제는 결코 아닐 것 같다. 아직은 이 유형의 석주시대 전후의 공시적共時的 형세를 정확히 가늠할 수는 없으나, 앞머리에서 전제한 바와 같이 16세기 이래의 사대부의 새로운 분화 및 이에 따른 새로운 의식형태의 하나로 전망해봄직 하다. 이 의식형태는 그 시대 체제 자체에 도전하는 것은 물론 아니지만, 그 시대 규범체계로부터의 일정한 일탈지향인 것만은 분명하다. 이런 점에서 규범체계 내에서 체제현실 그것과 일정한 거리를 두고자 했던 종래의 처사處士의 의식지향과는 분명히 구별된다. 권필·이지함·성로는 물론 모두, 진신搢紳과는 구별되는 처사다. 그러나 이들은 이를테면 서경덕徐敬德·조식曺植의 유와는, 앞에서 보았다시피, 분명히 그 유형을 달리하고 있다. 여기에서 우리는 바로 처사의 분화를 하나의 문제로 만나게 된다.

(《문학작품에 나타난 서울의 형상》, 한국고전문학연구회 편, 1994)

안동장씨부인安東張氏夫人의 시정신詩精神

— 주체主體와 화해和諧에의 신념 —

1

정부인貞夫人 장씨張氏(1598~1680)의 시문詩文으로 현재 전하고 있는 것은
시 7편, 단간短簡 1편 모두 8편이다.[1] 근래에 대구에서 발견되었다는 2편의
시는 여러 가지 이유에서 부인의 작품으로 인정하기 곤란하다.[2] 부인의 작

---

[1] 8편의 원문과 번역을 논문 후미에 첨부해 두었다.

[2] 張夫人의 시문에 관한 논문으로는 金炯洙의 〈貞夫人安東張氏略傳〉《貞夫人安東張
氏》)과 李鉉祐의 〈李徽逸의 어머니 張氏夫人의 詩에 대하여〉《泮橋語文研究》 8,
1997.12.)가 있다. 전자는 자료수합과 실증의 성과가 있고, 후자는 사회사적 접근으로
다소 독특한 성과를 가지면서 새로운 문제 제기의 의의도 가지고 있다. 다만 이 두
편의 작품을 함께 다룬 것은 실수가 아닐까 한다. 이 두 작품이 부인의 작품으로 인정하
기 곤란한 이유는 다음과 같다.
첫째, '山秀林淸'句로 시작되는 4언시는 단적으로 '林淸'이란 말에서 보듯이 표현이
어색할 뿐만 아니라 韻도 없는 4언어구로 기본적으로 한 편의 한시로 성립될 수 없는
것이고, 〈示甥〉이란 제목의 7언율시는 奇僻한 用事로 문맥이 晦澁하기 짝이 없어 부인
의 詩風과는 거리가 멀다. 둘 다 그 句法章法이 부인의 시와는 거리가 멀다.
둘째, 부인의 친필로 알고 있는 두 작품 원본의 行草書가 부인의 현존 글씨로서 유일하
게 신빙할 수 있는 〈鶴髮吟〉의 서체와는 역시 거리가 있다.
셋째, 4언시 원본 말미의 '逸母書'를 가지고 이 두 편을 부인의 所作으로 판정하게
된 결정적인 근거로 삼은 것으로 보이는데, 이러한 署名이 자신의 詩나 書에 대해 가급
적 감추고자 한 부인의 평소의 태도에 비추어 보아 이상하다는 생각을 금할 수가 없다.
아울러 一族의 同行이 함께 쓰는 항렬자만을 가지고 자신과의 관계를 표기할 수 있겠는
가도 의문이다.

품이 양적으로 이렇게 매우 적게 남은 것은 부인의 전기에 비추어 보건대 중간의 일실 때문이 아니라, 본래 지은 것이 그렇게 적었기 때문이라고 보아야 할 것이다. 여기서는 시를 중심으로 해서 논의를 전개하면서 단간 1편도 아울러서 관련지을까 한다.

제목에 '시정신詩精神'이란 말을 썼지만, 알다시피 부인은 시에 대해 스스로 어떤 전문 의식을 가졌던, 말 그대로의 시인은 아니다. 이를테면 부인은 같은 사대부 계층이면서도 앞 시대의 허난설헌許蘭雪軒이나 뒷시대의 김삼의당金三宜堂 같은 여성 시인들과는 우선 이 점에서부터 그 유형을 달리 한다. 부인의 작품의 됨됨이를 보면 부인은 시인은 고사하고 애초에 특별히 시 공부를 한 적이 있지도 않아 보인다. 그럼에도 불구하고 부인의 작품은 분명히 시일 수밖에 없다. 그리고 그것은 특히 여성의 시 일반과는 매우 다른 성향을 가지고 있는 시다. 양적으로 불과 몇 편일뿐이지만 부인의 시에 대해 우리가 특히 주목하는 소이는 바로 여기에 있다.

부인의 시를 나는 한마디로 '심학心學의 시'라고 규정하고 싶다.3) 부인의 시는 크게 보아 자신의 심학 과정에서 가진, 그것에 대한 열정과 어떤 경지에 대한 감흥이 빚어낸 것이라는 말이다. 이런 점에서 부인의 시는 남성 도학자道學者들이 주로 남긴 도학시의 범주 안에 들고, 따라서 옛 사람들이 이미 지적한 바이지만4) 이른바 '지분기脂粉氣'와는 거리가 멀다. 18세기의 임윤지당任允摯堂 같은 이는 아예 여성 도학자로서 적잖은 학술적 저작을 남겨 놓기도 했지만 시 작품으로서 이러한 성향을 가진 것으로는 부인의 작품을 제하고는 18세기 말 19세기 초 강정일당姜靜一堂의 약간 편이 있을 뿐이다. 이런 점에서 부인의 작품은 우리나라 여성 문학사에 있어 소중한 것이기도

---

3)   실은 睦萬中(1727~1810)이 이미 부인의 시를 두고 "夫人詩, 反復深娛, 有契於聖賢傳心之要, 宛帶秋月寒江之餘意.."(〈李氏傳家寶帖敍〉,《餘窩文稿》1)라고 규정한 적이 있다.

4)   주3)과 같은 곳, "前世閨閫之作, 不爲不多矣. 大抵淸者淒而怨, 警者纖而細, 鮮能脫脂紛氣." 金佑林, 〈貞夫人安東張氏墓碑銘〉(《貞夫人安東張氏實記》) "今其存留若干, 旣經健陵睿鑑, 亞被褒賞; 要皆是法度之語, 性情之見, 而非尋常詞墨名媛之所可得以比擬也."

하지만 사상사적으로도 일정한 의미를 가지고 있다.

2

심학5)은 이기론理氣論과 함께 도학의 2대 중심 영역의 하나다. 도학을 서양철학식으로 영역 분할을 하는 것은 그 사유의 본래의 생리상 마땅하지는 않지만, 편의상 원용해서 구분한다면 대체로 이기론은 주로 존재와 인식의 문제를 다루는 영역이라면, 심학은 주로 가치의 실천 문제를 다루는 영역이라고 할 수 있다. 그런데 심학은 그 고유의 각도에 의한 이론적 추구가 있었지만 실은 실천 그 자체에 더 중점을 두어 왔다. '존심양성存心養性', '신독愼獨', '경敬', '알인욕존천리遏人欲存天理' 등이 그 실천에 관한 명제임은 주지하는 바다. 존재와 인식의 문제를 주로 다루는 이기론은 결국 가치, 즉 도덕 가치 실천으로서의 심학을 뒷받침하는 영역이라고 할 수 있다. 양자는 그 구조나 성격에 있어 원시유학原始儒學에 있어서의 '박문약례博文約禮'의 그것에 흡사하다.

실천으로서의 심학의 경지에는 소박한 자기성찰에서부터, 다른 존재자들과의 일체화 경지에 도달에 이르기까지 그 스펙트럼은 아주 다중이다. 그러나 심학의 이념은 한 가지다. 즉 '주체의 확충과 세계와의 화해和諧'가 그것이다. 이 주체는 일단 도덕적 주체가 그 중심이 된다. 그래서 심학의 이념은 다시 표현하면 '인간의 도덕적 주체의 최대한의 확충으로 세계를 이루는 모든 존재자들과의 화해에 도달하는 것'이 된다. 그런데 이 경우 주체가 도덕적 주체로만 그치지 않는다. 거기에는 심미적 주체도 아울러 함섭되어 있다.6) 여기서 이 문제를 자세히 논할 겨를은 없지만, 요컨대 부인의 시작품도

---

5) 陸王學을 '心學'이라 하나, 여기서는 道學의 '心學'을 가리킨다.
6) 졸고, 〈晦齋의 道學的 詩世界〉《李晦齋의 思想과 그 世界》, 성균관대 대동문화연구원,

도덕 주체의 자기 확충 과정의 심미 주체에로의 전이의 한 소산이다. 부인은
평소 "선이란 인간이 욕구하는 것"[7]이라는 생각을 가지고 살았다. 도덕적
실천으로 이 욕구가 충족되면 희열의 정감이 발생한다. 희열의 정감은 인간
내면의 심미적 현상의 일부다. 이 희열의 정감은 영탄의 욕구를 일으키고
여기에서 시가 지어진 것이다.

주지하는 바와 같이 퇴계退溪 학문의 귀숙처歸宿處는 심학이었고, 이것이
학봉鶴峰을 거쳐 부인의 부친 경당敬堂 장흥효張興孝에게로 전수되었다. 경당
은 상수지학象數之學에 깊이 나아가기도 했지만[8] '경당'이란 자호에서 알
수 있듯이 심학에 전심하여, 특히 청장년 시절 – 부인의 인격이 한창 성장정
립되던 시기에 해당한다 – 에는 종교적인 수행의 정도로까지 정진하였다.
즉 "매일 자신의 한 바를 기록하되, 밤에는 반드시 향을 피우며 하늘에 고해
서 하루도 거르는 날이 없었다"[9]고 했다. 그래서 "말년에 이르러서는 일기
日記만 하고 다시 하늘에 고하지는 않았다"[10]고 했다. 경당의 이 '고천告天'
문제는 도학의 종교성과 관련하여 그 자체로서도 흥미로운 일이지만, 여기
서의 우리의 관심은 경당의 이 심학과 부인의 정신세계와의 관계 문제에
있다.

말할 것도 없이 부인의 심학적 정신세계의 직접적 내원來源은 그 부친 경
당의 심학이다.

부인의 성품은 총명·자효慈孝하시고 좋은 말 듣기를 즐겨하시었다.
(경당) 선생은 슬하에 오직 이 한 따님뿐이라서 특별히 사랑하시었다.
그래서 《소학小學》, 《십팔사략十八史略》 등을 가지고 가르치기 시작하

1992) 참조.
7) 李玄逸, 〈行實記〉(《貞夫人安東張氏實記》).
8) 〈一元消長圖〉를 생애에 걸쳐 만들었다.
9) 《敬堂集》 권2, 〈言行錄〉, "先生日記所爲, 夜必焚香告天, 無日不然."
10) 주9)와 같은 곳, "及至晚年, 則但有日記, 而無復告天矣."

셨는데, 그다지 힘들이지 않고 문의文義에 통하시었다. (중략) 이로부터 아침, 저녁으로 데리고 자상하게 가르치시니 성현의 격언 아닌 것이 없었다. 부인께서는 이 성현의 격언을 존중하여 신복信服하시고 공경히 지키시되, 반드시 일상적 삶 속에서 징험하고자 하시었다.11)

이 기록으로 알 수 있듯이 부인의 정신세계는 바로 경당 심학의 분신이었다. 이러한 사정을 알고 나면 부인의 시 작품과 관련한 목만중睦萬中의 다음과 같은 논설은 결코 과장이라고만 볼 수가 없다.

부인과 같은 자성姿性의 아름다움으로 남자로 태어나서 아버지의 책을 다 읽어 우리 학문(도학)에 종사했다면, 한강寒岡·여헌旅軒의 통서統緖가 이 분을 버리고 그 누구에게로 갔겠는가. 그런데 아내로서의 덕행과 어머니로서의 의범儀範으로 규문 안에서만 그쳤으니 이것이 한스럽다. 그러나 영남에 도학 일맥이 지금까지 전해 내려오게 된 것은 실은 부인의 문으로부터 비롯되었으니, 그 배태의 공은 바로 이 시작품들에 있다.12)

3 – (1)

알려진 바와 같이 부인의 시 7편 중 4편, 즉 작품 자료 (1)~(4)까지는 부인의 십대 소작이고, 나머지는 노년기의 소작이다. 그런데 주체의 확충과

---

11) 주7)과 같은 곳, "(夫人)性聰明慈孝, 樂聞善言. 先生惟一女, 奇愛之, 授以小學十九史, 不勞而文義通. (중략) 自是朝夕之間, 面命口援, 無非聖賢格言; 夫人尊信而敬受之, 必欲驗之日用行事間."

12) 睦萬中, 〈更題寶帖後〉(《餘窩文稿》권1), "以夫人姿性之懿, 得爲男子, 盡讀父書, 從事吾學, 則寒旅之緖, 捨此其誰! 而婦德母儀, 止於閨門之內, 是爲可恨耳. 然山南道學一脈, 至今相傳者, 實倡 自夫人之門. 論其胚胎之功, 則此諸篇當之."

세계와의 화해를 향한 심학시心學詩로서의 시정신은 단지 4편에 불과하지만, 이 십대 소작들에서 이미 그 구도가 갖추어져 있음을 읽을 수 있다. 즉 작품 (1)〈성인음聖人吟〉·(2)〈경신음敬身吟〉이 주체의 확충에, (3)〈소소음蕭蕭吟〉· (4)〈학발음鶴髮吟〉이 세계와의 화해에 주로 관련되어 있다. 노년기의 작품들 또한 이 정신의 일정한 원숙으로서의 운용의 한 편린일 뿐 다른 무엇은 아니 다.

혹자는 의문을 가질 것이다. 천재적인 한 십대 소녀의 무자각적 우연의 소산일 수도 있는 작품에다 어떻게 적극적인 의의를 인정할 수 있겠느냐고. 정황으로 보아 그런 회의를 가짐직 하기는 하지만 그것은 어디까지나 회의 자체로서 의미를 가질 뿐일 것 같다. 우선 당시는 인생을 자각하는 정신 연 령에 있어 오늘날 우리의 상상을 절絶하는 면이 있다. 박팽년朴彭年이 14세에 생원시에 합격하고,13) 이이李珥가 13세에 진사시에 합격하는 일이 있었 다.14) 여기에 놓고 부인을 생각해 보면 부인의 일이 특히 기절奇絶한 일이 아니다. 그리고 부인에 대한 그 아들 갈암葛庵 이현일李玄逸의, "타고나시기 를 두터이 하셨는데다 학력을 더하시었다"15)라는 증언과, 앞에서 서술한 바 아버지 경당의 교회敎誨와 이를 받아들이는 부인의 자세로 비추어 보아 부인의 자질이 남달랐던 것은 사실이겠으나 무슨 유별난 천재로 생각되지 않는 것은 나만의 경우에 한하지 않을 터다. 그리고 무엇보다 부인의 작품 자체가 재기才氣보다는 심성에 의존해 빚어져 나온 특성이 확연하지 않는가. 앞에서 말한 바와 같이 (1)·(2)·(3)·(4) 네 편의 작품을 가지고도 심학의 이 념 구도를 적의한 안배에 의해 어지간히 담아내고 있다는 데에서 우리는 부인의 시가 한 여성 심학수행자의 나름대로의 자각에 입각한 작품행위의 소산임을 보다 확실하게 인증받을 수 있다.

---

13) 《六先生遺稿》, 〈六先生遺稿附錄〉, 〈朴先生事實〉.
14) 《栗谷全書》 권33, 〈附錄〉 上.
15) 주6)과 같은 곳, "夫人天賦旣厚, 加之以學力."

3 - (2)

앞에서도 언급했지만 부인은 시 공부에는 그리 유의하지 않았던 것 같다. 부인의 5·7언 시는 근체近體가 아닐 뿐 아니라, 그렇다고 해서 딱히 고체古體라고 규정하기에도 주저되는 형식이다. 행자수行字數와 운자韻字 정도의, 고·근체시에 대한 최소한의 형식 요소만 운용하고 있을 뿐, 그 구법句法·장법章法 등의 운용에 대한 관심을 별로 두지 않았다. 부인의 시의 이러한 됨됨이는 부인의 시작詩作이 애초에 문예적 성취에 목적이 있지 않았음을 드러내 준다. 즉 부인의 시가 심학적 감흥의 스스로 마지못한 영탄의 결과임을 잘 입증해 준다.

부인의 시의 이 양식적 면모와 관련해서 또 관심을 끄는 것은《시경詩經》시 양식의 깊은 자국이다. 그것은 (4)〈학발음鶴髮吟〉이 시경체를 채용했다는 사실만을 가지고 하는 말이 아니다. (1)·(2)·(3)의 5언시까지를 포함해서다.

작품을 통해 보건대 부인은 후세의 시체에 대한 공부는 유의하지 않았어도,《시경》은 매우 깊이 체득한 것이 아니었던가 생각된다. 특히《시경》체적 점층법 - 작품내적 사태의 주체 형성을 향한 단계적 심화·고도화 수법 - 이 아주 원숙하게 활용된 곳에 그 점이 약여躍如하게 드러나 있다. 번암樊巖 채제공蔡濟恭이 이 작품을 보고 "《시경》3백 편의 시에 부녀들의 작품이 비록 많지만 이 작품만한 것이 없다"[16]고 극찬해마지 않았던 것은 반드시 이 작품의 민중들의 질고를 마음아파하는 것이라는 지취旨趣와 정감의 국면만을 두고서가 아니다. 이 지취·정감의,《시경》시 양식과의 절묘한 조화를 두고서일 터다.

그런데 (1)·(2)·(3)의 5언시에도 외면으로《시경》시의 4언체와 자수율字數律은 달라도 그 내면에 있는, 언술 내용 단위들의 단순소박한 직접적 연결

---

16) 李壽炳,〈貞夫人安東張氏實記跋〉(《貞夫人安東張氏實記》), "蔡公見鶴髮詩曰, '詩三百篇, 雖多婦人之作, 未有若此者也.'"

양태 같은 것은《시경》시에서의 특히 부법賦法의 장의 구성방식에 흡사하다.
여기에다 같은 어사語詞의 중첩적 사용으로 발생되는 운율감은 이들 작품의
《시경》시적 양식성을 더욱 고양시켜준다. 부인의 시의 이러한《시경》시적
양식에의 편중은 부인의 시작 의식이 주제 전달에 중점이 놓여 있었음을
뜻한다.

　이상의 양식 검토를 통해 우리는 부인의 5·7언시가 양식상 소졸素拙해 보
이게 된 것은 시작 의식의 도저한 주제 전달에의 치중의 소치임을 알았다.
특히 10대의 소작 5언시 양식이 일종의 동요적 소박성을 띠고 있는 것은
시작에 임하는 작자의 지성적 자각의 미숙 때문이 아니라,《시경》시의 양식
원리에의 자연스러운 순응의 결과임을 알았다. 이로써 우리는 부인의 시가
지향한, 주체의 확충과 세계와의 화해에의 신념이라는 시정신의 어떤 고도
성에 결합된 양식의 소졸성이 부인의 시의 그것대로의 풍격 형성의 상관변
수는 될지언정 부인의 시정신이 가지는 지성적 자각의 어떤 정도를 회의케
하는 단서가 될 수는 없음을 알았다.

3 - (3)

　앞에서 이미 지적했듯이 작품 (1)〈성인음聖人吟〉·(2)〈경신음敬身吟〉은 주
체의 확충에, (3)〈소소음蕭蕭吟〉·(4)〈학발음鶴髮吟〉이 세계와의 화해에 주로
관련되어 있다.

　작품 (1)〈성인음〉은 성인적 주체에의 도달의 비전이다. '성인의 말씀을
들음'에서 가령 '성인의 교훈을 앎' 쯤으로 옮아가지 않고, 곧바로 '성인의
마음을 봄'으로 '일초직입一超直入'한 3·4구의 시상이 그것이다. 표현의 아동
적 소졸성과는 달리 심학에 대한 일정한 깊이의 체험적 자각을 보여 주고
있는데, 그 자각의 내용이 특히 성인의 마음에 대해서다. 마음은 세계내 존

재자들과의 관계를 통섭·주재하는 자, 곧 세계의 중심으로서의 주체다. 그리고 성인의 마음은 이 주체의 최대한의 확충 그것이다. 이 시에서 성인의 마음의 주체상主體相에 대한 이러한 완정完整된 비전을 보여 주는 직접적 단서는 보이지 않는다. 그러나 성인의 '마음'에 대해 '보다(見)'라는 감관 관련 동사를 사용한 것은 이런 점에서 유의해 볼 만하다. 마음에 대한 시각 영상으로써의 인식은 마음의 주체로서의 면모의 인식 단계에 적어도 아주 가까이 접근은 되어 있음을 암시할 수도 있기 때문이다. 부인이 후일 슬하들에게 들려준 다음과 같은 말은 이 작품의 주제의 회고적 언술일 법하다.

> 만일 성인이란 존재가 정말 우리 인류와는 같지 않아서 평상을 초월하고 추종할 수 없는 일을 한다면 참으로 따라잡을 수가 없다. 그런데 그 모습이며 말이 당초 우리 인간과 다를 것이 없고, 행하는 것이 또 모두 사람의 삶의 일상적 도리인즉 사람들은 성인을 배우지 않음을 걱정할지언정, 진실로 배울진댄 또한 무슨 어려움이 있겠는가.17)

내용의 의미상 이 시에서의 "성인의 마음을 볼 수 있네"와 같다. 부인은 이처럼 성인이라는 존재에 결코 압도되지 않았다. 이 자체가 실은 매우 주체적이다.

작품 (2)〈경신음〉은 도학적 주체의 정립에 연관되는 기본 명제들을 운율에 실어 내용화한 것인데, 그 내용을 다시 압축하면 '이 몸은 어버이의 몸이다. 그러므로 이 몸을 공경해야 한다.'가 된다.

여기서 우선 해명되어야 할 문제는 공경하는 이유가 이 몸이 어버이의 몸이기 때문이라 했는데, 경신이 어째서 나의 주체 정립이 되느냐 하는 문제다. 먼저 도학에서의 주체는 요즘의 '자아'와는 개념이 다르다. '자아'가 더

---

17) 주7)과 같은 곳, "使聖人者, 果非生人之類, 而有過常絶倫之事, 則誠不可企而及之; 其形貌言語, 初無以異於人, 而所行又皆人倫日用之常, 則人患不學, 苟學之, 亦可難之有!"

구나 서구의 원자론적 인간관을 함축할 경우에는 아주 다르다. 앞에서 세계 내 존재자들과의 관계를 통섭·주재하는 마음이 곧 주체라고 했거니와, 관계 의 진실한 소통이 없으면 주체도 존립할 수 없다. 《중용中庸》에서의 "진실하 지 아니하면 물物이 없다"라는 명제가 이 주체 성립의 조건과 무관하지 않다. 이 관계 가운데 어버이와의 관계가 가장 중핵이다. 여기에는 물론 생명 실체 로서의 나라는 존재자가 세계내 다른 존재들과 가지는 생명적 내지 생기生機 적 연계 관계에서, 어버이가 그 가장 직접 근본이라는 인식이 전제되어 있다. 이렇게 하여 내 몸을 공경하여 욕되게 하지 않음이 나의 주체를 세우는 그야 말로 중핵적 일이 되게 된 것이다.

마음이 주체가 되는데 그것의 정립을 위해 사람의 육신성을 공경의 대상 으로 삼는 것은 심신이 이원적으로 분리되어 있는 것이 아니라 연속된 하나 의 실체로서, 육신 감관의 욕欲과 마음의 상태 또는 자세와가 밀접히 연계되 어 있기 때문임은 주지하는 터다. 경신은 요컨대 육신 감관의 욕망을 제어함 으로써 마음이 중中의 자리에 정립되도록 함이다. 바로 주체의 정립인 것이 다.

부인의 이 시에서 직접적 내용으로 포섭되지는 않았지만, 나라는 존재자 의 생기론적 존재 관계는 어버이를 매개로 하여 하늘에 귀속된다. 그러므로 여기에 따라 경신敬身의 경지도 '신체발부身體髮膚를 훼상하지 않은' 단계에 서부터, 삼재三才적 존재로서의 주체성이 하늘에 닿음에 이르기까지 다층차 多層次가 있다. 부인의 이 시에서의 주체성의 경지에 대한 자각이 어느 정도 인지 정확히 알 수는 없으나, 경신의 기본 논리에 대해 운문화의 욕구·흥취를 가질 만큼의 정도에 이른 것만은 분명하다.

작품 (3)〈소소음〉은 얼핏 생각하면 도학적인 모티브와는 관계없는, 한 편 의 단순한 서정적 시로 보아질 법도 하다. 그러나 시인이기를 바라지 않았던 부인이 단순한 서정적 시를 썼다고 생각하기도 어렵거니와, 작품내의 '자연' 이란 말이 가지는 의미 비중이 예사로워 보이지 않는다. 특히 끝구절의 '내

218

마음 또한 자연이어라'에 이르면 어떤 철리哲理 문제에 대한 사색의 자세가 그대로 노출된다. 역시 도학적 범주 안에서 이해해야 마땅할 작품이다.

그렇다고 해서 이 시를 가지고 성급하게 '물아일체物我一體'의 경지로 판정하는 것 또한 온당치 않다. 이 작은 편폭篇幅에 두 번이나 나오는 '소소蕭蕭'라는 말의 청각 영상으로 하여 매우 보드라운 서정성을 머금고 있는 듯이 생각되나, 이 시는 그러나 내면적으로는 실은 꽤 이지적이다. 물아일체에 지향된, 자연과의 관계에서의 일정한 서정적 체험을 바탕으로 하여 그 흥취 위에 도학적 물아일체에의 전망과 개념적 이해를 시화詩化한 것으로 보면 적합할 것 같다. 혹은 퇴계의 〈도산육곡 지이陶山六曲 之二〉 중의 기오其五 "청산青山는 엇데흐야 만고萬古애 프르르며 (중략)"의 모티브를 활용했을 가능성도 배제할 수 없다. 개념적 이해라 하더라도 물아일체를 모티브로 한 작품인 만큼 이 작품은 심학 이념의 다른 한 축이면서 그 궁극 국면인 주체의, 세계와의 화해에의 신념의 표현으로 그 성격이 귀착된다. 목만중은 이 작품을 두고 "정정貞靜의 덕과 유한幽閑의 태태態를 잘 볼 수 있다"[18]고 하여 부인의, 여성으로서의 인격적 성취에 주안을 두고 논평한 적이 있다. '정정'이나 '유한'이나 모두 세계와의 화해에 지향된 인격적 자질이란 점에서, 이 논평은 단순히 자연과의 일체라는 한정된 화해에의 의미를 넘어 보다 구체적으로 인아일체人我一體로의 지향을 향해 확장시켜 준 의의를 가지고 있어서 나의 논지에 그대로 부합한다.

작품 (4)〈학발음〉은 앞에서 이 시에 대한 채제공의 상찬賞讚을 소개하고 그 주제와 양식의 조화에 의한 성공을 논급했거니와, 부인의 시 가운데는 역대로 가장 상찬을 받아온 작품인 셈이다. 이 작품의 주제 의식이야말로 주체의 세계와의 화해에의 신념 또는 염원으로서, 그것을 아주 적극적으로 표현해 내었다. 물론 현실 고발시로서 문학 접근의 사회사적인 시각에서도 매우 큰 비중의 의의를 가지고 있다.[19] 그런데 도학문학에서의 세계와의

---

18) 주3)과 같은 곳, "雨蕭蕭一章, 備見貞靜之德, 幽閑之態."

화해 추구와 현실 고발의 시정신과 서로 양립할 수 없는 관계는 결코 아니다. 현실 고발의 의도도 궁극적으로는 세계와의 화해를 이룩하기 위해서이기 때문이다. 이 작품의 경우 더구나 여기서 예외가 될 수 없다.

그러나 그 시대 사대부 여성들의 삶의 정황에 비추어 부인이 적극적이고 능동적인 고발의 의도로 이 작품을 썼다고 보기는 어렵다. 그러므로 이 작품의 시정신은 선차先次적으로는 심학의 화해 지향으로부터 발출된 것이라고 보는 것이 타당하다. 이 시에서의 화해 지향은 두 층차로 복합적으로 실현되고 있다. 우선 부인의 주체가 세계를 향한 화해의 역량이 매우 높은 정도로 축적이 되어 있었기 때문에, 세계의 화해 파열의 사태에 대해 그토록 애통해 할 수 있었던 것이다. 그리고 이 애통은 세계와의 화해에 대한 부인의 주체의 또 다른 절실한 욕구 발현의 한 형태인 것이다. 이처럼 화해 지향의 정감이 복합적으로 실현되는 데에서 빚어지는 고조된 에네르기가 우리에게 신선한 감동력으로 작용하는 것이다.

사실 부인의 현실 삶에서의 화해 실현 또한 이 시에서와 마찬가지로 감동적이라 할 만하다.[20] 다만 10대 후반 이후 부인이 결혼을 하고부터 붓을 단호히 끊고, 자신의 시문역량에 대해 중노년에 이르도록 비불발설祕不發說했기 때문에 우리는 작품을 통해 그 세계의 정신을 알 수 없다. 부인에게는 문필보다 생활이 더 지중했던 것이다.

이상으로써 부인의 10대 소작 4편을 일정한 시각에서 해명해 보았다. 노

---

19) 李鉉祐, 주2)의 논문.
20) 주7)과 같은 곳, "撫愛前夫人之子, 無間己出, 而敎誨課責亦至到. 及當嫁娶, 粧需賓給, 厚於己子. 視小婢使如兒女, 有疾病, 必爲之飮食調護, 俾獲全安; 作過惡, 從容敎戒, 使皆化服. 人家僕隷聞之, 莫不願爲之役屬. 所至凡有孤惸鰥寡, 年老無依者, 軫恤賙給, 如己隱憂, 不以貧罄困窮, 有所倦也. 或陰爲饋遺, 而勿令知之. 隣翁里嫗, 無不感德, 至有祝壽祈福, 死必冥報之願. (중략) 夫人性度寬緩, 雖當倉卒, 未嘗有疾言遽色; 亦不爲喜怒所動. 小時嘗理織次, 小婢誤遺火, 爇至半; 夫人色不變, 徐徐而理, 終不少加責怒, 人服其量."

년의 소작 (5)〈증손신급贈孫新及〉과 (6)〈증손성급贈孫聖及〉의 주제의식은 결국 부인 자신의 10대 소작의 시정신의 한 외연적 형태로 이해할 성질의 것이고, (7)〈희우희稀又稀〉는 어희성語戲性이 강해서 작품으로서의 의의는 매우 소극적이다. 그리고 (8)〈기아휘일寄兒徽逸〉은 반백자半百字 내외의 짧은 글 속에 규범성을 잃지 않는 가운데에서도, 곡진한 모성애가 인상적으로 표현되어 있다. 조선시대 사대부 여성의 한 전범으로서의 부인의 인간 면모가 약여하게 표현되어 있다.

앞에서 우리는 부인의 작품들의 양식을 검토하면서 그 소졸성이 심학적 주제의식과 어울려 빚어낼 풍격의 문제를 제기해 두었다. 사실 심학적 주제는 소졸의 양식을 불러들일 경향성이 없지 않다고 할 수 있다. 부인의 시의 경우 애초에 문예적 작품 의식을 가지고 시작에 임하지 않았기에 소졸성이 다소 심한 편이기는 하다.

그러나 심학적 시정신의 진지성은 소졸성과 어울려 그것을 일정하게 높은 격조의 풍격으로 승화시켰다. 갈암이 이미 그것을 '소상단엄蕭爽端嚴'21)이라 규정했다. 갈암은 또 부인의 인품을 언급하는 곳에서 '기조氣調가 호상豪爽하시다.'22)라고 한 적이 있는데, 부인의 필적과 아울러 살필 때 부인의 시문학 세계에 나는 '호豪'라는 한 자를 어디엔가라도 더하고 싶다.

4

부인의 시문이 가지는 문학사적 위치 및 의의와 사상사적인 일정한 의의에 대해서는 앞머리에서 이미 대략 언급되었기에 여기서 중언하지 않겠다.

대신에 나는 이 논고를 끝마치면서 새로운 문제 한 가지를 제기해 두고

---

21) 주7)과 같은 곳.
22) 주7)과 같은 곳, "氣調豪爽."

싶다. 즉 과거 시대 '여성의 주체성' 문제가 그것이다. 과거 시대 여성의 사회적, 외적 지위나 직능 등의 문제는 무성하게 논의되는 것 같으나, 인간 존재로서의 내면의 주체성 문제는 과문의 탓이겠으나 별로 논의된 것 같지 않아 보인다.

이 문제는 우리의 과거 시대의 여성사·사상사의 다각도적 탐구를 위해서도 제기해봄직한 하나의 시각이기도 하지만 오늘날의 당면한, 소위 포스트 모더니즘의 '주체의 해체' 조류의 의미를 생각하는 데에도 요구되는 문제이기도 하다.

작품

(1) 〈聖人吟〉

不生聖人時,	성인의 시대에 나지 못해
不見聖人面.	성인의 모습은 뵙지 못하지만,
聖人言可聞,	성인의 말씀을 들을 수 있어
聖人心可見.	성인의 마음은 볼 수 있네.

(2) 〈敬身吟〉

此身父母身,	이 몸은 부모님께 받은 몸
敢不敬此身.	어찌 감히 공경하지 않으리.
此身如可辱,	이 몸을 욕되게 한다면
只是辱親身.	이 바로 어버이 몸 욕되게 함이어라.

(3) 〈蕭蕭吟〉

窓外雨蕭蕭,	창밖에 비 내리는 소리 보슬보슬
蕭蕭聲自然.	보슬보슬 저 소리는 자연이어라.
我聞自然聲,	내 지금 자연의 소리 듣노라니,
我心亦自然.	내 마음 또한 자연이어라.

(4) 〈鶴髮吟〉

鶴髮臥病,	머리 새하얀 안노인 병들어 누웠는데
行子萬里.	아들은 만리 먼 길을 떠났구나.
行子萬理,	만리 먼 길을 떠나간 아들
曷月歸矣.	어느 세월에나 돌아오려나.

鶴髮抱病,	머리 새하얀 안노인 병을 안고 앉아 보니
西山日迫.	해는 서산에 뉘엿뉘엿 져가네.
祝手于天,	두 손 모아 하늘에 빌고 빌어도
天何漠漠.	하늘은 어찌 저리 막막하기만 한가.

鶴髮扶病,	머리 새하얀 안노인 병을 버티고 일어나
或起或踣.	넘어지며 일어나며 아들 찾아 나서네.
今尙如斯,	아직도 이토록 마음 달래지 못하는데
絶裾何若.	옷자락 떨치며 떠날 때는 어떠했으리.

姑之夫行役, 其八十之母, 絶而復甦, 幾至滅性. 余聞而哀之, 因作此詩
이웃 아낙의 지아비가 징용 당하여 떠나자, 그의 80세 노모가 기절을 했다
가 다시 깨어나고는 하여 거의 목숨을 없앨 지경에까지 이르렀다. 내가

이것을 듣고 슬퍼하여 이 시를 짓는다.

(5) 〈贈孫新及〉

見爾別友詩,　　벗과 이별하며 지은 네 시를 보니

中有學聖語.　　성인을 배우자는 구절이 있더구나.

余心喜復嘉,　　내 마음이 기쁘고 또 네가 가상스러워

一筆持贈汝.　　단번에 몇 구절 써서 너에게 준다.

(6) 〈贈孫聖及〉

新歲作戒文,　　새해 맞아 스스로 경계한 글 지었다 하니

汝旨非今人.　　네 뜻이 요즘 사람들과는 같지 않구나.

童子已向學,　　어린 네가 벌써 학문에 매진하니

可成儒者眞.　　선비의 참된 경지 이루게 되리.

(7) 〈稀又稀〉

人生七十古來稀,　　인생에 일흔 나이 옛부터 드물다 했는데

七十加三稀又稀.　　일흔에 셋을 더했으니 드문 중에 드물구나.

稀又稀中多男子,　　드물고도 드문 중에 아들까지 많으니

稀又稀中稀又稀.　　드물고 드문 중에 또 드물고도 드물어라.

(8) 〈寄兒徽逸〉

因因六兒, 聞汝飮多形枯, 其憂可言! 汝以父母心爲心, 安靜調病, 父母喜悅, 則孝矣. 學以成天下之器! 戊申二月二日, 諺書不見信, 書此以送.

여섯째 아이 편에 듣자니 네가 물을 많이 마시어 모양이 수척하다하니 근심스러움 이루 다 말할 수 없구나. 네가 부모의 마음으로 네 마음을 삼아 안정하여 병 조리를 하여서, 부모가 이로 하여 기뻐하게 되면 이것이 곧 효이니라. 학문을 해서 천하의 큰 그릇이 되도록 하여라.

무신년 2월 2일에 언문 편지로는 너의 신복을 얻지 못할까 하여 이 진서 편지를 써서 보낸다.

(《한국고전여성문학연구》, 창간호, 한국고전여성문학회, 2000)

선비 정신의 개념槪念과 역사적 전개展開

1. 머리말

선비 정신은 우리 민족이 역사적으로 형성된 자질 속에 그 인소가 될 만한 것이 잠재되어 오다가 고려 말기 도학道學이라는 한층 강화된 유학의 수용과, 그리고 여·선麗·鮮 왕조 교체를 계기로 하여 하나의 역사 현상으로 형성된 윤리 의식이다. 그것은 선비의 절의節義·염치廉恥·숭검崇儉을 내용으로 하는 것으로서, 도학의 심화와 함께 더욱 심화되어 다양한 유형으로 전개되었다. 선비 정신은 우리 민족만의 윤리 의식은 아니나, 일정한 역사 기간 동안 특히 도드라지게 관심이 고조된 점에서는 일정한 특수성이 인정된다. 16세기 중반 사림士林 정치시대에 고조되어, 그 뒤 당쟁의 당론으로 옮아가 본래의 논리가 왜곡된 채로 외형적으로는 더욱 고조되었다. 당쟁시대의 그것은 의擬 선비 정신이라 해야 할 것이다.

여기서는 16세기 중반까지의 현상만 유형을 고려한 전개 양상을 다루고, 그리고 당쟁 시대를 뛰어 건너 한말 황현黃玹의 경우를 다루었다. 당쟁의 왜곡 속에 본래의 정신의 흐름을 보기 위해서다.

2. '선비'·'선비 정신'의 어원 문제

먼저 '선비'의 어원 문제다. 신채호申采浩는 삼국시대에 '수두' 교도敎徒의 일단一團을 '선배'·'선비'라 일컫고, 이를 이두자로 '선인仙人' 혹은 '선인先人'이라 기록한다고 했다.[1] 자료가 부족한 고대사에서는 때로 비약적인 상상이 의외로 문제에 적중하는 수가 있으나, 이 경우는 아닌 것 같다. '수두' 교도의 실재는 인정한다고 하더라도, '선비'·'선배'가 어째서 '선인仙人'·'선인先人'으로 표기되느냐의 문제는 이해할 수 없다. '一비'·'一배'가 이두자로 얼마든지 표기될 수 있음에도 불구하고 하필 '一인人'으로 표기된 데 대한 마땅한 설명을 할 수 없기 때문이다.

다른 한 가지 견해 역시 믿기 어렵다. 즉 '선비(선비)'의 '선'은 몽고어 '어질다'는 말인 'sait'의 변형인 'sain'과 연관되고, '비'는 몽고어 및 만주어에서 '지식이 있는 사람'을 뜻하는 '박시'의 변형인 'ᄇ이'에서 온 말이란 주장이다.[2] 이 주장에 의하면 '선'과 '비'는 각각 원형 'sait'와 '박시'의 변형으로, 이 변형의 합성어가 '선비'란 것이다. 설명을 하기 위한 설명으로서 지나치게 현학적衒學的이고 현실성이 없다.

'선비'의 어원은 한자어 '선배先輩'에서 유래한 것이 확실하다. '선배先輩'에 대해서《한어대사전漢語大詞典》에서는 다음 같이 훈석訓釋되어 있다.

① 차례에 의해 앞에 배열된 것.
② 전배前輩에 대한 존칭尊稱.
③ 당대唐代에 동시에 진사進士에 급제한 사람들 사이에서 서로 공경 恭敬하여 선배先輩라 일컬었음.
④ 문인文人에 대한 경칭敬稱.

---

1) 申采浩,《朝鮮上古史》, 79쪽.
2) 《한국민족문화대백과사전》 12, 선비.

우리나라의 고려 이상의 문헌에는《고려사》〈김황원전金黃元傳〉에서, 숙
종肅宗이 연영전延英殿을 열고 김황원을 불러 서적을 맡게 하고, 매양 글을
보다가 의심이 있으면 김황원의 이름을 부르지 않고 '선배先輩'라고 부르며
질문을 했다는 데와,《동국이상국집》〈칠현설七賢說〉에 "'선배先輩' 중 문사
로 세상에 이름을 날리는 사람 모모某某 등 7인"이라는 데 두 군데 나오고,
조선시대에는 대체로 한글로 된 '션빗'류만이 나온다.

여기서 전자는 위의《한어대사전》의 훈석 중 ④의 것으 쓰였고, 후자는
②의 것으로 쓰였음을 알 수 있다. 아마 나말 빈공제자賓貢諸子에 의해서거나,
여초麗初 귀화 한인漢人에 의해 전파되어 주로 위의 훈석 ②·④의 것으로 통용
된 듯하다. 문헌어文獻語로서 보다는 구두어口頭語로 주로 통용된 듯하다.

당초 한자어로서 국어화한 말들의 대부분이 그러하듯이, 이 말도 이렇게
주로 구두어로 보편화되면서 한자어로서의 성격이 소실되어 버렸다. 그리고
국어화하고 난 뒤에는 원어 한자어와는 별도의 연변노선演變路線을 따라 존
재하기 마련이다. 이 말이 한글 최초의 문헌《용비어천가龍飛御天歌》(1445년)
에 '션빗'란 표기로 등장하고, 가리키는 바도, 전배前輩에 대한 경칭도 아니
요, 문인에 대한 경칭으로서도 아니라, '유儒'가 된 것도 그러한 연유에서다.
《용비어천가》에 그 용례가 4개소 나오는데 전부 '유儒'·'유생儒生'의 뜻이다.
한두 예를 든다.

　　션빗를 아ᄅ실씨(且識儒生), 80장.
　　늘근 션빗를 보시고(接見老儒), 82장.

이와 같이 '션빗'가 한자어 '선배先輩'와는 달리 '유儒'를 가리키게 된 것
은 주자학朱子學의 수용으로 경칭할 대상이 '문인'에서 '유'로 바뀐 고려 후
기 이후 문화적 변동이 반영된 것이다. 그리고 조선 성종 연간에 도학적 유
학을 주로 하여 공부한 김종직金宗直 일파의 중앙관료계에의 진출을 두고 서

울의 기성 관료계에서 '경상도선배당慶尙道先輩黨'이 몰려온다고 한 것에서의 '선배先輩(션빈)'는, 문학을 주로하여 공부한 자기들과는 체질적으로 다른, 즉 '유儒'임을 구별하여 지칭한 것이다.

그 뒤 '션빈'는 '유'와 함께 '사士'를 가리키게 되었다. '사士'가 '션빈'로 불려지게 된 것이 16세기 후반기에 들어와서는 일정하게 보편화된 현상이었음을 우리는 한호韓濩가 왕명을 받들어 쓴 책《석봉천자문石峰千字文》초간본(1583)을 통해 알 수 있다. 그 책에 '사士: 션빈亽'로 되어 있다.

왕명을 받아 쓴 책이니만큼 그 시대에 적어도 서울 지방의, 넓게는 전국 규모도 이 훈석을 따랐을 것이기에이다. 그렇다면 '사'가 '션빈'로 불려지기 전에는 무엇이라고 불려졌던가?

《계림유사鷄林類事》(1103―4년경), 士曰進(寺儘切).

《용비어천가龍飛御天歌》(1445년), 66장, 輕士善罵: 輕士善罵ᄒ샤.

《내훈內訓》(1475년), 〈언행장言行章〉, 猶爲謹敕之士: 오히려 조심ᄒᄂᆫ 士ㅣ 두외리니.

《훈몽자회訓蒙字會》(1527년), 士 : 됴亽ᄉᆞ, 學以居位曰士.

《광주천자문光州千字文》(1575년), 士 : 계춈ᄉᆞ.

여기서 '사士'는 16세기 후반 '션빈'로 불려지기까지는 '신'·'사士(ᄉᆞ)'·'됴ᄉᆞ(조사朝士)'·'계춈'로 불려 왔음을 알 수 있다. 그런데《계림유사》의 '신'과《광주천자문》의 '계춈'은 오늘날 의미불명이다. 짐작컨대 '됴ᄉᆞ(조사朝士)'류가 아닐까 생각된다.

그런데 언어란 하루아침에 바뀌는 것이 아니다. '사士'에 대해서 대부분의 문헌이 특별한 훈석이 없이 '사士'로, 또는 훈석을 하는 경우 적용 범위가 국한적인 '됴ᄉᆞ'로 불려지던 15세기 후반기에 '션빈'로 일컬어진 예가 있다. 성종 때의 간본인《삼강행실도三綱行實圖》언해본諺解本 초간본(1471년),

〈열녀도烈女圖〉 옹씨동사雍氏同死에 원문 "학유이사, 곡기시왈學有二士, 哭其屍
曰"에 대한 언해에서,

　　　　두 션븨 주거믜 가올매 닐오듸

라고 되어 있다. 그러니까 14세기 후반기에 '션븨'가 '유儒'를 가리키는 대
세 속에 '사士'를 가리키기도 하여, 16세기 후반기에 '사士'가 '션븨'로 보편
화된 것으로 보인다. '사'의 '션븨'로의 보편화는 16세기 사림파士林派의 정
치적 투쟁 및 승리의 과정과 무관하지 않을 것이다.

　'선비 정신'이란, '선비'와 '정신' 두 언어의 합성어가 우리 사회에 통용
된 것은 아주 최근의 일로 생각된다. 아마 4·19 내지 5·16 이후의 일로 생각
된다. '선비'란 말은 한말韓末 이후 줄곧 유교망국론과 관련하여 혐오의 적的
이 되어 왔다. 그러다가 이 고풍스러운 말이 되살아난 것은 주로 조지훈趙芝
薰과 같이 고전적 교양을 가진 논객이 4·19 내지 5·16 전후에 쓴 일련의
시사논설에서 옛 선비의 바른 도리로서, 정객政客과 지식인들을 일깨우면서
부터이고3), 이에 이어서 올바른 지식인의 윤리적 자세를 가리키는 말로서
'선비 정신'이란 합성어가 있게 된 것이다. 이 말은 물론 우리나라의 현대
지성인의 윤리적 자세를 역사에 반조返照해서 자기조정自己措定을 하려는 요
구에서 나왔으며, 그런 점에서 우리나라 지성계에 우리 것에 대한 지적知的
인 관심이 되살아난 1970년대부터 통용된 것이 아닌가 생각된다.

　그런데 '선비'라고 단칭單稱할 때와 '선비 정신'이라고 합칭合稱할 때의
'선비'란 말의 함의는 각각 다르다. 전자가 '썩은 선비'라든가, '옹졸한 선
비'라든가 하여 부정적인 면까지 함의하는 데 대하여 후자의 경우는 긍정적
인 면 일변으로 가치규정적價値規定的이다. 즉 전자는 다분히 신분 개념에 치
중해 있고, 후자는 도덕적 가치 개념에 치중해 있다. 전자가 주로 '유儒'의

─────────────
3)　趙芝薰은 1959년 《志操論》이란 時事論說集을 냈다.

측면의 함의임에 대하여 후자는 '사士'의 측면의 함의라고 하겠다. 그러니까 '선비 정신'의 '선비'란 말은 '사士'의, 또는 '사적士的'인 전통에 근거해 있다. 즉 '선비 정신'은 역사적으로 실천된 '사士'의, 또는 '사적士的'인 도덕적 가치 실체를 예각적으로 환기시켜 오늘의 지성에 연결해 주기 위해 생성된 말이라고 할 수 있다.

3. 선비 정신의 개념

앞에서 말한 선비의 함의의 두 가지 측면, 즉 '유儒'와 '사士'의 측면에서 여기서는 사士의 측면, 즉 선비 정신의 측면을 중심으로 그 개념을 논구해 보고자 한다. 선비 정신은 물론 역사적으로 실천된 사士의, 또는 사적士的인 도덕 가치 실체를 소급해서 명명한 결과다. 바꿔 말하면 과거의 사士의, 사적士的인 도덕 가치 실체의 개념에 대해서다.

1) 선비 정신의 개념 징표徵表

선비, 즉 사士에게 일의적으로 귀중한 것은 '상지尙志'다. 즉 뜻을 고상히 함이다.《맹자孟子》의 다음 대목에 사士의 개념의 출발점이 있다.

> 왕자王子 점墊이 물었다. "사士는 무엇을 일삼습니까?" 맹자가 말했다. "뜻을 고상히 한다." (왕자 점이 물었다.) "무엇을 일러 뜻을 고상히 한다는 것입니까?" (맹자가 말했다.) "인의仁義일 뿐이다. 한 사람이라도 무죄無罪한 사람을 죽임은 인仁이 아니며, 자기의 소유가 아닌데 취함은 의義가 아니다. 거居하는 것은 어디에 있어야 하는가? 인仁이란

것이다. 밟는 길은 어디에 있어야 하는가? 의義 이것이다. 인仁에 거居
하고 의義를 따른다면 대인大人의 일이 구비된 것이다."[4]

인과 의를 제고提高해 가짐이 뜻을 고상히 함(상지尙志)이고, 그것이 사士
의 본분이라는 것이다. 그런데 우리나라에 와서는 사의 상지가 주로 의義에
국한됨을 보게 된다. 즉 절의節義와 염치廉恥를 선비 정신의 근간으로 보아왔
다. 이황은 사의 존립근거로서의 절의의 명분이 성립되는 소이를 다음과 같
이 천명하였다.

옛날의 선비는 진실로 남의 형세形勢와 작위爵位에 눌리지 않는다.
(중략) 대개 부러워하지 않고 붙따르지 않으면 내가 저들에게 스스로를
잃는 일이 없고, 그 형세를 힘입지 않고 그 소유에 이득을 보지 않으면
저들이 나에게 젠 채하지 못한다. 그러므로 필부匹夫로서 천자天子를
벗해도 참람되지 않고, 왕공王公으로서 평민平民에게 몸을 낮추더라도
욕되지 않는다. 이것이 선비가 귀하게 여길 만하고 공경할 만한 소이이
며, 절의의 명분이 성립되는 소이이다.[5]

즉 필부의 신분으로서의 선비는 천자를 벗해도 참람되지 않고, 평민의 신
분인 선비에게 왕공들이 몸을 낮추더라도 욕되게 생각하지 않는 것은 선비
에게는 형세나 작위와 같은 세속적 가치에 의존하지 않는 그 무엇, 즉 절의
라고 이름할 수 있는 것이 있기 때문이라는 것이다. 한편 염치에 대해서도
'선비의 대절大節'로서 강조되었다.

염치는 선비의 대절이다. 염치의 도가 상실되면 탐욕의 기풍이 날로

---

4) 《孟子》〈盡心上〉.
5) 李滉, 〈擬與豊基郡守論書院事〉(《退溪集》 권12).

불어난다.[6]

이렇게 절의와 염치를 선비 정신의 근간으로 삼아 왔다. 그렇다면 절의와 염치는 어떻게 다른가? 궁극적으로는 비슷한 심적心的 자세이나, 절의는 일의 시是와 비非, 의宜·불의不宜를 판단하여 시是와 의宜를 굳게 지켜 변하지 않으려는 자세이고, 염치는 일의 이利·해害 관계를 거쳐 시비是非와 의불의宜不宜를 판단하여 시是와 의宜를 지키려는 자세이다. 그래서 특히 이해가 개입된 사태의 도덕적 판단에는 염치라는 말이 쓰인다. 그러나 염치도 결국 일의 옳음과 그름, 마땅함과 마땅하지 않음을 판단하여 옳음과 마땅함을 선택한다는 점에서는 절의의 개념에 포섭된다. 그래서 두 말이 곧잘 호용互用되기도 한다. 다만 말이 적용되는 사태, 거기에 대응하는 주체의 태도, 그리고 말의 뉘앙스에 있어서 절의 쪽이 보다 강성强性이고, 염치 쪽이 약성弱性이라고 할 수 있다. 그러나 그 내심의 발출 근원은 같은 범주에 속한다. 즉 의義가 그것이다.

위의 절의와 염치에 버금하는 징표로서 숭검崇儉이 있다. 이것은 중요 징표의 하나인 염치를 숭상한 나머지 논리의 자연한 귀결로서 생겨난 징표라고 하겠다. 공자가 일찍이 "사士가 도道에 뜻을 두면서 나쁜 의복 나쁜 음식을 부끄럽게 여기는 자와는 족히 더불어 의논할 것이 없다"[7]고 했거니와, 우리나라에서는 곧바로 '수기지방修己之方', 곧 '자기를 닦는 방도'로까지 간주되기에 이르렀다. 즉 중종中宗의 교유문敎諭文에,

> 학문을 하는 방도는 자기를 닦는 데에 있고, 자기를 닦는 방도는 검소함을 숭상(崇儉)하는 데에 있다.[8]

---

6) 《世宗實錄》 권59, 15년 2월 癸丑.
7) 《論語》〈里仁〉.
8) 《中宗實錄》 권8, 4년 3월 甲辰.

고 했다. 기대승奇大升은 "사군자士君子의 평생의 사업은 다사롭고 배부른 데에 있지 않다"[9]고 하여 선비의 뜻의 소재를 분명히 했다.

이상으로 선비 정신의 개념의 징표로서 절의·염치·숭검을 말했다. 절의·염치·숭검은 선비의 존재태存在態이자 당위태當爲態인 것이다. 앞에서도 언급했듯이 중국의 사士의 개념에는 인仁의 측면이 주요하게 가담되어 있으나, 우리나라 선비의 개념에는 인仁의 측면이 거의 없다. 그런 점에서 중국의 사와 우리나라의 선비는 꼭 같지가 않다. 우리나라 선비의 개념의 내포가 상대적으로 적다. 그런 만큼 다소 예각적이라고 할 수 있다.

2) 선비 정신의 초월성超越性과 자존성自尊性

하나의 도덕 개념으로서의 선비 정신은 빈부귀천 등 세속적 가치에 대해 초월적으로 존재하고, 초월적이기 때문에 스스로 자존적自尊的이다. 사士(선비)는 기본적으로 그 직분이 사仕에 있다. 그러나 출사 여부와 상관없는 사士로서의 본분이 있다. 출사 여부와 상관없는 사士의 본분을 알려고 할 때 역시 사士를 신분적으로 무위자無位者의 자리에 놓고 보는 것이 편의하다.

박지원朴趾源이 사士를 두고 "지위로는 등급이 없고(無等), 덕은 본디부터의 일(雅事)이다"[10]라고 한 것이 선비의 신분적인 면과 가치적인 면을 잘 요약해 준다. 즉 선비는 신분적으로는 세상의 어떤 위계位階에도 편입되어 있지 않고, 가치적으로 덕은 본디부터 고유한 것이란 말이다. 어떤 위계에도 편입되어 있지 않기 때문에 그 어떤 위계로부터도 자유로우며, 그가 담지한 가치는 그 어떤 세속적인 가치와도 교환 대상이 되지 않는 초월적이며 자존적이다. 다시 이황의 언술을 살펴보자.

---

9) 奇大升, 〈上從兄書〉(《高峯續集》 권2).
10) 박지원, 〈原士〉(《燕巖集》 권10, 別集, 罨畫溪蒐逸)

도의道義의 작질爵秩과의 비교에서 어느 것이 귀하고 어느 것이 천하
며, 어느 것이 무거우며 어느 것이 가벼운가. 이치로서 말하면 어찌
도의가 귀중할 뿐만이겠으며, 예로서 말하면 작질의 분수를 또한 어찌
능멸할 수 있겠는가. 옛날의 선비는 진실로 남의 형세와 작위에 눌리지
않는다. (중략) 대개 부러워하지 않고 붙따르지 않으면 내가 저들에게
스스로를 잃는 일이 없고, 그 형세를 힘입지 않고 그 소유에 이득을
보지 않으면 저들이 나에게 젠 채하지 못한다. 그러므로 필부로서 천자
를 벗해도 참람되지 않고, 왕공으로서 평민에게 몸을 낮추더라도 욕되
지 않는다. 이것이 선비가 귀하게 여길 만하고 공경할 만한 소이이며,
절의의 명분이 성립되는 소이이다.11)

도의의 작질과의 비교에서 "어찌 도의가 귀중할 뿐만이겠는가"라는 말은
도의가 세속적인 가치인 작질과는 당초에 비교할 수가 없는 독자적이고 초
월적인, 따라서 자존적인 가치란 뜻이다. 필부이고 평민인 선비가 천자를
벗해도 참람되지 않고, 왕공이 선비에게 몸을 낮추더라도 욕되지 않게 생각
하는 것은 바로 이러한 가치의 담지자로서, 저들의 형세와 소유에 의존하는
바가 없기 때문이라는 것이다. 말하자면 선비는 이 도의의 가치를 담지함으
로써 스스로도 독존적獨尊的이며 자존적인 존재가 된다.《주역周易》의 〈고괘
蠱卦 상구上九 효사爻辭〉에 "왕후王侯를 섬기지 않고, 그 일은 고상히 한다"가
바로 선비의 이런 점을 말한 것임은 널리 알려진 사실이다. 곧 선비는 설령
때를 만나지 못했더라도 '고결자수高潔自守'한다는 말이다. 고결자수는 독자
적이고 초월적인 자기 안의 가치—즉 절의와 염치와 숭검을 제고하여 자존
한다는 말이다.
선비의 본분은 일단 무위無位고 무등無等이다. 세상의 어떤 위계에도 소속
되지 않는 독존, 이것이 선비의 본래 존재양태다. 그런데 선비가 독존으로

---

11) 李滉, 주5)와 같은 곳에서 재인용.

남아있는 세상은, 유가의 관점에 의하면, 정상적인 세상이 아니다. 정상적인
세상은 선비가 작위를 가지고 다스림에 참여함으로서 겸선천하兼善天下해야
하는 것이다. 그렇게 될 경우라 하더라도 선비 정신에 대해 작위는 비본질적
非本質的이고 우연적인 것이다. 심지어 천자의 작위도 예외가 아니다.

> 천자라는 것은 원사原士다. 원사는 생인生人의 근본이다. 그 작爵인
> 즉 천자이나 그 몸인즉 사士다. 그러므로 작爵에 고하가 있으나 몸이
> 변화한 것이 아니다. 위位에 귀천이 있으나 사士가 전변轉變한 것이 아
> 니다. 즉 작위가 사士에 가해진 것이지, 사士가 옮겨가서 작위화爵位化
> 된 것이 아니다.12)

무위·무등의 선비의 본분에 작위가 가해진다 하더라도 선비에는 조금도
영향하지 못하는, 역시 선비의 고유적이며 초월적임을 말했다. 이것은 말하
자면 선비가 객관적으로 고유하게 띠는 초월성이다.

그런데 선비 정신에는 또 다른 의미의 초월성이 있다. 이것은 앞에서 말한
빈부귀천 등 세속적인 가치에 대해 객관적으로 존재하는 고유의 초월성이
아닌, 그 실현의 고도한 수준에서 주체가 감득感得하는 주체적 초월성을 가
리킨다. 일례로 황현黃玹의 자결이 그러한 주체적 초월성의 경계에 이른 경
우이다. "휘황히 일렁이는 촛불 빛 창천蒼天을 비추네(輝輝風燭照蒼天)"13)라
는 그의 〈절명시絶命詩〉의 싯구가 그러한 소식을 알려 준다. 공자는 "뜻있는
사士와 어진 사람은 살기는 바라서 인仁을 해침이 없고, 몸을 죽여서 인仁을
완성함(성인成仁)이 있다"14)고 했다. 황현의 자결, 즉 절의의 결행은 말하자
면 성인成仁이라고 할 수 있다. 본인 자신이 자신의 자결은 "다만 인의 완성

---

12) 박지원, 주10)과 같은 곳.
13) 黃玹, 〈絶命詩四首〉《梅泉集》 권5)
14) 《論語》〈衛靈公〉.

(성인成仁)일 뿐 충忠이 아니라오.(只是成仁不是忠)"15)라고 말했다. 여기서 우리는 절의의 고도한 실현이 보다 큰 개념인 인仁의 경계로 승화됨을 알 수 있다. 이것은 앞에서 말한, 중국의 사士의 개념에는 처음부터 의義의 측면과 함께 인仁의 측면이 중요하게 가담되어 있는데, 대하여 우리나라 선비의 개념에는 의義가 거의 독점적으로 점하고 있다는 그 논리와 양립할 수 없는 것이 아니다. 중국의 사士의 개념에 처음부터 가담되어 있다는 그 인仁은 의義와 대대對待 관계에서는 작은 개념의 인이고, 황현이 절의의 결행으로 이르렀다는 성인成仁의 그 인은 큰 개념의 인이다.

3) 선비 정신에서의 출처出處

조식曹植은 "사군자士君子의 대절大節은 오직 출처出處 한 가지 길에 있을 뿐이다"16)라고 했다. 선비 정신의 개념에서 보면 출처의 문제는 그 징표의 실천 여부에 관계되는 가장 고차원의 문제이자, 또한 가장 첨예한 문제다. 진정한 선비냐 아니냐는 출처의 문제에 그 관건이 달려 있다 해도 과언이 아니다. 적어도 조식은 그렇게 생각했다.17)

선비의 근본 지향은 출사出仕하여 행도行道하는 데에 있다. "선비가 겸선兼善하고자 하는 것은 진실로 그 본래의 뜻이다. 물러나 스스로 지키는 것이 그 어찌 본심이겠는가"18)라고 이이李珥는 말했다. 겸선하고자 하는 뜻, 즉 출사하여 행도하고자 하는 뜻이 반드시 관철되지 않는 경우 특히 출처의 문제가 첨예하게 떠오른다. 나가야 되느냐 나가지 말아야 되느냐, 머물러 있어야 되느냐 물러나야 되느냐의 선택의 기로에 선다. 말하자면 절의·염치가 시험대에 오르게 된다. 가장 높은 층위에서 가장 첨예하게 말이다.

---

15) 황현, 주16)과 같은 곳.
16) 金宇顒, 《南冥集》附錄, 〈行錄〉.
17) 李章熙, 《朝鮮時代 선비 研究》(博英社, 1989), 102쪽 참조.
18) 李珥, 〈論道〉(《栗谷全書》〈東湖問答〉).

선비가 벼슬에 나가는 의도는 두 가지로 귀결된다. '귀하게 되고자 하는
마음(欲貴之心)'과 '도를 실현하고자 하는 마음(行道之心)'이[19] 그것이다. 귀
하게 되고자 하는 마음으로 벼슬에 나가거나 머물러 있는 것을 선비의 절의·
염치는 단호히 배격한다. "도가 행해지지 않는데 한갓 그 영리에만 탐닉하는
것은 선비가 아니다"[20]라고 한 것은 남효온南孝溫의 생각을 허균許筠이 대변
한 것이다. 귀하게 되고자 하는 마음은 다름 아닌 인욕人欲이기 때문이다.
결국 출처의 문제란 인욕과 도를 행하고자 하는 도심道心이 첨예하게 부딪히
는 장場이다.[21] 그래서 선비의 대절은 출처에 있다고 한 것이다.

출처는 궁극적으로는 인욕과 도심의 선택 문제다. 이념적으로 단순화시
켜 말하면 그렇다. 그러나 실제의 차원에서는 좀 단순찮은 문제들이 따른다.
송시열宋時烈은 "선비의 출처는 딱 잘라서 다른 길이 없다. 스스로 나의 역량
과 시세時勢의 가불가可不可를 헤아려서 불가하면 들어앉고 가하면 나간다.
이미 나갔으면 그 도를 행할 따름이다"[22]라고 했다. 즉 주체의 역량과 시세
의 가불가를 헤아려서 결정한다는 것이다. 물론 행도를 전제로 해서다. 여기
까지라면 위의 이념형과 별로 다르지 않다. 그런데 문제는 주체의 역량과
시세의 가불가를 헤아리는 것이 다분히 주관적일 수 있다는 것이다. 엄정한
객관적 판단을 보장할 길이 없다. 그래서 실제로 역사에는 주관적 판단으로
는 나가서 도를 행할 만하다고 출사한 것이 공론으로부터 도를 행하려는
동기 자체부터 인욕이 아닌가 의심받아 온 경우가 허다하다. 요컨대 선비
정신을 고스란히 보존하기란 현실에 있어서 얼마나 어려운 일인가 하는 문
제다. 그렇다고 역량이 넉넉한데 은자가 되는 것은 이른바 '결신난륜潔身亂
倫'―자기 몸을 깨끗이 하고자 군신의 윤리를 어지럽히는 자가 되어 이미
유자가 아니게 된다. 이황은 도산陶山에 깃들어서 '결신난륜'을 몹시 저어했

---

19)《近思錄》권7,〈論出處之道〉.
20) 許筠,〈南孝溫論〉(《惺所覆瓿藁》권11).
21) 정순우,〈남명의 공부론과 '처사'의 성격〉,《남명 조식》, 청계, 2001.
22) 李槾,〈李槾錄〉(《宋子大全》, 附錄 권15 語錄).

다.23)

선비의 출처관은 또한 한결같지가 않다. 일찍이《맹자》에서 출처를 두고 백이伯夷를 '성지청자聖之清者', 유하혜柳下惠를 '성지화자聖之和者', 이윤伊尹 을 '성지임자聖之任者', 그리고 공자를 '성지시자聖之時者'라고 평했거니와24) 출처에 몇 가지 유형이 성립된다. 가령 조식의 경우는 말하자면 백이형伯夷型 이라고 할 수 있다. 그는 과거를 단념한 중년 이후 몇 차례 유일遺逸로 부름을 받았으나 단호히 출사를 거부했다. 그는 당시를 도를 행할 수 없는 난세로 보았던 것이다. 그는 결신자고潔身自高하여 한 편에서는 그 절의가 '우뚝히 솟은 천 길 벼랑'의 기상이라는 평을 들었다. 그런가 하면 가령 장현광張顯光 의 출처관은 또 아주 다르다.

> 배워서 넉넉하면 출사하고, 군주가 예우하는 뜻이 있으면 출사하고,
> 집은 가난한데 어버이가 늙었으면 출사한다. 출사하지 않는 데에 두
> 가지 부끄러운 일이 있다. 그 몸을 깨끗이 하고자 하여 군신의 대륜大倫
> 을 어지럽히는 것이 첫째 부끄러운 일이요, 절의의 이름을 빌려 그 값
> 을 높이는 것이 둘째 부끄러운 일이다.25)

물론 장현광이 위에서 말한 출사할 여러 경우도 인욕의 배제라는 전제가 있고서다. 인욕의 배제라는 원칙적인 차원에서 보면 조식과 장현광의 출처 관, 아니 기타 다른 유형의 사류士類들의 출처관이 다를 것이 없다. 그러나 실제의 구체적인 상황에 나아가서는 앞의 조식의 출처관과 장현광의 출처관 은 현격히 다른 모습을 보여준다. 전자는 나가느냐 않느냐의 일도양단一刀兩 斷의 태도이지만, 후자는 가급적 객관적 형편에 합리하게 맞추려는 태도다.

---

23) 李滉, 〈陶山雜詠幷記〉(앞의 책 권3 참조).
24)《孟子》〈萬章 下〉.
25) 李瀷, 〈出處之義〉(《星湖僿說》 권9).

전자의 시각에서 후자를 보고 자칫 인욕의 발로라고 판단하기 쉽고, 후자의 시각에서 전자를 자칫 '출사하지 않는 데에 두 가지 부끄러운 일'에 속한다고 보기 쉽다. 이렇듯 선비의 절의·염치와 당자의 객관적 형편과의 관계 속에서 출처 문제는 선비 정신, 즉 선비의 절의·염치의 아주 예민한 시험대다.

4. 선비 정신의 역사적 전개

선비 정신은 역사적 개념이다. 그것은 고려 말기에 형성되어 16세기 중반에 완성을 보았다. 대체로 신흥 사대부의 등장과 지속에 동반한다. 16세기 중반 이후 사림의 통합성이 동요되고 해체되면서, 즉 당쟁의 만연 속에서 선비 정신의 외형은 더욱 제고되나, 실질 내용은 왜곡되고 변질되어 갔다. 그러나 그 가운데도 한 가닥 본래의 선비 정신은 흘러 왔다.

1) 선비 정신의 역사적 형성의 전단계

선비 정신은 고려 말기 도학의 비중이 점점 커지면서, 그리고 왕조교체를 겪으면서 본격적으로, 역사적으로 형성되기 시작하였다. 그 이전에는 절의·염치의 이념을 담지할 만한 계층 형성이 안 되거나 미약하지 않으면, 주로 토지제도 등의 여건이 선비 정신을 하나의 이념으로 형성하기 어려웠다. 대체로 삼국, 통일신라시대는 전자의 경우이고, 고려시대는 후자의 경우에 해당한다고 하겠다. 삼국, 통일신라시대는 전반적으로 귀족제도여서 귀족제도 아래에서 절의·염치가 이념적으로 주도적인 도덕으로 형성되기를 바랄 수는 없다. 신라의 육두품은 유학에 종사했다 하나, 나라의 전장제도에 관한 지식을 습득하는 지식유학에 치우쳐 있었고, 자신들의 진출에 관심이 쏠려있는 터여서 역시 형성되기를 바랄 수는 없었다. 고려시대의 지식인은 그 체질이 주로 문학가의 그것이라 선비 정신을 하나의 인격 이념으로 형성해 가질 만하기에는 소방疏放한 편이었다. 게다가 전시과田柴科 체제의 제약으로 그것이 역사화될 만큼 발전될 수는 없었다. 게다가 사상적으로도 삼국, 통일신라 시대는 토착신앙의 세勢에서 불교의 세로 넘어간 시기였고, 고려시대는 거의 대부분의 시기를 실질적으로 불강유약佛強儒弱의 형세로 있어 왔다. 그리고 고려의 지식인들의 체질이 말해주듯 그 숭상하는 바가 주로 시문詩文이었다. 이와 같은 사회·경제적, 그리고 사상·문화적 여건에서는 그 여건에 상응하여 역사화된 가치 이념—인격 이념이 따로 있었겠으나 적어도 선비 정신은 해당되지 않았다.

그러나 후세의 선비 정신에 상통하는 몇 가지 사례는 있다. 고구려 고국천왕대의 재상 을파소乙巴素의 출처는 후세의 사士에 가까운 바 있다. 물론 기록 자체의 후세적 윤색이 있었겠지만, "때를 만나지 못하면 숨고, 때를 만나면 출사하는 것이 사士의 상례常例다"라는 그의 출처관은 '도를 행하고자 하는 마음(行道之心)'에 입각해 있다. 더구나 그의 치적이 또한 이를 뒷받침해 준다.26) 신라의 나해왕대의 물계자勿稽子 역시 후세의 사士에 가깝다. 후세적 윤색이 있었을 것으로 보이지만, "공功을 자랑하고 이름을 다투며, 자기를 드러내고 남을 가리우는 것은 지사志士의 하지 않는 바다"라든가, "나는 벼슬하는 도리를 들었다. 위험한 일을 보면 목숨을 바치고, 어려움에 임하여 몸을 잊고서, 절의에 기대어 사생死生을 돌보지 않는 것을 충忠이라 이른다"라든가 하는 그의 말에서, 후세 사士의 출처의 자세를 간취할 수 있다.27) 박제상朴堤上의 왜국에서의 태도 또한 절의의 실현이라고 할 수 있다.28) 이와 같이 민족 심성 속에 내재하는 어떤 근인根因이 있고서야 역사적 계기들이 그러한 형태의 의식(선비의식)을 형성하는 방향으로 지배적으로 작용하게

---

26) 金富軾 등, 《三國史記》 〈列傳〉, 〈乙巴素〉.
27) 一然, 《三國遺事》 〈避隱〉, 〈勿稽子〉.
28) 金富軾 등, 《三國史記》 〈열전〉, 〈朴堤上〉; 一然, 《三國遺事》 권1, 〈奈勿王 金堤上〉, 참조.

마련이다.

고려시대는 그 식자층의 문인적 체질상, 전시제田柴制의 제약상, 그리고 불교 숭상이라는 사상적 풍토상 그 말기 이전까지는 선비 정신이 하나의 인격 이념으로 역사화되기를 기대하기는 매우 어려운 시대였다. 고려의 위의 특징들은 절의·염치의 문화의 형성이라는 시점에서는 모두 관계가 소원疎遠하다. 전시과의 경우 설령 법조문대로 빈틈없이 시행되지는 못했다 하더라도, 어쨌든 이 제도가 하나의 체제로 자리 잡고 유지되는 한 고려 사인士人들에게 출처의 절의를 엄하게 물을 수는 없다.

> 여조麗朝 입국 5백년에 인륜이 밝지 못하고 국체國體가 엄하지 못하여 의장儀章·법도法度가 지금 유전流轉하는 것이 없다. 이른바 문헌이란 단지 이규보배李奎報輩의 약간의 시율詩律과, 말엽의 사인士人들이 또 자못 원조元朝 문자를 익혀서 지은 시·부·의의疑義 등과 같은 과제科製와, 조맹부배趙孟頫輩의 필법이 지금까지 유전하고 있을 뿐이다. (중략) 삼한을 통일하고서 문교文教를 비로소 통해 원칙을 세우고 조리를 베풀어 후손에게 드리워주는 것이 바로 고려 태조의 책임이거늘, 이른바 〈훈요십조訓要十條〉는 불과 지리·불법·암당菴堂·탑상塔像 등에 관한 일을 자상히 부탁을 남겨 나라 흥쇠의 기틀로 삼았으니 어찌 심히 개탄스럽지 아니하냐.
>
> 다만 포은圃隱·목은牧隱 제유가 비로소 이학理學을 창도하였다. 이것은 자못 하늘의 뜻이 우리 조정을 위하여 문교를 먼저 연 조짐으로 마침내 끊어지지 않는 일선一線을 전하였으니 사士된 자에게 다행이라면 다행이다.[29)]

조선 왕조 지식인의 고려 왕조의 문화에 대한 평가다. 말하자면 유교 문화

---

29) 柳壽垣, 《迂書》 권1, 〈論東俗〉.

가 한없이 엉성하다는 불만이다. 위의 서술은 유교적 편견에 의해 다소 심하게 고려 문화에 대해 폄훼했지만 불교 문화를 부정하고 나면 남는 것이 사실은 다소 엉성한 편이다. 유교 문화 전반이 엉성한데 유교 문화의 주요 내용의 한 가지인 절의·염치만이 유독 높은 수준일 수는 없다. 그렇다고 해서 고려의 사인士人 일반이 특별히 절의·염치를 외면한 지평에서 인격이 형성되었다는 뜻은 아니다. 다만 절의·염치의 선비 정신이 특히 뚜렷하게 역사화되지 않았을 뿐 여러 개인적·고립적 선비정신을 실현한 사례는 물론 있었다.

먼저 신숙申淑을 들고 싶다. 이 경우는 출사하여 관료의 직무 수행에서, 그리고 출처의 자세에서 절의를 지킨 예다. 신숙은 인종조에 명경과로 올라 어사잡단御史雜端·지문하성사知門下省事 등을 거치면서 의종의 사치와 남권濫權 등 비행을 간諫하기에 신명을 바쳤다. 마치 조선조의 조광조의 태도를 연상시키듯 그는 조금도 양보가 없었다. "신이 이를(환관을 조신朝臣으로 제배除拜한 사실) 들은 뒤로부터 항상 분개하여 음식을 먹어도 맛을 알지 못합니다. 그래서 감히 와서 청하오니 만약 신의 말이 그릇되었거든 청컨대 신을 죽이고, 옳거든 (내시를 조신朝臣에서 해직하는 일을) 허락하기를 원하옵니다"고 하니 왕이 내시의 벼슬을 삭제하였다. 의종이 그의 집요한 간언을 미워하여 그의 직을 다른 자리로 옮기니, 그는 벼슬을 버리고 시골로 돌아갔다.

다음으로 권돈례權敦禮를 들고 싶다. 권돈례는 무신난 전에 출사하였다가 자기 시대가 난세임을 알고 난후에 원주原州에 은거하여 독선기신獨善其身한 경우다. 관련 문헌으로 유일하게 임춘林椿이 그의 친구 이담지李湛之를 대신하여 쓴 편지 한 통이 있을 뿐이다.

> 금년 가을에 중 중은中隱이 서울에 와서 말하기를 "선생의 평소 흥회가 초연해서 끝내 세상에 나와서 처할 뜻이 없다"고 하였습니다. 난리 중에 세상의 현사들이 초야에 깊이 묻히어 한때의 화난을 피하지 않은 이가 없었습니다. 그러나 한결같이 명리의 꾀임을 받아 산영山靈으로

하여금 속가俗駕를 만회挽回하게 하려 한 자가 많았습니다. 지금 합하閤
下는 기미幾微를 보고 행동하시어 방외方外에 고도高蹈하시어 작위를
진흙찌끼처럼 아시고, 산림에 아교와 옻처럼 뜻이 결합되어 천금의 폐
백으로도 그 재주를 초빙하지 못하고 만승의 권위로도 그 절개를 굽히
지 못하니 참으로 이른바 '이미 밝고 예지로와, 그 몸을 보전한' 경우
입니다. (중략) 합하는 바야흐로 대기大器를 안고 대도大道를 간수하고
산수간에 높이 누워 나오지 않습니다. 그 청풍·고절은 백이·숙제 이래
로 (합하) 한 분뿐입니다.30)

특히 편지에는 상대에 대한 수사적 과장이 있기 마련이다. 그 점을 고려하
더라도 권돈례는, 위의 글에 의하면, 절의를 높이 간직한 고사高士임에는 틀
림없다. 더구나 임춘 같은 양심적인 지식인의 일컬음에랴.
　무신란은 제한적이나마 고려 사인들의 절의·염치의 시험대였다. 위의 임
춘의 편지에서의 지적처럼 난초亂初에는 문신의 대부분이 초야에 스며들었
다. 그러나 난후 정국이 다소 안정을 찾고 문신을 다시 기용하자 초야에 스
며들었던 문신 거개가 출사하였다. 출사하지 않은 사람으로는 위의 권돈례
외에 승려가 된 신준神駿·오생悟生과 박인석朴仁碩이 있었으나, 박인석은 24
년간을 전원에 머물러 살다가 천거에 응해 나와 최씨정권에 벼슬했다.31)
결국 끝까지 은사로서 출사하지 않은 사람은 현재 알려진 바로는 권돈례
한 사람뿐이었다.
　이때는 전시과 체제가 붕괴 과정에 있었고, 토지의 사사로운 소유가 일정
하게 발달하고 있었다. 말하자면 고려의 사인들이 생존의 이유로 출사를 해
야 하는 조건이 일정하게 완화되어가고 있었다는 말이다. 그런데 초야에 스
며들었던 문신 거개가 다시 출사를 하였다. 당시 무신들의 권능과 횡포 아래

30) 林椿, 〈代李湛之寄權御史敦禮書〉(《西河集》 권4).
31) 졸고, 〈林椿論〉(《語文論集》 19·20, 고려대 국어국문학연구회, 1977 참조).

에 행도지심行道之心으로 출사를 했다면 이 말이 대부분의 사인들에게는 아마 해당되지 않을 것이다. 여기에는 전시과 체제가 붕괴 과정에 있었다고는 하나, 하나의 체제로서의 효력이 주는 제약이 있었으므로 경제적 이유를 무시할 수는 없으나, 그러나 거개는 욕귀지심欲貴之心의 발동이 있었을 터이다. 고려 사인들은 일반적으로 가문에 대한 공명의식이 강했다.32) 그런 의미에서 임춘의 위의 글에서 모두들 '명리의 꾀임을 받아' 다시 출사했다는 말이 단순한 수사가 아님을 알게 한다. 요컨대 고려 사인들에 대한 평가에서 출처의 절의는 아마 부차적인 항목으로 삼아야 할 것이다.

또 한 사람 안치민安置民을 들고 싶은데, 이 경우는 고려 시대에는 자못 예외적인 무관無官의 처사다. 그에 관해서는 널리 알려지지 않았는데, 그것은 당대의 명망에 비해 전해오는 문헌이 적기 때문이다. 주로《동국이상국집東國李相國集》과《보한집補閑集》에 그에 관한 기록이 산견된다.33) 이를 토대로 그의 선비적인 면모를 정리하면 대략 다음과 같다.

그는 의종–신종 연간에 경주에서 산 사람이다. 자를 순지淳之라 하고, 기암거사棄庵居士, 또는 취수선생醉睡先生이라 자호했다. 가난하여 주로 사원寺院에 부쳐 살았다.

이규보가 "눈썹은 실처럼 길게 늘어지고/ 눈동자는 물처럼 맑구려// 내 방덕공龐德公을 보지 못했지만/ 그대가 아마 그인가 하오(眉毛垂似絲, 眸子炯如水. 我不見龐公, 見君疑卽是)"34)라고 했듯이 그는 당대에 후한의 방덕공에 비의比擬되는 고사였던 것 같다. 최자崔滋에 의하면 그는 '광세대수曠世大手'35)로 지방에 있으면서 중앙의 문원文苑을 사뭇 지도하다시피 하였다. 그는 또한 묵죽墨竹에도 빼어났다. 그러나 그의 선비다운 면모는 다음과 같은 그의 자

---

32) 주31)과 같은 곳.
33) 安置民에 대해서는 沈浩澤이 〈安置民論〉(《漢文學硏究》 8, 啓明漢文學會, 1992)을 쓴 바 있다.
34) 李奎報, 〈又贈安處士〉(《東國李相國集》 권12).
35) 崔滋, 《補閑集》 中.

화상에 쓴 제시題詩에 있다.

有道不行不如醉,	도가 있어도 행해지지 않으니 취함만 같지 못하고,
有口不言不如睡.	입이 있어 말하지 못하니 조느니만 못해.
先生醉睡杏花陰,	선생이 살구꽃 그늘에서 취해 조니,
世上無人知此意.	세상에선 이 뜻을 아는 이 없구나.36)

무신집권기에 쓴 이 작품은 그의 무신집권에 대한 저항 정신이 표백되어 있다. 따라서 그는 망세忘世한 방외인 유형과 다른, 선비 유형이다. 고려시대의 한 처사로서 무신정권에 항거하여 절의의 삶을 산 것 같다.

무신정권, 즉 최충헌 시대의 난정亂政을 피하여 개경에 살다가 지리산으로 은거해 간 한유한韓惟漢은 안치민과 같은 유형이면서 약간의 편차가 있다. 최충헌이 정권을 맘대로 하고 관작을 파는 현상을 목격하고, "난이 장차 이를 것이다"라고 하고, 처자를 데리고 지리산으로 들어가 절조를 닦으며 외부인과의 교제를 일체 끊고 지냈다. 나중에 서대비원西大悲院 녹사錄事로 불렀으나 끝내 나오지 않고, 오히려 더 깊은 골짜기로 옮겨 가서 종신토록 나오지 않았다.37) 이 한유한의 경우는 거의 망세忘世에 가까운 독선기신형獨善其身型으로, 자칫 방외지사方外之士로 떨어질 위험이 있다.

여기서 이자현李資玄에 대해 논의할 필요를 느낀다. 이자현은 대악서승大樂署丞이라는 종8품직에 있다가 29세에 홀연히 관직을 버리고 춘천 청평산淸平山으로 들어가 예종이 여러 차례 불러도 끝내 나오지 않았다. 그는 고려전기 3대 문벌의 하나인 경원慶源 이씨 가문 출신으로 고관과 부귀가 약속되어 있는 것이나 다름없었다. 그런 그가 영화를 버리고 높이 세속을 벗어나 초야의 거친 음식, 거친 의복으로 생을 마감할 때까지 37년간을 '불원불회不怨不

---

36) 崔滋, 주35)와 같은 곳.
37) 《高麗史》, 〈列傳〉, 〈韓惟漢〉.

悔'하며 시종 변함이 없이 지낸 것은 유례가 없는 일로, 그 가슴 속에 '스스로 즐기는 바'가 없고서야 가능하겠냐는 것이 이황의 견해다.[38] 사실 이자현을 고사로 보면 그런 고사가 우리 역사에 둘 있기가 어려울 정도다.

그러나 그가 추구한 것은 선도禪道다. 가슴 속의 '스스로 즐기는 바'가 선도에서 나왔던 것이다. 이황은 이자현에게서 아무 것에도 의존하는 바 없는 그 정신적인 즐거움, 형이상의 경계를 넘나드는 고고한 그 즐거움을 가졌음을 취한 것이다. 일단 사상 차원에서 선도와 도학은 자별하여 이황이 배척해 마지않을 바이나, 정신적인 고고한 즐거움을 가지고 세속을 벗어난 삶을 산 점을 이황은 취한 것이다. 그러나 그 즐거움의 원천이 이자현은 근원적으로 선도라는 세외世外의 종교다. 그의 정신적 삶은 출처의 절의를 논할 선비 정신의 권외圈外에 놓여 있었다.

선비의 절의와 관련하여 고려시대의 흥미 있는 한 현상은 식자인들 사이의 묵죽墨竹의 애호 풍상風尙이다. 대나무는 이른바 세한삼우歲寒三友의 하나로 소나무·매화와 함께 선비의 지조를 비유하는 것으로 되어 있다. 선비의 지조를 비유하는 대나무 그림이 한 시대를 풍미했으니, 그 시대의 식자인들의 지조에 대한 향념向念이 대단한 것으로 안다면 소박한 생각이다. 고려시대 뿐 아니라 대나무 그림의 원고장인 중국의 어느 시기부터 대나무 그림 뿐 아니라, 세한삼우의 다른 두 가지도 반드시 지조의 기표記標로 그려지지 않았다. 지조의 관념과 무관하지 않지만 풍운風韻·아치雅致·불범不凡 등의 관념으로 발전하여 원래의 지조 취의趣意는 흐려진 채로 완상玩賞에 이바지되었다. 거기다가 그림 자체의 논리에 편입되어 화법畫法·화풍畫風 등 평가의 대상으로서의 논의가 발전하여 대부분의 경우 본래의 취의인 지조로부터 먼 거리에서 의사소통이 되었다.[39] 게다가 고려의 경우 묵죽 애호 풍상이

---

38) 李滉, 〈過淸平山有感幷序〉(《退溪集》권1).
39) 李仁老의 《破閑集》, 李奎報의 《東國李相國集》, 崔滋의 《補閑集》 등에 나오는 墨竹 관련 詩文을 검토한 결론이다.

소식蘇軾 숭배 열기와 무관하지 않다. 고려 식자인들의 소식 숭배 열기는 유명하거니와, 소식의 문학 뿐 아니라 그의 묵죽을 치는 기예의 측면까지 아울러 배우려 한 것이다. 더구나 소식과 송대 묵죽의 대가인 문동文同과의 그 묵죽을 매개로 한 우정은 고려의 식자인들에겐 퍽 인상적이었을 것이다. 결국 소식을 매개로 하여 문동의 묵죽에로 관심이 전이되어 간 것이다.

그런데 태조 왕건의 무덤에 벽화로 세한삼우가 그려져 있는 것은 묵죽과는 경우를 달리하는 것이라 생각한다. 무덤의 벽화로 세한삼우가 그려진 예는 퍽 이례적인 일로서 동양회화사상 주목할 바라는 것이다.40) 이 고립된 현상을 가지고 그 의미하는 바를 말하기는 퍽 조심스러우나, 화재畫材가 모두 세한삼우에 드는 식물이라, 이것은 역시 세한에 견디는 속성을 취한 것일 듯하다. 다시 말하면 어떤 고난에도 '불변不變'하는 품성을 비유한 것일 듯하다. 곧 지조다. 아마 태조의 공신들의 태도에 대한 것일 듯하다. 절의 관념의 불변하는 충성 서약, 곧 지조를 세한삼우로 나타낸 표현이나 고립적, 분산적임을 면치 못한다.

이상으로 선비 정신 형성의 전단계의 상황을 살펴보았거니와 개인적으로 선비 정신, 또는 이에 준하는 모종의 정신을 하나의 신념으로 자각한 경우가 고구려 초기부터 있어 왔다.

2) 선비 정신의 역사적 형성

13세기말, 14세기 초 안향安珦·백이정白頤正들에 의해 도학이 전래되면서 당연한 현상으로서 고려 사인들의 사고와 체질에 변화가 왔다. 무엇보다 유학의 지적 체계에 대해 새로운 인식을 가지게 되었다. 한·당漢·唐의 훈고유학訓詁儒學에서 송대의 의리유학義理儒學으로의 인식의 전환을 맞이하였다. 종래에 예사로이 알았던 말의 개념이 보다 무게를 가지게 되고, 종래에 예사로이

---

40) 安輝濬, 《韓國繪畵의 理解》(時空社, 2000), 60~61쪽 참조.

이해했던 문맥이 보다 깊은 문맥으로 바뀌었다. 말·문맥·텍스트의 경중이 새로이 조정되기도 했다. 그리고 천인·성명과 이기·태극과 인심·도심과 그리고 군자·소인지변君子·小人之辨과 의·리지변義·利之辨 등을 골자로 한 그 철학적 체계를 이해해가기 시작했다. 우선 유학의 지적 체계에 대해 그야말로 신유학적으로 새로이 인식하게 되었다. 이에 따라 그들의 사고 세계도 달라졌다. 무엇보다 가치관이 달라졌다. 종래에는 가위 문학지상주의였다. 제술과를 통해 진사가 되어 관인 사회에 진출하는 것이 고려 사인들의 인생 목표였다. 명경과가 있었으나 진사과와는 비교도 안 되게 약세였다. 여기에 따라 최충崔沖의 사학도 구재九齋의 명호名號로 유가의 철학적 요어要語를 내걸었으나, 실은 제술과 준비 기관으로서의 성격을 못 면했다. 예종이 유학 진흥책을 일정하게 시행했다 하나, 최약崔瀹으로부터 사신詞臣들과 음풍농월을 일삼는다고 공박을 받은 것도 문학지상의 대세를 단적으로 말해준다. 요컨대 경서를 공부 안 하는 것은 아니나, 경서 자체의 논리를 추구하고 의리를 석명釋明하기보다, 주로 문학의 자구資具로 원용하고 구사하려는 각도에서 경서를 소화했던 것이다. 그러니까 경서 공부는 어디까지나 문학에 대한 부용附庸으로 남아 있었다. 종래의 이 관점이 달라지기 시작했다. 문학을 부차적으로 인식하기 시작하고, '경명행수經明行修'의 가치를 제일의第一義로 인식하기 시작했다.

> 이제 전하께서 진실로 학교를 넓히시고, 상서庠序를 근실히 하시며, 6예六藝를 존중하시고, 5교五敎를 밝히시어 선왕의 도를 천명하시면, 누가 진유眞儒를 등지고 석자釋子를 따라서 실학實學을 버리고 장구章句를 익히겠습니까. 장차 조충전각雕蟲篆刻의 무리들이 모두 경명행수經明行修의 사士가 될 것입니다.[41]

이제현李齊賢은 여기서 '진유眞儒'의 개념을 제시했다. 진유란 종래의 한당

---

41) 李齊賢,《櫟翁稗說》前集1.

유학적漢唐儒學的 분위기 속에 문학에 주로 종사하는 유자에 대하여 신유학으로 체질이 바뀐, 경명행수의 '실학'에 종사하는 유자를 가리킨다. 이 시기에 이러한 학문·문화적 반성이 공식적으로 제기된 것이 이 시기, 즉 14세기 초의 학문·문화가 신유학으로 일정하게 전환되고 있음을 반영한 것이다. 곧 설령 실제로 문학을 하더라도 경명행수의 가치가 제일의임을 인식하고, 스스로 그 가치에 부합하도록 체질을 바꾸어 간 현상의 반영이다. '선배先輩(션비)'가 종래의 제일류第一流였던 문학하는 인사에 대한 존칭에서 이제 새로이 제일류로 떠오른 진유, 곧 새로이 등장한 참다운 유사儒士를 가리키게 된 것은 이 즈음의 일일 터다.

14세기 초기의 고려의 학문·문화의 신유학, 즉 도학으로의 전환의 소식은 안축安軸의 〈경포신정기鏡浦新亭記〉 및 〈임영공관묵죽병기臨瀛公館墨竹屛記〉에서 단적으로 확인할 수 있다. 전자는 요컨대 리理의 보편성과 기氣의 특수성을 산수 경치의 유상遊賞에 적용시킨 것이다.

대저 형체(형形)의 기이한 것은 뚜렷하게 드러나 있어서 눈의 완상하는 바가 되고, 이치(理)의 미묘한 것은 은미하게 숨겨져 있어서 마음의 터득하는 바가 된다. 눈이 기이한 형체를 완상하는 것은 어리석은이나 지혜로운 이가 모두 할 수 있으니, 그 치우친 것(형체의 개개의 특수성)을 보고, 마음이 미묘한 이치(理)를 터득하는 것은 군자만이 그렇게 할 수 있으니, 그 오롯함(리理의 보편성)을 즐긴다."42)

고 하여 이기理氣 관계를 정확히 이해했다. 다만 문학적인 글이라 기氣를 '형체(형形)'로 바꾸어 표현했을 뿐이다.

이렇게 신유학적 사고를 갖춘 안축이 당시 고려 사인들에게 널리 애완되던 묵죽을 차용하여, 고려 사인들이 추향해 가야 할 도덕적 취의趣意를 명확

---

42) 安軸, 〈鏡浦新亭記〉(《謹齋集》 권1, 〈關東瓦注〉)

히 밝힌 것이 후자의 글이다. 1330년 강릉도존무사江陵道存撫使로 나가 강릉에 있는 존무사의 공관公館에 병장屛障이 없음을 유감으로 여기어, 비단 두어 필을 얻어 12첩 장병長屛을 만들고 검산도인劍山道人이란 사람을 청해다가 묵죽을 그리게 하고, 거기에 제화문題畵文으로 쓴 글이다. 중요한 것은 묵죽 병墨竹屛을 '기이한 완상품'을 삼거나, 공관에 아무 장식이 없어 소박함을 꾸미기 위해 설치하는 것만은 아니라는 것이다. '또한 깊이 취한 바가 있어서' 설치했다는 것이다.

인심이 가운데에 있어서 바깥에 접촉이 없으면 허령虛靈히 움직임이 없어 그 근본이 안정되어 있다. 사물이 나에게 교접交接해 옴이 있고 난 뒤에야 가운데에서 동動하여 바깥으로 발發한다. (중략) 눈이 교접하는 바가 더욱 넓다. (중략) 오직 성인만이 사물에 응함에 도가 있어 바름이 있음을 잃지 않는다. (중략) 그러므로 옛날의 군자로서 그 마음을 바루고 싶어 하는 자는 항상 일용 사이에 그 사물의 접촉을 신중히 하되 눈이 완상하는 바에 이르러서는 더욱 스스로 가려서 한다. 얼음을 담은 옥항아리를 대해 그 맑음을 생각함이 있고, 활시위나 가죽을 차고 그 부드러움이나 그 팽팽함을 본받는 경우도 있다. (중략)

대저 대나무의 물건됨은 맑아서 누累가 없고, 단단해서 변함이 없고, 텅 비어서 용납함이 있고, 꼿꼿해서 기대는 데가 없어 고금의 현군자賢君子들이 사랑하지 않은 이가 없다. (중략) 이제부터 이 공관에 이르러 앉아서 이 병풍을 보는 자는 대나무의 맑음을 보고 염치를 품어 백성들의 재산을 상하게 하지 말 것이요, 대나무의 단단함을 보고 절의를 격려 받아 지키는 바를 바꾸지 않을 것이요, 대나무의 텅 빔을 보고 너그러이 무리를 포용하여 가혹하고 포학한 마음을 없이 할 것이요, 대나무의 꼿꼿함을 보고 때를 따라 아부하지 말아서 꼿꼿이 홀로 설 것이다.[43)

한 마디로 안축은 대나무의 도덕적 상징을 도학적으로 논리화하고, 그것을 선전하기 위해 묵죽병을 만들었던 것이다. 그리고 묵죽에 대해 종래의 미학적 품평을 걷어치우고 당시 사인들이 지향해 가야 할 인격 품덕品德을 제시했던 것이다. 도학 수용기의 달라지는 문화 기풍을 완연히 느끼게 한다.

위에 열거한 대나무가 비유하는 인격 품덕 중 "대나무의 꼿꼿함을 보고 때를 따라 아부하지 말아서…"는 근본적으로는 절의의 품덕에 해당한다. 그리고 또 "대나무의 맑음을 보고 염치를 품어…" 역시 앞의 개념장에서 살펴보았듯이 염치는 절의와 함께 의義의 범주에서 발출發出하는 것으로 절의의 이웃 개념이다. 그러고 보면 대나무의 인격 품덕 비유에서 절의·염치를 주된 취의로 삼았음을 알 수 있다. 도학을 받아들이면서 특히 절의·염치의 품덕, 곧 선비 정신에 관심이 쏠린 것을 알 수 있다. 여기에는 두 가지 이유를 생각할 수 있다.

그 한 가지는 당시 이민족의 지배하에 있는 고려의 처지에서 양심적인 지식인의 입신·처세의 길이 절의·염치에 있다고 생각해서일 터이다. 마침 안향이 전래한 것은 주자의 학문이었다. 그런데 주자의 학문 성향이 당시 북쪽에서의 금金의 압박하에 이루어졌기 때문에 매우 민족주의적이다. 말하자면 지식인의 출처·입신 문제에 중국의 민족적 대의가 강조되어 있다. 남송과 고려의 동병상련의 역사적 처지가 일맥상통하는 데서 주자 도학을 수용하면서 지식인의 입신·처세 문제 전반에 대한 반성이 있었고, 따라서 절의·염치에 관심이 크게 쏠렸을 터이다. 당시 부원배附元輩의 발호를 상상할 일이다.

그 다른 하나는 민족의 역사적 선행자질先行資質에 도학을 받아들이면서 특히 절의·염치와 관련되는 논리에 쏠리는 잠재인소潛在因素의 존재 탓일 터다. 일례로 후세에 조선 사회에서 가열苛烈했던 군자·소인 논쟁도 따지고 보면 절의·염치의 논쟁이다. 절의·염치에의 편향적 관심, 이것이 아마도 도학을 수용하여 결정結晶시킨 민족의 도덕 관념 중 제일의적인 관념일 것이다.

---

43) 安軸, 〈臨瀛公館墨竹屛記〉(주42)와 같음).

맹자는 말하기를 "사士는 뜻을 숭상한다"고 했다. 대저 사士의 숭상하는 바는 시대의 낮음과 융숭함에 관계가 되니 삼가지 않을 수 있겠는가. 이전에 동한東漢의 인사들은 절의를 숭상하여 세도를 부지했고, 조송趙宋의 인사들은 도덕을 숭상하여 인심을 밝히었다. 전조前朝의 인사들은 숭상하는 바에 사邪(불교)와 정正(유교)이 있었다. 안문성공安文成公(珦)이 학교를 창시하다시피 하여 유술을 숭상하였다. 비록 노魯나라를 변하여 도道에 이르게 하지는 못했지만, 그 끝에 이르러서는 도덕과 절의를 겸한 아름다움으로 정포은鄭圃隱 같은 이가 나왔으니, 마땅히 그 힘이 아니겠는가.44)

이황의 논술이다. 한 마디로 도학의 전래로 절의, 즉 선비 정신의 역사화를 언급한 것이다. 안향이 숭상한 유술은 실질적으로는 신유학 그것이었던 것이다. 신유학의 전래 이전에는 고려 사자士子들의 숭상하는 바에 사정邪正이 있었으나, 안향이 신유학을 도입하고 섬학전贍學錢으로 성균관을 진흥시키어 그것을 숭상하자, 그 결과로서 정포은의 신유학적 도덕과 그리고 절의가 탄생했다는 것이다. 이황은 도덕과 절의를 일단 구분했다. 요컨대 절의는 적대 세력의 시련 앞에 자신의 뜻을 지켜감이고, 도덕은 원천적으로 선善을 추구함이다. 엄격히 말하면 절의도 도덕 안에 포괄될 것이나 특화시켜 말한 것이다. 정몽주에 대해서는 절의로만 평가될 수 없고, 도학의 포괄적인 성취로서 평가되어야 한다는 것이 이황의 생각이다.

어쨌든 절의, 즉 선비 정신의 역사화가 이루어진 것이다. 위에서 "대저 사士의 숭상하는 바는 시대의 낮음과 융숭함에 관계 되니"란 말은, 사士가 숭상하는 바가 역사화되는 것을 말한다. 즉 신유학적 도덕 내지 절의가 안향의 도학 전래 이후로 역사화의 길에 들어섰다는 것이다. 사자士子들이 도덕 내지 절의를 이제 개인적·고립적인 일로 아는 것이 아니라 하나의 객관적인

---

44) 李滉, 〈策問〉(주5)와 같은 책 권41).

이념으로 알아, 그 실현에 진선盡善하지는 않았지만, 그 결과로 정몽주의 도덕과 그리고 절의의 결정結晶을 보았다는 것이다.

여선麗鮮의 왕조 교체는 그동안 역사 현상화한 절의의 한 시금석이면서, 동시에 그 역사 현상화를 확고히 만든 계기가 되었다. 왕조 교체에 관련된 절의로는 정몽주가 정점적으로 드러났지만, 정몽주 이외에도 수많은 인사가 있었다. 《연려실기술燃藜室記述》에는 〈고려수절제신高麗守節諸臣〉으로 아래의 여러 사람이 올라 있다. 즉 정몽주를 필두로 하여 이색李穡·길재吉再·서견徐甄·원천석元天錫·김진양金震陽·이숭인李崇仁·조견趙狷·안원安瑗·김주金澍·우현보禹賢寶·조신충曹信忠·이고李皐·이집李集·김자수金自粹·송유宋愉·허도許棹·허금許錦·이양중李養中·박유朴愈·윤충보尹忠輔다.

조견趙狷은 조선 건국공신 조준趙浚의 아우로, 본명이 윤胤이었으나 망국 후 견狷으로 바꾸었다. 《논어》의 '광견狂狷'에서 취했으니 '하지 않는 바가 있는 자'의 의미를 취했으나, 한편 견狷자의 '견犬'이 나라가 망했는데도 죽지 못한 것이 개와 같다는 의미를 취해 평생 자조한 것으로 유명하다.[45] 김주金澍는 고려의 사신으로 명明나라에 갔다가 돌아오는 길에 압록강 가에 이르러 이성계李成桂의 즉위 소식을 듣고 조복朝服과 신을 벗어 노복에게 주면서, "부인이 죽은 뒤 합장하여 우리 부부의 무덤을 삼고, 내가 되돌아 간 날을 제삿날로 삼도록 하라"하고 중국으로 되돌아 가버렸다.[46] 김자수金自粹는 고려의 도관찰사都觀察使로 이성계와는 친구 사이였다. 태조가 사헌부 대사헌으로 불렀으나 말없이 응하지 않았다. 태종이 또 형조 판서로 부르니 사당祠堂에 영결永訣의 뜻으로 절을 하고, 그 아들에게 명하여 관棺을 가지고 뒤를 따르라 하였다. 정몽주의 의대衣帶가 장사되어 있는 광주廣州의 추령秋嶺에 이르러 그 아들에게 말하기를, "이곳이 내가 죽을 곳이다. 여자도 오히려 두 지아비를 바꾸지 않거늘 하물며 남의 신하가 되어 두 성姓의 임금을 섬긴

45) 李肯翊, 《燃藜室記述》 권1, 〈太祖朝〉, 〈高麗守節諸臣〉.
46) 이긍익, 주52)와 같은 곳.

단 말인가"하고는 독약을 마시고 자살했다.[47]

이 밖에 기록으로 전해지지 못한 경우가 또한 허다할 터다. 두문동杜門洞에 관한 전설이 그것을 말해준다.

조선 건국 후 여말의 이 충절을 기릴 필요가 있었다. 그래서 조선 왕조는 상징적으로 정몽주 한 사람에게 영의정부사領議政府事를 증직했다. 그것은 태종 원년에 권근權近의 다음과 같은 상소에 의해서였다.

예로부터 나라를 가진 자 반드시 절의의 사士를 포창褒彰하니, 이것은 만세의 강상綱常을 굳게 하는 소이입니다. (중략) 대업이 이미 안정되고 수성守成할 단계가 되어서 반드시 절의를 다한 전대의 신하를 포상하여 죽은 자에겐 추증追贈하고, 산 자는 불러 써서 정표旌表와 상작賞爵을 아울러 가해서 후세 신하들의 절의를 격려하는 것, 이것이 고금의 통의通義입니다. (중략) 전조 시중侍中 정몽주는 본래 한미한 유자로 오로지 태상왕太上王(이성계)의 천발薦拔의 은혜를 입어 대배大拜(시중侍中 벼슬에 오르는 것)에까지 이르렀으니, 그 마음이 어찌 태상왕에게 후하게 보답하고 싶어하지 않겠습니까. 또 밝은 재식才識으로 어찌 천명·인심이 돌아가는 곳을 몰랐겠으며, 또 어찌 왕씨가 망할 형세를 몰랐겠으며, 또 어찌 그 몸을 보존하지 못하리란 것을 몰랐겠습니까. 그런데도 섬기는 바에 마음을 오로지 하여 그 지조를 하나같이 하여 죽음에 이르니, 이것이 이른바 대절에 임하여 빼앗지 못한 자입니다.[48]

말할 것도 없이 후세의 사자士子들로 하여금 절의의 실현으로서의 충성이, 정몽주가 고려 왕조에 대해 그렇게 했듯 조선왕조를 위해 바쳐지도록 하자는 의도에서였다. 이로써 여말의 그 절의의 실현으로서의 충성은 조선 왕조

---

47) 이긍익, 주52)와 같은 곳.
48) 《太宗實錄》 권1, 元年 正月 甲戌.

에 의해 공식적으로 긍정적 역량으로 고무·격려되었다.

3) 선비 정신의 전개

여말 정몽주의 절의가 조선 왕조의 공인을 받음으로써 절의·염치, 즉 선비 정신은 명실 공히 하나의 역사적 이념으로 떠올랐다. 조선 왕조는 실로 선비 정신, 즉 절의·염치를 시험할 시금석이 많은 왕조였다. 세조의 왕위 찬탈, 연산燕山의 학정, 중종대 권간權奸의 발호, 명종대 대소윤大小尹의 각축, 광해군대의 폐모 사건 등이 잇달았다. 그리고 선조대의 임진왜란, 인조대의 병자호란, 그리고 한말 국난에서 각각 의병활동, 척화斥和, 그리고 위정척사운동 등이 절의와 일정한 관계가 있으나, 전쟁사태에의 대응이란 차원의 문제이므로 일단 여기서는 제외한다.

사실 선비 정신은 16세기 중반까지 대체로 온전하게 작동되어 왔다. 이 이념을 담지한 사림이라는 세력 그룹이 형성되어 있었고, 일의 옳음과 마땅함에 대한 사림의 공론이 형성되어 있었기 때문이다. 조선 왕조의 선비 정신의 담지 그룹은 처음에는 두 가닥이었다. 세종조의 집현전 학사가 한 가닥이었고, 다른 한 가닥은 이씨 왕조에 불사不仕한 길재吉再에 의해 길러졌다. 전자는 세조의 왕위 찬탈로 인한 단종 복위운동의 힘으로 작용했고, 후자는 김종직宗直과 그 제자대에 이르러 중앙의 관료 귀족과는 다른 체질의, 즉 절의·염치·검소를 숭상하는 선비 체질의 사림을 형성하였다. 조선 왕조의 선비 정신은 일단 이 사림에 의해 담지되어 왔다. 특히 그 가운데서도 청류淸流, 또는 명류名流라 이르는 사림의 엘리트 그룹에 선비 정신이 온전히 실려 왔다. 단종 복위운동으로 발휘된 그 선비 정신을 사림의 유산으로 계승했음은 말할 것도 없다.

사림의 대항 세력이었던 권간權奸이 사림에 끊임없는 타격을 입혔음에도 불구하고 결국 정치적으로 패퇴하게 되는 16세기 후반, 당쟁이 시작되고부터 선비 정신은 변질되기 시작하였다. 일의 옳음과 마땅함에 대한 사림의 공론은 각 당파의 당론으로 대체되었다. 각자가 자기 당파의 당론이 보편적인 옳음과 마땅함에 입각해 있다고 주장했다. 서로가 상대를 가리켜 소인, 자기들은 군자라고 믿었다. 선비 정신은 그 동안 조광조의 근본주의, 조식의 결벽주의潔癖主義를 낳기까지 이르렀는데, 이런 태도가 각자의 당론에 적용되었다. 그래서 당론도 한층 격화되고 첨예하게 되어 가 또 다른 분당을 조장하였다. 17~8세기 실학자들에 이르러 결국 사士의 정체성을 다시 원점에서 묻기 시작하는 착잡한 흐름에 이르렀고, 전통적인 선비 정신은 당쟁에 만신창이로 왜곡된 속에서도 사계층士階層의 마지막 자존심으로 한 가닥 존속해 오고 있었다. 일제강점은 조선 왕조 선비 정신의 마지막 시험대였다.

이러한 개관을 바탕에 깔고 몇몇 대표적인 사례를 살펴보겠다.

(1)

세조의 왕위 찬탈로 인한 단종의 복위 운동은 조선 왕조의 가위 초두의 거대한 사건이었다. '계유정란癸酉靖亂'으로부터 '금성지옥錦城之獄'에 이르기까지 전후 5~6년에 걸친 기간 동안 피바람이 불던 사건이었다. 연좌를 적용시킨 범위에 있어 유례없이 광범위한 혹독한 사건이었다. 단종의 외조모에서 사육신의 갓난 아들에 이르기까지 살육의 대상이었다. 이 사건은 그 뒤 무오사화의 원인으로 되었으며, 소릉복위昭陵復位 문제가 중종 때 가서 해결되었으며, 육신 관작의 회복과 노산군魯山君의 단종으로의 추상追上이 숙종 때에 이르러 이루어진, 그 파장이 거의 2세기 반에까지 걸친, 조선 왕조의 원죄와도 같은 사건이었다.

이 사건은 절의를 두고 몇 가지 물음을 우리에게 던져준다. 쫓겨나갈 만한 실정과 도덕적 결함이 없는 어린 단종을 내쫓고, 그 숙부인 세조가 왕위를 차지한 이 사건은 치명적인 도덕적 약점을 가진 것으로, 역성혁명보다 더 심각한 문제를 일으켰다. 역성혁명이야 천명을 빙자해 간단히 전왕조를 부정하면 그만이지만 이 사건은 그렇지가 않았다. 물론 세조 왕권의 정당성을 천명에 기대어 설명하지만, 세조 왕권에 저항한 절의가 그것으로 압복壓服되지 않는 데에 문제가 있었다.

> 이전에 우리 광묘光廟께서 중흥의 천명을 받으시어 하늘과 백성이
> 함께 돌아왔다. 예로부터 천명을 받는 부명符命은 미리 정해지는지라
> 진실로 인력의 소치가 아니다.[49]

조선 조정은 세조 정권의 정당화의 근거로서 이렇게 천명을 빙자했다. 이 논리를 하나의 신념으로 믿을 사람이 몇이나 되겠는가. 그러나 현실적으로 하나의 논리로 행세했다. 세조의 천명과 단종을 향한 절의(실제로는 세종—문종—단종을 향한 절의임)의 대결, 이것이 절의론의 입장에서 파악되는 이 사건의 구도다. 이 구도와 관련하여 다음 네 가지 자세가 있을 수 있다. 첫째는 세조의 천명을 원천적으로 부정하는 자세, 둘째는 실제로 세조의 즉위를 천명으로 믿는 자세, 셋째는 세조의 천명에 불복하고 속으로는 비난하면서 출사하는 자세, 넷째는 기정 사실화된 세조 왕권의 그 성립의 도덕적 약점을 그 후계자들의 지점에서 소급하여 논하지 않기로 한 자세가 그것이다.

첫째의 경우는 단종(세종—문종)을 향한 절의를 지켜 출사하지 않은 그룹으로, 이른바 생육신계生六臣系가 여기에 해당한다. 생육신 중 다른 사람은 세조의 왕위 찬탈 이전에는 출사하다 찬탈 이후 출사하지 않는 절의를 보였지만, 김시습金時習과 남효온南孝溫은 다르다. 이 두 사람은 처음부터 미관자未官者의 신분이었다. 세조 정권에 벼슬해도 그만인 사람들이었다. 이 두 사람 사이에 또 입장 차이가 있었다. 김시습은 세종에 대한 의리의 연장선상에서 출사를 않았지만, 남효온이 출사하지 않는 이유는 소릉昭陵을 소급해서 폐한

---

49) 이긍익,《燃藜室記述》권4,〈端宗朝〉,〈殉難諸臣〉.

세조의 소위에 있었다. 소릉은 단종의 모후이자 문종의 비로, 문종이 즉위하기 전 단종을 낳은 지 이틀만에 죽었다. 세조가 그 소릉을 소급해서 폐한 데에 남효온의 저항의 초점이 있었다. 남효온이 일찍이 과거를 포기하고 김시습을 따라 노닐자, 김시습이 하루는 남효온에게, "나는 세종의 두터운 알아줌을 받아 이렇게 사는 것이 마땅하지만, 공은 나와는 다르니 어찌 세상에서 살아갈 계책을 하지 않는가?"라고 하자 남효온은 이렇게 대답했다.

> 소릉昭陵 이 한 가지 일은 천지의 대변大變이다. 소릉이 복위되고 난
> 뒤에 과거에 응해도 늦지 않을 것이다.[50]

소릉의 폐위를 강상綱常의 큰 변고로 보고, 강상의 큰 변고를 저지른 세조의 그 후계 조정에도 벼슬하지 않겠다는 것이다. 세조 말년이 남효온의 나이 15세로, 예종을 지나 성종 2년 18세의 남효온이 과거에 응하는 대신에 소릉 복위 문제를 들고 나왔다. 일의 옳음과 그름, 마땅함과 마땅하지 않음의 판단은 다분히 주관적일 가능성이 있다. 그러나 가능한 객관성이 있기를 절의는 요구한다. 그런 의미에서 남효온의 경우는 절의와 절의 아닌 것의 경계의 문제를 우리에게 던져준다.

다음으로 위의 둘째 경우는 논할 여지가 없고, 셋째의 경우는 김종직류金宗直類가 여기에 해당한다. 김종직의 〈조의제문弔義帝文〉은 명백히 세조 왕권 성립의 부도덕성을 고발한 작품이다. 자기로서는 도덕적 정당성이 결여된 조정에 벼슬하는 데서 오는, 말하자면 절의를 위배하는 데서 오는 내면의 갈등에 대한 보상 의식으로 지었을 테지만, 그런 절의를 둘러싼 갈등을 역사는 이해해주지 않았다. 남의 신하가 되어 두 마음을 품는 자로 지탄받았다.

넷째의 경우는 세조의 후계왕들의 조정에 출사한 거개 신하들의 입장이다.

육신은 진실로 충절지사忠節之士이다. 그러나 지금 마땅히 말할 바가
아니다.《춘추》에 "나라를 위해 악惡을 숨긴다" 했으니, 이것이 또한
고금의 통의通義다.[51]

이이의 견해다. 기정 사실화한 세조 왕권의 성립의 부도덕성을 논하지 않
기로 했다고 해서 그 원죄로부터 면죄부를 받은 건 아니다. 세조 이후 출사
한 거개의 사대부들의 내심에 세조 왕권 성립의 부도덕성 인식과 단종(세종-
문종)에 대한 떳떳치 못함의 원죄를 가져야 했다. 요컨대 절의에의 향념向念
이다. 한 개인의 처신에 두루 일관된 절의와는 다른 성격의 절의이지만 어쨌
든 그것은 절의를 향한 마음이다. 2세기 반을 그렇게 지났다. 숙종 때에 이르
러 사육신을 복작하고 단종을 복위한 것은 조선 왕조 사대부들이 이 절의의
원죄로부터 면죄부를 받자는 것에 다름 아니다. 2세기 반 동안 그 문제가
그렇게 내연內燃되어 온 증거다. 세조의 천명과 단종(세종-문종)을 향한 절의
사이의 대결이 마침내 양시론兩是論으로 정립되면서 조선 왕조는 그 원죄로
부터 벗어날 수 있었다.

다음으로 사육신의 절의를 살펴보자. 전통적으로는 절의는 그 군주가 아
닌 사람의 조정에 벼슬하지 않거나 죽는, 말하자면 소극적인 저항이 그 정도
다. 사육신의 절의는 출사하지 않거나 죽는 것만을 능사로 안 것이 아니라,
그 군주가 아닌 사람의 조정에 출사하여 그 군주가 아닌 사람을 죽이고자
한 점에서 전통적인 절의관에 비추어 문제가 있다.

저 육신이란 자들이 과연 충신이냐? 충신이라면 어찌 (세조가) 수선
受禪하던 날에 당장 죽어서 남의 신하로서의 절의를 보여주지 않는단
말이냐. 그것이 불가능하면 어찌 신을 졸라매고 도망가서 서산西山에
서 고사리를 캐지 않는단 말이냐. 이미 신하가 되어 군주로 받들면서

---

51) 이긍익, 〈殉難諸臣〉, (주49)와 같은 책)

또 해치기를 구하니, 이것은 예양豫讓(중국 전국시대 지백智伯의 신하로 조양자趙襄子에 의해 죽은 지백을 위해 조양자를 죽여 복수하려 했음)이 깊이 부끄러워하는 바이다. 저 육신이란 자들은 우리 조정에 무릎을 꿇어 놓고, 필부의 용기를 내어 자객의 짓거리를 하여 만에 하나 요행을 바라다가 일이 실패로 돌아가니, 그 뒤에야 의사義士로 자처하니 심적心跡이 낭패했다 이를 만하거늘, 그들이 과연 열장부烈丈夫가 될 수 있단 말이냐.

혹은 "헛되게 죽는 것보다 공功을 세우느니만 같지 못하고, 숨어 살아 이름을 없애는 것보다 (세종—문종—단종에게) 덕을 갚느니만 같지 못하다 하여, 삼문三問 등이 그 마음이 일찍이 잠시도 그 주主에게 있지 않는 적이 없으므로, 우리 조정에 신하 노릇을 하며 장차 후일의 성공을 기약했을 터인즉, 어찌 아무도 모르게 도랑에 목을 매고 죽으랴"라고 생각했다고 한다면 이것은 결코 그렇지 않다 할 것이다. 진실로 성공을 귀하게 생각하여 그들이 (세조의) 신하가 되는 것을 스스로 부끄럽게 여기지 않았다면, 백이·숙제와 은殷나라의 삼인三仁(미자微子·기자箕子·비간比干)이 반드시 먼저 서로 더불어 (주나라의) 신하가 되어 주나라를 섬기다가 흥복興復을 도모할 것을 꾀했을 것이다. 이를 통해서 보건대 이들은 단지 그 주主에게 충성을 바치지 못했을 뿐 아니라, 또한 후세에 법이 될 수도 없다.[52]

선조왕宣祖王의 논의다. 결과로서의 공리를 돌아보지 않고 행위의 동기의 순수성만을 중시하고, 일의 객관적인 세勢의 이불리利不利를 살피지 않고 주관적으로 원칙만을 중시하는 도학의 교의에 비추어 보면 위와 같은 입론이 가능하다. 사육신 중에도 자기의 행위에 이런 혐의스러운 점이 있음을 알아 극력 피하고자 한 사람들이 있었다. 즉 성삼문은 세조가 즉위한 뒤에 받은

52) 이긍익, 주49)와 같은 곳.

녹봉을 모두 딴 방에 봉해 두었고, 박팽년은 세조 즉위 전후해서 충청 감사
로 나갔는데, 세조에게 올리는 계목啓目에 신臣자를 쓰지 않고 거巨자를 쓰고,
그 뒤 받은 녹봉은 따로 곳간에 봉해 두었다.53) 세조에게의 불신不臣의 자세
를 보임으로써 남의 신하가 되어 두 마음을 품은 것이 아님을 입증하고자
한 것이다.

두 사람의 이런 행동에도 불구하고 사육신의 절의에는, 유가의 입장에서
보자면, 얼마만큼의 권도權道가 가해진 것이 사실이다. 사육신의 충절이 워
낙 지극했기 때문에 권도가 가해진 데서 야기된 위의 선조의 논의는 조선
사대부의 호응을 받지 못 하고54), 사육신은 여전히 충절의 신하로 그들의
내심內心에 남아 있었다. 그러다가 마침내 숙종 때에 이르러서야 공인되기에
이르렀다.

(2)

그런데 도학이 심화되어 갈수록 절의 뿐 아니라 여타 영역에서도 권도를
용납하지 않는 분위기가 지배해 갔다. 권도는 곧 권모술수라는 것이다. 도학
의 원리·원칙대로 하는 것이 선비 정신의 바른 면모로 되어 갔다. 우리는
조광조에게서 그런 면모를 본다.

도학이 심화되어 갈수록 절의에 대한 해석과 실현이 더욱 강성强性을 띠어
갔다. 일의 옳음과 마땅함에 대한 척도는 더욱 도학적이 되어 갔다. 그리고
그 옳음과 마땅함은 일체의 타협을 거부하고 관철되어 가려는 성향을 띠어
갔다. 말하자면 근본주의적인 성향을 추구해 갔다. 이러한 성향은 연산군의
학정을 반정으로 끝내고 즉위한 중종 치세의 초기에 조정에 포열布列하게

---

53) 이긍익, 주49)와 같은 곳.
54) 宣祖가 위와 같은 논의를 펴자 영의정 洪暹이 六臣이 忠臣임을 극언했다고 한다.(李肯
   翊,《燃藜室記述》, 주58)과 같은 곳 참조)

되는, 후일 기묘사화로 희생되는 사류士類에 의해 조성되었다. 그리고 이들 사류의 선봉에 조광조가 있었다.

조광조가 어느 정도로 도학 근본주의를 추구했느냐 하면 야인 속고내速古乃 사건이 웅변해 준다. 당시 회녕부會寧府 속고내가 북쪽 깊은 곳의 야인과 몰래 통모通謀하고 갑산부甲山府 경계에 들어와 인축人畜을 많이 약탈해 갔다. 중종 13년 7월에 속고내가 사냥하러 온다는 정보를 입수하고 조정에서 몰래 엄습하여 사로잡을 계획을 가지고 있었다. 대신 이하 관련자들이 모여 의결을 하고 실행에 옮기는 일만 남았다. 이때 홍문관 부제학 조광조가 직접 관련이 없는 이 일에 끼어들었다.

> 몰래 엄습하여 사로잡는다는 것은 참으로 불가합니다. 비록 일개 변장邊將이 혹 편의종사便宜從事하여 사로잡더라도 또한 불가하거늘 지금 조정으로부터 대신을 파견하여 오랑캐를 수풀 사이에서 맞는다면 사기술詐欺術을 끼고 도적의 꾀를 행하는 꼴이니 나라의 체신이 뭐가 됩니까.[55]

이런 요지의 말을 하여 그 의결을 뒤엎었던 것이다. 요컨대 표리부동하고 광명정대하지 못하다는 것이다.

조광조는 벼슬한 기간은 불과 4년 남짓이었으나 후세에 끼친 영향은 막대하다. 그는 지치주의至治主義를 표방하고 국정 전반에 걸쳐 도학적 개혁을 진행해 나갔다. 군자·소인지변君子·小人之辨, 의리·공사지변義理·公私之辨 등의 도학 교의 자체의 진강進講을 위시하여 위에서 말한 야인 속고내의 기습여부에까지 국정에 관해서 "알면 말하지 않는 것이 없고, 말하면 곧은 말 아닌 것이 없다(知無不言, 言無不謹)"[56]는 태도로 중종을 설득해 나갔다. 그리고 중

---

55) 《中宗實錄》 권34, 13년 8월 甲申.
56) 이이, 〈靜菴趙先生墓誌銘〉(주21)과 같은 책 권18).

종은 조광조의 건의를 대부분 수용했다. 수용하지 않을 수가 없었다. 도학을 국시國是로 하는 국가에서 도학의 근본주의에 입각해서 펴는 논리에 대항 논리는 언제나 무력할 수밖에 없는 데다, 무엇보다 그의 집요함에 대부분 밀렸다. 그를 위시한 기묘己卯 청류淸流들의 죽음을 부른 간접적 빌미가 된 소격서昭格署 혁파 건의를 예로 보자.

소격서는 주지하는 바와 같이 도교의 신들에게 왕실과 국가의 재앙을 멀리하고 복을 빌기 위해 제사를 드리는 곳으로 고려 때부터 있어 오던 기관이다. 연산군 때부터 혁파의 논의가 있어 왔으나 여전히 온존溫存하고 있었다. 소격서는 유가에서 보면 이단이다. 그래서 조광조는 도道와 통치 사이의 간극 없는 합일과 이 일치에서 오는 순수성이 보장되기 위해서, 그리고 군주의 마음이 도학적으로 순일무잡純一無雜하기 위해서는 이단을 끼고 있어서는 안 된다는 논리로 중종을 설득했다. 도학의 이상도 좋지만 조종祖宗의 오래된 성헌成憲을 혁파하는 것이 여간 곤혹스럽지 않는 중종도 완강히 버티었다. 당시 조광조는 홍문관 부제학이었다. 대간이 혁파하기를 청해온 지가 여러 달이었으나 결말이 나지 않자 조광조는 상소로 극간極諫을 하고, 그리고 동료들을 데리고 정원에 나아가 중종의 수락을 기어이 받아내기로 작심하고, 밤새 논계論啓를 하여 닭이 울 때까지 그치지 않았다. 중종은 지쳐 수락했다.

이와 같이 조광조는 도학의 순수주의, 근본주의를 집요하게 추구해 갔다. 조광조의 급진적 지치주의는 실패로 돌아갔지만, 그의 건의들이 지치주의의 모델로 후세에 작용한 영향은 컸다. 후세의 절의에 관한 순수주의적, 근본주의적 해석의 기풍도 예외가 아니다. 특히 군자와 소인, 의義와 이利, 공과 사의 엄격한 구분은 도덕 문화의 수립에 없지 못할 요소이지만, 후세 당쟁시대에 당론들을 각박刻薄하게 세우는 수단으로 전락하여 당쟁을 격화시킨 요인으로도 작용하였다.

특히 조광조는 정몽주를 문묘에 배향시켰다. 정몽주는 도학에 일정한 식견을 가지고 있었으나 실적實績으로 후세에 남기지 못했다. 자연히 그에 대한 평가는 그의 '살신성인殺身成仁'한 절의가 중심이 될 수밖에 없었다. 이 절의에 의한 정몽주의 문묘 배향은 절의 관념을 한층 더 드높였다.

조광조가 도를 행하고자 하는 마음(行道之心)으로 출사하여, 출사의 절의·염치를 다하고자 했음에 반하여, 조식은 자기 시대가 도가 행해질 수 없는 시대라고 판단하여 출사하지 않음으로써 은일로서의 절의를 끝까지 밀고 나간 경우다. 조광조는 출사한 입장에서 절의의 근본주의를 추구했지만, 조식은 은일의 입장에서 절의의 결벽주의를 추구했다.

> 우옹宇顒에게 말하기를, "내 평생에 한 가지 장처長處가 있으니, 죽어
> 도 구차하게 추종하지 않는다는 것은 너도 이미 알고 있다"고 하셨다.
> 또 우옹과 정구鄭逑에게 말하기를, "너희들이 출처에 대해서 거칠게
> 나마 견해를 가지고 있다는 것을 내 마음으로 허여한다. 사군자士君子
> 의 대절은 오직 출처 한 가지일 따름이다"라고 말씀했다.57)

조식의 제자 김우옹金宇顒의 기록이다. 조식은 출처를 '사군자의 대절'로 보았다. 이것은 '귀하게 되고자 하는 마음(欲貴之心)'과 '도를 행하고자 하는 마음(行道之心)'이 날카롭게 대결하는 곳이기 때문이다. 이것은 곧 인욕과 도심의 대결이다. 바로 도학의 근본 명제에 직결된다. 조식은 그래서 출처 이 한 문제에 투철한 견해와 실행이 있기를 제자들에게 요구한 것이다. 제자들에게 요구할 뿐 만 아니라 고금의 인물들에 대한 평가에도 오직 출처 한 가지 척도를 중시한다. 그는 정몽주의 출처의 절의도 회의한다.

> 한강寒岡 정구鄭逑가 퇴계 이황에게 물었다.
> "조남명曹南冥이 일찍이 정포은의 출처를 두고 의심을 했습니다. 저
> 의 생각에는 포은의 죽음이 자못 가소롭습니다. 공민왕조에 13년이나

---

57) 김우옹, 주16)과 같은 곳.

대신으로 있었으니 '도를 행할 수 없으면 벼슬을 그만둔다'는 의리에
이미 부끄러운데, 또 신우辛禑 부자를 섬겼습니다. 우禑를 왕씨 자식이
라고 생각했다면 후일 우禑의 방출에 자기도 역시 참여한 것은 어째서
입니까? 10년 동안 섬기다가 하루아침에 내쳐 죽이는 것이 차마 할
일입니까. 만일 왕씨 자식이 아니라면 여정呂政(진시황秦始皇은 여불위
呂不韋의 자식으로 진秦나라 왕성인 영씨嬴氏가 아니다)이 서자, 영씨가 이
미 망했는데도 오히려 포은은 아무 일 없다는 듯이 하고, 또 따라 그
녹을 먹었습니다. 이와 같이 하고도 뒷날의 죽음이 있는 것은 참으로
알 수 없는 바입니다."

　퇴계가 답했다. "정자程子의 말에 '사람은 마땅히 과실이 있는 중에
과실이 없음을 구해야지, 과실이 없는 중에 과실이 있음을 구하지 말아
야 한다'고 했다. 포은의 대절은 가위 천지를 경위經緯할 만 하고 우주
를 버틸 만하다. 그런데 세상에 의논을 좋아하고 남의 약점을 공발攻發
하기를 즐기는 이들이 남의 아름다움을 이룩해 주기를 즐겨하지 않아
떠들어 마지않으니, 매양 귀를 가리고 듣고 싶지 않을 뿐이다."[58]

　여기 정구의 의견이 기실 조식의 의견을 대변한 것이다.(이황은 포은의 절
의를 "천지를 경위할 만하고, 우주를 버틸 만하다"라고 하여 최고 찬사를 하면서
왜 그런지 구체적으로는 언급은 없다. 여기에는 필시 말 못할 사정이 있는 것 같다.
그 중 하나로 이황은 우禑를 왕씨 자식으로 확신하고 있는 경우를 생각해 볼 수 있다.
원천석元天錫의 여말麗末 사실에 대한 기록을 혹시 접할 수 있었는지 궁금하다.)
그 뿐 아니라 조식은 자기 당대인들의 출처에 대해 자기 척도에 맞는 사람이
거의 없다고 생각했다.

　근세에 군자로 자처하는 사람들이 또한 많지 않은 것이 아니나, 출

---

58) 이긍익, 〈鄭夢周〉(앞의 책 권1, 〈太祖朝〉, 〈高麗守節諸臣〉).

처가 의에 합하는 경우는 전해들을 수 없다. 오직 경호景浩(이황의 자) 가 고인에 가까웠다. 그러나 인욕이 다했느냐를 논하면 필경 다하지 못한 부분이 있다.59)

이렇게 엄격하게 출처의 척도를 적용하는 예는 조식만한 이가 없다. 그래서 그는 절의의 결벽주의자라 할 만하다. 그 자신 10여 차례 왕의 부름을 받았으나 끝내 출사하지 않았다. 이이는 조식을 두고 "(조식의) 문인들이 조식을 추중推重하여 그를 '도학군자'라고 하기에까지 이른즉, 진실로 그 실상을 지나쳤다. 비록 그러하나 근래의 이른바 처사란 사람 중에 시종 절의를 완벽히 하여 천 길 절벽(壁立千仞) 같음에는 조식과 비교할 만한 이가 거의 없다"고 했다.60)

(3)

절의의 궁극 목적은, 당사자의 주관적 인식으로는, 인간의 인간됨을 잃지 않자는 것이다. 인간이 인간됨을 보장하지 않는 불가항력적 힘 앞에서 개인적으로 소극적으로 저항하는 것이 절의의 기제機制다. 소극적 저항의 극단적인 형태는 죽음이다. 이제 그 절의가 민족을 지향하는 바 대상으로 한 경우로 황현黃玹을 대표적으로 들 수 있다. 황현은 주지하듯이 일제日帝의 강점 소식을 듣고 자살했다. 그러니까 황현에게 있어 인간다운 삶의 조건으로 민족이 주체화되어 있어, 일제가 그것을 파괴하자 인간다운 삶이 불가능해졌다고 판단되었던 것이다. 여기에 대한 개인적 저항으로 그는 죽음을 택했던 것이다.

---

59) 鄭仁弘, 〈南冥曺先生行狀〉(《來庵集》 권12).
60) 이이, 〈經筵日記〉 권2, 宣祖 5년 正月(주21)과 같은 책 권29).

曾無支廈半椽功, 일찍이 큰 집을 버티는 데 서까래 반개의 공功도 없어,
只是成仁不是忠. 단지 인仁을 완성할 뿐 충忠은 아니라네.

〈絕命詩四首〉《梅泉集》 권5 詩○庚戌稿)

자기의 죽음이 조선 왕조의 군주를 위한 충은 아니라는 것이다. 일찍이
그 왕조란 '큰 집을 버티는 데' 자기는 아무 구실도 못 했다는 것이다. 말하
자면 왕조의 조정에 벼슬을 한 적이 없어 군주에 대한 충의 절의를 지킬
이유는 없다는 것이다. 그러나 사람인 한 '인仁을 완성할' 책무 그 지엄한
소명召命에 응한다는 것이다. 여기서 '인을 완성한다'는 것은 즉 자신이 속한
공동체—민족 공동체에 자신의 충정을 최고로 고양해 바치는 것을 말한다.
인은 사람 사이에 보편적으로 통하는 정감의 세계다. 즉 민족 공동체의 보편
적인 정감의 세계로 초월해 감을 이른다.

輝輝風燭照蒼天.　바람 앞에 휘황히 일렁이는 촛불 빛 창천을 비추네.

(앞과 같은 곳)

단순치 않은 의미를 함축하고 있는 의상意象이다. 즉 죽음·초월, 그리고
희열의 의미가 내포되어 있다고 할 것이다. '바람 앞의 촛불(風燭)'이 죽음을
앞에 둔 자신의 목숨, '창천을 비춤(照蒼天)'이 죽음으로서의 초월, 그리고
'휘황히 일렁이는 촛불 빛(輝輝風燭)'이 희열을 의미한다. 죽음을 앞에 둔 지
사志士의 희열, 그것은 비극적 희열일 수밖에 없다.[61] 정도의 차이는 있더라
도 절의의 실현에는 희열의 감정이 수반된다. 사육신들의 죽음에서도 비극
적 희열은 간취할 수가 있다.[62]

---

61) 金宗吉은 일찍이 '비극적 황홀'(tragic ecstasy)이라 했다.
62) 그들이 세조의 拷問에 응하는 일련의 言動에서, 그리고 죽음을 앞두고 읊은 일련의
詩들에서 그것을 간취할 수가 있다.

황현은 절의가 지식인의 몫임을 말했다.

秋燈掩卷懷千古,　가을 등불 아래 책 덮고 천고 일 헤아려 보니,
難作人間識字人.　인간 세상에 지식인 되기가 어렵기도 하군.

(앞과 같은 곳)

여기서 식자인識字人은 인간의 인간됨을 특별히 깨달은 사람을 가리킨다. 즉 사士가 '독서인讀書人'이므로, 독서를 통해 인간의 인간됨을 아는 사람이란 뜻이다. 결국 절의·염치는 인간의 인간됨을 자각한 지식인의 몫이다.

5. 결론 — 선비 정신의 명암

선비 정신은 도학 문화가 지배하던 시기 지식인의 도덕 의식에 중추적 역할을 해왔다. 여기서 중추적 역할을 했다는 것은 그것이 만족할 만하게 실현되었다는 것을 의미하지 않는다. 지식인의 도덕의식 지평에 그것이 주된 이념으로 떠올라 있었다는 것을 의미한다. 옆으로 여인들의 '정열貞烈' 의식을 부추기면서 말이다. 그래서 위에서 살펴 본 바 그 시대로서는 최고의 긍정적 가치를 실현해 보여 주었다.

오늘날 우리는 이 선비 정신을 어떻게 이해해야 할까? 한 마디로 이제 선비 정신이란 엘리트 윤리 의식이 따로 존립할 수 있는 시대가 아니다. 사士를 독서인이라 하거니와, 오늘날 일단 거개의 사람들이 식자인識字人이다. 적어도 일단 외형적으론 그렇다. 여기에 교육의 방향을 인문주의적 교육을 기본으로 할 것이 요구된다. 그렇게 하여 식자인 모두가 사람의 사람됨을 알아 긍지를 가지게 되면 그대로 사士가 될 것이다. 옛날에 그랬던 것처럼 사士農·공工·상商의 무식 대중은 이제 존재하지 않는다. 무식 대중이 존재하지

않는 마당에 선비 정신이란 엘리트 윤리 의식은 존재 근거도, 의의도 없다.

그러나 선비 정신은 다른 방식으로 살아나야 한다. 일단 해체되어야 한다. 절의·염치·숭검의 개념 징표들이 이제 개별적으로 오늘 우리의 윤리 의식 안에서 조정되어 뿌리내려야 한다. 시민의 윤리 의식, 또는 대중의 윤리 의식이란 이름으로 말이다. 시대적으로 보아서 제일 적합지 않은 것이 절의의 그 형식이다. 이제 더 이상 공적 영역에서 개인적으로 하는 소극적인 저항은 힘을 발휘하지 못할 것이다. 그러나 절의의 그 내용─옳은 것, 마땅한 것을 굳게 잡아 실현하려는 태도는 시민 의식, 대중 의식 속에서 다시 확산되어 살아나야 할 것이다. 선비 정신의 다른 징표인 염치와 함께 말이다. 더불어 사는 공동체 정신에 염치는 불가결의 미덕이다. 그리고 숭검은 오늘날이 소비문화 시대이기 때문에 더욱 강조되어야 하는 것이다. 자원의 고갈과 공해를 생각해 보라. 그러고 보면 선비 정신은 해체되어 다시 살아나기를 절실하게 기대되는 윤리 의식임을 다시 확인한다. 이른바 지도 계층에게 엘리트 의식 대신에 사회적 책임 의식으로 더욱 선비 정신의 내용을 제고해 가질 것이 요구된다.

그런데 선비 정신에도 그늘은 있다. 비원칙과의 잠정적 타협도 일체 용납하지 않고, 옳은 것과 마땅한 것을 일방적으로 관철하려는 자세, 이른바 대쪽같은 그 자세의 이면은 바로 흑백논리다. 흑백논리는 중간적인 의견, 일의 원만한 해결을 위해 둘러가는 과정 등은 무시하고, 일의 결과에만 급급하고, 일의 결과만 가지고 평가하는 단기短氣의 사고다. 이 흑백논리적 사고는 상대를 압복하지 못하면 자기가 거꾸로 죽는 전부全部냐 전무全無냐의 양자택일적 사고다. 과거의 사화·당쟁이 모두 이런 방식의 사고와 밀접히 관련되어 있다. 기묘사화만 하더라도 사전에 막을 수 있었다. 남곤南袞과 심정沈貞이 나쁜 심술로 사림에 득죄得罪한 것을 알고, 자세를 일신─新하여 청류淸流에 의탁하려 했으나 사류士類들이 끝내 함께 해 주지 않았다. 그래서 앙심을 품게 된 것이다.63) 대화 문화, 협상 문화가 미약하고 대결 문화가 성했던 것이다.

사화·당쟁의 원인으로 작용하는 과정에 개인으로도 이 논리의 피해자가 적지 않다. 대표적인 예로 을사사화에서의 이언적李彦迪의 경우를 들 수 있다. 당시 흉험凶險한 정국 속에서 원상院相으로서 한 사람이라도 사류士類의 희생을 막아 볼 충심으로 은인자중, 권벌權橃의 상소에서 과격하고 급진적인 대목을 삭제한 것이 일부 사류의 비판의 대상이 되었던 것이다.64) 일의 결과야 어떻게 되든 과격하고 급진적인 논리가 사림의 호감을 받았던 것이다.

그런데 이 흑백논리가 우리의 현대사를 어떤 모습으로 그렸는가 말하지 않아도 다 알 것이다. 흑백논리는 곧 경직성을 동반한다. 선비 정신의 해체에서 흑백논리와 경직성은 버려야 할 유산이다.

(《大東文化硏究》 38, 성균관대학교 대동문화연구원, 2001)

---

63) 이이, 〈經筵日記〉 권2(주2)와 같은 책).
64) 이긍익, 〈李彦迪〉(주52)와 같은 책 권10, 〈乙巳黨籍〉) 참조.

한국문학에서의 유가문학儒家文學의 이념적理念的 양상

1. 서론

한국문학에서 유가문학을 운위하니까 마치 유가문학에 필적할 다른 유파의 문학이 있는 것으로 전제된 것 같아 좀 어색하게 들린다. 보는 사람에 따라서는 한국문학이 유가문학이고 유가문학이 한국문학이라고 할 사람도 있을 수 있겠기 때문이다. 현존 자료만 놓고 보자면 이런 생각도 무리는 아닐 법하다.

그러나 유가문학에 필적할 정도는 아닐지 모르나 한국문학사에는 유가문학 이외의 문학이 분명 존재했다. 광범한 구전문학의 영역은 그만두고라도, 고려 이전의 향찰계열鄕札系列의 문학에는 유가문학보다 비유가문학이 압도적이었음을 오늘날 남아있는 고려가요·사뇌가 등 문학유산으로 추측할 수 있다. 그리고 말이 나왔으니 말이지 문학에다 사상이나 종교를 머리에 얹어 '유가문학'이다, '불교문학'이다 특화特化하는 규정은 어떤 전형적인 문학적 사상事象을 설명할 때와 같은 특수한 경우에나 유효할 뿐, 그렇지 않은 경우에는 문학적 사상의 이해에 오히려 장애만 될 뿐이다. 사상이나 종교 체계 자체들 사이에는 경계가 비교적 뚜렷할 수 있는 독특성이 드러나지만, 인간의 다양하고 복잡하게 얼크러진 경험과 정서의 개입으로 이루어지는 문학은

한 가지 사상이나 종교로 규정할 수 없다. 더구나 유학의 제관념형태諸觀念形
態는 현세의 현실적인 문제들을 기반으로 하고 있어, 불교나 기독교 같은
종교와는 다르게 인간의 일상적 심성 속에 넓은 보편성을 가지고 있다. 일례
로《예기》의 〈유행儒行〉 편에 묘사된 '유儒'를 보라. 충신忠信·역행力行·공경恭
敬·중정中正·강의剛毅·인을 임(戴仁) 의를 안음(抱義)·자립自立·뜻을 빼앗을 수
없음(志不可奪)·박학博學·관유寬裕·온양溫良·경신敬愼·예절禮節 등이 있는 사람
이 '유'이다. 극단적으로 말해서 어느 문화권의 사람이건 보다 도덕적이고
합리적이고자 하는 사람은 모두 '유'라고 할 수 있다. 이렇게 보편성이 강한
유가사상으로 문학을 특화한다는 것이 매우 무리다. 그런데 성립되기가 무
리인 '유가문학'이라는 용어가 본고의 경우에는 마침 유효하다. 유가문학의
이념적 양태를 작품이 아니라 이론적 저작을 통해 탐구해 보려는 본고의
의도에 비추어 보아 그러하고, 그리고 문학에 관한 이론적 저작이 우리나라
의 경우 일반으로 유가로 간주되는 사람에게만 있고, 다른 유파의 사람에게
는 거의 없다는 점에서 그러하다.

　　한국문학에서 유가문학의 이론에 관한 자료는 다음 네 가지에 의해 조건
지어졌다.

　　첫째는 자료의 상한上限이 고려중기에 그친다는 점이다. 그 이상의 시대는
자료의 원초적 유무 여부가 불명하다. 한국에 유교가 전래되기는 전국 말엽
에서 진한秦漢 사이에 중국의 망명 지식분자나 한사군의 지배 관료에 의해서
였을 것이나, 전래와는 별개로 그것이 수용되어 사회적 기능을 발휘한 시기
는 삼국의 고대국가로서의 한창 성장기인 4세기 중엽 무렵부터였을 터다.
그리고 그 수용은 대체로 국가의 전장제도典章制度의 설치, 또는 개편으로
나타났고, 이런 상태로 견당 유학생이 많이 불어난 신라 말엽에서 유교 진흥
책을 썼던 고려 성종대까지 대체로 지속되었을 것이다. 개인 영역에서는 토
착신앙과 불교가 강력히 받쳐주고 있을 뿐 아니라, 무엇보다 위의 〈유행〉
편의 묘사를 보았듯이 원시유가의 도덕 규범이나 행위 준칙은 재래의 우리

의 그것과 대동소이하여 후세 도학의 수용에서처럼 신선한 충격이 없었던 듯하며, 따라서 개인의식에의 침투는 매우 한정적이었던 것 같다. 이 사이에 향찰계열의 문학으로는 주로 시가가 많이 지어졌고, 한문학은 주로 국가의 전장제도에 부수된 공공 영역의 소용에 주로 4·6변려체로 부응하면서, 개인 영역에서 주로 한시와 그리고 소량少量의 산문이 지어진 것 같다.1) 따라서 유가문학이라고 할 만한 축적이 별로 많지 않았던 것 같다. 다만 공공 영역에서의 작품은 상당한 축적이 있었을 것이므로, 이것에 대한 반성으로서의 문학이론 산출이 가능했겠지만, 개인 영역이 부진한 마당이라 고려중기 이전에는 문학이론의 산출이 있었다 하더라도 매우 한정적이지 않았나 생각된다. 현존 자료에서 찾아지는 문학에 대한 논의로는 나말 최치원의 "시권詩卷으로써 품성을 함양하는 자료로 삼고, 서권書卷으로써 입신하는 근본으로 삼는다"2)가 전부다.

둘째는 원칙적으로, 그리고 이론적으로 유가문학의 이론이 모두 한문으로 기사記寫되었다고 해서 그 적용이 한문학에만 국한되지 않는다는 점이다. 국문 문학도 유가적인 사대부 계층이 창작을 주도한 장르이면 다 적용대상이 된다. 이를테면 조선조의 시조·가사, 그리고 소설의 상당부분이 이에 해당된다. 그러나 이론을 산출한 사람들이 한문학을 의식하고 했으므로 실질적인 적용에 있어서는 한문학이 우선임은 말할 필요도 없다. 그렇다고 해서 유가적인 사대부 계층이 주도한 국문문학이 적용 범위에서 벗어나는 것은 물론 아니다.

셋째 우리나라의 문학이론에는 '기氣'·'도道'·'성정性情' 등이 문학의 원리적인 개념으로 등장하거나, 또는 차요적次要的 개념으로 구사되는, 문학의 본원적 문제에 대한 논의가 압도적으로 많다. 표현이나 심미 등의 문제에 관한 논의는 결코 문학의 중심 문제가 되지 못했다. 다만 문학의 공능功能,

---

1) 졸고, 〈(고려전기)한문학〉《한국사》 17, 국사편찬위원회, 1994), 188~195쪽.
2) 崔致遠, 〈與客將書〉《桂苑筆耕集》 권19).

즉 문학의 효용 문제가 본원적인 문제에 대응하여 비등하게 우세한 편이었다. 나는 여기서 이들 본원적인 문제들을 이념론적 시각에서 보려 한다. 모든 비평은 그 자체에 이념적인 지향을 함축하고 있다.

넷째 위의 원리적인 개념들의 등장이 일정하게 시대성을 보여주고 있는 것도 사실이지만, 거의 시대에 구애 없이 줄곧 한문학이 존속한 전시대에 걸쳐 등장하는 경향을 가지고 있다. 이것은 작품 방면에서 주로 중국의 고전적 작품들이 한문학이 존속한 전시대에 걸쳐 우리 작품의 모델이 되어온 현상이 있는 것과 마찬가지로, 중국 자국내에서도 일정하게 있는, 자연스러운 현상이라 하겠으나, 우리에게는 역시 차용문학이라 더욱 심한 편이다. 이런 것이 결국 문학의 사적史的 변화를 청초하게 파악하지 못하게 한다.

2. 기론적氣論的 문학 이념

문文을 짓기 어려움은 이미 알려진 바이거니와 배워서 능할 것이 아니다. 대개 '지극히 굳센 기운(至剛之氣)'이 속에 차서 외모로 넘쳐 나오고, 말로 발發해져도 스스로 알지 못하는 것이다. 진실로 그 기운을 함양하면 비록 일찍이 붓을 잡고 배우지 못했다 하더라도 글이 더욱 절로 뛰어나게 된다. 그 기운을 함양하는 자는 두루 명산·대천을 보거나 천하의 기문奇聞·장관壯觀을 구하지 않으면 스스로 흉중의 뜻을 넓힐 길이 없다.3)

고려중기 임춘林椿의 논의로, 현존 자료상으로 최초로 제시된 유가적 문학 이념이다. 곧 '지극히 굳센 기운'이 넘쳐나는 작품에 대한 요구로, 주로 산문에 중점이 두어진 이념이다.

---

3) 林椿, 〈上李學士書〉(《西河集》 권4).

여기서의 기氣는 조비曹조의 〈전론논문典論論文〉에서의 "청탁의 체體가 있는 기"4)와는 다른, 맹자의 '호연지기浩然之氣'다. 호연지기는 본래 도덕의 기氣로서 의義와 도道를 짝해서 있는, 지극히 크고 지극히 굳세어서 평소 의義와 직直으로 함양하면 천지 사이에 가득 차는 기다. 이 호연지기라는 도덕적 역량이 문학·예술의 역량으로서 전화되는 것은 분명하지만, 그러나 여기 임춘의 논의처럼 무매개적으로 전화되는 것은 아니다. 그런데 임춘은 호연지기의 함양에 '두루 명산·대천을 보거나 천하의 기문·장관을 구해서 흉중의 뜻을 넓혀야' 한다는 소철蘇轍의 양기론養氣論을5) 제시하고 있다. 소철의 양기론은 호연지기에 관련이 없다고 말할 수는 없지만, 그러나 호연지기에 대해서 어디까지나 부차적이다. 여기서 우리는 임춘이 맹자의 호연지기를 단장취의적斷章取義的으로 사용하고 있음을 발견하게 된다. 결국 호연지기에서 도덕적 함의를 뒤로 물리고 '지극히 굳센 기'라는 호연지기의 특성을 자기가 생각하는 기의 외피外皮로 취하여 소철의 양기론의 기의 내용을 채움으로써 문학의 내적內的 원천으로 삼았다. 소철의 양기론의 기를 곧바로 문학의 원천으로 차용하지 않고 호연지기를 개입시킨 점이 흥미롭다. 한당유학에서 송대유학으로의 점이漸移를 보여 주는 문학적 기에 대한 관점의 변화가 아닐까 싶다.

이규보李奎報는 다음과 같은 논의를 펼친다.

대저 시는 의意로써 주를 삼는다. 의를 설정하기가 더욱 어렵고, 말을 엮는 것은 그 다음이다. 의는 또한 기氣로써 주를 삼으니, 기의 우열에 따라 이에 (작품의) 심천深淺이 있게 된다. 그러나 기는 하늘에 근본하는지라 배워서 얻을 수 없다. 그러기 때문에 기가 열등한 사람은 글

---

4) 曹丕, 〈典論論文〉(《文選》), "文以氣爲主, 氣之淸濁有體, 不可力强而致."
5) 蘇轍, 〈上樞密韓太尉書〉(《欒城集》 권22), "轍生好爲文, 思之至深, 以爲文者, 氣之所形, 然文不可以學而能, 氣可以養而致. (중략) 求天下之奇聞壯觀."

을 아로새기는 것으로 재주의 공교로움으로 삼고 일찍이 의를 우선으로 삼지 않는다.[6)]

시詩는 의意로써 주를 삼고, 의는 기氣로써 주를 삼고, 기는 하늘(天)에 근본한다고 했으니 시의 본원을 기로 본 것이라 할 수 있다. 여기 기는 조비曹조의 기의 개념에 가까우나 꼭 같은 것은 아니다.[7)] 여기의 기는 '재성才性'으로서의 기다. 재성은 '재능품부才能稟賦'·'자질성정資質性情'·'재능성격才能性格'의 의미를 가지고 있다.[8)] 이 기氣의, 즉 '재성'의 우열에 의해 작품의 심천이 결정된다고 한다. 그런데 그 재성은 '하늘에 근본하는지라 배워서 얻을 수 없다'고 했다. 즉 천부적인 것이지 후천적 학습으로 얻어지는 것이 아니라고 했다. 이규보의 이 시론은 말하자면 천재주의 시론이다. 천재주의는 이념 설정의 범위 밖에 있다.

선초의 박팽년朴彭年은 위의 임춘·이규보와는 다소 다른 각도에서 기론을 펼친다.

대저 천지 사이에는 한 기氣일 뿐이다. 사람이 이 기를 얻어 발해서 말이 된다. 시詩란 또 말의 정화다. 그러므로 사람들의 시가를 보면 천지 기운의 성쇠를 살필 수 있다. 내가 이 주장을 가져온 지 오래다. (중략) 천지의 기는 성하기는 어렵고 쇠하기는 쉽다. 문장·세도世道가 그 기와 함께 오르기도 하고 내려지기도 한다. 송宋이 당唐만 못하고, 당이 한위漢魏만 못하고, 한위는 풍소風騷·아송雅頌만 못해 마치 늙은이가 다시 젊어지지 못함과 같다. 오직 호걸의 인사는 이에 무리에 빼어

---

6) 李奎報, 〈論詩中微旨略言〉(《東國李相國集》권22).
7) 후천적으로 배워서 얻을 수 없다는 점에서 같으나, 조비의 氣에는 '淸濁'의 體가 있으나 이규보의 氣에는 표면적으로는 그것이 없다. 다만 그것을 함축하고 쓴 氣라면 이규보의 기는 조비의 기와 같다.
8) 《漢語大詞典》1, 上海辭書出版社, 1990, 301쪽.

나 '시대의 기운(時氣)'에 따라 변화되지 않을 수 있다.9)

박팽년의 기氣는 작가 개인에게서 천지와 역사에 걸쳐 있는 기다. 이 기를 사람이 타고 나서 발해서 말이 되고, 그 말의 정화가 시라는 것이다. 그런데 이 기는 역사적으로 성쇠가 있는 기로서 고대에 가까울수록 기가 성한 시대다. 삼대三代의 다스림이 점차 쇠해져 오늘의 말세에 이르렀다고 생각하는, 정치에서의 퇴행적 역사관이 문학에도 그대로 적용된 경우다. 요컨대 기가 쇠한 시대에 태어났지만 '시대의 기운에 따라 변화되지 않을 수 있는', 시대를 초월하는 문학인의 존재에 대한 요구로서의 이념이다. 시대를 초월하는 문학인의 존재는 곧 그러한 작품으로 입증되는 것이다.

대략 이와 같이 논의의 전개가 파악되지만 거기에는 논리적이지 않은 문제점이 있다. 우선 '사람이 이 기를 얻어서'(人得是氣)를 생득生得으로 이해한 것은 바로 다음에 '발해서 말이 된다'라는 표현이 있어서다. 그런데 기가 쇠한 시대에 어떻게 개인에 따라 성한 기를 생득할 수도 있는지, 또 개인이 생득한 기와 초월의 대상으로서의 외부의 쇠한 기와의 관계는 어떤지 등에 관해서는 불명하다.

위의 박팽년에게서 보는 바와 같은 기관氣觀, 즉 성리학적 기와는 달리 시대에 따라 성쇠가 있어 한 시대의 문화의 성쇠를 근거 짓되 다분히 퇴행 방향으로 진행한다는 기관이 조선초의 지성계에 유행한 적이 있다. 말하자면 성리학적인 기가 천지만물의 본체라 한다면, 성쇠가 있는 기는 곧 역사의 본체(본체란 말의 개념에 충실하면 성쇠가 있는 것은 이미 본체가 아니다. 하나의 역설로서 썼다.)라 할 수 있다. 역사의 본체인 기는 '천지의 기'·'천지 정영精英의 기'·'천지 영령英靈의 기', 그리고 '광악光嶽의 기' 등으로 불린다. '광악의 기'는 '3광三光과 5악五嶽의 기', 곧 '일월성신日月星辰의 기와 중국의 5악의 기'로 '천지의 기'를 구체화, 상징화시켜 부른 말이다. 그래서 광악의 기

---

9) 朴彭年, 〈八家詩選序〉(《朴先生遺稿》).

가 결손이 없이 온전하다는 것은 곧 중국에 통일국가가 등장한 때를 가리킨다. 명明이라는 한족의 통일국가에 조선왕조의 개창이 짝을 이룬 그 시대야말로 광악이 온전한 시대로 선초 지성계는 의식했던 것이다. 단종 복벽 운동실패 후로는 주로 훈구계열만이 사용한 용어다.

이러한 선초의 시운적時運的 기관의 문학 이념을 가장 열렬히 봉지奉持한 사람은 서거정徐居正이다. 그는 "문장이란 기氣요 시운이다. 기는 하늘에서 받아 나오는데 맑음(淸)·탁함(濁)·순수함(粹)·잡박함(駁)의 다름이 있다. 그러므로 문사文詞로 발한 것에도 교묘함(工)·졸렬함(拙)·높음(高)·낮음(下)의 다름이 있다"고 하여, 성리학에서 도덕적 우열을 조건 짓는 기의 질적 차이를 시운적 기의 질적 차이로 전이시켜 문장의 우열을 조건 짓는 것에까지 발전시키고 있다. 그는 이 밖에 〈목은선생시집서牧隱先生詩集序〉·〈진일집서眞逸集序〉·〈태재집서泰齋集序〉에서도 시운적 기관의 문학 이념을 제시하고, 〈동문선서東文選序〉에서 크게 천명했다.

하늘과 땅이 처음 나누이자 문文이 이에 생겼다. 위에는 해·달·별들이 늘어서 있어 하늘의 문文이 되고, 아래에는 산과 바다와 멧부리와 큰 강이 솟고 흘러서 땅의 문文이 되었다. 성인이 괘卦를 긋고 글자를 만들자 사람의 문文이 점차 베풀어졌으니 정밀하고 한결 같아 중中을 표준한 마음은 (사람의) 문의 체體이고, 시서예악詩書禮樂은 (사람의) 문의 용用이다. 따라서 시대마다 각각 문이 있고, 문은 각각 체제가 있으니, 전典·모謨를 읽으면 당우唐虞의 문을 알 수 있고, 훈訓·고誥·서誓·명命을 읽으면 삼대三代의 문을 알 수 있다. 진秦에서 한漢으로, 한에서 위魏·진晉으로, 위·진에서 수隋·당唐으로, 수·당에서 송宋·원元으로 내려오면서 그 시대를 논하여 그 문을 상고하면 《문선文選》·《문수文粹》·《문류文類》 여러 책으로써 또한 후세의 문운의 오르내림을 개론槪論할 수 있다. 근세에 문을 논하는 자가 말하기를 "송의 문은 당의 문만 못하고, 당의 문은 한의

문만 못하고, 한의 문은 춘추전국의 문만 못하고, 전국의 문은 삼대·당우
의 문만 못하다" 했으니 이것이 진실로 옳게 본 관점이다.10)

이어서 "6경六經 이후에는 (중국이 통일 제국을 이룩한) 한·당·송·원·명의 문
이 예(古)에 가까우니, 그것은 천지의 기가 성하고 대음大音이 스스로 완전하
여 남북 분열의 환난이 없기 때문이다"라 하여, 자기 시대의 문학 이념을
중국의 통일 제국시대의 그것으로 천명했다. 그런데 문학사 현실을 돌아보
지 않는 퇴행적 문학사관을 중심축에 둔 논리로서 그 논리의 불합리성을
필자 스스로도 의식한 듯, 한·당·송·원·명의 문이 '예(古)에 가깝다'고 하여
현실과의 타협을 모색하고 있다. 퇴행적 문학사관, 즉 시운적 기관氣觀에 근
거한 문학 이념에 충실하려면 당우·삼대의 문에다 마땅히 이념을 설정해야
하기 때문이다. 이렇듯 시운적 기관에 근거한 문학사의 인식을 무비판적으
로 따르다 보니 실제와의 괴리가 드러나기 마련이다.
  같은 시운적 기관을 가졌으면서 성현成俔은 좀 더 문학사 실제에 가까운
이념을 가졌다고 하겠다.

  한漢의 소자경蘇子卿·이소경李少卿이 처음 오언시를 지었다. 건안建
安·황초黃初 연간에 이르러 조자건曹子建 무리가 이어서 떨치고, 왕중선
王仲宣·유공간劉公幹의 무리가 따라서 도왔다. 이 뒤로부터 작자가 이어
나와서 위魏·진晉·송宋·제齊·수隋·당唐을 지나면서 극에 이르렀다. 이때
를 당하여 예(古)로부터 멀지 않아서 원기元氣가 아직은 온전하였다.
그러므로 그 시사詩詞가 웅혼雄渾·아건雅健하고 법도에 힘쓰지 않으면
서 제절로 법도가 있게 되었다. 또 당대에 이르러 율시律詩가 지어지기
시작하여 (중략) 소박함이 어지러워지고 원기가 깎여 나가게 되어 날
로 시들게 되었다.11)

---

10) 徐居正, 〈東文選序〉(《四佳文集》 권4).

오언고시와 율시를 비교해서 평측법平仄法·대우법對偶法 등이 까다로운 율시는 '소박함이 어지러워지고 원기가 깎여 나갔다'고 생각하였다. 반면 오언고시는 '예로부터 멀지 않아서 원기가 아직은 온전하다'고 하였다. '원기가 온전하다'는 것은 요컨대 분화가 덜 이루어졌다는 것이다. 즉 시가 형식적인 온갖 장치로 쪼개어진 정도가 아직 낮다는 뜻이다. 이런 유가의 시운적 기관의 상고주의尙古主義도 결국 태고를 지향하고 무위자연을 종지宗旨로 하는 도가의 반문명적인 사유의 영향이겠거니와, 일반적으로 고시의 미적美的 자질이 율시의 그것을 능가하는 것으로 평가되어 왔다. 이런 현실을 고려하면 성현의 시운적 기관에 근거한 문학 이념의 설정에는 서거정에게서 보는 바와 같은 논리의 파탄은 훨씬 덜한 셈이다.

또 도학적인 기관氣觀에 근거하여 인간의 언어생활에 문학이 차지하는 위치를 좌표지은 사람은 이이李珥다. 이이의 이론은 도식화하여 제시하는 것이 편의로울 것이다.

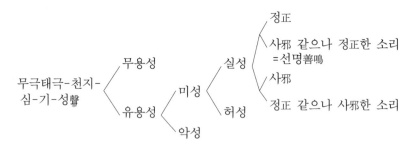

무극태극無極太極은 천지로 하여금 천지가 되게 했고, 천지는 심心으로 하여금 심이 되게 했고, 심은 기로 하여금 기가 되게 했고, 기는 소리로 하여금 소리가 되게 했다. 그리고 그 소리에는 재채기 따위와 같은 무용한 소리가 있는가 하면 웃음 따위와 같은 유용한 소리가 있다. 유용한 소리 가운데에는 또한 사람들이 좋아하는 아름다운 소리(美聲)와 사람들이 싫어하는 나쁜 소

---

11) 成俔, 〈風騷軌範序〉(《虛白堂集》 권6).

리(惡聲)가 있다. 아름다운 소리 가운데에는 입에서 나와 글로 지어지지 못하는 허성虛聲과 입에서 나와 글로 지어지는 실성實聲이 있다. 실성 가운데에는 바른 소리(正聲)와 사특한 소리(邪聲), 그리고 바른 것 같으나 사특한 소리와 사특한 것 같으나 바른 소리가 있다. 그래서 사람이 그 소리를 내어서 남들에게 호감을 사고, 남들에게 호감을 사서 글로 지어지고, 글로 지어져서 바른 것에 합치되는 것을 선명善鳴, 즉 좋은 문학작품이라고 하는 것이다. 위의 도식에 게재해 있는 대체적 논리다.12)

기론적 작품 이념 내지 문학 이념은 이이의 도학적 기에 의한 이론에 이르러 가장 완비된 체제를 보게 된다. 그런데 위에서 '심은 기로 하여금 기가 되게 했다'는 논리는 이이 자신의 도학의 이론 체계에서 어긋난다. 왜냐하면 '심은 기'라고 하여13) 심보다 기가 선행하는데, 여기의 논리대로 하면 기가 심에 후행하기 때문이다. 아마 이이는 리를 본연의 리와 유행하는 리로 보았듯이,14) 기도 본연(體)과 유행(用)으로 나누어 여기 문학론에서는 유행의 기를 말한 것 같다.

이후로도 기론적 작품 이념 내지 문학 이념은 끊이지 않아 남하정南夏正·임상덕林象德·남공철南公轍 등에 의해 지속적으로 제시되었다. 남하정의 문학 이념은 이렇게 제시되었다.

기氣는 일찍이 문文에 바깥하지 않으니 문이 기이고, 문은 일찍이 기에 바깥하지 않으니 기가 또한 문이다. 세상에 문을 하고자 하는 자가 이 기를 버리고 어떻게 하랴. 그렇다면 이 기는 어떤 기인가? 천지의 정대正大한 기가 아닌가. 하늘에 있어서는 일월성신이 모두 이 기이고, 땅에 있어서는 산천초목이 모두 이 기이고, 사람에게 있어서는 언

---

12) 李珥, 〈贈崔立之序〉(《栗谷全書拾遺》 권3).
13) 李珥, 〈答安應休(天瑞)〉(《栗谷全書》 권12), "心, 氣也."
14) 李珥, 〈答成浩原〉(《율곡전서》 권9), "捨流行之理, 而別求本然之理, 固不可."

어문장이 모두 이 기이다. 사람에겐 죽음이 있고, 문에는 망함이 있지
만 이 기는 굳세게 뻗쳐있어 광염光焰이 만 길로 길다. (중략) 후세의
문이 맹자만 못한 것은 문이 쓸리는 것이 아니라 기가 맹자만 못해서
다. 그런즉 옛날의 문을 하는 자는 기에 있고 문에 있지 않다는 것이
참말이 아닌가.15)

앞의 서거정의 논의에서도 이와 같은 유형의 사유가 있었지만 일월성신과
산천초목과 언어문장이 모두 기의 발현이란 것과 같은 사유는 진작부터 있
어 왔다.《문심조룡文心雕龍》〈원도原道〉편의,

문의 속성은 매우 보편적이다. 그것은 천지와 함께 동시에 생겨났
다. 무슨 말인가? 하늘의 거무스름한 색과 땅의 누른 색이 같지 않으며,
땅의 네모난 모양과 하늘의 둥근 모양이 구분된다. 해와 달이 마치 중
첩된 구슬처럼 하늘 위에 붙은 형상을 드리워 보이고, 산과 냇물이 마
치 비단처럼 땅 위에 무늬를 이루어 펼쳐졌다. 이것들은 모두 도道의
문文이다.

라고 한 것이 그것이다. 다만 〈원도〉편에서는 천지의 문의 본체를 도道로
본 것에 대하여 후세의, 그리고 여기 남하정의 논설에서는 기氣로 본 것 등
차이가 나지만 같은 계열의 사유다. 그런데 남하정의 기는 맹자의 호연지기,
더 정확히 말해서는 문천상文天祥의 〈정기가正氣歌〉의 그 정기이다.16) 호연
지기는 그것을 함양한 한 개체의 기의 극치가 천지에 가득 하지만 정기는
아예 천지 자체에 충만한다. 그래서 '하늘에 있어서는 일월성신이 모두 이

---

15) 南夏正,〈論文章〉(《同巢集》권7).
16) 文天祥,〈正氣歌〉(《文山全集》), "天地有正氣, 雜然賦流形. 下則爲河嶽, 上則爲日星. 於
人爲浩然, 沛乎塞蒼溟."

정대한 기이고, 땅에 있어서는 산천초목이 모두 이 정대한 기이고, 사람에게 있어서는 언어문장이 모두 이 정대한 기인' 것이다. 또 정기는 사람과 문이 없고 난 뒤에도 초월적으로 존재하여 광염이 만 길이나 된다고 했다. 문이란 다름 아닌 이러한 기 자체라고 했다. 극도의 존기적尊氣的인 문학 이념이다. 임춘에게서 본, 소철의 양기론적 기를 내용으로 한 호연지기가 도학 시대를 지나면서 정기로 강화되어 나타난 것이다.

임상덕의 기氣는 서거정들의 기와 같은 유형이고,[17] 남공철은 다음과 같은 기관에 근거한 문학 이념을 제시했다.

문장은 기를 주로 하니 법法은 차요적次要的이다. 무엇을 기라 하는가? 기는 6경에 있다. 반드시 먼저 6경을 읽고 그 리理와 도道가 깊이 모여 그득히 고여 있으며 충실하고 광휘있음을 엿보고 나서, 나의 기를 기르고 나의 기를 통달하게 한 뒤에 문文으로 발하게 하면, 문은 기가 있음을 기대하지 않으나 제절로 기가 있게 된다. 6경의 기는 정기正氣이다. 노장老莊·한비韓非·전변田駢·추연鄒衍·열어구列御寇 제자는 비록 기가 있으나 모두 사기邪氣이다.[18]

기란 어떤 유형의 기든 양기養氣의 과정이 필요하다. 양기 ― 기를 기른다는 것은 생리작용의 정신화, 또는 정신의 생리작용화다. 바꾸어 말하면 생리작용에 대한 정신의 지배력의 확충이라고 할 수 있다. 정신은 어떤 성질의 가치든 가치에 대한 지향성을 가진다.[19] 6경에 있는, '리와 도가 깊이 모여 그득히 고여 있으며 충실하고 광휘있음'에 지향한 정신으로 생리작용을 길

---

17) 林象德, 〈文論〉《老村集》 권3), "天地之氣, 與時而相降, 時降則氣降, 氣降則文章亦不得不降."
18) 南公轍, 〈與金國器論文書〉《金陵集》 권10).
19) 졸고, 〈晦齋의 道學的 詩世界〉《李晦齋의 思想과 그 世界》, 성균관대학교 대동문화연구소, 1992), 127쪽.

들이는, 또는 생리작용에 대한 그러한 정신의 지배력의 확충이 남공철이 말하는 6경으로써의 양기다.

6경에 문학작품, 특히 산문의 이념을 설정하고 6경에 지향된 정신으로 양기를 주장한 남공철의 이 양기가 아무리 철저하게 되었다 하더라도, 그러나 그 자체로서는 6경이 가진 기, 즉 6경의 내용을 지배하고 있는 품덕品德·재성才性·어세語勢 등이 고스란히 양기자養氣者의 작품으로 옮겨지지는 않는다. 여기서는 제외되어 있지만 표현기능의 수련, 창작의 진실성 등 여타 요인이 가담되어야 양기력養氣力이 작동하기 시작한다.[20] 6경은 정기이고 제자는 사기라는 주장은 순전히 유가적 편견이다. 제자도 가치의 하나들이란 점에서 양기의 관점에서는 6경과 동등한 조건에 놓임은 말할 것도 없다.

이상에서 과거 우리의 선인들이 문제 삼은, 기의 여러 양태에 대응된 작품 내지 문학의 이념 설정에서 그 몇 가지 유형을 살펴보았다. 자료가 허락하는 한에서 문학사적으로 유의미한 유형이라 생각되어서 다루었지만 객관성을 얻었는지 모르겠다. 생명의 정수적 요소로서 일종의 에네르기로 상정되는 기의 실체도, 개념도, 현재로선 명확하게 밝혀진 바가 없기 때문에 논의는 자연히 한계를 가질 수밖에 없었다.

3. 성정론적性情論的 문학 이념

성정性情이란 개념을 본원으로 설정해서 문학을 사유하기는 주로 도학이 수용되고 나서부터인 것으로 보인다. 그 전에는 문학을 사유하는 본원 개념의 하나로 기氣·도道 등과 함께 《서경》〈순전舜典〉(위작)의 "시는 지志를 말함 (詩言志)"과 〈시대서詩大序〉의 "시란 지의 가는 바다. 마음에 있을 때는 지가 되고 말로 발하면 시가 된다.(詩者, 志之所之也, 在心爲志, 發言爲詩.)"에 나오는

---

20) 졸고, 주19)와 같은 곳.

'지志'와, 그리고 지에 관련을 가진 '심心'을 본원으로 설정해서 문학을 사유해온 것으로 보인다. 지와 심은 성정 개념이 등장한 뒤로도 간헐적으로 본원 개념으로 쓰이도 했으나, 성정 개념이 압도적으로 많다. 지·심·성정이 같은 인간 심성 계열이므로 편의상 지·심도 이 장에서 함께 다루기로 한다.

지·심의 개념을 본원으로 설정해서 문학을 사유하기는, 현재하는 기록상으로는 이인로李仁老가 최초다.

> 옛날 복상卜商은 《시경》을 서序하면서 "마음에 있을 때는 지志가 되고, 말로 발하면 시詩가 된다"고 했다. 양자운揚子雲은 또한 말하기를 "말은 마음의 소리다"라고 했다. 대개 마음이란 것은 비록 천지간에 두루 차 있지만 항상 적적하고 아득한 데에 잠겨 있어 그 형상을 볼 수가 없다. 마음은 말에 의탁하고 난 뒤에 나타나고 시로 말해지고 난 뒤에 드러나니, 마치 금석은 무성물이지만 두드리면 울리는 것과 같다.21)

사람의 마음에 있는 모든 것은 말과 시에 고스란히 반영되기 마련이므로 오랜 후세에도 시를 통해 그 사람의 마음을 알 수 있다는 논지다. 가령 도학이라는 강화된 유가사상이 지배하던 조선시대 같으면 마음에 있는 모든 것이 시에 고스란히 반영되므로, 마음에 사특함을 없이 하는 데서 문학적 이념을 직접적으로 제시할 법하지만, 도학이 수용되기 전의 고려중기라 역시 다른 방향을 취한다. 즉 "굴원屈原과 송옥宋玉의 처창悽愴함, 도연명陶淵明과 사령운謝靈雲의 한담閑澹함, 이백과 두보의 준일俊逸함은 비록 천백 년 후에 그 시를 읽더라도 그 사람의 사람됨을 상상해 볼 수 있어 말끔히 한 터럭만큼의 남김도 없으니, 옛 사람의 정상情狀을 알려는 자 그 시를 버리고 어떻게 하겠는가?"22)라고 하여, 작가의 마음의 정상의 충실한 반영이 문학(시)의 이념

---

21) 李仁老, 〈雙明齋詩集序〉《東文選》 권83).

임을 지시하고 있다.

14세기 중반의 백문보白文寶에 이르면 도학의 세례를 받은 성정론이 나타
난다.

> 대개 시는 지志를 말하여 흥취를 일으킬 수 있고 득실을 살필 수 있
> 으며 가까이는 아비를 섬길 수 있고 멀리는 임금을 섬길 수 있으니,
> 이들이 다 성정性情에 근본해야 바야흐로 시라 이를 수 있다. 저 언사言
> 辭뿐인 자들은 작품의 분량이 많고 수사를 잘 하는 것으로 자랑을 삼아
> 그 말을 곱게 꾸미나, 득실을 살필 수 있고 흥취를 일으킬 수 있는 데에
> 이르지 못하고 성정에 가깝지 않으면 바로 무용한 군더더기 말이다.[23]

도학 이후 문학론에서의 '성정'은 도학의 명제인 '심心은 성性과 정情을
통괄한다(心統性情)'고 할 때의, 인·의·예·지의 성과, 희·노·애·락·애·오·욕으
로서의 정을 일단 중시한다. 그러나 문학론에서 본래부터 있어온 '성정'은
그것과는 다른 합성어로, 사전적으로는 '사람의 품성과 기질'·'사상 감정'·
'성깔'로 정의되고 있다.[24] 사전적 정의에서 벗어나 좀 더 알아보면,《주역》
〈건괘乾卦〉〈문언文言〉에서의 "이정은 성정이다.(利貞者, 性情也.)"의 '성정'에
대해 공영달孔穎達은 "성性이란 천생의 자질로서 바르게 되어 사특하지 않고,
정情이란 성의 욕구다"라고[25] 개념을 정의한 데 대해, 정이程頤는 "성정은
자질資質·체단體段·정독停毒·화육化育이란 말들과 같다"라고[26] 했다. 공영달
의 정의는 그대로 문학론에서의 개념으로 전용될 수 있으나, 정이의 정의에
서는 '자질·체단(=體態)' 정도만 유효할 것 같다. 이런 여러 정의를 바탕으로

---

22) 李仁老, 주21)과 같은 곳.
23) 白文寶,〈及庵集序〉(《淡庵逸稿》권2).
24)《漢語大詞典》7, 앞의 책, 479쪽.
25) 孔穎達,《周易正義》,〈文言〉,〈乾卦〉, "利貞者, 性情也"의 疏.
26) 程頤,《周易傳義》,〈文言〉,〈乾卦〉, "利貞者, 性情也"의 註.

해서 논자의 구체적 문맥에서 의미 내지 뉘앙스가 가미된 개념이 문학의 이념으로 지향된다.

여기 백문보의 경우 지志의 발설로 이루어지는 작품에 나타나는, '흥취를 일으킬 수 있고 득실을 살필 수 있으며 아비를 섬길 수 있고 임금을 섬길 수 있는' 단서들이 '다 성정에 근본해야 바야흐로 시라 이를 수 있다'고 했다. 여기서 성정은 곧 '도덕적 진정성 또는 진실성'을 의미한다고 해야 할 것이다. 뒤에 이어지는 '언사뿐인 자들'에서 '무용한 군더더기 말'까지의 내용으로 보아 분명하다. 결국 도덕적 진정성을 요구하는 문학의 이념이다. 도학이 수용되던 초기 종래의 언지론적言志論的 시관詩觀에 도학의 성정론적 문학관이 접목된, 초기다운 논리의 서툼과 열정이 느껴지는 논의다.

이색李穡은 공자가 "예악을 정하고 정치로서 발현해 내어, 성정을 바르게 하여 풍속을 하나 되게 하여 만세 태평의 근본을 세웠다"27)고 하고, "풍화風化·성정에 유관한"28) 시문을 운위해서 '성정'을 매개로 한층 도학적 문학관에 다가섰고, 이색의 후배 이첨은 다음과 같은 논의를 폈다.

> 문사文辭는 덕이 밖으로 나타난 것이다. 화순和順이 쌓여짐에 영화英華
> 가 발함을 가리울 수 없는 점이 있다. 대저 문사에는 (중략) 세상의 치란을
> 인해 음향音響에 애락哀樂의 다름이 있다. 모두 성정을 읊조려서 그 온축
> 한 것을 표달하는 소이인 것이다. (중략) 진실로 광악光嶽의 기氣를 타고
> 남이 있으면 (중략) 원기元氣에 짝하고 조화에 짝할 것이다.29)

이 논리에서 성정은 '화순의 쌓여짐'이자 '덕'이다. '성정을 읊조려서 그 온축한 것을 표달'하는 소이가 문사라는 논리가 그런 의미임을 충분히 시사

---

27) 李穡, 〈選粹集序〉(《牧隱文藁》 권9).
28) 李穡, 주27)과 같은 곳.
29) 李詹, 〈牧隱先生文集序〉(《東文選》 권92).

하고 있다. 이첨은 여기에다 창작 주체의 심신에 응축된 '광악의 기'와 아울러 이를테면 '음양이 합해지고 흩어지는 이치, 사물의 무궁한 변화를 훤히 통달하는 지적知的 요소'까지 있으면 그 작품이 '웅심雄深·아건雅健하고 요묘要妙·정화精華'로와30) '천지의 원기에 짝하고 조화에 짝할 것'이라고 했다. 개체의 '광악의 기'와 천지의 '원기'와 결합된, 규모가 큰 성정을 본원으로 하는 문학 이념을 제시하고 있다.

도학이 한창 무르익어가던 15세기 말에서 16세기 초에 걸쳐서 살았던 김정金淨은 시종 일관하여 성정으로 시를 설명하고 있다.

> 시란 성정이다. 성정이 발해서 소리가 되는데 어디에서 화려하게 수식하는 것이 족히 말할 만함을 취한단 말인가. 도덕이 상실되면서 성정이 (시에서) 유리되고, 문사文辭가 이기면서 바른 소리가 미약해져 (시가) 하강국면으로 휩쓸려 내달린다. (중략) 그 귀추를 요약하면 (이李·두杜 이외에) 여러 사람이 (《시경》의 정풍正風·정아正雅의 성정에서) 변한 바가 (시대의 상란喪亂에 있는 것이 아니라) 특히 바람·꽃·눈·달 등 자연 경상景象에 있어서이긴 하지만, 옛 (《시경》 시의 성정)으로 되돌아갔다는 말을 듣지 못했다. 그러나 그 변한 바에 따라 모두 성정을 유출하니 왕왕이 자못 정심精深·유원悠遠함이 말할 만해서 오히려 《시경》 3백편의 남은 소리, 남은 뜻이 있다. (중략) 우리나라는 변하고 변한 것이 또 변한지라, 배우는 이들이 거의 성정의 근본에서 찾지 않고 도리어 문자 위에서 찾으며, 자득自得의 오묘한 경지에서 노니지 않고 도리어 남은 지게미를 엮어 모으며, 소산瀟散·정묘精妙함으로써 풍취를 삼지 않고 (남의 작품을) 침범하고 엄습하는 것을 스스로 자랑한다. (중략) 그 힘쓰는 바를 보건대 참으로 성정의 온축을 쏟아내어 멀리 옛 사람의 의취를 따르고자 하니, 이른바 보통의 정상을 멀리 뛰어넘어 우뚝이

---

30) 李詹, 주29)와 같은 곳.

견해가 있는 사람이다. (중략) 뒷날 공公을 알려고 하는 자는 공의 시에
즉해서 간정簡正·고아古雅한 것으로써 공의 성정풍표性情風標를 찾으면
이에서 멀지 않을 따름이리라.31)

　'성정'이란 말이 아홉 차례나 등장하는 이 글은 도학의 성정적 문학관이,
비록 도학파라 하더라도 문학의 입장에 설 때 지나치다 할 정도로 강조되어
있다. 초두의 '시란 성정이다'라는 명제가 이 글의 논지가 어떻게 전개될
지를 잘 말해준다. 요컨대 이 글은 주희의《시집전詩集傳》을 고스란히 받아들
여 시의 정正·변變에서 정正의 시를 짓게 되는 성정을 가장 이상적인 경지로
친다. 그 뒤 성정이 시에서 유리되고 바른 소리가 미약해져 시가 하강 국면
으로 타락해 간다.《시경》이후의 시에서 당시唐詩가 상대적으로 가장 높은
수준을 이루었는데, 이백과 두보가 비흥比興의 시법을 얻고 나머지는 변變의
시이나, 변의 내원來源이 주로 자연 경상이라 다행이긴 하지만《시경》시로
복고는 못했다. 우리나라는 변에 변을 거듭한 뒤끝이라, 학자(시인)가 내면
으로 침잠하여 성정의 근본에서 성찰하고 찾아 성정을 함양하고, 자득의 오
묘한 경지를 노닐어 소산·정묘의 풍취를 추구하지 않는다는 것이다. 이 글은
〈안락당시집발顔樂堂詩集跋〉이다. 나머지는 안락당 김흔金訢에 관한 내용이
다. 글은 도학의 문학적 성정관에 의해 해석된《시경》에서 정正의 시에 시의
이념을 설정하고 있다.
　이황李滉도 성정적 시관의 소유자임은32) 말할 것도 없거니와, 이이李珥는
《시경》이후의 시에서 상대적으로《시경》의 성정에 접근된 시를 그 접근도
에 따라, 바꾸어 말하면 그 접근도의 원근에 따라 빚어진 미적美的 특성을
8가지로 분류하여 선집을 만들기도 했다. 아래의 글은 그 서문의 일부다.

31) 金淨, 〈顔樂堂詩集跋〉(《沖庵集》권4).
32) 李滉, 〈與鄭子精〉(《退溪集》권35), "夫詩雖末技, 本於性情."

290

사람 소리의 정밀한 것은 말이 된다. 시는 또 그 말의 정밀한 것이다. 시는 성정에 근본하고 거짓으로 꾸며서 되는 것이 아니다. 소리의 높고 낮음이 자연한 가운데서 나온다. 《시경》3백 편은 간곡히 인정을 다하고 곁으로 사물의 이치에 통하며 그 시풍이 우유優游하고 충후忠厚하니, 요는 정正에 돌아감이다. 이것이 시의 본원이다. 시대가 점차 내려오면서 풍기風氣가 점차 효박하게 되어, 그 시로 발해지는 것들이 다 성정지정性情之正에 근본하지 못하고, 혹은 수식에 가탁하여 남의 눈이나 즐겁게 하기를 힘쓰는 것들이 많다. (중략) 시가 비록 배우는 이들의 능사는 아니나, 또한 성정을 읊조리고 청화淸和한 기운을 펼쳐서 가슴 속의 찌꺼기를 씻어내는 것이니 또한 존양·성찰에 일조一助가 된다. 어찌 시가 수사를 교묘하고 아름답게 다듬어 사람의 감정을 바꾸고 마음을 방탕하게 하기 위해 베풀어졌겠는가.33)

위에서 김정은 종래의 《시경》 시의 정변관正變觀에 입각하여 정正의 시에 시의 이념을 설정하기를 집착했지만, 이이의 경우는 한 걸음 물러나 《시경》 3백편을 '정正에 돌아감'으로 이해하고, 이것을 '시의 본원'으로 규정했다. 즉 성정지정에서 나온 시로 규정했다. 《시경》 이후의 변變에 변을 거듭한 시로써 선집을 만들자니, 정풍正風·정아正雅만이 성정의 바름에서 나온 것이라 고집하는 데에서 오는 번거로운 문제들을 없이 하자는 의도다.

여기서 특히 유념할 것은 '성정지정性情之正'이란 말이다. 사실 원래 성정에 관련된 문학 이념은 정확히 말하면 '성정지정'에 관련된 문학 이념이다. 시대가 내려올수록 풍기가 효박해져 성정의 바름에서 나오는 문학이 없다고 생각되어, 문학 이념 설정의 최고 거점으로 성정의 바름이 내세워지고, 풍기가 순박하던 시대의 《시경》을 그 표상의 실체로 보게 된 것이다. 이것은 말할 것도 없이 퇴행적 역사관에 입각한 편견의 작용이다.

33) 李珥, 〈精言妙選序〉(《栗谷全書》 권13).

이 글에는 도학에서 생각하는 문학, 즉 시의 효용도 언급되어 있다. '성정을 읊조리고 청화한 기운을 펼쳐서 가슴 속의 찌꺼기를 씻어내는 것이니 또한 존양·성찰에 일조가 된다'라고 한 대목이 그것이다. 도학자들의 시에 대한 인식은 이 범위를 넘어서지 못한다. 어디까지나 내면 수양에 일조가 되는 한에서는 시를 인정한다. 적어도 이론적으로는 그렇다. 아름다움이라는 예술의 본령은 그것이 아름다움 자체로 인식되는 한 오히려 하나의 장애로 전락한다. '가슴 속의 찌꺼기를 씻어내는' 작용을 두고 혹시 카타르시스 이론에 접근된 것이 아닐까 생각되기도 하는데, 그런 유사성이 있는 것은 사실이지만 전체의 구조적인 면에서 볼 때 양자는 일치될 수 없는 큰 차이를 가지고 있다.

요컨대 이이의 이 논설은 성정의 바름에서 나온《시경》을 시의 최고 이념의 표상체表象體로 설정하고, 그리고《시경》이후의 시에 바탕하여 단계적으로 고하가 다른 이념 몇 가지를 제시하고 있다는 데에 의의가 있다.

조선후기에 이르러서도 성정은 문학의 본원으로서 문학에 대한 사고에 중요한 매개 개념이 되어 왔다. 그런데 도학적 분위기가 지배하던 17세기 이전에는 주로 '성정지정性情之正'을 문제 삼아 왔다면, 실학적 분위기가 시작되는 17세기 이후로는 최선진분자最先進分子들에 의해 '성정지진性情之眞'이 거론되어 왔다고 하겠다.

> 시란 성정이 발하는 것이면서 천기天機의 움직임이다. 당唐나라 사람의 시가 이에서 얻음이 있었기 때문에, 초初·성盛·중中·만당晚唐의 시를 물론하고 대개 모두 자연에 가깝다.[34]

> 송宋나라 사람은 비록 고실故實·의론議論을 주로 하지만 그러나 그 묻고 배워서 축적한 것과 뜻하고 생각하여 쌓이고 뭉쳐진 것들이 감동

---

34) 金昌協,〈雜識外篇〉(《農巖集》권34).

촉발되어 거세게 토해질 때는 격조의 구애도 받지 않고, 한정된 틀에도 군박되지 않는다. 그러므로 그 기상이 호탕하고 원기가 질펀하게 흐른다. 그래서 때로 천기가 발동하는 것에 가까워, 읽으면 오히려 그 성정지진性情之眞을 볼 수 있다.35)

김창협金昌協의 당시와 송시에 관한 논의로서, '성정지진'의 문학 이념을 제시했다. 성정지정이 성정의 정당성을 뜻한다면, 성정지진은 성정의 진실성을 뜻하는 것이다. 성정지진은 천기가 성정과 함께 발동할 때 얻어진다. 천기의 발동은 '인위적인 조작이나 통제로부터 벗어나 자유로운 상태에서의 자발성'을 뜻한다.36) 자유로운 자발성은 다시 말하자면 곧 자연성이다. 그러기에 '성정이 발한 것이면서 천기의 움직임인' 당시가 '자연에 가깝다' 하고, 성정이 시로 발할 때 '천기가 발하는 것에 가까우면', 즉 자연성에 가까우면 '고실·의론을 주로 한' 그 송시에서도 '성정지진을 볼 수 있다'고 한 것이다.

사실 성정은 천기나 진眞을 짝하지 않고도 그 자체만으로서도 인위적 조작에서 벗어난 자발적 자연성을 가지고 있다. 앞의 이이의 글에서 '시는 성정에 근본하고 거짓으로 꾸며서 되는 것이 아니다. 소리의 높고 낮음이 자연한 가운데에서 나온다'고 한 것이 그것이다. 성정 자체만으로서도 자발적 자연성을 가지고 있다는, 이이가 말하는 이 경우는 성정이 지극히 순박하거나, 또는 고도로 순화된 경지가 아니면 불가능하다. 그러나 이런 지극히 순박하거나, 고도로 순화된 성정을 갖는다는 것은 천생의 자질이 그러하거나, 고도의 함양으로 천생의 자질에 도달해야 가능하다. 그래서 일반적으로는 성정의 고도한 순화에 도달하기 위한 존양·성찰 등 내적 통제와 긴장의 중심

---

35) 金昌協, 주34)와 같은 곳.
36) 졸고, 〈조선후기 天機論의 개념 및 미학 이념과 그 문예·사상사적 함의〉(《실학시대의 사상과 문학》, 지식산업사, 2006), 257쪽.

에 성정이 놓여 있다. 따라서 천기 자연의 시가 나오기가 쉽지 않았다. 특히 도학시대에는 그러했다. 17세기를 넘어와서는 사회변동의 기운을 타고 종래의 성정 개념에다 '진眞'·'천기'의 개념이 연계되어 문학의 이념이 제시되기에 이르렀다.

4. 재도론적載道論的 문학 이념

유가문학의 이념으로 송대宋代 이후 가장 보편적인 주장이 재도론이다. 북송 주돈이周敦頤에 의해 제시된 이 이념은 그 이전 당대의 이한李漢(=韓愈)의 관도론貫道論에 대한 비판으로 나왔다. 문文이 도道를 꿴다면 문이 주가 되고 도가 종이 된다고 해서다. 그런데 수레가 문에 비유되어 사람에 비유된 도를 싣는다고 하는 재도설은 그 뒤 주희에 의해 비판적인 대안에 봉착한다. 수레가 사람을 싣는다면 사람이 주가 되는 것은 분명하지만, 사람과 수레가 여전히 두 가지로 존재한다는 것이다. 그래서 주희는 '이 문은 다 도 가운데서 유출한다(這文皆是從道中流出)'고 하여 도와 문文을 하나로 보는 자신의 주장을 제시한다. 하나 가운데 본말이 있을 뿐이라는 것이다. 이는 도본문말론道本文末論을 이르는데, 철저한 도문일체관道文─體觀인 것이다. 그런데 우리나라에서는 이들 표현에 따른 논리적인 구분을 하지 않고, 세 가지를 하나의 개념의 다른 표현으로 이해한 것 같다.37) 그래서 여기서도 세 가지 경우를 범칭해서 재도론載道論이라고 하기로 한다.

문학에다 도를 관련시켜 논급한 것은 현재하는 자료상으로는 고려중기 최자崔滋가 처음이다. 최자는 최충崔冲의 후예인데, 이 가문은 경학에 남다른 자세를 가져 왔다.

---

37) 졸고, 〈조선후기 문학사상과 문체의 변이〉, 주 36)과 같은 책, 223쪽.

문학이란 도道를 밟는 문門이다. 그러므로 불경不經한 말을 끌어들이지 않는다. 그러나 기氣를 부추겨 말을 거리낌 없이 쏟아내어, 보고 듣는 이로 하여금 경동驚動케 하고자 하기 위해서는 험괴險怪한 표현도 끌어들인다. 하물며 시의 창작은 비흥比興·풍유諷諭에 근본하고 있음에랴. 그러므로 반드시 기궤奇詭에 가탁하고 난 뒤에야 그 기氣가 장하게 되고, 그 뜻이 깊게 되고, 그 말이 드러나게 되어 족히 사람의 마음을 감오感悟시킬 수 있으며, 미묘한 생각이 드날려질 수 있어 마침내 정正으로 돌아가게 된다. 가령 표절을 하거나 세세한 문사에 치중하며 연지·분 바른 것 같은 수식을 과시하는 것 같은 것은 유자는 본디 하지 않는다.38)

도는 한 마디로 인사의 준칙과 우주의 이법을 통괄한 이름이다. 전자는 당위적인 것이요, 후자는 존재적인 것이다. 당위적인 것을 존재적인 것으로 전화되게 하는 데에 도를 도로서 운위하는 구극의 이념이 있다. 도학 이전에는 주로 전자에 중점이 주어져 왔으나, 도학 이후에는 인사의 준칙과 자연의 이법, 즉 당위적인 것과 존재적인 것을 일원적으로 파악하려 하되, 내부적으로는 당위적인 것이 존재적인 지평을 지향해 끊임없이 접근하고자 하는 구도로 되어 있다. 당위와 존재가 일원적으로 파악되는 존재는 사람으로서는 오직 성인만이 그러한 것이라 생각했다. 당위적인 것이 존재적 지평을 지향해 끊임없이 접근해 가는 것도 요컨대 성인이 되기 위한 과정에 다름 아니다. 그래서 재도론에서는 주로 인사의 준칙으로서의 도, 즉 성인의 도를 중심으로 논의해 왔다.

최자의 이 글에서의 도는 정程·주朱 계열의 도학 이전의 도道다.39) '험괴

---

38) 崔滋, 〈補閑集序〉《補閑集》.

39) 흔히 고려 叡仁 연간에 북송 程子 계열의 도학이 전래된 것으로 아는데 이것은 착오다. 經書의 義理를 탐구한 王安石의 新學이 들어온 것을 오인한 것이다. 그러나 崔滋가 왕안석의 신학을 접했는지는 확증이 없다.

한 표현도 끌어들인다'라거나 '반드시 기궤에 가탁하고'라고 하는 등 문학의 상대적인 독립성이 인정된 데에서 약여躍如하다. 도학 이후의 도에서는 생각하기 어렵다. '문학이란 도를 밟는 문門이다'라는 명제를 제시하는 품이라든가, '불경한 말을 끌어들이지 않는다'라든가, '마침내 정正으로 돌아가게 된다'라든가 해서 유가의 도덕주의적 문학관을 끝내 놓치지 않으려는 고집이 있으나, 한유의 '관도지기貫道之器'에 비해 최자의 '도도지문蹈道之門'이 문학의 예술성에 훨씬 적극성을 띠고 있는 점이 크게 다른 점이다.

　"문이란 도를 싣는 기구"라고 분명하게 표명하고 나온 사람은 정도전鄭道傳이다.

　　해와 달과 별들은 하늘의 문文이다. 산과 내와 풀과 나무들은 땅의
　　문이다. 시詩와 서書와 예禮와 악樂은 사람의 문文이다. 그러나 하늘은
　　기氣로써 문을 하고, 땅은 형形으로써 문을 하는데 사람은 도道로써 문
　　을 한다. 그러기 때문에 '문이란 도를 싣는 기구'라 하니, 사람의 문을
　　말한다.40)

《문심조룡文心雕龍》〈원도原道〉 편에서도 그렇거니와41) 도학적 도관道觀에 충실한 사유는 '해·달·별 등 하늘의 문과, 산·내·풀·나무 등 땅의 문과, 그리고 시·서·예·악 등 사람의 문'이 모두 도道의 발현으로서의 문이다. 그런데 여기 정도전의 글에서는 기氣와 형形과 그리고 도道의 발현으로써 각각 해·달 등 하늘의 문과, 산·내 등 땅의 문과, 그리고 시·서·예·악 등 사람의 문이 이루어진다고 해서, 도를 사람의 문에 한정해서 말하고 있다. 그것은 재도론에서의 도는 그 선행 형태인 관도론에서부터 성인의 인의仁義의 도道

---

40) 鄭道傳, 〈陶隱文集序〉(《三峰集》 권3).
41) "文之爲德也大矣, 與天地並生者何哉. 夫玄黃色雜, 方圓體分, 日月疊璧, 以垂麗天之象, 山川煥綺, 以鋪理地之形. 此蓋道之文也."

만을 문제 삼아 온 것을[42] 따른 때문이다. 그렇다고 해서 우주의 이법으로서의 도는 재도론과 무관계한 것이 아니라, 인사의 당위가 지향해 가야 할 자연의 자족적인 존재 상태에의 비전으로써 재도론을 받쳐 주고 있다.

재도론의 이상적인 실현은 이이의 다음과 같은 묘사에 잘 나타나 있다.

대저 옛 사람이 이르는 바 문文은 지금 사람과는 다르다. 옛 사람은 문을 하는 데에 의식을 가지지 않았다. 구름이 가고 비가 뿌리며 해와 달이 비치고, 산이 우뚝하고 내가 흐르며 풀과 나무가 꾸미고 있는 것은 천지의 문이나 천지 스스로는 그것이 문이 됨을 알지 못한다. 화순 和順이 내면에 쌓여 영화英華가 바깥으로 발해서 동작에 위의威儀가 있으며 언어가 경적經籍이 되는 것은 성현聖賢의 문이나, 성현 스스로는 그것이 문이 됨을 알지 못한다. 이러므로 옛 사람은 도로써 문을 하고, 도로써 문을 하기 때문에 문을 하지 않으면서 문을 한다. 아아, 대저 문을 하지 않으면서 하는 문이 바로 천하의 지극한 문임을 누가 알랴. 이것으로써 《논어》·《맹자》가 되며, 이것으로써 6경六經이 되며, 이것으로써 《시경》 3백 편이 된다. 혹은 기이하고 혹은 간결하게 되며, 혹은 권면하는 말씨로 되고, 혹은 경계하는 말씨로 된다. 문의 지취旨趣의 정밀함이며 성률聲律의 어울림이 다 자연에서 나올 뿐이다. 어찌 일찍이 뒷날의 사람들이 억지로 문을 지을 뜻으로 썩은 나무에 조각하고 얼음덩이에 아로새기는 짓거리와 같았겠는가.[43]

도의 발현으로 천지 자연의 현상이 이루어지며, 같은 도의 발현으로 성현의 동작에 위의가 있게 되고, 언어는 '천하의 지극한 문', 곧 경적이 되었다. 즉 글을 짓는다는 의식이 없이 되는 글은, 바꾸어 말하면, 도가 성현을 매개

---

42) 韓愈, 〈原道〉(《韓昌黎文集》 권1), "博愛之謂仁, 行而宜之之謂義, 由是而之焉之謂道."
43) 이이, 〈與宋頤菴〉(《栗谷全書拾遺》 권3).

로 하여 발현됨으로써 이루어진 글이고, 이것이 경적이라는 것이다. 재도론의 도는 바로 성현을 매개로 하여 발현된 그 도다. 그 도의 발현으로 경적이 이루어졌으니, 경적은 재도론이 역사적으로 이미 실현된 증표이자 실체다. 따라서 달리 말하면 재도론적인 문학 이념은 곧 유교의 경적과 같은 문학을 표방하는 이념이다.

문이 도의 발현인 만큼 문의 성쇠는 곧 도의 성쇠로 인식된다.

> 문이 천지간에 있으면서 이 도(斯道)와 함께 소장消長한다. 도가 위에서 행해지면 문이 예악·정교에 나타나고, 도가 아래에서 밝으면 문이 전적典籍·필삭筆削에 부쳐진다. 그러기 때문에 전典·모謨·서誓·명命의 글이나, 산삭刪削·개수改修한 책은 그것이 도를 실었다(載道)는 점에서는 마찬가지다. 주周나라가 쇠하고 도가 숨어들자 백가百家가 함께 일어나서 각기 그 방술方術로서 울려서 문이 병들기 시작했다.[44]

재도에 관한 권근의 글로서, 공자가 문의 성쇠, 따라서 도의 성쇠의 분기점이 되고 있다. '도가 아래에서 밝다'는 것은 공자가 제왕의 자리에 오르지 못한 현실을 묘사하고 있고, '문이 전적·필삭에 부쳐진다'는 것은 공자 이전부터의 전적 가운데 공자의 손을 거침으로써 뒤에 6경六經이 된 책에 문이 부쳐졌다는 것이다. 공자는 그 이전부터의 전적으로, 그대로 강의에 사용한 것도 있고, 《시경》《춘추》처럼 깎고 손질한 것도 있다. '전·모·서·명의 글'이란 그대로 강의에 사용한 《서경》 같은 책을 이르고, '산삭·개수한 책'은 《시경》《춘추》 같은 책을 이른다. 어느 것이든 도를 실었다(재도)는 점에서는 마찬가지라는 것이다. 공자 이후 도가 숨어들고 백가가 함께 일어났다는 것이다. 다시 말하면 제자백가 시대부터 유가의 도가 숨어들었다고 본 것이다. 도가 숨어들기 천여 년만에 당의 한유가 나와 이 오랜 쇠미를 일으키고, 송

---

44) 權近, 〈鄭三峰文集序〉(《陽村集》 권16).

의 2정정程·주희의 책이 나오고 난 뒤에 도학이 다시 밝아졌다는 것이다. 도학
이 수용된 후 유자들은 대체로 이러한 유학사에 대한 인식을 가져 왔다.

도의 쇠미에 대한 인식은 성현의 경적經籍에서는 문과 도가 하나로 통일되
었던 것이 그 뒤 도와 문이 갈라져서 둘이 되었다는 인식과 함께 한다. 다만
둘로 갈라진 계기에 대해서는 관점이 다소 다른 경우가 있다.

위에서 권근은 '주나라가 쇠하고 제자백가가 함께 일어나서 각기 자기
방술方術로써 울려서 도와 문이 갈라질 조짐을 만들었다'는 뜻으로 말했고,
권채權採는 '한위漢魏 이후 자신이 쓴 글과 자신의 평소 행동이 일치되지 않
는 데에서 문과 도가 둘로 갈라졌다'[45]고 보았다. 이이는 진한秦漢 이래로
사士가 도道를 강하지 않았기 때문에 문과 도가 찢어져 둘로 갈라졌다는 견
해를 시인했다.[46]

허균許筠의 견해는 다른 유가 문학자에 비해 본질적으로 달랐다.

> 옛날에 문이란 위아래 사람의 정실情實을 통하느라 그 도를 실어서
> 전했다. (중략) 3대三代를 당해 성인의 책인 6경六經과 함께 황노黃老·제
> 자백가의 말들이 모두 그 도를 논했다. 그러기 때문에 그 문은 알기가
> 쉬웠고 제절로 고아古雅했다. 그러다가 후세에 미쳐서 문과 도가 둘이
> 되었다.[47]

도문일치道文一致를 추구하는 재도론의 도 안에 제자백가의 도도 유가의
도와 함께 포함시켰다. 도학시대에 있었던 파격의 하나다. 도학시대를 벗어
나 실학시대에 들어와서는 지적知的 분위기가 사뭇 달라지긴 했으나, 제자백

---

45) 權採, 〈圃隱集序〉(《東文選》 권93), "漢魏以降, 以文鳴於世者, (중략) 其於道也, 槪乎其
  未有聞也. 故其文章雖或可取, 夷考其行, 皆無足論, 所謂有言者, 不必有德, 而文與道始
  歧而爲二矣."
46) 이이, 〈文策〉(《栗谷全書拾遺》 권6), "秦漢以降, 士不講道, 文與道遂裂而爲二物."
47) 許筠, 〈文說〉(《惺所覆瓿藁》 권12).

가의 도도 도라고 공언한 경우는 아직 드문 것 같았다. 홍양호洪良浩 같은
사람은 그 드문 경우의 하나다.

> 우·하·상·주의 《서書》·《춘추》·《주역》의 〈계사〉는 성인의 문장으로
> 마치 해달이 하늘에 걸려 있듯, 강하江河가 땅에 획을 긋듯 자연히 상象
> 으로 된 것이다. 이 아래로 자사씨子思氏·맹가씨孟軻氏의 문장은 도에
> 관한 학문으로 문장을 이루었고, 유향씨劉向氏·한유씨韓愈氏·구양씨歐陽
> 氏는 문장으로 도에 관한 학문을 밝혔다. 굴원의 초사, 장주의 방언放
> 言, 관중·상앙·손무·오기의 기이한 논변, 가의賈誼의 높은 식견, 사마천
> 의 웅대한 재주에 이르러서는 모두 문장의 지극한 것이라, 각기 자기들
> 의 학문으로 문사文辭에다 펼쳤으니 일찍이 도를 버리고 빈 말을 하지
> 않았다.[48]

장주·상앙·손무·오기 같은 사람은 유가에서는 대체로 정도正道로 치는 사
상가는 아니다. 그런데 이들은 '일찍이 도를 버리고 빈 말을 하지 않았다'고
했다. 위의 허균의 견해와 함께 여기 홍양호의 견해에서 재도의 도는 이미
유가의 도만 아니라 제자백가의 도까지도 포괄해서 인식하고 있는 만큼 엄
밀히 말하면, 적어도 이 재도관載道觀에 한해서는, 유가만의 문학 이념이라고
하기 어렵다.

문과 도가 둘로 갈라진 계기에 대해 김춘택金春澤의 견해도 남달랐다.

> 문은 도에 근본하니 하나일 따름이다. 도는 공맹보다 더 높을 수가
> 없고, 때문에 문도 역시 공맹보다 더 성할 수가 없다. 공맹으로부터
> 이후에는 문에는 한유와 구양수가 있고, 도에는 정자와 주자가 있어
> 문과 도가 갈라졌다.[49]

---

48) 洪良浩, 〈稽古堂記〉(《耳溪集》 권13).

김춘택의 견해에 따르면 문과 도가 둘로 갈라진 계기가 당송시대에 한·구 일파의 문장과, 정·주 일파의 도학의 분립分立 때문이라는 것이다. 한유는 도문일치를 추구해 재도론의 선행 형태인 관도론貫道論의 장본이 되기도 한 문학가로 보는 것이 한유 이래 대다수 사람의 견해다. 그런데 김춘택은 이 전통적인 견해를 거스르고 있다. 왜일까? 추측되는 하나의 생각은 이렇다. 유가문학에서 적어도 이론적으로는 제일 타락한 문학으로 육조六朝 문학을 꼽는다. 육조 등 유가에서 타락했다고 생각하는 시대의 문학사를 포함해 놓고 보면 분명 한유는 도문일치의 추구자다. 그러나 타락했다고 생각하는 시대를 제외한, 순수 유가문학사만을 놓고 보면 김춘택의 견해도 일리가 있다 하겠다.

도학 문학의 이론에 있어서는 이이를 덮을 만한 사람이 없다. 무엇보다 도학의 지취旨趣, 특히 주자학 이론의 지취에 거의 오차 없이 밀착시켜 논리를 전개해 간 품에 있어서 그렇다. 도학의 문학이론에 있어서는 주희보다 더 주희적이라고 할 만하다. 그의 도본문말론道本文末論으로서의 재도론을 그 핵심 부분만 보자.

도의 나타난 것을 문이라고 하니, 도는 문의 근본이고 문은 도의 말 단이다. 그 근본을 얻으매 말단이 그 가운데 있게 되는 것은 성현의 문이고, 그 말단을 일삼고 근본을 건사하지 않는 것은 속유俗儒의 문이 다. (중략) 한漢나라 이래 위에는 선치善治가 없고 아래에는 진유眞儒가 없다. (중략) 그 사이에 공맹을 조금 높일 줄 알고 이단을 억제하는 자 는 두어 사람에 지나지 않을 따름이다. 동중서董仲舒의 그 의리를 바르 게 할 뿐 그 이익을 꾀하지 않는다는 것, 양웅揚雄의 먼저 스스로를 다 스리고 난 뒤에 남을 다스린다는 것, 한유의 글이 능히 8대代의 쇠미함 을 일으켰다는 것, 구양수의 글이 능히 5대의 폐단을 혁신했다는 것이

---

49) 金春澤, 〈論詩文〉《北軒集》 권16).

그것이다. 그러나 동중서는 성인 경전의 정신을 얻었으나 그 잃은 점은 흘러서 오활함이 된 것이었고, 한유는 스스로 지킴이 견고하지 못해 기한과 곤궁을 이기지 못하고 남에게 호소하였으며, 구양수는 문장과 행실이 비록 근사하게 될 것 같으나 도학이 마침내 주돈이周敦頤와 2정程에게 부끄러웠다. 하물며 왕망王莽의 밑에 대부大夫 노릇을 했던 양웅이야 있으나 마나임에랴. (중략) 문은 관도지기貫道之器가 되지 못하며, 도는 경세經世의 쓰임이 되지 못한다. 문의 폐단이 여기에 도달했으니 세도世道의 쇠퇴와 융성을 따라서 알 만하다.[50]

이이의 이 글에서 우리는 조선시대, 특히 도학시대의 재도론적 문학 이념 설정의 어떤 극치를 본다. 이 글이 대책對策 시험의 책문策問에 답하는 대책이어서 논리를 선명하게 하기 위하여 보다 극단화했을 수도 있으나, 그 점을 고려하더라도 도학에 한없이 충실한 재도론임은 부인되지 않는다. 도와 문을 일도연속一途連續의 본말 관계로 인식한 데에서 시작하여, 한대 이후 네 사람의 최고 유자에게 가하는 가차 없는 비판, 그 비판도 그들의 문장이 얼마나 도를 충실히 싣고 있느냐의 문제에 일생의 도덕적 실천 부족이나 지적知的 흠결로써 답한 것, 문이 재도론적 이념에서 멀리 떨어져 있어 그것으로 세도의 쇠퇴를 알 만하다는 것 등이 도학의 원리주의적 이해 위에서의 재도론적 문학 이념을 말해준다.

실학시대의 거의 마지막 주자인 정약용丁若鏞에 이르면 도학에 대체해서 나온 새로운 학문, 즉 실학의 집대성자라는 이름이 무색할 정도로 완고한, 실로 도학자보다도 문학에 대해선 더욱 강경한 주장을 보게 된다. 정약용도 "문은 도를 싣기 위한 것, 시는 뜻을 말하는 것"[51]이라고 했다. 그러나 그 도道, 그 뜻(志)은 철저히 경세론의 그것이다. 말하자면 이이가 원리주의적

50) 이이, 〈文策〉(《栗谷全書拾遺》 권6).
51) 丁若鏞, 〈西園遺稿序〉(《與猶堂全書》 권13).

으로 편향하던 도가, 정약용에 와서는 같은 성격의 경세론 그것으로 대체된 셈이다. 더 말할 것 없이 정약용은,

문장의 학學은 우리 도道의 거해鉅害다.

라고 규정하고, 사마천·양웅·유향·사마상여·한유·유종원·구양수·소식 등을 수기修己·치인治人의 입장에서 가차 없이 비판을 가하고 있다.[52] 이이나 정약용의 문학 이념은 문학의 상대적 독자성도 용인하지 않는, 성정·도·경세를 위해서만 그 의의가 인정되는 효용론의 극치다.

5. 천기론적天機論的 문학 이념

'천기天機'라는 말의 출처가 《장자》라서[53] 그런 것이 아니라, 사실 이 '천기론'은 엄밀히 따지면 도가道家의 문학론이지 유가의 그것은 아니다. 그것의 도가적 취향 때문에 오히려 유가의 문학이론 체계에서 독특한 위치를 차지한다. 위에서 성정론의 이념을 다루면서 천기를 논급했거니와, 천기는 성정의 어떤 개념, 가령 공영달孔穎達의 "성이란 천생의 자질로서 바르게 되어 사특하지 않고, 정이란 성의 욕구다"[54]나, 정이程頤의 '자질資質·체단體段(=體態)'[55]에 통한다. 그래서 이이도 "시는 성정에 근본하고 거짓으로 꾸며서 되는 것이 아니다. 소리의 높고 낮음이 자연한 가운데서 나온다"[56]고 했다. 아래의 글에서는 성정이 거의 천기 개념으로 쓰였다.

---

52) 정약용, 〈五學論三〉, 주51)과 같은 책 권11.
53) 《莊子》, 〈大宗師〉, "其嗜慾深者, 其天機淺."
54) 주 25)와 같은 곳.
55) 주 26)과 같은 곳.
56) 주 33)과 같은 곳.

일찍이 말했다. "시도詩道가 《시경》 3백편에 크게 갖추어져 있으나,
우유·돈후해서 족히 감발하고 징계할 만한 것으로는 국풍이 가장 성하
고, 아송은 이로理路를 끌여들였기 때문에 성정과의 거리가 다소 멀
다.57)

《시경》의 아송은 국풍이 감성적이며 즉발적인 것과는 달리 사색적이며
이론적이다. 그래서 '성정과의 거리'가 다소 멀어진 만큼 곧 국풍이 성정에
가깝다는 뜻이다. 이때의 성정은 거의 천기의 개념으로 쓰였다. 그렇지만
성정은 성정대로, 천기는 천기대로 독자의 개념 영역을 가지고 있다.
　천기론은 우리나라의 독특한 문학이론으로 주로 조선후기에 성했다. 그
리고 그것은 주로 시를 설명하는 이론에서 나왔으나, 시 이론에 그치지 않고
예술의 다른 장르이론으로 확산해 가려는 추세에 있었다.58) 그러나 역시
문학이론, 특히 시 이론의 주요 개념이다.

　　시는 별도의 취미가 있다. 이치에 관계되는 것이 아니다. 시는 별도
　의 재료가 있다. 책의 내용과 관계되는 것이 아니다. 오직 그것이 천기
　를 농롱하고 조화造化를 빼앗는 데에 즈음해서 정신이 표일하고 음향이
　맑으며, 마음의 격이 뛰어오르고 생각이 깊어지는 것이 가장 웃길이
　다.59)

시는 감성에 치중된 것과 사변에 치중된 것, 크게 이 두 가지 이념으로
나눌 수 있다. 말하자면 당시 계열과 송시 계열로 나눌 수 있다. 두 이념의
봉우리의 자락이 교차되는 지점에는 무수한 스펙트럼이 있다. 천기는 말하

---

57) 許筠, 〈題唐絶選刪序〉《惺所覆瓿藁》 권5).
58) 졸고, 주36)과 같은 책, 250~260쪽.
59) 許筠, 〈石洲詩稿序〉, 주57)과 같은 책 권4.

자면 감성에 치중된 당시 계열의 이념을 나타내는 개념이다. 시에는 '이치'와 '책의 내용' 등 사변적인 것을 끌어들이는 것을 싫어하는, 그래서 그렇게 지어진 시를 저급한 시로 보는 일파가 있다. 이들에게 천기 개념은 더할 수 없는 도구이고 위안처다. 그것은 시 아니 모든 예술은 결국 감성을 떠나서는 성립할 수 없기 때문이다. 위의 글에서 '천기를 농하고 운운' 이하는 시 창작 주체가 시를 지을 때 영감이 번쩍이고 정서가 요동하는 내면을 묘사한 것이기도 하고, 독자가 추체험하는 것이기도 하다.

위의 글은 허균許筠의 비평이다. 앞에서 '아송은 이로理路를 끌어들였기 때문에' 시로서는 결격이고, 국풍이야말로 시의 전범이라는 취지의 글과 함께 조선후기 천기론의 선구적인 비평이다.

> 시는 천기이다. 소리를 통해 울리고 색택色澤을 통해 빛나서 청탁清濁·아속雅俗이 자연에서 나온다. 소리와 색택은 인위로 할 수 있지만 천기의 묘함은 인위로 할 수가 없다. 만일 시가 소리와 색택일 뿐이라면 미혹한 무리도 도연명陶淵明의 운운韻을 가장할 수 있을 것이요, 악착한 사내도 이백의 말을 본받을 것이다. 그렇게 해서 (도연명이나 이백의 시를) 닮았다면 (그것을 모방한 사람은) 광대가 될 것이요, (아무 까닭 없이 도연명이나 이백의 수준과 같다고) 견주면 참람하게 될 것이다. 대체 무슨 연고로 그러한가? 그 참됨(眞)이 없기 때문이다. 참됨(眞)이란 무엇인가? 천기를 이르는 것이 아닌가.[60]

장유의 논의다. '청탁·아속이 자연에서 나온다'는 말은 시의 모든 것이 사색이나 사변을 거치지 않고 (거치더라도 사색이나 사변을 한 흔적이 없이) 자연스럽게 이루어진다는 말이다. 앞에서도 '인위적인 조작이나 통제로부터 벗어나 자유로운 상태에서의 자발성'이라는 천기 내지 천기 발동의 개념의

---

60) 張維, 〈石洲集序〉(《谿谷集》 권6).

일부를 밝힌 바 있거니와, 조작이나 통제가 없는 자유로운 자발성은 다름 아닌 자연성을 뜻한다. 시는 자연 상태에서 나와야 하고, 천기 발동이 그렇도록 해 준다는 주장이다.

앞에서 이미 '성정지진性情之眞'이란 용어를 사용했거니와, 조선후기 천기와 비슷한 개념의 용어로 '진眞'이 등장했다. 바로 장유의 이 글에서부터다. '진'이 물론 문학 비평용어로 그 전에도 쓰였을 수 있겠으나 천기와 연관된, 즉 천기와 비슷한 개념으로 쓰이기는 이 글이 처음이 아닌가 싶다. 요컨대 '진'은 천기보다는 내포가 적은 개념으로서, '천기' 개념의 두 갈래 중 한 갈래인 '조작적이지 않은 본원적이고 실유적實有的인 내용의 자연태'가 그것이다.61) 천기가 문학에서는 주로 시에 대해 쓰인 용어라면, 진은 시·산문에 가릴 것 없이 쓰였다.

편의상 앞에서 인용한 김창협金昌協의 글 가운데 앞의 것을 다시 인용한다.

> 시란 성정이 발하는 것이면서 천기의 움직임이다. 당나라 사람의 시
> 가 이에서 얻음이 있었기 때문에 초·성·중·만당의 시를 물론하고 대개
> 모두 자연에 가깝다.62)

여기서 '성정이 발하는 것'과 '천기의 움직임'이 동시적이라는 것은 무엇을 의미하는가? 두 가지가 다 본원적인 것들이다. 발하고 움직이는 통로가 다를 수 없고, 시간상 선후가 있을 수 없다. 그렇다면 두 가지는 어떤 관계로 있는가? 성정은 '본원적이고 실유적實有的인 내용'이고, 천기는 '인위적인 조작이 없는 본원적이고 자발적인 기능적機能的 작동作動'이다. 천기의 개념 한 갈래는 여기서 드러난다. 이 경우 성정과 천기의 관계는 말하자면 내용과 형식의 관계라고 할 수 있다. 그래서 성정과 천기가 한 통로에서 동시적으로

---

61) 졸고, 주36)과 같은 책, 260쪽.
62) 김창협, 주34)와 같은 곳.

발동할 수 있게 된 것이다.

사실은 천기 자체에 내용과 형식 두 방면을 갖추고 있다. 위에서 밝힌 '조작적이지 않은 본원적이고 실유적인 내용의 자연태'가 내용 방면의 개념이고, 여기서 밝힌 '인위적인 조작이 없는 본원적이고 자발적인 기능적 작동'이 형식 방면의 개념이다. 그러므로 '천기'라는 용어는 내용만으로 쓰일 경우, 형식만으로 쓰일 경우, 그리고 내용과 형식이 통합되어 하나로 쓰일 경우가 있다. 여기 김창협의 경우는 형식만으로 쓰였고, 앞의 장유의 경우 다분히 내용만으로 쓰였고, 또 앞의 허균의 경우 내용과 형식이 하나로 통합된 형태로 쓰였다. 개념의 세 가지 양태가 각 양태별로 문학의 이념으로 될 수 있지만, 현실적으로 주로 요구되는 이념은 내용과 형식이 하나로 통합된 양태의 개념에 있다.

앞에서 나는 천기는 감성에 치중된 당시 계열의 이념을 나타내는 개념이라고 말했다. 그런데 사실은 사변에 치중된 송시 계열에도 '천기가 발동하는 것에 가까울 수 있다는 것'을 우리는 앞의 김창협의 글 가운데 뒤의 글에서 본다.

> 송나라 사람은 비록 고실·의론을 주로 하지만, 그러나 그 묻고 배워서 축적한 것과 뜻하고 생각하여 쌓이고 뭉쳐진 것들이 감동·촉발되어 거세게 토해질 때는 격조의 구애도 받지 않고, 한정된 틀에도 군박되지 않는다. 그러므로 그 기상이 호탕하고 원기가 질펴하게 흐른다. 그래서 때로 천기가 발동하는 것에 가까워 읽으면 오히려 그 성정지진을 볼 수 있다.[63]

'고실'이나 '의논'은 사색이나 사변을 요구하고, 따라서 천기의 발동을 제약한다. 그러나 이 제약도 강한 창작에의 욕구가 만나는 감동 앞에서는

---

63) 金昌協, 주34)와 같은 곳.

아주 약화될 수 있다. '고실'이나 '의논'들이 한 덩어리로 뭉쳐져 감동에
촉발되어, 그 힘으로 토해질 때는 시의 조건과 형식 등 규율을 극복하고 상
대적으로 자유스럽게 발휘된다. 곧 '천기가 발동하는 것에 가까워'지는 것
이다. 그래서 '기상이 호탕하고 원기가 질펀하게 흐르는' 작품에서 '성정지
진'을 보게 된다는 것이다. 강한 활시위의 저항을 이겨내는 강궁强弓을 쏘는
일에 방불하다. 쏘는 데 힘이 드는 만큼 쏜 화살은 멀리 날아간다. 일반적으
로 천기 발동은 짧은 서정시에 어울리는 것이 사실이다. 그러나 김창협의
이 논의에는 풍부한, 그리고 사변적인 내용이 있는 다소 긴 작품도 천기의
자장磁場 안으로 끌어들이는 비전이 있다. 우리는 이 김창협의 논의에서 풍
부하고 정당한 실유적實有的 내용에 기능의 자발적인 작동이 통합된 '성정지
진'이라는 또 하나의 시적詩的 이념을 만난다. 조선후기에 이르도록 축적된
시문학적 역량은 더욱 높은 이념을 요구했다.

산문의 이념으로는 주로 기氣·재도載道가 표방되어 왔거니와, 산문 방면의
천기라 할 '진眞'을 산문 이념으로 제시한 사람은 극히 드문 것 같다. 다음은
박지원朴趾源의 논의다.

> 문文이란 의사를 묘출描出해 내면 그만이다. 저 글제를 앞에 놓고 붓을
> 잡고는 문득 고어古語를 생각하고, 억지로 경지經旨를 찾아내며 짐짓
> 근엄한 척하여 글자마다 장중하게 꾸며대는 자는, 비유하자면 화공畵工
> 을 불러 초상화를 그릴 적에 얼굴이며 자세를 고치고 앞에 나서는 것과
> 같다. 눈길은 뻣뻣하게 굳어 움직이지 않고, 옷 주름은 말끔하게 펴져
> 있어 그 평상시의 태도를 잃어버리면, 비록 훌륭한 화가라 하더라도
> 그 참 모습을 얻기 어려울 것이다. 글을 짓는 것 또한 이것과 다를 것이
> 무엇이겠는가. (중략) 글을 짓는 데는 오직 참[眞]일 따름이다.[64]

산문에서의 진은 사물을 미추美醜를 가리지 않고 있는 그대로 묘출하자는

---

64) 朴趾源, 〈孔雀館文稿自序〉(《燕巖集》 권3).

것이다. 그러기 위해서는 권위주의적 자세를 지양하고, 이미 관념화된 고어나 경지經旨의 표현을 가져다가 거대 담론인 양 수식하는 버릇을 버려야 한다는 것이다. 이러한 진의 산문 이념은 6경六經·어맹語孟 등의 경적經籍을 최고의 전범으로 삼는 재도론의 산문 이념과 거의 정면으로 충돌한다. 그렇다고 진의 산문은 도에 관심이 없다는 말인가? 사실 글로 보면 없어 보일 듯도 하다. 문제는 도의 표현 방식을 바꾸자는 것이다. 재도론이 위에서 아래를 훈계하는 투의 연역적 자세임에 대하여, 진의 산문 이념은 밑에서 위를 설득해 가는 귀납적 자세다.

6. 결론

문학 이론이 내건 주요 문제들의 핵심 개념들, 각 이론 계열에서 가급적 전형적이고 대표적이다 싶은 견해, 또는 주장들을 문학 이념적인 시각에서 분석한 것이 이 논문이다. 전형적이고 대표적이다 싶은 견해, 또는 주장들은 반드시 문학자 다수가 지지했다고 생각한 견해, 또는 주장만을 뜻하지 않는다. 소수의 지지자를 가지고 있더라도 다소 특이하다 싶은 견해, 또는 주장들도 포함되어 있다. 우리 문학 이념의 역사에서 가능한 다양한 견해, 또는 주장들을 찾고 싶어서다. 어쨌든 전형적이고 대표적인 견해, 또는 주장들을 다루다 보니, 문학이론을 남긴 이들 가운데 자연히 매우 선택적이 되었다. 매우 선택적인 분석으로 가급적 이론이 존속되는 전시기를 덮으려 노력은 했으나 턱없이 부족하게 된 것 같다.

앞에서 다룬 기氣·성정性情·재도載道·천기天機의 이념들은 이미 알고 있듯이 그것이 겨냥하는 장르가 같기도 하고 다르기도 하다. 기와 재도의 이념은 산문을, 기와 성정과 천기의 이념은 주로 운문을 겨냥한다. 모두가 한문 문화권에서 문학의 본원적인 개념이라 상호 연계를 가지고 추구된다. 개념의

성격상 연계가 안 될래야 안 될 수가 없다. 가령 기는 그 나머지 성정·재도·천
기와 다 관련이 되고, 성정과 천기가 밀접한 관련을 가지고 있다. 이념을
내건 사람들이 특히 중점을 두는 문제가 일정하게 다를 뿐이었다. 더욱이
남의 문집 서문으로 견해나 주장을 피력한 경우 그 문집의 성격에 맞추느라
이론을 제시하는 경우가 적지 않음에랴. 그러다 보니 한 사람이 두 가지 이
상의 견해 또는 주장을 피력하는 수도 있다. 그렇더라도 총체적으로 우리
문학의 이념의 역사를 구하는 데에는 하자가 없다.

　서론에서도 논급했거니와, 문학의 표현이나 심미 등의 문제에 관한 논의
가 문학의 중심 문제가 되지 못하고, 문학의 본원적 문제가 담론의 주류를
이루어온 것은 우리 문학의 다양성과 풍성함을 위해서는 불행이라 하겠다.
매양 본원적인 문제라는 거대담론을 관념적으로 되풀이하는 것 자체가 표현
이나 심미적인 문제에 대한 사유를 위축시키고, 그러한 사유로 하여금 설
자리가 극히 좁게 만들었다. 가령 이규보나 박지원의 경우 거대담론이라고
할 만한 논의는 그들의 문학이론 가운데서 극히 적은 일부에 불과했다. 그러
고 보면 위에서 말한, 문학이론이 내건 주요 문제들이 사실은 문학의 본원적
인 개념에 있지 않고 표현이나 심미 문제에 있어야 했다.

　중국의 위진魏晉·육조六朝 시대의 문학은, 문학의 입장에서 아주 이채롭고
발전적인 문학이라고 현대의 문학사가들에 의해 승인되어 왔다.

　　남북조南北朝와 수隋의 2백년간에 이르러 (중략) 위진魏晉 이래의 신
　　비·현허玄虛한 낭만문학이 다시 절대 자유 발전의 기운機運으로 달려
　　들어가 중국 문학사상 일찍이 경험해보지 못한 유미문학唯美文學 극성
　　極盛의 조류를 형성하였다. 문학은 이 시대에 이르러 겨우 참으로 문학
　　으로서 자각하여 독립하는 새로운 단계에 이르렀다.[65]
　위진시대의 낭만문학, 남북조 시대의 유미문학으로 진정한 문학의 독자

65) 劉大杰,《中國文學發達史》上, 臺灣中華書局, 1966, 206쪽.

성을 획득했다는 논지다. 낭만문학과 유미문학이 문학의 전부가 아니므로
이 견해에 전적으로 찬동하지 않는다 하더라도, 이 시대에 문학의 독자성을
획득한 사실만은 인정할 것이다.

그런데 우리나라의 문학이론사를 돌아보면 거의 대부분이 위진·육조, 특
히 육조 문학을 부정하고 있다. 유가문학의 입장에서는 충분히 예견되는 문
제다. 낭만문학과 유미문학이 고전주의적인 효용론의 문학과는 본래 대척적
인 관계가 아닌가. 창작 실제에서는 반드시 그렇지는 않았다고 생각되나 문
학이론상으로 거의 부정 일색이다. 극히 예외적 몇 사람만이 이론적으로도
위진·육조 문학을 지지하고 있다.66) 유가의 효용문학론이 거의 일색이고,
위진 남북조의 낭만주의·유미주의 문학이 거부되는 이론 풍토 속에 우리 문
학의 실제 창작이 이루어져 온 것이다.

(《韓國儒學思想大系Ⅳ: 文學思想編》, 한국국학진흥원, 2006)

---

66) 成俔·金春澤이 그 사람이다.

찾아보기

1. 작품명, 서명

ㅈ

2. 용어

330

3. 인명

338